MON FRÈRE, MON BOURREAU

ŒUVRES DU MÊME AUTEUR
PARUES EN FRANÇAIS

Le Dieu volé, nouvelles traduites par Amina Saïd, Critérion/Unesco, Paris, 1996.

Viajero, le chant de l'errant, roman traduit par Amina Saïd, Critérion, Paris, 1997.

Po-on, roman traduit par Amina Saïd, Fayard, Paris, 2001.

À l'ombre du balete, roman traduit par Amina Saïd, Fayard, Paris, 2002.

Francisco Sionil José

MON FRÈRE, MON BOURREAU

roman

traduit de l'anglais (Philippines) par
AMINA SAÏD

Fayard

Cet ouvrage a été publié grâce à la recommandation de
Ghislain Ripault.

Cet ouvrage est la traduction intégrale, publiée
pour la première fois en France, du livre de langue anglaise :

MY BROTHER, MY EXECUTIONER

édité par Random House, New York.

(La première édition de ce roman est parue en anglais
aux éditions Solidaridad à Manille en 1979.)

À Ephraim et Eugenio.

Calvaria

(par Luis Asperri)

I

C'est ici que tout commence –
C'est d'ici que nous partîmes et les suivîmes,
Ceux qui nous tournaient le dos,
Ceux qui de même commencèrent ici,
Coupèrent les arbres et arrachèrent la mauvaise herbe.

Nous préparâmes la terre en jachère,
Nous ensemençâmes
Et tout fut fait de ce qui devait l'être.

Ils commenceront également ici –
Ceux qui ont encore un visage jeune,
Dont nous ne pouvons connaître les agissements.
Finiront-ils de même ici
Comme nous tous, sans que cela ait un sens ?

II

Terre immuable, réclame-moi à présent –
Sauterelle et libellule
Au-delà du *duhat,* par-dessus le fleuve,
Colline et plaine les plus vertes.

III

La route est longue, poussiéreuse, tortueuse,
Avec, au bout, une palissade délabrée
Entourant une maison en chaume.

Que renferme-t-elle ? Un soleil devenu froid,
Du grain non décortiqué, fruit de la rizière.
Je m'en suis éloigné,
La rosée matinale baignait mes pieds.
Ma vision est nette et que vois-je ?
Une étendue de pierres qui m'épuise.

IV

Agenouillé à Quiapo jusqu'à ce que mes genoux me fassent mal
Récitant une prière à Quiapo en zozotant jusqu'à ce que ma langue soit paralysée
Je me lacérerai jusqu'à saigner
Parce que l'on est vendredi –
Agenouillé à Quiapo, dans l'atmosphère empoisonnée,
À écouter l'espoir absent.

V

L'obscurité sous cette blancheur –
Des pensées engourdissent l'esprit ;
J'étais perdu, cherchant parmi des spectres.
Où es-tu allé, mon frère,
À quels printemps as-tu goûté,
Quelles montagnes as-tu escaladées ?

Nous sommes un dans une même cosse
Mais l'un de nous se flétrira.
Maintenant nous semons sous l'empire de la colère
Et le fracas des mots nous assourdit.
La vérité consume l'esprit, mais comment –
Oui, comment l'exprimer !

VI

Je devrais me dépêcher de retourner dans la caverne
Où il n'y a pas de lumière, nulle présence,
Et peut-être aucune fin.

Le miroir n'est pas fêlé
Ni l'esprit avec lequel je vois.

VII

L'ombre que je projette est longue ;
J'ai le front moite, ma main est glacée.
Je suis allé glaner dans une rizière
Et maintenant mon oreiller est une pierre
Et la nuit sans étoiles
M'environne.

Même les arbres sont immobiles
Racornis dans l'air…
Il n'y a pas de rêve.

VIII

Je ne pense pas qu'il y aura un sens
À une fin aussi banale que la mort
Rien ne meurt vraiment,
Pas le bleu de la mer ; pas plus que ce souffle
Ne s'aigrira tant que l'amour
Et l'éclat que tu apportes
Demeurent tandis que tu passes.

La vague que nous contemplâmes, les dunes que nous façonnâmes,
Les grains de sable qui s'écoulèrent
Entre nos doigts –
Que pouvais-je donner ?
Tant que nous évitons les regrets et nous rappelons le temps,
Ma vie est bénie.
La mort n'a plus aucun sens.
Ce trésor que nous partageons me protège –
Nous avons vraiment osé, nous osons.

IX

L'éclipse passe
Sans laisser de traces ;
Nous pouvons déjouer la vigilance de l'aigle
Et dessiner des cercles autour du soleil.

Toi qui assouvis mes besoins,
Toi qui étanches ma soif,
Nous avons scruté le ciel trompeur
Et creusé une terre desséchée.
Où les avons-nous enterrés – les espoirs
Que nous n'avons pu conserver ?

X

Dieu, lorsque j'étais lâche
Et effrayé ; lorsque j'avais la voix enrouée
Et le souffle court,
Tu n'es pas venu.

Si j'étais Ton fils, le sang de Ton sang,
Si Tu es réel comme le sang est réel
Alors, écoute, Dieu –
Tes pieds sont enracinés dans cette terre
Sur laquelle je me tiens moi aussi.
Je t'accable de mon amertume
Afin de T'assourdir, de T'aveugler.

Disparais maintenant
Car Tu t'es longtemps repu de mon riz
Et la réserve est vide depuis longtemps.

Ces mains – à présent noueuses et sans force
Ne servent plus à rien,
Et ce cœur ne bat plus pour Toi.

Tu ne peux pas nourrir ma faim
Ni me réconforter dans ma prison ;
Le crépuscule m'étouffe.

XI

Nous nous sommes endormis tard la nuit dernière
Ruisselants dans la chaleur.
Nous avons marché les pieds couverts d'ampoules,
Les poumons brûlés,
L'estomac glacé et noué.
Nous savions où nous allions
Comme les chiens affamés connaissent l'odeur de la maison.
Le ciel était noir, des fantômes rampaient sur le chemin
Et, n'y voyant plus rien,
Nous revînmes à notre point de départ
Comme les autres avant nous, et d'autres encore avant nous…
Quand saurons-nous nous arrêter ?
Quand connaîtrons-nous l'ombre paisible ?

Même dans nos rêves les plus profonds nous demeurons éveillés
Écoutant le redoutable bruit de pas de ceux qui nous haïssent.
Même dans la plus grande paix nous demeurons éveillés
Torturés par notre conscience
Apathiques, parce que…

Nous nous sommes tous endormis tard la nuit dernière
Et maintenant le jour se lève, mais, Dieu –
Où est le soleil ?

XII

Mon frère, la saison est arrivée ;
La terre est aride, l'herbe a jauni,
La poussière recouvre tout.
Les *carabaos* appellent leurs petits ;
Les chiens hurlent dans le vent.
Les grenouilles sont enfouies sous les mottes de terre
Et le ruisseau où nous nous baignions est à sec.
Nous dont les blessures sont tatouées sur la poitrine,
Dont la gorge est douloureuse et sèche –
Quand guérirons-nous ? Parviendrons-nous jamais à parler ?

Le rire qui résonne
Ne surgit que pendant la veillée,
La musique qui nous envoûte
Accompagne la procession vers le nord.

Mon frère, la saison est arrivée,
Le doux soleil ne fait plus mûrir le riz
Et la pluie qui tombe, tombe sur une terre stérile.

Mon frère, je suis seul.

CHAPITRE PREMIER

S'il avait voulu, Luis Asperri aurait pu rentrer chez lui, à Rosales, chaque fin de semaine. Il avait un tas de raisons valables pour y retourner : l'anniversaire de son père, la fiesta de la ville en juin, Noël, la semaine sainte. Somme toute, Rosales n'était qu'à deux cents kilomètres de Manille. Pourtant, après qu'il eut quitté la ville pour poursuivre des études, le moment de retourner chez lui semblait toujours mal choisi, et bien qu'il fût conscient de la véritable raison qui l'en empêchait, il trouvait toujours de bons prétextes auxquels il finissait même par croire. Durant ces quatre années, son père, qui paraissait comprendre son attitude, n'insista pas. Au fond, il était facile pour le vieil homme de venir à Manille, ce qu'il faisait au moins cinq fois par an ; il se rendait alors dans sa maison de jeu préférée à San Juan, dînait d'un plat de *lengua** au casino, dont il était l'un des plus anciens membres, et terminait la soirée par une visite à son bordel de Pasay.

Toutefois, le vieil homme n'était pas venu à Manille depuis six mois. Au dire de Trining, don Vicente était malade. Il avait toujours été robuste, obèse même, et sans doute devait-il, à la longue, payer son tribut au cognac Car-

* Les mots en italique, les noms propres (personnes, lieux, ethnies...), les événements historiques, etc., sont expliqués dans le glossaire, en fin de volume. *(N.d.T.)*

los Primero, à l'*asado* de porc et aux *sin vergüenzas*. La pensée que son père pût mourir s'attarda dans l'esprit de Luis avec un soupçon de mélancolie, bien qu'il n'éprouvât aucune appréhension. Cela finirait par arriver à son père comme à tout un chacun. Et puis le vieil homme avait eu ce qu'il désirait : un fils qui portait son nom, même s'il n'avait pas le teint aussi clair et le nez aussi aquilin.

La veille au soir, Luis était allé chercher sa cousine Trining à l'institution religieuse afin qu'elle dormît chez lui et qu'ils pussent se mettre en route tôt le lendemain matin. Ils avaient effectivement pris le petit déjeuner à six heures, mais à Balintawak, la sortie nord de la ville, la circulation était dense et lorsqu'ils réussirent à atteindre l'autoroute, un soleil féroce chauffait déjà la terre à blanc. On était en mars et les champs avaient la couleur brune de la sapotille. Le vert émeraude qui donnait du lustre à toute chose pendant la saison des pluies était devenu terne depuis longtemps, excepté sur les parcelles de terrain irriguées où poussaient des pastèques et du soja.

Luis quittait rarement la ville. Il y avait eu des excursions dans le Sud, à Negros, où certains de ses amis, planteurs de canne à sucre, l'invitaient souvent à passer le week-end, ainsi que quelques voyages à Hongkong pour faire les magasins, mais pas de longs trajets en voiture comme cette fois-ci. À force de regarder, irrité, les terres qui s'étendaient autour de lui, il s'aperçut que depuis toutes ces années qu'il vivait à Manille, rien n'avait changé à la campagne, ni les maisons coiffées de chaume, ni la végétation broussailleuse, ni les gens, imperturbables.

Terre immuable, soleil brûlant – il réfléchit à ces mots et décida qu'un jour ils constitueraient le vers liminaire d'un poème.

Terre immuable ?

Il pouvait voir la ruine s'étendre sur cette terre tel un orage gagnant l'horizon proche. Le ciel au-dessus de la rangée d'arbres s'assombrit rapidement et les nuages se mettent à bouillonner. La chaleur moite disparaît, l'air est immobile, figé. Puis le vent se lève et dans les rues la poussière tourbillonne comme si l'on avait branché un ventilateur géant. L'obscurité descend et enveloppe tout, les champs brunis de mai, la vieille terre craquelée. Un éclair jaillit, un coup de tonnerre retentit, se répercute en un grondement prolongé, tumultueux – auquel succèdent le silence, la fraîcheur et, de nouveau, l'obscurité. Alors un crépitement se fait entendre au loin comme des milliers de cailloux jetés sur les toits de tôle, sur l'asphalte fumant, sur tout ce qui se consumait dans l'attente. Les pluies reviennent, c'est la saison où tout reverdit.

Ce n'était pas la saison des pluies qui arrivait mais une autre que Luis comparait aux ténèbres, dont il percevait la tension électrique comme s'il avait perçu la présence de la vie même. Mais ceci n'était pas la vie, ni même sa promesse, et le fait qu'il ne se sentît plus appartenir à cette terre, ce lieu immuable, malsain, où il était né, l'emplit de tristesse et de culpabilité.

Il n'avait pas cherché le genre d'existence qu'il menait ; il lui avait été imposé. Il était tourmenté par sa conscience et, ce qui changeait tout, par des scrupules tenaces ; bien qu'il eût fui Rosales, il n'y avait pas moyen d'échapper à ce gâchis – il le comprit clairement tandis que la Chrysler filait à travers la plaine triste et monotone.

La voici, cette terre immuable, brûlée par le soleil, cinglée par les typhons, et le paysan qui y vit – lequel appartient autant à cette terre que les arbres stériles et le maigre riz qui y poussent – est lui aussi éternel. Pieds nus, pauvrement vêtu, un coq de combat sous le bras, travaillant avec sa faucille et sa charrue, il chemine, lent et patient comme son buffle.

Comment se libérer totalement de cette terre – voilà ce qu'il avait cherché, et pourtant il revenait vers elle, pas uniquement vers Rosales, mais vers le commencement.

Sa cousine assise à côté de lui ne comprendrait jamais ce qui pouvait bien le ronger. Elle ne s'était pas donné la peine de comprendre ; elle appréciait sa compagnie – cela semblait lui suffire. Elle avait dix-huit ans et la vie à Manille n'attendait que d'être vécue. Pour elle, aller à Rosales, c'était simplement goûter à une vie différente – et peut-être parviendrait-elle à rendre cette expérience encore plus agréable.

La présence des deux autres hommes dans la voiture, le chauffeur et l'*encargado,* des domestiques faits pour recevoir des ordres, ne revêtait qu'une importance secondaire. Ils étaient là pour leur assurer un trajet confortable et sans incidents, ce dont ils s'acquittaient au mieux, parlant doucement, se hâtant de leur chercher des boissons fraîches au restaurant, à Angeles. Et pourtant, ces deux hommes auraient pu être des parents à lui, car ils venaient du village où il était né.

Santos, le régisseur, aurait pu être un oncle. Cette façon qu'il avait de se déprécier cachait un esprit vif et un sens de l'observation à la fois propre aux paysans et sophistiqué. Il travaillait comme régisseur pour le père de Luis depuis des années, et il s'était maintenu dans sa fonction grâce à ses seules qualités. L'autre, Simeon, un cousin de Santos, était aussi placide qu'un buffle mais pas idiot pour autant. Avec Marta, sa femme, qui n'avait pas eu d'enfants, il vivait dans le garage derrière la maison de Luis, sur le boulevard. Il était également jardinier à temps partiel, factotum, garde du corps et garçon de courses pour le jeune *mestizo*. On aurait pu les prendre pour des frères parce que tous deux étaient petits et sombres de peau, avec des visages d'Ilokanos larges et graves, comme s'ils n'avaient jamais appris à rire.

La grosse voiture noire ralentit, et la chaleur poisseuse de la saison sèche s'engouffra dans l'habitacle. Luis arrêta de lire le manuscrit et le remit dans le porte-documents en peau de porc marron posé à côté de lui. Cinq soldats en treillis étaient assis sur un banc de bois sous l'abri couvert de chaume construit au bord de la route. L'un d'eux, grand, maigre et coiffé d'un casque en fer, sa carabine reposant au creux du bras, s'approcha de la voiture.

« Il fera nuit quand nous arriverons, dit Trining nerveusement. On a perdu plus de deux heures avec ces fichus postes de contrôle. »

Luis serra sa main, puis se tourna vers la fenêtre. Le soldat scruta un instant l'intérieur de la voiture. Il ne doit même pas avoir dix-huit ans, pensa Luis au moment où leurs regards se croisèrent.

Le soldat se dirigea vers l'avant du véhicule et demanda à Simeon leur destination. Santos, le régisseur, répondit : « Rosales », puis, se tournant vers Luis et Trining, il ajouta : « Nous accompagnons les enfants de notre maître qui vont y passer des vacances.

– Je ne t'ai pas parlé, dit le soldat rudement. Toi », fit-il avec un mouvement du menton vers Simeon.

« Nous allons à Rosales », répondit celui-ci.

Le soldat fixa de nouveau Luis puis Trining ; son regard s'attarda sur elle. Il fit un signe de la main : « Allez-y ! » La boîte de vitesses grinça et la voiture bondit en avant.

« Fils de pute, dit Luis à voix basse.

– Ne sois pas grossier », le réprimanda Trining. Elle était étudiante en deuxième année dans un établissement supérieur huppé pour jeunes filles tenu par des religieuses allemandes, et son obsession d'un langage bienséant agaçait Luis.

« Pute, répéta-t-il. C'est la vérité, non ?

– Vous vivez depuis trop longtemps en ville, Luis, dit Santos. Beaucoup de choses ont changé dans la province. »

La voiture prit de la vitesse et il fit frais de nouveau. Luis revint au manuscrit qu'il était en train de lire.

« Tu es vraiment obligé de travailler ? demanda Trining. On est presque arrivé. » En se tournant vers elle, Luis vit la moue qu'elle faisait ; il ne s'était guère montré prévenant. Il rangea donc le manuscrit et fit glisser la fermeture Éclair du porte-documents. Elle sourit et serra sa main.

Ils approchaient de Rosales – il ne restait plus qu'un village à traverser et ils seraient arrivés. À la droite de Luis, par-delà les bouquets de bambous à l'horizon, le château d'eau jaune de la ville se dressait tel un doigt fin au-dessus des arbres, les plantations de cocotiers et les palmiers *buri*. Simeon ralentit pour laisser passer un troupeau de *carabaos*. Puis la voiture quitta la grand-route asphaltée et s'engagea dans un chemin, à droite.

Santos se tourna vers Luis : « Je ferais aussi bien de vous le dire, fit-il posément. Il a beaucoup changé, mais ne vous inquiétez pas. Nous prenons tous de l'âge… »

Luis hocha la tête.

« Lui semble avoir vieilli d'un coup, et il paraît fatigué, poursuivit Santos. Je ne dis pas qu'il est différent de ce qu'il était ces derniers mois. Mais il ne fait plus rien de la journée sinon rester à la maison. Il ne sort plus. Il ne lit même plus, contrairement à son habitude. Il reste là, assis dans son lit, avec une poche de glace sur la tête. Selon les médecins, l'état de son cœur ne s'arrange pas, mais il ne les croit pas. Il dit que c'est à cause de l'époque dans laquelle nous vivons, de l'atmosphère. Et à son âge, le moindre événement peut aggraver l'état de son cœur. Les ennuis que nous avons à Lagasit, par exemple. C'est pour ça que nous avons maintenant des gardes privés – une vingtaine. Vous ne pouvez jamais dire à quel point ils seront utiles – dans le nord, à Sipnget surtout.

– Sipnget ? Que se passe-t-il là-bas ? » Luis se pencha en avant, impatient d'en apprendre davantage.

Santos se tourna de nouveau vers lui avec un sourire rassurant. Il semblait savoir exactement ce qui inquiétait Luis. « Ne vous faites pas de souci, dit-il sur un ton dégagé. Votre grand-père et votre mère vont bien. Et votre frère, Victor, je crois qu'il a trouvé du travail. »

Luis, soulagé, se laissa aller en arrière.

« Il s'agit d'un autre genre de problème, expliqua Santos.

Vous êtes au courant, j'en suis sûr. Vous êtes journaliste et ceci n'est plus un secret.

– Qu'est-ce qui n'est plus un secret ?

– Les temps changent, Luis. Les gens aussi. Les métayers s'organisent, on ne peut plus leur faire peur – et ce qu'on fait pour eux ne les impressionne plus. La dernière fois que je suis allé à Sipnget pour superviser la répartition de la récolte de soja, ils étaient mécontents. Tous autant qu'ils sont. Il y en a même un qui a dit : "Bien, selon la loi, vous n'avez droit qu'à un tiers de la récolte et le reste nous revient. Mais vous continuez à en prendre la moitié. Rappelez-vous ceci : le temps viendra où vous n'aurez plus rien. En fait, c'est vous qui devrez payer."

– L'as-tu dit à père ?

– Non, mais je pense qu'il le sait. Et maintenant, avec tous ces soucis, il devient de plus en plus susceptible.

– Ce n'est pas à moi qu'il faut le dire, fit Trining en lançant un regard torve à Luis. Moi, j'y retourne deux fois par mois. Tandis que toi !

– Je t'en prie, c'est différent en ce qui te concerne, dit Luis.

– Il lit vos lettres, dit Simeon, interrompant leur querelle. Il se procure aussi votre magazine et lit ce que vous écrivez. Parfois, il me demande de lui faire la lecture. Il a toujours eu une mauvaise vue et elle a encore baissé. Mais mon anglais est médiocre, et ses lunettes… il en casse pratiquement une paire tous les mois. » Santos partit d'un rire nerveux. « On les lance facilement quand on est en colère, vous savez. »

À présent, il devenait pénible de rouler sur la chaussée mal nivelée, car l'empierrement avait souffert des pluies et, à certains endroits, les cailloux éparpillés laissaient de profondes ornières tandis que les grosses pierres formant l'assise de la route saillaient. Le paysage n'avait pas changé : une vaste étendue de terre brune que le père de son arrière-grand-père, venu d'une petite ville du Pays basque nichée parmi les pins, avait jadis revendiquée au nom du roi d'Espagne et des Asperri encore à naître. De chaque côté de la route, de maigres touffes d'herbes parsemaient les champs depuis longtemps dépouillés de leur moisson. Tout prenait une teinte acajou éblouissante de soleil, mais, au-delà des champs, les contreforts de Balungao, d'où son arrière-grand-père avait un jour contemplé cette plaine – ce que son père ne se lassait pas de raconter –, étaient violacés et tachetés de noir aux endroits où le *cogon* avait été brûlé. C'était là que son père allait chasser dans le temps. C'étaient ces contreforts veinés d'or et de bleu et baignés d'une brume transparente que rejoignaient tôt ou tard les paysans qui, ne parvenant plus à cultiver la plaine, tiraient leur subsistance de la roche et de la fine couche de terre.

La forêt avait été rasée depuis longtemps et, là où autrefois couraient les daims et les cochons sauvages, il ne restait que de vastes étendues de *cogon* divisées en fermes pour les centaines de métayers ilokanos patients et avides de terre, descendus de leur étroite et inhospitalière province septentrionale. Trois générations plus tard, les sentiers s'étaient transformés en routes menant à Acop, à Carmay, à Cabugawan et à Sipnget ; le petit village appelé Rosales était devenu le centre du commerce du riz dans la vallée de la Cagayan et avait prospéré, de même que la fortune des Asperri. Ils bâtirent des *bodegas* qu'ils louèrent aux marchands de riz chinois et aux usuriers. Ils édifièrent aussi une rizerie pour le grain de moins bonne qualité que produisaient leurs métayers et pour celui qu'ils accaparaient au cours des mois que durait la moisson, lorsque les prix étaient très bas. Mais bientôt la partie orientale de la province et Rosales connurent des temps difficiles : une voie ferrée vers San José, plus au nord, réduisit l'importance de la ville en tant que centre du négoce. Abandonnée à elle-même, Rosales cessa d'évoluer et sa production stagna : on ne se donna pas la peine de construire un barrage sur les deux cours d'eau alimentés par les pluies qui encerclaient la ville et confluaient vers le fleuve Agno, drainant une eau précieuse. Le clan des Asperri s'occupa mal des terres et vint le moment où il ne resta plus que deux d'entre eux : don Vicente, qui préférait les plaisirs de sybarite qu'offraient Manille et l'Europe, et son frère, don Alfredo, qui vivait dans la vieille maison de brique construite par leur grand-père. Elle fut épargnée par la fièvre révolutionnaire de 1898, mais non par les colorums dans les années trente.

Situé à l'écart de la principale route de Luzon, Rosales est, comme la plupart des petites villes, condamné à l'anonymat et au malaise dont souffrent les régions rurales depuis des décennies. Les Ilokanos qui y vivent sont résistants et tout autant que les *carabaos* rompus au travail pénible, mais ils demeurent constamment endettés non seulement vis-à-vis des Asperri, mais également de ceux qui louent la terre moyennant un fermage, des *encargados,* ainsi que des commerçants chinois ou des petits propriétaires terriens, des hommes comme Santos, eux aussi ilokanos.

Luis savait tout cela. Le confort de sa maison, à Manille, l'avait gêné. C'était dans cette maison du quartier d'Ermita que son père, propriétaire terrien absentéiste, avait vécu. C'était là aussi que Luis avait grandi, loin des préoccupations de Rosales et de Sipnget, loin de son grand-père, de son frère et de sa mère. Repensant à Sipnget, il ressentait une douleur sourde mais fugace, un brin de paille emporté par le vent ; il se trouvait en ce lieu appelé Rosales – et comme cette ville paraissait minuscule, insignifiante, immémoriale.

On aurait dit que rien n'avait tiré Rosales de sa torpeur, comme si nul souffle de vie ne l'avait traversé. Même les passants, dans les rues, devant les échoppes banales, semblaient se mouvoir avec, sur leur visage brun fatigué, des signes de lassitude et de renoncement. C'était une foule accoutumée à tout, dotée d'une patience minérale, une vertu qui se révélait un vice mortel – non seulement sur le visage des gens, mais dans l'aspect même de la ville, dans l'alignement pathétique de bâtiments bas, trapus, aux hideux panneaux vantant des sodas. Le chemin était désormais une route asphaltée lorsqu'on se rapprochait du centre-ville, avec sa rue principale et la *plaza* – une étendue d'herbe desséchée, un terrain de basket-ball au sol de ciment fissuré et, à une extrémité, le *balete,* cet arbre géant aux branches noueuses censé abriter, selon les légendes qui couraient dans la petite ville, des esprits et tous ces fantômes anonymes qui ne promettaient rien de bon si on ne les amadouait pas avec des offrandes. À l'autre extrémité de la *plaza* se trouvait le *municipio.* Il se dressait à l'endroit même où, des années plus tôt, avant la guerre, l'ancien bâtiment avait été incendié. En face s'élevait le monument blanc érigé à la mémoire de José Rizal, impassible sous le soleil éclatant avec, à sa gauche, l'église catholique. Les maisons devinrent plus espacées et, au-delà, apparurent une rangée de minuscules habitations au toit de *cogon* construites sur des pilotis en bambou et quelques grandes maisons appartenant à des commerçants ou à de petits propriétaires terriens.

Un court virage puis la demeure des Asperri surgit, semblable à une forteresse, cernée d'un mur de brique recouvert de *cadena de amor* fanées dont les cordons secs redeviendraient verts et luxuriants avec les premières pluies de mai. Enfant, Luis avait connu une autre maison, en brique et ornée de vitraux comme celle-ci, dominant toute la ville, plus haute que le clocher de l'église, plus grande que les cocotiers, mais n'atteignant pas la taille du *balete.* Avant la guerre, cette maison, de même que le *municipio,* avait été incendiée par un petit groupe d'hommes – des fanatiques vouant une haine implacable aux Asperri, des membres d'une secte locale qui vénéraient la mémoire de Bonifacio, de Rizal et de tous les héros ayant combattu les Espagnols.

Luis avait lu des livres à leur sujet, il en avait entendu parler par son grand-père et sa mère et, en secret, il avait partagé les sentiments qui avaient poussé ces hommes à la violence. Il lui était même arrivé de se demander ce qui se serait passé s'ils étaient tombés sur son père dans la vieille demeure et l'avaient tué lui aussi, comme ils avaient tué son oncle et sa tante. Alors il ne serait pas né – un vœu qui s'imposait à lui dans les moments de doute angoissant, bien plus fréquents maintenant qu'il se trouvait à l'abri et non plus dans le besoin comme du temps où il vivait hâlé, pieds nus et constamment affamé dans cet endroit oublié de Dieu appelé Sipnget.

On avait construit une nouvelle maison – la réplique exacte de celle qui avait été détruite en une nuit de violences, mais avec des fondations plus solides et l'équipement le plus moderne, car son père aimait le confort, le bien-être et, cela va de soi, le pouvoir que ses terres et ses autres sources de richesse lui avaient procuré. Il avait vécu en Europe et à Manille, se livrant à ses plaisirs ; il n'avait pas envisagé de retourner à Rosales pour s'occuper d'une hacienda et de ces naïfs Ilokanos, et vivre en ermite comme son frère ; il avait déjà connu une expérience semblable, avait pris Rosales en grippe et aurait trouvé la petite ville invivable – il lui fallut cependant honorer ses devoirs, non seulement envers l'œuvre de ses ancêtres, mais vis-à-vis de sa jeune nièce, qui avait survécu à cette nuit indescriptible.

Ici se trouvait son foyer, ici était préservé le passé, et tous les garçons de la ville considéraient ce lieu avec respect, un lieu aussi mystérieux que la sacristie, car très peu y avaient pénétré et presque personne ne savait ce qui se passait dans ses profondeurs.

Dans la cour poussaient les vieux arbres épargnés par l'incendie. De loin, ils ressemblaient à des buttes vertes desquelles surgissaient les murailles d'un blanc et rouge terne, leurs vitres réfléchissant les éclats du soleil. Des cariatides en bois représentant des femmes plantureuses au buste dénudé décoraient les angles de la façade. Bien que cette maison ne fût pas ancienne, les murs lézardés, dont on n'avait pas renouvelé la couche de peinture rouge initiale, lui donnaient une apparence désuète, médiévale.

Cela tombait bien, car Luis l'avait autrefois comparée au château d'un livre de contes, sinistre à cause des donjons – mais des donjons où les prisonniers passaient du bon temps puisqu'on leur donnait du pain et de l'eau. À Sipnget, où Luis avait grandi, il ne mangeait du pain que le dimanche, lorsque sa mère se rendait en ville pour vendre quelques légumes verts et rentrait avec sa corbeille de rotin à demi remplie de savon, d'allumettes, de sel, de sucre et d'un *pan de sal* pour chacun de ses fils.

Luis avait passé une partie de son enfance dans cette maison, mais jamais il ne s'y était senti chez lui comme dans la misérable hutte de Sipnget. Cette vaste demeure n'était rien qu'un assemblage de blocs de pierre, de solides morceaux de bois et de parquets astiqués, avec des domestiques qui se déplaçaient au moindre de ses caprices, pieds nus et anonymes, bien qu'il sût d'où ils venaient. Il fut un des leurs à un moment, mais il était désormais un Asperri, et cela changeait tout.

« Je n'osais espérer votre venue, dit Santos doucement.

– Pourquoi donc ? » Une fois de plus, Luis ressentit de la gêne, car Santos avait raison. Luis avait toujours été transparent pour les autres, sauf à ses propres yeux et à ceux de sa cousine. « Ce sont les vacances, non ? » Il n'attachait aucune importance à la réponse de Santos et ne l'entendit pas la lui murmurer. Ils approchaient de la maison et ils ralentirent devant les *accesorias* chinoises appartenant à son père, les cireurs de chaussures et les voyageurs à la gare routière. Ils ne s'arrêtèrent qu'une fois quand Simeon laissa passer une *caromata,* puis il vira sur la droite vers l'allée grande ouverte bordée de massifs d'*azucenas* et de rosiers en pots bien entretenus. La voiture s'immobilisa sur le vaste espace carrelé au pied de l'escalier en marbre.

Un jeune homme que Luis n'avait encore jamais vu, vêtu d'une tenue kaki défraîchie, un pistolet sur la hanche, surgit de derrière l'escalier, ouvrit la portière et salua. Luis le prit d'abord pour l'un des soldats en poste au dernier point de contrôle, qui, pour une raison quelconque, avait dû rester dans la maison. À quelque distance de l'allée, près de l'entrée de l'entrepôt, il aperçut d'autres hommes en kaki avec des fusils Garand et des carabines.

« Qui sont ces gens ? » Luis indiqua les hommes armés.

Simeon se tourna vers lui. « Nos gardes privés », dit-il sur un ton neutre. Que Rosales fût à l'image du pays – en proie à des troubles –, cette évidence frappa subitement Luis, et c'était ici même, dans cette maison, que l'agitation devait être la plus vive et profonde.

En quittant la voiture, Santos se tourna vers Luis et Trining et demanda : « Est-ce que je lui annonce votre arrivée ?

– Non, répondit Trining. Tu peux disposer. »

Luis sortit à son tour de la voiture. Il n'avait pas effectué un aussi long trajet depuis longtemps et il éprouva du soulagement. Il salua les domestiques qui, surgis de l'obscurité, les entouraient à présent, se disputant les bagages en cuir rangés dans le coffre. Luis gravit les escaliers avec sa cousine. L'atmosphère confinée de la maison les saisit – une odeur de renfermé, d'encaustique que l'on passait méticuleusement sur le bois, une opulence étouffante, avec, au centre du vestibule, le magnifique lustre rose de Venise que son père avait rapporté de l'un de ses voyages en Europe avant la naissance de Luis, et, au fond, la statue de bronze représentant un laboureur, œuvre d'un artiste anonyme de Manille.

Trining conduisit Luis dans la chambre de son père. Il frappa deux coups à la porte sculptée en bois de *narra*. La voix venue de l'intérieur de la pièce – caverneuse et impatiente – leur dit d'entrer. Tous les stores étaient baissés ; il faisait presque sombre, mais Luis aperçut aussitôt don Vicente Asperri étendu sur son lit à baldaquin. Le vieil homme était adossé sur une pile d'oreillers. Il était en pyjama, et son corps volumineux semblait se fondre dans l'épaisseur du matelas. Il souffrait maintenant de strabisme, et ses lèvres épaisses étaient entrouvertes comme s'il souriait.

Luis alla vers son père et porta la grosse main du vieil homme à son front. Comme Trining et lui reculaient pour prendre place sur deux chaises en fer forgé disposées près de la fenêtre, don Vicente leur fit signe et dit d'une voix douce mais ferme : « Venez plus près, je vous vois mal. »

« Alors, Luis, tu as terminé tes études », dit-il après qu'ils eurent rapproché leurs chaises du lit. Luis se tourna brièvement vers Trining, mais elle ne paraissait pas concernée. « Dans un sens, oui, papa. Quoique je n'aie pas encore de diplôme. »

Il observa le visage de son père. Don Vicente grommela, mais Luis n'aurait su dire s'il exprimait ainsi son mécontentement ou une totale indifférence. Le vieil homme s'adressa à la jeune fille : « Et tes études ? »

Trining poussa un soupir. « Bien, *Tio,* mais ne m'interroge pas sur mes notes. Ces bonnes sœurs, elles ne sont jamais satisfaites de mes dissertations trimestrielles. » Don Vicente hocha la tête et les larges plis de son menton tremblèrent. Il avait l'air heureux. « Luis, que comptes-tu faire maintenant ? demanda-t-il en battant des paupières.

– J'espère que tu n'y verras pas d'objection, père », répondit Luis d'une voix hésitante. Il s'était accoutumé à la pénombre et, à l'affût du moindre signe de désapprobation sur le visage et dans les yeux rouges et embués de son père, il poursuivit : « J'ai trouvé un travail.

– Tu travailles ? » fit don Vicente, incrédule.

Trining hocha la tête. « Au moins, ça lui évitera de faire des bêtises. Il ne passera plus son temps à partir en guerre contre les prêtres.

– Luis, en guerre contre des prêtres ? » demanda don Vicente, alarmé. Il s'étira sur sa pile d'oreillers et fixa son fils du regard.

« Mais tu le sais, *Tio,* dit Trining. C'est pour ça qu'il n'a pas décroché son diplôme. » Elle paraissait s'amuser et elle se mit à rire.

« Un bagarreur comme son père, alors, dit don Vicente, les lèvres tremblantes. Tu me raconteras ça un de ces jours, *hijo.* Je ne me souviens pas très bien de cette histoire. Elle doit figurer dans les dossiers que conserve Santos. »

Luis se sentait soulagé que le vieil homme n'eût pas montré le moindre désir de gâcher leurs retrouvailles, mais le malaise qu'il ressentait avait du mal à se dissiper. Il n'était pas revenu à Rosales depuis quatre ans et voilà qu'il se retrouvait devant cet homme qu'il appelait papa, cet homme dont sa mère disait qu'elle pourrait lui cracher au visage sans ciller. Luis détestait revenir dans cette ville, dans cette maison, à cinq kilomètres du village où sa mère, son frère et son grand-père vivaient toujours dans un grand dénuement, alors que lui était ici à l'abri et ne manquait jamais de rien.

Don Vicente se frotta la poitrine. « Et les affaires de cœur ? » demanda-t-il tandis qu'un sourire flottait sur ses lèvres.

Trining se tourna vers Luis et dit gaiement : « *Tio,* il mérite un zéro. Il vient rarement me voir à l'école, où j'ai plein d'amies, des filles ravissantes, qui toutes n'attendent que de voir mon beau et brillant cousin. Et quand je les lui présente, c'est un vrai glaçon. »

Don Vicente grommela de nouveau, mais, à la lueur dans son regard, Luis sut qu'il était content. « Il est temps que tu élargisses tes centres d'intérêt, *hijo,* dit-il.

– Je n'ai pas besoin d'en chercher davantage », dit Luis piteusement, irrité contre sa cousine. Il croisa les jambes et se mit à examiner le motif entrelacé brodé à la main sur le drap. « Mon travail est si absorbant, je n'ai pas vraiment de temps.

– Ne te laisse pas submerger par ton travail, dit son père. L'année prochaine, tâche de rendre visite à Trining chaque semaine, chaque jour même, si tu peux. Je pense que vous devriez vivre ensemble pour que tu puisses rencontrer ses amies.

– Il vient une fois par mois, se plaignit Trining. Et il ne veut même pas me sortir à moins que je le supplie. C'est tellement gênant. J'aimerais faire les magasins ou aller au cinéma – mais il ne me le permet pas. »

Don Vicente s'esclaffa et Luis imagina que ses éclats de rire s'accumulaient dans sa bedaine et qu'il les éructait avec les mêmes craquements aigus du bambou que l'on fend.

« *Hijo,* dit-il. Essaie de comprendre combien il est difficile pour une jeune fille de rester enfermée dans cette institution religieuse. Et puis tu n'as pas besoin de travailler autant.

– Je n'ai pas d'horaires précis, mais on doit constamment fournir des efforts supplémentaires.

– Et ta santé ? Regarde-toi, tu es maigre comme un curedents. » Don Vicente avait l'air inquiet.

« Je dors bien, je mange bien.

– Mais as-tu assez d'argent ? Je peux te faire un autre versement, proposa don Vicente.

– C'est plus que suffisant, père, dit Luis sur un ton ferme. Tu le sais.

– Et la maison, n'y a-t-il pas quelque chose à réparer ? Des meubles à acheter ? » poursuivit don Vicente.

Luis hocha la tête. « Je vis comme un pacha, père. Je ne peux rien demander de plus. D'ailleurs, je gagne un peu d'argent maintenant.

– Un salaire de misère ! » rugit don Vicente, puis il fut secoué par un violent accès de toux. Après un instant de silence, il reprit : « D'accord, mais n'oublie pas ceci : personne ne t'a demandé de travailler. C'est loin d'être mon désir le plus cher. Mais si tu tiens à mourir à petit feu... » Sa toux se calma et, se penchant en avant, il dit à mi-voix : « Tu sais que je me suis toujours soucié de ton bien-être, et j'ai dit à Simeon et à Santos de pourvoir à tes besoins même si tu refuses de m'en parler... »

Il y eut un silence gêné.

Se tournant vers la jeune fille, don Vicente dit alors : « File à la cuisine et veille à ce qu'on ait un bon dîner. » Trining se leva et, comme la porte se refermait derrière elle, don Vicente fit signe à son fils d'approcher. « Écoute, je ne veux pas que tu te conduises mal. Mais tu devrais avoir des femmes – c'est normal. Seulement, ne laisse pas tes pulsions sexuelles te détourner du véritable objectif du mariage, qui est de fonder un foyer. Le mariage est un contrat social, pas uniquement pour avoir des enfants, mais pour assurer ton avenir.

– Vous semblez avoir oublié l'élément le plus important, père, objecta Luis. Il faut qu'il y ait de l'amour. »

Don Vicente eut un sourire condescendant qui dévoila ses dents jaunies par la nicotine. « Le jeune amour romantique ! Oui, tu dois connaître ce sentiment, vivre cette expérience. Mais n'oublie pas à quoi sert le mariage. Luis, tu peux avoir des maîtresses. Mais le mariage, ça doit être autre chose que de l'amour. La politique, l'économie, la stabilité. Allons, regarde autour de toi, regarde ton propre patron de presse, Dantes – il a épousé sa cousine, tu ne le savais pas ? Les hommes politiques que je connaissais – ces hommes tout-puissants qui sont au gouvernement –, ils ne se sont pas mariés par amour. Alors garde tes idées romantiques et fais ce que tu as à faire. »

Don Vicente leva les yeux au plafond en hochant la tête. « Les jeunes, ils ne perdent pas seulement du temps, poursuivit-il. Mais j'ai été jeune moi aussi. Et je profitais de la vie... le vin, le jeu. Tu joues, fils ? » Il se tourna un bref instant vers Luis.

Le jeune homme fit non de la tête.

« Qu'est-ce qui te rend aussi susceptible ? demanda le vieil homme. Je suis un homme, je comprends. Il n'y a rien de tel pour tremper le caractère que de jouer et de prendre des risques. Mais même là, il faut garder son calme. Et savoir perdre. J'ai effectivement perdu un peu – aux tables de jeu, mais j'ai gagné beaucoup par ailleurs. Tu vois de quoi je parle ? »

Luis devrait de nouveau écouter le vieil homme raconter qu'il avait joué au poker avec Manuel Quezon et tous ceux qui gravitaient autour du palais de Malacañang, les hommes importants, les *mestizos* qui parlaient sans aucune retenue en espagnol et menaient les Indios à coups de trique exactement comme l'avaient fait leurs ancêtres. « J'ai failli avoir une rue à mon nom à Quezon City, disait don Vicente. Mais Quezon a oublié – et j'étais trop fier pour le lui rappeler. Et comme je te le disais, il faut aussi choisir ses partenaires de jeu – pas seulement la première racaille venue –, et ne pas fréquenter n'importe quelle maison de jeu. La politique est un tout. Un tout. Et même les femmes devraient en être des instruments. Si jamais tu vas dans un bordel, pense à ta santé ; utilise des préservatifs. Aie toujours des protections, des assurances, des relations. C'est ce que je tiens à te dire. As-tu pensé faire des études de droit, Luis ? »

Celui-ci hocha de nouveau la tête.

« Tu es encore très jeune, poursuivit le vieil homme. Tu peux étudier le droit le soir. Tu n'es pas obligé de devenir avocat, ou, si tu réussis le barreau, tu n'es pas obligé d'exercer. Quatre ans d'études – et connaître le droit est une bonne formation. Ça permet d'être un homme politique plus sûr de soi, plus habile. Ensuite, présente-toi à un poste dans l'administration, au Congrès. C'est ainsi que je vois les choses. Les temps changent, Luis. Je n'ai pas eu à me lancer dans la politique parce que je connaissais les meilleurs politiciens du pays. La fortune – on ne peut pas la conserver ni l'accroître si on n'a pas de pouvoir politique : je ne suis pas certain que tu connaisses les hommes actuellement au pouvoir, ni ceux qui montent. Alors sois député de cette circonscription. Pas maire, c'est bien trop modeste pour toi. J'en ai appuyé tellement, et – qu'ils soient nationalistes ou libéraux – ils me sont tous redevables. Comme ça, tu ne te feras pas seulement un nom ou une fortune, mais tu auras un véritable pouvoir. Tu me comprends, n'est-ce pas ? »

Luis hocha la tête. Aussitôt lui revinrent à l'esprit le défilé des politiciens dans la maison d'Ermita, les conversations courtoises et les poignées de main, les employés des ministères sollicitant humblement une audience de son père, les phrases adroitement ciselées de la corruption, les chuchoteries et les *« areglados »* triomphants. Il serait donc aussi un politicien, seulement cette perspective ne lui disait rien. « Nous avons bien trop d'avocats, père, et des politiciens qui font beaucoup de bruit mais ne sont rien que des escrocs. » Il n'avait pas l'intention de discuter ni de contrarier le vieil homme.

« Mais est-ce que je te demande d'être un escroc ? » Don Vicente éleva la voix. « Depuis quand les millionnaires escroquent-ils ? Je te demande simplement de comprendre ce que le pouvoir représente, plus que ce que je peux te donner, avec mon nom, mes biens. Je pense à l'avenir – et, entre nous, *hijo,* tu es très bien parti. Les gens savent maintenant qu'il y a un Asperri intelligent. Et avec ta plume, tu as de l'influence – ce qui est aussi une forme de pouvoir.

– Je comprends, père », dit Luis. Il aurait voulu demander à quoi sert le pouvoir lorsqu'un seul homme, ou un groupe, le brigue sans le consentement de ceux qui sont gouvernés. Combien de temps peut-on le conserver ? Mais poser la question était inutile, car il savait aussi ce que répondrait le vieil homme : qu'il y a ceux qui sont destinés à gouverner, à détenir le pouvoir, non pas parce qu'ils ont cela dans le sang, mais parce qu'ils sont créés pour gouverner, manipuler, de la même façon qu'il y a des hommes destinés à travailler, à être esclaves, à être dirigés, et dont il faut s'occuper comme des enfants. L'histoire est ainsi, et les Philippines et les Philippins ne font pas exception.

Son père redevenait volubile. « C'est l'évidence même, surtout pour ceux d'entre nous qui savent de quoi il retourne. La famille Dantes – tu sais que Dantes ne fait pas de politique, mais ses frères et ses proches en font. Ils possèdent toutes les Visayas – j'exagère peut-être –, mais Negros et Panay sont entre leurs mains. Ils se sont mariés entre eux. Les journaux de Dantes ne rapportent pas tous de l'argent, mais ce sont des formes d'investissement. Regarde comme les hommes politiques le craignent. J'ai lu dans la presse que même le président n'ose pas se mettre en travers de sa route. Et pourquoi ? Dantes a un pouvoir politique, et il peut aussi manipuler l'opinion publique. Ne l'oublie pas, je suis peut-être très isolé ici, mais je lis – et je pense, je me souviens. Je connaissais la famille Dantes quand elle ne possédait rien d'autre que deux *bancas*. Et regarde maintenant leurs bateaux, leur système de transport, leur banque, leurs publications – et les hommes politiques qu'ils contrôlent. Sais-tu que ça pourrait nuire à leurs affaires si la Banque des Philippines, censée leur appartenir, devait procéder à la saisie de leurs biens hypothéqués ? Elle ne fera évidemment pas une chose pareille... »

Luis n'ignorait pas l'immense pouvoir politique et économique exercé par les Dantes, la plus importante famille de planteurs de canne à sucre du pays. Il savait également que travailler pour Dantes, c'était lui donner non seulement sa loyauté, sa sueur et son sang... mais encore, comme le disaient souvent les gars au Club de la presse, « lui donner ses couilles ».

Pourtant, Dantes était un employeur idéal. Lorsqu'il partait en voyage, ce qui arrivait deux fois par an, il emmenait toujours au moins six membres de la rédaction, en première classe, bien sûr. À ses collaborateurs préférés, il offrait des voitures, des maisons, des vacances – et quand ils devenaient trop vieux ou encombrants dans ses publications, il les bombardait vice-présidents ou consultants dans ses autres entreprises.

Dans le monde de la presse, personne n'ignorait que ses éditorialistes et ses chroniqueurs, des gens comme Abelardo Cruz et Etang Papel, étaient réduits à l'état de laquais, qu'ils écrivaient ce qu'on leur disait d'écrire, mais Luis n'avait pas à subir une telle épreuve.

Lors de son seul et unique entretien d'embauche, l'éditeur lui avait dit : « Je vous laisserai une entière liberté non seulement dans la façon de diriger votre périodique, mais aussi dans le choix de votre équipe. Je suis au courant de votre différend avec le père recteur. J'admire votre indépendance ; souvenez-vous seulement que ce qui m'intéresse, c'est que ce pays progresse – si le pays progresse, nous progressons aussi. »

« Tous les grands journaux appartiennent à des Philippins tout-puissants, père, dit Luis. Dantes ne fait pas exception.

– Ce qui ne fait que confirmer mon point de vue, dit don Vicente. Mais l'industrie sucrière n'est pas bonne pour le pays, Luis. Je le sais maintenant. On ne produit même pas assez de riz. Tu écris souvent sur l'exploitation des pauvres. Tu devrais aller un jour à Negros. J'ai des amis là-bas. Des Espagnols. Tu parles d'exploitation ! Ils violent les plus jolies filles de leurs travailleurs. Ils frappent leurs gens à coups de cravache quand ils les surprennent à mâcher de la canne à sucre. C'est comme un homme assoiffé qui, dans une brasserie, boirait juste une gorgée ! Et les *sacadas* – on est en 1950. Ils étaient exploités en 1930 et en 1940. Un de ces jours, tu devrais écrire un article sur les quotas sucriers, tu découvriras un tas de choses intéressantes... Et on raconte que les *hacenderos* de Luzon sont des exploiteurs. Tous ces

Visayans, avec leur allure décontractée et leurs intonations efféminées – ce sont les grands propriétaires les plus pervers. »

Le bourdonnement de la circulation parvenait jusqu'à la chambre – le car provincial s'arrêtant dans un crissement de pneus pour déverser ses passagers à la gare de jonction, le grincement des roues non graissées des chars à bœufs quittant l'entrepôt à l'arrière et franchissant le portail pour se diriger vers les champs. Son père reprit la parole, cette fois avec gravité : « Mais ne vois-tu pas avant tout que je ne suis plus qu'un vieux sac d'os ? Que je ne suis plus en bonne santé ? Je ne peux plus m'occuper du domaine aussi bien que je le devrais. » Il toussa légèrement, puis hocha la tête et pressa ses mains potelées contre sa poitrine. « Ça fait mal, mais pas autant que lorsque je pense à ce qu'ils me font. Ces maudits paysans, ils mentent et volent et emportent tout parce que je ne peux plus m'y rendre. Dieu sait qu'autrefois c'était la plus belle hacienda de toute la région, plus belle que celles de Santa Maria, de Tayug ou de San Miguel. Sais-tu qu'à un moment cette ville a été le centre du commerce du riz, qu'on pouvait approvisionner toute la province, et même la province de Tarlac si on voulait ? Ce n'était pas une mince affaire – pas seulement pour moi, mais aussi pour tes ancêtres, mon grand-père, ton arrière-grand-père… »

Toujours la même rengaine – Luis la connaissait par cœur et elle l'ennuyait. Son regard erra sur l'escalier de fer en spirale au pied du lit de son père et, une fois de plus, il songea à la chambre située dans la tour à laquelle ni Trining ni lui n'avaient jamais eu accès. Un jour, arrivé depuis peu dans la maison et pensant pouvoir aller partout, il avait demandé la permission à son père, calé sur ses oreillers comme maintenant et buvant son café sur un plateau, mais don Vicente lui avait déclaré avec rudesse que la chambre de la tour était privée et que personne – absolument personne – n'y montait jamais. Une fois, Luis se retrouva seul avec Trining dans la maison, son père s'étant rendu à Cabugawan pour y voir les métayers, et, tels deux conspirateurs, ils décidèrent d'envahir le nid d'aigle de son père. Ils gravirent tout doucement l'escalier en spirale et, arrivés en haut, ils se heurtèrent à une porte close. Solidement verrouillée, elle refusa de céder. Luis se demanda, mais durant une brève période seulement, quels secrets renfermait la chambre de la tour ; puis, passé l'adolescence, il pensa que c'était peut-être là que le vieil homme rangeait ses photos cochonnes.

« ... Cet endroit est agréable à vivre, Luis, mais pour y vivre, il faut être fort – et pragmatique ; il faut savoir faire face à ses faiblesses et à celles d'autrui. »

Comme absorbé dans ses pensées, Luis se pencha et son regard erra sur les belles lattes en *narra* du parquet – longues, larges, polies, et dont les veines semblaient palpiter. Il était quasiment impossible de trouver ce genre de bois aujourd'hui, car les grands arbres qui poussaient autrefois dans la région avaient été abattus. Cette maison, bien qu'elle fût la réplique de celle qui avait été incendiée, était vraiment l'œuvre de ses ancêtres, les Asperri. Elle pourrait passer à juste titre pour un monument démesuré dédié à leur ténacité et à leur habileté. Luis connaissait l'histoire par cœur, telle que sa famille de Sipnget la lui avait racontée – les Américains qui débarquèrent avec leurs alidades et leurs chaînes d'arpentage, les Espagnols qui s'associèrent à eux et la façon dont, rien qu'avec des bouts de papier, ils asservirent fermement et définitivement ceux qui, au départ, abattirent les arbres, coupèrent l'herbe, tuèrent les serpents et endiguèrent les cours d'eau afin de rendre bienveillante et fertile cette terre inhospitalière.

L'histoire est écrite par les puissants. Où avait-il lu cela ? Était-ce Vic, son demi-frère, qui lui avait cité cette phrase ou l'un de ses amis radicaux à l'université ? Sa vieille colère se raviva et avec elle un sentiment d'impuissance totale, car il était incapable de lutter contre le vent, pas avec son corps frêle ni son intelligence superficielle, et moins encore avec sa poésie. Il redouta une fois de plus de devoir prêter l'oreille aux craintes et aux attentes de son père, et il écouta le vieil homme comme l'on écoute sonner le glas.

« J'irai là où nous devons tous aller, mais je veux de la sincérité entre nous. Tu es mon fils, mon sang coule dans tes veines, ma vigueur… »

Luis remâcha sa réponse en silence : *Je suis ton fils mais aussi le fils de ma mère. J'appartiens également à cette terre que tu as dévastée et pas uniquement à tes ancêtres venus d'une lointaine péninsule rocailleuse.*

« Et je veux que mon sang et ma vie se perpétuent quand ce corps mortel ne sera plus. Je veux que tu te maries, Luis, et que tu aies un héritier avant que je disparaisse. Je veux que tu penses de nouveau à ta cousine. Il est important que ce domaine, cette fortune restent aux mains des Asperri. Il ne faudrait pas qu'ils tombent dans celles de ces métayers qui ne savent pas ce que c'est que de créer quelque chose à partir de rien et ne sont fiers ni de leur lignée ni de leur race. Ce sont tous des fourbes, des ingrats – ils ont assassiné mon frère, ne l'oublie jamais. »

Le vieil homme était en colère ; il avait peur aussi. Luis comprit mieux certaines choses – les gardes privés, les patrouilles, les postes de contrôle. L'armée n'était pas là pour protéger les déshérités – depuis toujours, cette institution servait à défendre les privilèges.

« Je sais, père, dit Luis. Mais si vraiment ils veulent nous assassiner, toi ou moi, crois-tu que tes gardes privés…

– Nos gardes privés, Luis. Nos gardes privés.

– L'armée serait-elle capable de te défendre ? Ce n'est pas la meilleure des protections, père ; ça ne l'a jamais été…

– Comme tous les intellectuels, tu as horreur de ceux qui portent l'épée et tu t'en méfies. Tu t'es laissé fasciner par le vieil adage qui prétend que la plume est plus puissante que l'épée. T'est-il jamais venu à l'esprit que c'était peut-être l'invention d'un poète ? Les gens y croient, mais c'est une absurdité. Celui qui porte une arme représente l'État, et l'État est tout. Sans l'ordre, le progrès peut-il exister ? Sans l'État et sa stabilité, on retournerait à la jungle...

– C'est la jungle, père, dit Luis, surpris de contredire ouvertement son père. Ça l'a toujours été.

– Et les prédateurs, ce sont des gens comme moi ? » Don Vicente hocha tristement la tête. « Mais qu'es-tu donc ? Deviendras-tu le défenseur des faibles et des opprimés ? Mon fils, il n'y a ni oppresseurs ni opprimés. Il n'y a que des gens qui saisissent les occasions pour améliorer leur sort. Vertueux, les pauvres ? Les pires ennemis des pauvres, ce sont eux-mêmes – parce qu'ils sont paresseux, qu'ils refusent de changer.

– C'est nous qui refusons de changer, père, dit Luis. Nous nous sommes habitués au confort, aux coutumes du passé. »

Don Vicente haussa la voix. « Mais j'ai changé, Luis, et pas seulement physiquement. Je ne suis plus ce jeune homme qui voyageait en Europe, menait une vie fastueuse à Manille et détestait chaque instant qu'il passait ici, dans cette ville. Mes opinions ont changé elles aussi. Tu n'as pas besoin de me dire que tout vient de la terre et que ce que nous avons obtenu d'elle doit être restitué. »

Son père croyait-il en fin de compte à la justice ? Ou se laissait-il de nouveau gagner par l'emphase ?

Un autre silence gêné s'installa, puis don Vicente fit un brusque mouvement du menton en direction de la porte. L'entretien avait pris fin.

Lorsqu'il quitta la chambre plongée dans la pénombre, le soleil qui inondait le vestibule aveugla Luis. Dans sa propre chambre, à l'autre bout du vestibule, le parquet paraissait astiqué depuis peu et le lit sentait bon, avec ses draps fraîchement amidonnés. Ses valises étaient alignées à côté du lit, il les défit et rangea ses vêtements dans le grand *aparador,* dans un coin de la pièce. Il se dirigea ensuite vers l'*azo-*

tea et s'assit sur le muret en pierre. Le léger bruissement dans les avant-toits et le teuf-teuf sonore de la rizerie située derrière la maison lui parvinrent. Au-delà des murs sans âge en tuf d'origine volcanique s'étendaient les champs bruns ; de même que la digue et les mouchetures marron des palmiers *buri* au loin.

Trining sortit de sa chambre et vint le rejoindre. Il ne remarqua sa présence qu'au moment où elle s'assit à côté de lui et que leurs bras se touchèrent. Il se tourna vers elle et vit qu'elle avait quitté l'uniforme brun empesé qu'elle portait pendant le trajet. Ce vêtement lâche ne l'avantageait pas. Elle avait mis maintenant une robe de soie jaune qui soulignait les douces courbes de son jeune corps en plein épanouissement.

« Tu parais tout savoir – à peu près tout ce qu'il ne faut pas lui dire », fit Luis sur un ton irrité.

Trining le regarda, l'air incrédule. « Mais il sait tout, Luis, absolument tout, sans que j'aie à le lui dire. Crois-tu que *Tio* soit idiot, même s'il reste toute la journée dans cette pièce ? Il m'a écrit quand tu as abandonné tes études. Il est au courant de ta querelle avec ton père recteur. Des prérogatives – c'est ainsi que tu considérais cela ? »

Luis ne répondit pas.

« D'ailleurs, c'est vrai. Tu n'es pas venu me voir assez souvent. Je t'aurais vu davantage si seulement tu avais voulu. Je suis vraiment fière de toi, Luis. Tu n'as qu'à demander à mes camarades de classe ce que je ne cesse de leur répéter. Eh bien, d'après elles » – elle se tut et rougit – « je suis amoureuse de toi. C'était très gênant pour moi de paraître t'aimer autant, et tu n'es pas venu aussi souvent que je l'aurais voulu – et quand tu venais, tu ne voulais même pas me sortir.

– Tu parles trop », dit Luis, mettant fin à son babillage en s'éloignant d'elle. Il regagna sa chambre et s'affala sur son lit. Les draps étaient frais et agréables. Du plafond pendait un petit lustre rose, comme dans toutes les autres pièces, et la légère brise qui entrait par la porte ouverte de l'*azotea* le faisait tinter.

Trining suivit Luis et s'assit sur le bord de son lit. « Bon, si tu ne m'aimes pas, tu aurais pu au moins être aimable avec mes amies. Par exemple, Ester, la fille du patron de ton journal, quand on est venu dans ton bureau, tu ne l'as même pas regardée. Ça a été la même chose à cette fête au Cielito Lindo – où je t'avais supplié de m'emmener. Qui le fera, Luis ? Mes amies pensent que tu es snob. J'ai dû leur expliquer que tu ne l'étais pas.

– Je suis désolé », dit Luis en serrant sa main.

Trining se leva et se dirigea vers la porte. « Tu veux faire un tour en ville avec moi ?

– Il y a quelque chose à voir ?

– On nous verra, dit-elle en souriant. Cela fait quatre ans que tu n'es pas venu. Les gens aimeraient voir combien tu as changé…

– Non, dit-il sur un ton bourru.

– Je t'appellerai quand le dîner sera prêt. » La porte se referma et il l'entendit fredonner doucement en traversant le vestibule à pas feutrés.

Il était donc chez lui, dans ce grand bloc de maçonnerie sans âme, dans cette chambre étrangère. Mais les gens qu'il aimait ne se trouvaient pas ici. Ils vivaient dans un autre temps, un autre lieu, et il fut empli de remords à l'idée de ne pas leur avoir écrit depuis longtemps et de ne pas leur avoir donné de nouvelles hormis les quelques potins qu'il leur avait concédés. À cette heure, sa mère devait déjà s'occuper du dîner et, comme d'habitude, son grand-père serait assis près de la fenêtre donnant à l'ouest, tentant de profiter de la lumière déclinante du jour pour ramender des filets de pêche. Vic conduirait les bêtes vers l'enclos, s'il était encore avec eux, s'il n'avait pas quitté Sipnget pour acquérir de l'instruction et progresser, comme il s'était juré de le faire. Luis ne leur avait pas écrit depuis des mois, et ils ignoraient vraisemblablement qu'il était de retour. Lors de sa dernière visite à Sipnget, quatre ans plus tôt, sa mère avait pleuré, disant qu'il avait tellement grandi. « D'un seul coup, comme une pousse de bambou ! » avait-elle affirmé, les yeux rieurs et pourtant embués de larmes. Ils avaient fait leur possible pour l'installer confortablement. Son grand-père avait même quitté sa chaise près de la fenêtre pour la lui offrir.

Trining revint discrètement dans la chambre. Luis avait les yeux fermés, mais il ne s'était pas endormi, il avait juste glissé dans cet engourdissement de la conscience entre la veille et le sommeil. Trining se pencha sur lui et lui secoua le bras. « Le dîner est prêt. Réveille-toi, paresseux », dit-elle d'une voix qui vibrait agréablement.

Le mécontentement qu'avait provoqué la conduite récente de Trining s'était dissipé et, la voyant si proche et souriante dans l'obscurité qui grandissait, il lui caressa le visage. Elle lui prit la main et avec sa paume effleura ses propres lèvres, sa joue. Il se redressa et, l'attirant vers lui, baisa ses lèvres frémissantes au goût de miel et de sel, sentit son haleine chaude et douce sur son visage, respira le parfum de ses cheveux. Elle ne protesta pas. Au contraire, elle l'entoura de ses bras lentement, en hésitant, presque timidement. Puis, avec une brusquerie qui le surprit, elle le repoussa et se redressa. Son regard était sérieux mais pas courroucé. « *Tio,* murmura-t-elle. Il nous attend. »

Luis se leva à contrecœur et changea de chemise pendant que Trining, de son côté, défroissait sa robe bien qu'elle ne fût nullement chiffonnée. C'est un début, pensa-t-il, et, avant qu'il ouvrît la porte, Trining s'approcha de lui sur la pointe des pieds et lui effleura la joue d'un baiser. « Je crois que j'ai été pardonnée », dit-elle en souriant.

Dans la salle à manger contiguë au vestibule s'alignaient

des vitrines au vernis d'un brun intense remplies d'argenterie et de porcelaines anciennes que son père avait rapportées d'Italie et d'Angleterre. Aux murs d'acajou austères étaient accrochées dans des cadres dorés des natures mortes, de goyaves mûres, de mangues, de *chicos*. Don Vicente était assis à un bout de la table couverte d'une vitre et disposée au centre de la pièce ; derrière lui, une grande peinture dans un cadre argenté représentait la Cène. Une servante se tenait tout près munie d'un éventail en papier qu'elle agitait de temps à autre au-dessus de la table.

Don Vicente qui avalait bruyamment sa soupe s'interrompit et les invita à s'asseoir. Trining s'arrêta un instant devant sa place à la gauche de don Vicente et, la tête baissée, dit le bénédicité. Don Vicente regarda sa nièce, puis se tourna vers Luis, qui s'était assis immédiatement sans observer le rituel.

« Ah ! c'est merveilleux d'avoir dans la famille quelqu'un qui nous sauvera du paganisme », murmura don Vicente.

La jeune fille fit le signe de croix. « Je ne peux pas manger si je n'ai pas prié, dit-elle en s'asseyant. C'est plus une habitude qu'autre chose.

– Tu iras droit au paradis », dit Luis.

Trining lui lança un regard furieux.

« Je fais honneur à mon fils unique, dit don Vicente. C'est la première fois depuis des semaines que je me montre à un repas.

– Merci, père », dit Luis. *Mon fils, mon fils unique* – ces mots résonnèrent à ses oreilles. *Père, quel amour ressens-tu donc, toi qui as renvoyé ma mère et m'as gardé ici ? Je peux continuer à vivre en acceptant tes cadeaux et tes preuves d'affection – mais est-ce de l'amour ?*

Le dîner était copieux – du poulet farci, de la salade de fruits, de la soupe aux champignons, des spaghettis, des aubergines grillées avec une sauce à la tomate et au poisson salé –, mais Luis n'avait pas faim. Mère, grand-père et

Victor, songea-t-il en chipotant dans son assiette, devaient avoir terminé leur repas – de simples fanes de *camote* cuites à l'eau et du riz peut-être –, et, à présent, mère s'installait de nouveau devant sa machine à coudre pour piquer à la faible lueur de la lampe à pétrole. Il se tourna vers la table couverte de nourriture, vers la servante qui agitait l'éventail en papier pour chasser les mouches. Le cuisinier jetait un coup d'œil par la porte grillagée de l'office, guettant le signal indiquant que ses maîtres désiraient être resservis. *Je vois leur mine renfrognée quand ils me servent. Même dans le regard de ma cousine et sur le visage de cet homme qu'ils appellent mon père, je perçois le ridicule et le mépris.*

« Luis, quelque chose ne va pas ? » fit don Vicente d'une voix grinçante.

« Le trajet, père. » Luis avait un alibi tout prêt. « Tous ces postes de contrôle, le retard... Ça m'a coupé l'appétit... »

Son père soupira. « Je sais, je sais, mais que pouvons-nous faire ? Prends du poulet. » Don Vicente poussa vers Luis le plat rempli de morceaux dorés de poulet en sauce. « Goûtes-y quand même. »

Luis déposa une cuisse dans son assiette. C'était étrange, mais sa mère faisait la même chose, elle poussait son assiette vers lui en disant : Tiens, fils, je n'ai pas faim. Son grand-père enchaînait, essayant maladroitement de paraître désinvolte : Je n'ai plus faim. Termine ce poisson-chat ou les lézards ne t'en laisseront pas le temps.

Le dîner traînait en longueur. Après la crème glacée au *macapuno* et quelques explications supplémentaires sur son travail (un bon magazine qui cherche la vérité et qui, une fois qu'il l'a découverte, n'a pas peur de l'imprimer), Luis demanda à son père s'il pouvait aller faire un tour.

« Où donc ? voulut savoir don Vicente en posant sa cuiller à dessert.

– Je suis curieux de savoir comment ça va à Sipnget », se contenta de répondre Luis.

Don Vicente devint pensif et il ferma à demi ses yeux rouges et pochés. Il hocha la tête. « Je ne veux pas que tu sortes seul – pas en ce moment. Je vais dire à Simeon de t'accompagner.

– Je peux venir ? demanda Trining.

– Toi, reste ici », lui dit don Vicente.

Luis était gêné d'avouer à son père où il désirait se rendre. Il se leva, évitant de croiser son regard, qu'il sentait fixé sur lui-même lorsqu'il quitta la salle à manger. Il s'arrêta un instant dans l'entrée. La nuit était calme, au-dessus du long arceau couvert de tuiles de la porte cochère*, les étoiles scintillaient. Il descendit les escaliers, la rampe en marbre était froide et lisse sous sa main. Dans le jardin, les grillons chantaient et le parfum des *azucenas* et des roses l'accueillit tel un signe de bienvenue. Tout au fond de lui, il s'écria : *Si je peux aller à Sipnget et gravir un autre escalier, serais-je chez moi là-bas, moi qui ai renié les miens voilà longtemps ?*

Il se souvint, non sans remords ni tristesse, qu'il avait dit à tous ses amis en ville que sa mère était morte depuis longtemps – or elle était en vie, et elle ne lui avait fait aucun tort si ce n'est le porter dans son ventre alors qu'il ne voulait pas naître.

« Luis », appela Trining à mi-voix.

Il se retourna. Elle se hâta de le rejoindre en bas des marches. « Tu dois vraiment y aller ? S'il te plaît, emmène-moi avec toi ! J'aimerais les rencontrer. »

Luis hocha la tête. « Oui, je veux y aller. C'est ma famille qui est là-bas, tu ne comprends pas ? Et tu n'as pas besoin de les rencontrer. Ils ne comptent pas pour toi.

– Oh, Luis », dit-elle en serrant sa main.

Est-ce qu'elle est au courant, est-ce qu'ils sont tous au courant de cette plaie qui me ronge ? Il mentit : « Il n'y a que pour moi qu'ils comptent, et tu ignores à quel point cet endroit me

* En français dans le texte.

manque. » Il aurait pu ajouter : Je suis né là-bas, et tous mes souvenirs, tous les souvenirs dont j'ai besoin, sont là-bas, mais, la gorge nouée, il fut incapable de prononcer ces paroles, et tout ce qu'il put dire d'une voix rauque au moment où ils se séparèrent tenait dans cette phrase : « Je suis chez moi là-bas ! »

CHAPITRE II

Simeon éprouvait un sentiment presque paternel envers la grosse voiture, et, le matin ou en fin d'après-midi, quand il n'avait plus à conduire, il la lavait et l'astiquait jusqu'à ce que la peinture noire brillât. Il soulevait le capot et nettoyait le carburateur, les câbles, la bosse en fer du moteur, et même l'intérieur du capot. Lui et sa femme – une matrone de *barrio* fumant le cigare qui s'occupait de la maison de Manille – n'avaient pas d'enfant et ils avaient reporté leur affection sur d'autres choses, et même sur Luis, auquel ils étaient très dévoués. C'était elle, Marta – alors domestique dans l'ancienne maison des Asperri – qui, serrant contre sa poitrine Trinidad, âgée de quatre ans et complètement terrorisée, avait demandé aux hommes pris de folie en train de mettre le feu à la maison après avoir tué les parents de la fillette d'épargner celle-ci, car elle n'avait commis aucun péché.

Luis essayait parfois de comprendre ce qui se passait dans la tête de son chauffeur, mais la plupart du temps Simeon ne laissait rien paraître et gardait un sourire inexpressif plaqué sur le visage quand Luis lui reprochait une peccadille. Luis se sentait presque coupable ; la voiture avait été lavée avec soin, or à leur retour elle serait de nouveau couverte d'une épaisse couche poudreuse.

Simeon conduisait lentement, le faisceau des phares captait au passage les porcs qui erraient le long de la rue principale ; ils tournèrent ensuite à droite dans l'étroit *camino provincial*. Il n'était pas entretenu ; la mauvaise herbe envahissait les bas-côtés et le gravier formait des tas irréguliers à certains endroits, là où les *camineros* ne l'avaient pas réparti vers le milieu de la route. La nuit était calme, une de ces nuits vaporeuses qui figent le paysage pendant la saison sèche. Seule la lueur orangée, vacillante, de quelques lampes qui signalaient les habitations troublait l'obscurité régnant alentour. Assis à l'arrière, Luis essaya d'attraper une luciole qui s'était engouffrée dans la voiture et dont la pâle luminosité clignotait – mais elle ne tarda pas à être aspirée à l'extérieur et Luis se replongea dans une attente pleine d'appréhension.

« Je devrais être en train de me rafraîchir dans un ruisseau », dit Simeon sans se retourner vers Luis tandis que la voiture roulait au ralenti.

Luis scruta le côté gauche de la route enveloppée de ténèbres. Ils avaient dépassé la dernière maison éclairée par une lampe à pétrole, et la route descendait vers les terres cultivées qui s'étendaient autour d'eux, anonymes et noires, vastes espaces appartenant à son père.

« Accélère un peu », dit Luis. La voiture fit crisser le gravier. Les *camachile* qui bordaient la route défilèrent à toute vitesse. Des nuées grises d'insectes nocturnes pris dans le faisceau blanc des phares s'écrasaient sans arrêt sur le pare-brise. La route caillouteuse semblait foncer à leur rencontre, et Luis tâchait de retrouver les anciens jalons ; au bout d'un moment, il reconnut le large endroit où le chemin de Sipnget emprunté par les chars à bœufs rejoignait le *camino*. Simeon s'arrêta et Luis descendit de la voiture. Un pont fait de troncs de cocotiers posés côte à côte et couvert de bambous entrelacés enjambait le canal d'irrigation qui longeait la route. La terre, attendant d'être labourée, dégageait une odeur de brûlé.

« Attends-moi là, dit Luis au chauffeur. Je vais y aller à pied. »

Simeon sortit à son tour de la voiture. « *Apo,* votre père – il m'a dit de rester avec vous.

– Simeon, je vais voir ma famille dans mon propre village », dit Luis sur un ton ferme.

L'épaisse couche de poussière recouvrant le chemin s'élevait à chaque pas, et souvent Luis trébuchait en marchant dans les trous que formaient les sillons réguliers tracés par les sabots des *carabaos*. De chaque côté du chemin, des parcelles plantées de tabac emplissaient la nuit d'une odeur forte et âcre. Des insectes bruissaient dans l'herbe qui poussait sur les digues.

Je suis chez moi. Je suis chez moi. C'est ce lieu que l'esprit vénère, que le cœur sanctifie. Bien qu'il fût resté longtemps absent, il n'avait jamais oublié les bruits et les senteurs – la bonne odeur du riz récemment moissonné, l'herbe encore fraîche de rosée, le bétail en train de meugler, le jeune bouvier appelant ses buffles, le caquètement des poules, le bruissement des bambous dans le vent et, surtout, les sonorités de sa langue, car l'ilokano, avec ce qu'il laisse inexprimé, conservait une aura de mystère. Il y avait aussi le passé qu'il était inutile de revivre et dont il fallait s'évader parce qu'il représentait la perdition et le marécage fangeux des origines. Comment était-ce alors, comment étaient ces heures, ces moments au bord du fleuve dans les trous d'eau pleins de nénuphars, le goût du riz fraîchement moissonné ? *Rappelle-toi le raclement de la guitare, les voix impatientes des enfants – ce bonheur qui prit fin une nuit comme celle-ci !*

Ce jour-là, cette année-là, on était en plein midi lorsque le tracteur de son père apparut. Après un déjeuner pris à la hâte, il avait saisi son chapeau de *buri* sur la patère en corne de daim – une relique du temps où son grand-père chassait – et il était allé dans la cuisine où sa mère faisait la vaisselle. Victor le suivit – Luis était le chef et Vic, son unique partisan.

Est-ce qu'on peut rejoindre les autres sur la route? demanda son jeune frère.

Il fait chaud, répondit sa mère en faisant une pause. Regarde comme la terre ondule dans la chaleur.

Le vieil homme ramendait des filets de pêche près de la fenêtre. Il passait la navette luisante en bambou dans une boucle. Laisse-les y aller, qu'ils voient comment un riche cultive la terre, dit-il.

Leur mère se tourna vers eux et leur dit de partir. Ayant dévalé l'échelle, ils s'élancèrent sur la route poudreuse. Ils ne se joignirent pas à la foule massée sur le pont, ni aux gamins sous les acacias. Ils s'assirent seuls sur l'herbe jaunissante, à l'ombre d'un jeune *camachile* en haut de la route.

Bientôt, un grondement monta vers eux et ils aperçurent le tracteur – il surgit dans un bruit de plus en plus infernal, suivi d'un nuage de poussière, sa peinture rouge étincelant au soleil. Les hommes accroupis se levèrent et les deux frères les rejoignirent. Le tracteur se rapprocha en grondant, puis il s'avança de leur côté tel un taureau furieux. Santos vit alors Luis et il lui fit signe. Il lui demanda s'il était le fils de Nena, et lorsque Luis répondit oui, le régisseur lui proposa de s'asseoir près de lui. Luis ne pouvait refuser et, beaucoup plus tard, il songea qu'il aurait dû dire aussi à Victor de le suivre.

Le moteur se remit à vrombir et Luis fut presque asphyxié par les gaz d'échappement noirs. D'un coup sec, le conducteur poussa une manette vers l'avant et le tracteur, évitant le pont, traversa par à-coups le canal d'irrigation peu profond, avant d'escalader péniblement l'autre remblai en détachant de grosses parcelles de terre lorsqu'il prit la direction du champ. Il roula tout droit le long du sentier, aplanissant les ornières creusées par les roues des chars à bœufs et les patins des traîneaux. Ses chenilles en fer imprimaient fortement leur motif rectangulaire dans la terre du sentier. D'autres enfants surgirent derrière la digue et formèrent une procession dans le sillage de l'engin. Assis à côté du régisseur, Luis sentait son cœur battre à tout rompre.

La digue n'arrêta pas le tracteur. L'engin escalada la pente plus vite qu'un *carabao* et traversa le village qui n'avait encore jamais entendu le bruit d'un moteur. Comme il passait en vrombissant devant la maison de Luis, son grand-père apparut sur le pas de la porte. Luis n'osa pas regarder dans sa direction. Il se doutait bien que le vieil homme n'appréciait pas ce genre d'intrusion, et il fut soulagé lorsqu'ils dépassèrent enfin la maison pour se diriger vers la lisière des terres cultivées où poussait une herbe épaisse et drue. Là, le régisseur descendit et dispersa les enfants massés devant l'engin. Il fixa les socs de charrue à l'arrière du tracteur, puis s'engagea dans le fouillis d'herbes et de graminées. Comme il atteignait les hautes herbes, l'engin s'arrêta et, bien plus profondément qu'une charrue tirée par un animal ne pourrait le faire, les socs métalliques s'enfoncèrent dans le sol compact et tracèrent des sillons parfaits, retournant la croûte sèche et dure qui s'amollit et prit une couleur brun foncé. Foulant la terre fraîchement labourée et les herbes couchées, les enfants suivaient le véhicule à chenilles, lequel progressait sans se soucier des pierres ni des souches d'arbres morts qui avaient depuis longtemps vaincu les charrues en bois. Près de la digue qui longeait le fleuve, la terre collante où poussait l'*amorseco* sauvage céda également, et cette parcelle demeurée inculte pourrait bientôt être ensemencée. Le tracteur continua de rouler jusqu'à ce qu'il atteignît le fleuve.

L'après-midi tirait à sa fin lorsque Luis rentra chez lui. Son excitation était retombée, et les enfants qui s'étaient pressés autour de lui pour lui demander quel effet cela faisait d'être sur le tracteur avaient cessé de le harceler. D'une certaine façon, Luis avait attendu le moment où il serait reconnu comme le fils de son père. Il l'avait compris grâce aux femmes de la ville qui venaient souvent chez sa mère pour faire empeser les *panuelos* de leurs *ternos* ou réparer leurs habits du dimanche. Elles l'avaient jaugé avant de se mettre à chuchoter. Il s'attarda près de la digue jusqu'au coucher du soleil, puis Vic et lui montèrent dans la maison. Luis salua sa mère et son grand-père selon le rituel qu'on lui avait enseigné. Le crépuscule tombait et tout était calme, mais Vic rompit le silence en posant des questions – où était allé Luis après le départ du tracteur ?

Ils s'assirent pour dîner sur le plancher en bambou autour de la table basse, devant un plat de riz fumant et un petit bol fait d'une noix de coco contenant du poivre vert grillé et du poisson de vase.

Son grand-père avait le regard fixé sur lui. Tu as eu une journée bien remplie, Luis, dit-il. Je t'ai vu sur le tracteur.

C'était merveilleux, grand-père, dit Luis. Monsieur Santos m'a proposé de venir avec lui.

Le vieil homme se tourna vers la mère de Luis. Au moins, cet enfant sait ce que ça signifie d'être puissant. Je crois que le moment est venu où tout doit changer. On a tous une leçon à apprendre et, aujourd'hui, tu en as reçu une, Luis. J'ai connu une autre époque. Il n'y avait pas de camions alors, et même avec un cheval rapide il fallait deux jours pour se rendre dans la capitale de la province. Maintenant, quelques heures suffisent. Il y avait quantité d'arbres et de gibier dans les collines. Les Bagos venaient faire du commerce avec nous ; ils apportaient de la venaison et des corbeilles tressées pour les troquer contre notre riz et nos chiens.

Père, ne te remets pas à parler comme tu le fais sans cesse, rappela la mère de Luis au vieil homme.

Mais c'est la vérité, dit-il tristement. Il prit une pincée de sel dans le plat et en saupoudra son assiette. Il poursuivit : Avec les Bagos venus des montagnes, quand cette terre n'était pas encore défrichée, on parlait entre nous une langue qu'on comprenait et on disait que le jour viendrait où les hommes voleraient comme le faucon, où les fusils remplaceraient les lances et les flèches, et où la sagesse nous abandonnerait au profit des puissants...

La mère de Luis s'arrêta de manger. Les temps ont changé, père, dit-elle. Mais ça n'a pas été très difficile.

Le vieillard ne répondit pas. Le temps s'arrêtait lorsqu'un tel silence s'emparait d'eux et devenait un lien qui les unissait ; lorsque son grand-père, Victor et lui s'asseyaient à l'ombre du plus haut palmier *buri* près de la route et que, leurs charges de bois à brûler posées à terre, le vieil homme évoquait cette époque où les pluies étaient légères, où le soleil brillait, où les grillons chantaient et, bénédiction suprême, où cette terre lui appartenait. Le vieillard se tourna et regarda fixement le toit miteux. La fumée du four de la cuisine disparaissait entre les toiles d'araignées couvertes de suie et les vieux filets de pêche suspendus au toit. Était-ce là les seules choses qu'on pût conserver ?

Vic avait cessé de manger lui aussi et son visage mat avait un air pensif tandis qu'il écoutait ce que disait le vieillard : On a abattu les arbres, de grands arbres dont plusieurs hommes, les bras tendus, ne pouvaient faire le tour. Les Bagos arrivaient avec leurs lances, apportant des *ubi* et des *tugui* gros comme des pots. J'avais moi aussi un arc et une lance, et on était amis, même si je savais qu'ils décoraient leurs habitations avec les crânes de leurs ennemis. On se rencontrait dans la cour et on se dépêchait d'aller sous la maison où le *basi* fermentait et où les plus grandes feuilles de mon meilleur tabac séchaient. On ouvrait les pots de *basi* et on roulait des cigares, et nos rires parvenaient jusqu'aux voisins, qui se joignaient à nous. Ah ! c'était le bon temps, et les Bagos n'étaient pas des étrangers comme le sont les gens aujourd'hui, ces hommes instruits venus du nord avec leurs livres et leurs machines.

Il y a cinquante ans de ça, père, dit la mère de Luis en rangeant les plats. Cinquante ans – tu dois le comprendre !

C'était donc il y a cinquante ans ! Le vieil homme soupira tristement. Mais qu'est-il arrivé ? Ils ont fait passer des routes à travers champs et ont endigué les cours d'eau pour que l'eau ne s'écoule que vers leurs exploitations. Ils ont aussi construit la voie ferrée juste à travers les digues qu'on a élevées et, pour finir, ils ont fait venir leurs avocats et ces hommes instruits ont dit : Ces terres nous appartiennent et ce lopin, juste assez grand pour contenir votre tombe, est à vous. Et on n'a rien dit, on n'a rien fait, parce qu'ils étaient instruits. À quoi sert un *bolo* face à un fusil ? Comme les Bagos, on a été élevé selon les voies futiles de Dieu...

La mère de Luis se leva et alla vers le four en terre carré, elle agrippa la marmite par son bord noir de suie et en vida le contenu dans le plat en porcelaine ébréché posé sur la table.

C'est ça, Nena, non ? demanda le vieil homme.

Et même si c'était ça, père ? dit-elle, une nuance de mécontentement dans la voix. Elle prit le plat vide et alla le déposer dans la cuvette remplie d'eau à côté de la table. Le grand-père de Luis poussa un soupir. Lorsque sa mère revint, elle avait l'air préoccupée.

Et maintenant, le tracteur est ici, reprit le vieillard. Chaque jour on nous repousse un peu plus loin de nos foyers. Ne vois-tu pas ce que cela signifie ? Avec ce tracteur, on n'aura plus besoin de nous, alors on ira où ? Dans les collines les plus reculées, comme les Bagos ? Ils nous suivront là-bas, ils arracheront la jungle qui nous abritera. Ils nous étrangleront avec leurs routes, et on continuera à chercher la forêt, parce que c'est là qu'on pourra peut-être trouver la paix...

Mais, grand-père, tu n'as pas vu avec quelle facilité le tracteur peut éventrer une butte ! dit Luis.

Le vieil homme se tourna vers lui. À la faible lueur jaune de la lampe à pétrole, Luis ne pouvait dire si le vieillard avait les yeux embués ou s'il était au bord des larmes. Il se détourna et dit : Luis, toi, tu dois parler comme ça. C'est dans ton sang et, un jour, très bientôt, tu partiras d'ici parce que tu n'es pas chez toi, et aussi parce que le désir de devenir quelqu'un de puissant est en toi.

Dehors, les grillons stridulaient et le *dalipawen* en fleur de la cour répandait son lourd parfum à l'intérieur de la maison. Du côté des palmiers *buri,* un jeune garçon qui conduisait ses animaux de trait fredonnait une vieille ballade : Cher, cher radeau, viens à moi, sauve-moi avant que le tourbillon ne m'emporte...

La mère de Luis, accroupie sur la terrasse où étaient entreposées les jarres d'eau, se releva et dit d'une voix empreinte de tristesse : Père, combien de fois je t'ai dit de ne pas mêler cet enfant à ces histoires ?

Le vieil homme ne lui prêta pas attention. Un jour, dit-il, se tournant de nouveau vers Luis, tu nous quitteras quand même.

Tu ignores de quoi tu parles, dit la mère de Luis. Que sais-tu de l'avenir ? Tant de choses qui nous concernent sont incertaines. Tu n'es jamais allé à l'école, et c'est pour ça qu'ils t'ont berné. Mais mes fils, eux, seront instruits et ils sauront éviter de commettre les erreurs que tu as faites. Ils auront quelque chose même si mes mains saignent pour leur donner de l'instruction.

Le grand-père de Luis se tut. Il se leva en se tenant les genoux comme s'il allait chanceler, puis il quitta la cuisine, descendit les échelons et disparut dans la cour plongée dans l'obscurité. Les cigales chantaient et dans un enclos en bas du sentier une bête de trait appelait son petit. La mère de Luis vaqua aux travaux du ménage ; elle déposa la vaisselle dans la cuvette en terre, puis vida le reste de riz du grand plat dans la marmite. Elle étendit la natte de *buri* roulée sur le sol et prit les oreillers en kapok sans taies sur une étagère fixée au mur.

Vic s'assit près de la fenêtre ouverte. Où pensez-vous que grand-père est allé ? demanda-t-il à la cantonade. Luis descendit les échelons et alla fouiller la cour et les abords sombres de la maison. Il revint et demanda à sa mère : Qu'est-ce que grand-père essayait de me dire, mère ?

Elle s'étendit sur la natte, les yeux au plafond, et parla à voix basse, comme si elle craignait que la nuit, la maison et le village de Sipnget ne fussent à l'écoute d'un terrible secret qu'elle était sur le point de révéler : Les voies des hommes sont étranges, mais n'oublie pas ceci – nous n'avons fait de tort à personne.

Pourquoi grand-père était fâché, et où est-il allé ?

Sa mère dissipa son anxiété : Père n'a nulle part où aller. Il reviendra quand il ne sera plus fâché.

Par la fenêtre ouverte, on ne voyait pas un nuage dans le ciel d'avril et les étoiles brillaient d'un vif éclat. Sa mère tira la couverture sur ses pieds nus. Les deux garçons déroulèrent leurs nattes près de l'échelle et, un instant plus tard, sans un mot, ils s'allongèrent aussi. Peu après, leur mère remua lorsque des porcs grognèrent dans la cour. Vic ronflait, mais Luis s'agitait. À la lueur jaunâtre de la lampe à pétrole suspendue au plafond, il vit son grand-père ouvrir doucement la porte de la cuisine. Même après que le coq perché sur le *madre de cacao* près de la maison eut chanté, Luis n'avait toujours pas trouvé le sommeil.

Le lendemain après-midi, lorsque son frère et lui revinrent d'une baignade dans le fleuve, ils tombèrent par hasard sur leur mère qui parlait avec Santos dans la cour. Elle s'exprimait d'une voix aiguë, et, en voyant les garçons, elle quitta le régisseur. Elle rentra avec eux dans la maison sans se soucier de proposer au régisseur de les suivre. À Luis, elle se contenta de dire : Tu vas maintenant voir ton père.

Ce fut comme s'il n'avait pas entendu. Il alla dans la petite pièce, prit ses livres et se mit à les feuilleter. Sa mère le suivit. Alors tu ne veux pas voir ton père ? Il regarda par la petite fenêtre et aperçut son grand-père assis parmi d'autres hommes avec lesquels il discutait dans la boutique de *Tio* Joven.

Tu ne veux pas y aller ? Comme a dit ton grand-père, ça devait arriver un jour. C'est à toi de décider. Tu es maintenant assez grand pour savoir ce que tu veux.

Elle allait de nouveau se mettre en colère, alors, sans un mot, Luis enfila ses vieilles chaussures en caoutchouc usées et son unique chemise, raide d'amidon. Lorsqu'il fut prêt, sa mère lui enjoignit de se tenir devant elle. Il doit en être ainsi, fit-elle laconiquement. Il savait qu'elle était fâchée, non pas contre lui, mais contre l'homme de la grande maison de brique, elle qui répétait constamment à Luis de cracher chaque fois qu'on prononçait son nom, cet homme qu'il allait rencontrer et dont le sang, dit-elle, coulait dans ses veines.

Il était tard lorsque Luis regagna Sipnget. Un coq se mit à chanter, les étoiles scintillaient tels des bijoux dans les profondeurs de la voûte céleste, l'atmosphère était étouffante et la poussière épaisse sur le chemin désert. À travers leurs fenêtres closes, des gens épiaient-ils le gouffre ténébreux de la nuit ?

Il importait peu alors que Luis retournât ou non à Sipnget. Il connaissait désormais l'intérieur de la maison rouge, sa luminosité et ses dimensions, le piano, la table couverte de pommes et d'oranges au doux éclat doré. Vic et lui n'y goûtaient qu'une fois par an, à Noël. Sa mère défaisait le mouchoir élimé qu'elle portait toujours noué aux cordons de sa jupe et, après avoir compté soigneusement, elle leur tendait quelques pièces de monnaie, à Vic et à lui, en disant : C'est Noël. Ils achetaient alors des pommes pour les échanger contre celles qu'ils recevraient en cadeaux lors de la fête de l'école.

Dans la maison, la lampe était encore allumée, ils seraient donc en train de veiller, à l'attendre. En escaladant lentement les échelons, il perçut le bruit régulier de la machine à coudre. Lorsqu'il parvint devant la porte, le bruit cessa. Sa mère lui cria : Retire l'échelle et n'oublie pas de pousser le verrou. Il fit ce qu'elle lui demandait. On aurait dit qu'elle craignait qu'une main gigantesque passât par la porte pour mettre fin à leur vie, mais cette main n'existait pas, et ils ne recevaient jamais de visiteurs à part les femmes qui venaient faire réparer leurs vêtements – et l'homme de la grande maison rouge avec lequel sa mère se querellait dans la cour.

Comme d'habitude, la petite *sala* était jonchée de bouts de tissu et au centre de la pièce trônait la vieille machine au-dessus de laquelle sa mère se tenait penchée. Elle resterait là presque jusqu'à la fin du jour, cousant jusqu'à ce qu'elle y voie à peine.

L'attente se lisait sur son visage lorsqu'elle se tourna vers Luis : Tu lui as embrassé la main ?

Oui, mère.

Elle parut soulagée. J'ai pensé que tu oublierais, dit-elle. Tu oublies toujours ce que je t'apprends.

La machine à coudre se remit à bourdonner. Luis ôta ses chaussures et se tortilla en quittant sa chemise avec précaution pour que l'accroc qui avait été raccommodé au dos ne se redéchirât pas. Vic, qui ne dormait pas encore, le regardait depuis l'autre bout de la pièce.

Que se disaient-ils en ce moment même dans la grande maison rouge ? Vous ne le regretterez pas – c'était ce que Santos, le régisseur, avait dit au père de Luis. La main posée sur l'épaule de Luis, Santos avait ajouté : Et il y a une tête solide sur ces épaules.

Cet homme tout-puissant – son père – le regarda, puis son visage porcin approuva d'un sourire – cet homme sur le nom duquel il devait cracher chaque fois qu'on le prononçait, cet homme que sa mère avait maudit. Mais pas plus qu'il ne pouvait lui cracher dessus, Luis ne pouvait le regarder, aussi fixait-il le plancher ciré et ses chaussures de caoutchouc poussiéreuses. Il ne parvenait pas à regarder son père, lequel était tout sourire et se montrait plein d'attention.

Il alla pourtant vers lui et, ainsi que sa mère le lui avait recommandé, il embrassa la main pâle et velue en pensant que si, un jour, il devenait vieux, gros et puissant, il ressemblerait peut-être à cet homme. Il aurait aimé connaître cet homme quand il en avait le plus besoin ; il aurait été fier d'embrasser cette main grasse et aurait voulu vivre dans la grande maison rouge – mais pourquoi son père avait-il attendu ? Pourquoi ne vint-il pas lorsqu'il était au berceau, ou lorsqu'il avait six ou huit ans et qu'on le taquinait à l'école, ou encore lorsque sa famille et lui ne mangeaient plus que de la bouillie de riz, des fanes de *camote* et des feuilles de *marunggay ?* Cela aurait épargné ces moments difficiles où sa mère ne lui parlait pas, ces moments où il se savait différent de Victor, ces nuits où elle s'agitait et pleurait. Cela lui aurait épargné le regard anxieux qu'elle lui jeta la première fois qu'il lui demanda : Mère, qu'a fait mon père et où est-il ? Mon père n'est pas le père de Vic – ça, je le sais maintenant...

Il avait alors huit ans, une épaisse couche de boue recouvrait ses pieds, et ses cheveux étaient indisciplinés, mais il avait la peau claire – plus claire que quiconque au village, bien que lui aussi se baignât dans le fleuve, grimpât aux *camachile* et fût comme tout un chacun exposé à la morsure du soleil.

Tu portes un nom honorable ! hurla sa mère. Elle abandonna son ouvrage et se dressa devant lui. Elle le frappa au visage et le coup l'atteignit violemment sur les lèvres. Il la regarda, hébété, tandis que la douleur s'étendait à tout son visage, mais il ne pleura pas. Il resta immobile, sentant quelque chose de tiède couler de sa bouche, et, lorsque sa mère s'en aperçut, elle se précipita dans la cuisine, puis, avec une serviette humide, essuya le sang sur ses lèvres. Ce n'était pas elle qui lui avait fait du mal mais son père, et bien que Luis fût incapable de comprendre pourquoi elle l'avait giflé, il ne lui en voulut pas, il ne devait pourtant jamais oublier sa main en travers de son visage, ni le goût de son propre sang.

Décembre arriva – la mère de Luis avait beaucoup de vêtements à coudre, lesquels n'étaient destinés ni à lui ni à Victor. Puis ce fut janvier – on rentrerait la récolte, mais eux n'en recevraient aucune part. Les matins étaient frais – leur mère se levait avant le soleil et dans les brumes blanches qui flottaient au-dessus de Sipnget elle allait en ville pour obtenir davantage de travaux de couture, ensuite, toute la nuit, le bruit de cette satanée machine résonnait aux oreilles de Luis. En mars, il termina l'école primaire, alors qu'il restait encore une année à Vic, qui était plus jeune. Puis ce fut le mois d'avril – l'homme de la grande maison rouge vint et dit : Ton père est de passage, il arrive de Manille et veut te voir. Luis se serait réjoui, mais il avait treize ans, et la compagnie de cette femme frêle et hâlée par le soleil qui l'avait giflé, de ce vieillard qui adorait parler du passé et de son frère à la peau bien plus mate que la sienne et qui le respectait comme s'il était l'unique détenteur du savoir et de la vertu lui suffisait.

Qu'est-ce que ton père a dit ? s'enquit subitement sa mère. Elle avait cessé d'actionner la pédale et la machine à coudre était silencieuse.

Il m'a demandé si je voulais vivre avec lui, répondit Luis.

Elle lâcha le morceau de tissu coloré qu'elle tenait et joignit ses mains sur le rebord en bois de la machine. Qu'est-ce que tu lui as répondu ?

J'ai dit que je te demanderai d'abord, mère.

Elle reprit le morceau de tissu et se remit au travail. Tu dois aller avec lui ; à partir de maintenant, tu vivras avec lui.

Luis retint son souffle, ne voulant pas en croire ses oreilles, ne voulant pas écouter ce qu'elle avait dit. Il s'écria : Mère, tu plaisantes !

D'une voix ferme mais désespérée, elle répondit : Tu... tu dois aller au lycée et à l'université, comme ça, tu ne seras pas dans la misère, et, un jour, quand tu auras pris de l'âge, j'espère que tu seras bon – bien meilleur que lui – et que tu ne briseras pas la vie d'une pauvre femme.

Mère !

Oui, dit-elle. Sois bon.

Luis ne put maîtriser son chagrin. Tu n'as jamais voulu de moi, parce que je ne suis pas comme Vic !

Sa mère lâcha le coupon qu'elle cousait et pointa vers lui un doigt que protégeait un dé. Tu veux pourrir ici ? demanda-t-elle à voix basse. Non, mon Luis, tu dois partir, pas seulement parce que tel est ton destin, mais parce que je le veux. Vic n'a pas ce choix, alors il restera.

Luis se dirigea vers la fenêtre ouverte. Non loin de là, dans la boutique de *Tio* Joven, la lumière brillait encore, et parmi les hommes qui bavardaient se trouvait son grand-père, à la silhouette voûtée aisément reconnaissable. Oui, Luis était différent. Ses camarades de classe les appelaient, Vic et lui, « Café » et « Lait », et bien qu'au début cette raillerie fût blessante Luis apprit à la supporter. Après tout, leur mère les aimait autant l'un que l'autre, et cela suffisait à atténuer toutes les allusions. Ayant assemblé les pièces du puzzle, Luis avait fini par comprendre que c'était lui, et non Vic, dont l'origine aparaissait douteuse.

Ses plus vieux souvenirs étaient confus, lacunaires ; il savait cependant qu'avant sa naissance sa mère avait épousé un homme du village et que de cette union était né Vic. Mais ce « père » anonyme mourut avant que Luis ne pût en garder le moindre souvenir, et Vic et lui grandirent sans savoir ce qu'était un père, même s'ils eurent le bonheur de connaître l'affection d'une foule de tantes, d'oncles et de cousins jusqu'au troisième degré et, surtout, l'amour d'une mère.

Depuis toujours, Luis savait également qu'il n'était pas vraiment de Sipnget, qu'il finirait par partir, ainsi que Vic l'avait deviné. Ils se trouvaient alors au bord du fleuve, lançant à l'aide d'une fronde des cailloux par-dessus la vaste étendue d'eau, plongeant pour rapporter des éclats de pin qui, une fois séché au soleil, serviraient de petit bois. Ils se reposaient sur les larges pierres de la berge lorsque, après un moment de silence, Vic avait dit : *Manong,* si tu vas là-bas, tu reviendras ici ramasser du bois avec moi ?

Luis avait répondu avec conviction que non, il ne quitterait pas Sipnget. Mais il ignorait alors ce qui allait arriver, l'endroit où leurs chemins se sépareraient, et il y aurait toujours des buffles à baigner, des parcelles plantées d'aubergines et de tomates à cultiver, des poissons de vase à attraper et du maïs doux à griller. Il y aurait toujours des matins où les martins chanteraient dans les palmiers *buri*.

Luis acceptait désormais avec un serrement de cœur d'être appelé « Lait », ou « Bangus » – Mets-toi à l'ombre, *puraw,* ou tu vas devenir aussi noir que Vic ; Bangus, rentre à la maison pour aider à la cuisine, nous, on va labourer ! Ils l'avaient traité avec une telle condescendance ! Il était des leurs, il leur appartenait, figure emblématique du village, et, à la puberté, toutes les filles lui couraient après et sa mère le surveillait comme s'il était un stupide puceau. Désormais, tout allait changer.

Je partirai demain, mère, dit-il.

Demain ? demanda-t-elle, incrédule.

Oui, père veut m'emmener avec lui à Manille.

C'est tout ce qu'il a dit ?

Il la regarda longuement et se souvint que son père avait

posé sa main lourde sur son épaule. Comme cela lui parut étrange – et plus étrange encore sa voix lorsqu'il dit : Je m'occuperai de toi.

Il a dit qu'il allait s'occuper de moi, mère.

Mais elle ne le regardait plus. Son visage soucieux s'adoucit. L'aimait-elle encore ? Désirait-elle en savoir davantage sur lui, sur les années où il n'était jamais passé alors qu'il se trouvait tout près ? Et s'ils devaient se revoir un jour, comment l'accueillerait-elle, cette femme émaciée et tendrement aimée ?

Il alla dans la petite pièce et s'étendit à côté de Vic, qui se poussa pour lui faire de la place. Luis posa sa joue sur l'oreiller sans taie, il ressentit alors une envie de hurler jusqu'à ce que ses poumons se dessèchent et que sa gorge lui brûle à force de maudire la maison rouge, la terre, le ciel, et tous les êtres capables de perfidie.

La machine à coudre ronronna, puis ce fut le silence. Il entendit sa mère s'approcher doucement de lui et, du coin de l'œil, il vit qu'elle se penchait vers lui et aperçut son visage blême et amaigri tandis qu'elle tirait tendrement la couverture ilokano déchirée sur ses jambes.

Il se tourna et murmura : Mère, laisse-moi.

Elle eut un mouvement de recul, l'ancienne blessure – comme lorsqu'il lui demanda où était son père, comme lorsqu'elle essuya le sang sur ses lèvres – désormais inscrite sur son visage. Il n'était pas en colère contre elle mais contre lui-même. À voix basse, pour ne pas réveiller Vic, il répéta : Mère, laisse-moi.

Le sentier s'élargit. Par-delà la digue du fleuve, les palmiers *buri* ressemblaient à d'immenses sentinelles surveillant les terres. Luis escalada la digue. En contrebas, Sipnget n'était pas encore endormi. Les lueurs jaunes d'une douzaine de lampes à pétrole brillaient derrière les fenêtres. Il descendit la déclivité en courant ; le grondement d'un chien, le chant des coqs et le faible mugissement des *carabaos* lui parvinrent. Il se hâta et entra dans le bosquet de kapokiers et de *madre de cacao* qui bordait le chemin. Il passa devant l'école du *barrio* au toit de tôle, dont la porte principale était condamnée pendant les vacances afin que les chèvres et les animaux de trait n'y errent pas. Dans la boutique du village, la lampe Coleman brillait, inondant de sa lueur froide et bleutée, les hommes assis sur des bancs de bambou sous l'auvent couvert d'herbe.

Quelqu'un cria son nom : « Luis ! Luiiis ! » Il reconnut la voix grinçante de *Tio* Joven, fit un signe de la main et poursuivit son chemin.

Il était de retour sur les lieux familiers de son enfance – l'herbe sèche, le vieux foin. Bien qu'il fît sombre, il avait le sentiment que le village n'avait pas changé. Enfin, la maison de sa mère surgit devant lui. Elle était si minuscule – comment avait-elle pu abriter quatre personnes ? Bien qu'il s'y attendît, le bruit de la machine à coudre le surprit. Il poussa la barrière en bambou et gravit l'échelle. Les échelons craquèrent et le ronronnement de la machine cessa.

« Qui est là ? » Luis reconnut la voix fluette de sa mère.

Il ne répondit pas. Il y eut un frottement de pieds nus sur le plancher en bambou, la lampe projeta l'ombre de sa mère sur les parois en palmes de *buri,* puis elle apparut, plus maigre et l'air plus pauvre que la dernière fois qu'il l'avait vue. Un instant, elle demeura près de la porte, abritant ses yeux de sa paume et le considérant d'un air perplexe. Il fit un pas en avant, prit sa main décharnée et la baisa. Elle se mit alors à sangloter, et la lampe qu'elle tenait vacilla. « Luis, mon Luis », murmura-t-elle en s'accrochant à lui.

Il se sentit gêné et se dégagea de son étreinte avec douceur. Son grand-père, qui ramendait des filets de pêche près de la fenêtre, se leva et vint vers eux en clopinant. « Dois-tu accueillir ton fils avec des larmes ? » demanda-t-il. Luis baisa aussi la main noueuse du vieil homme. Sa mère sourit et, prenant Luis par la taille, elle l'entraîna dans l'étroite *sala* jonchée de morceaux de tissu. Elle éleva la lampe vers le crochet en fer noirci suspendu à un chevron et dans la faible lumière le regarda de nouveau. « Tu as tellement grandi, bien plus que je m'y attendais – et tu es si beau ! » soupira-t-elle. Elle s'essuya les yeux avec l'ourlet effiloché de sa jupe et sourit.

Le vieillard demanda à Luis s'il avait mangé. « Il reste la moitié d'un poisson-chat grillé dans le garde-manger, dit-il. Je l'ai pêché ce matin. Je me doutais qu'on aurait un visiteur. »

Luis ne pouvait rien refuser à sa mère, qui l'entraîna dans la cuisine et mit le couvert sur la table basse. Le vieil homme prit un tabouret en bois dans un coin où s'entassaient des nasses en bambou et des filets déchirés, et le plaça devant la table. « Nous n'avons rien de mieux », dit la mère de Luis. Elle posa devant lui une assiette en fer-blanc contenant de gros morceaux de riz froid et de poisson – fermes et noircis – et du sel. Luis plongea la main dans la coupelle d'eau en noix de coco, puis, façonnant des boulettes de riz, il mangea avec ses doigts. Le riz était sec et pâteux, le poisson, amer, avec un goût de brûlé. Il n'avait pas faim, mais il ne pouvait pas refuser.

Lorsqu'il eut fini de manger, ils retournèrent dans la *sala* et sa mère rapporta la lampe, qu'elle fixa à son crochet.

Luis repensa alors à Vic. « Où est Vic ? » demanda-t-il à la cantonade.

Sa mère se détourna. « Je ne l'ai pas vu depuis plus de trois mois, Luis, répondit-elle. Quand il est parti, il a dit qu'il rejoignait une entreprise de transports routiers pour convoyer du riz depuis Cagayan et qu'il irait peut-être à l'école, à l'université, comme toi. Je suis sûre qu'il va bien, même s'il ne nous a pas écrit et n'est pas venu nous voir.

– Il est passé me voir l'année dernière, dit Luis. Il avait du travail, mais j'ai bien vu qu'il avait besoin de vêtements et d'argent. Je lui en ai donné.

– Il est revenu te voir ? » demanda sa mère.

Luis secoua la tête. Il aurait aimé se promener dans les rizières et, peut-être, se baigner avec Vic dans l'Agno, cette fois avec force provisions et pas uniquement du riz et un pain de sucre extrait de la sève de *buri* comme du temps de leur jeunesse. Ou bien ils auraient pu se rendre en voiture jusqu'au pied des collines pour chasser les colombes sauvages difficiles à attraper, quoique ce fût dangereux à présent, à cause des Huks censés se cacher dans les plis profonds de ces mêmes collines. Vic connaissait depuis toujours les secrets de ces terres, et il était meilleur marcheur. Luis lui avait envié cette endurance et ce savoir dont il aurait pu tirer parti en vivant à la campagne, où les connaissances livresques ne servaient à rien quand il s'agissait de pêcher des poissons de vase ou de piéger des crabes. Luis était sûr que Vic allait bien, où qu'il se trouvât. Il aurait pu l'aider si seulement il le lui avait demandé, mais Vic ne l'avait même pas remercié pour les livres qu'il lui avait envoyés et qu'il ne voyait nulle part dans la maison. Comme Vic avait changé – un cadet docile devenu quelqu'un de volontaire et de fort.

Luis ôta ses chaussures et s'assit sur le plancher. Sa mère s'installa sur le tabouret qu'il avait fabriqué des années auparavant à l'école, un projet réalisé dans le cadre du « travail manuel ». Le vieil homme regagna son perchoir près de la fenêtre, la navette en bambou à présent immobile dans sa main.

« Qu'est-ce que tu fais maintenant, mon fils, à part étudier ? demanda sa mère.

– Je travaille, mère, répondit-il. Dans la rédaction d'un journal, c'est très fatigant.

– Mon pauvre Luis ! J'espère que tu n'es pas dans le besoin…

– Père me donne plus qu'assez, l'assura-t-il. Et avec mon travail, j'ai maintenant un peu d'argent à moi. » Il sortit son portefeuille.

« Non, dit sa mère d'un ton fier. Ton grand-père... Nous gagnons suffisamment de quoi vivre, et tu sais que nous avons peu de besoins.

– Tout de même », dit Luis en glissant les billets dans la poche de sa jupe ; elle essaya de les en retirer, mais il retint sa main avec fermeté, la porta à ses lèvres et la baisa. « Mère, s'il te plaît, dit-il avec émotion. C'est mon argent maintenant et j'aimerais te le donner. »

Les yeux de sa mère brillèrent, un instant plus tard, elle lui demanda comment cela se passait pour lui, s'il avait des problèmes. Il leur dit alors de manière décousue qu'il n'avait pas pu terminer ses études universitaires, mais que ne pas posséder de diplôme n'avait plus d'importance. Il leur dit qu'il s'était disputé avec son père recteur, murmurant : « Je les ai tous défiés, tous », et ce souvenir réveilla sa colère, puis, lorsqu'elle se fut calmée, il évoqua ses voyages à Hongkong et dans les Visayas, les nombreux amis qu'il s'était faits, des écrivains et des poètes pour la plupart. Ils restaient assis, buvant chacune de ses paroles. Et à les voir ainsi captivés par sa présence, ses propos, il lui vint à l'esprit qu'il avait été injuste envers eux, et même lâche. C'est une imposture – cette pensée l'obséda –, comment pourrais-je jamais leur dire que j'ai raconté à mes amis que ma mère était morte, que Sipnget n'existait pas, pas plus que Vic et notre passé commun ? Dieu – il ferma les yeux un instant et réfléchit, honteux –, qu'est-ce qui m'a perverti ?

« Je suis si contente, Luis, disait sa mère. Si contente... »

Il se glissa près d'elle et lui prit la main ; sa paume était rugueuse et, de nouveau, le remords l'envahit. Dans les périodes de dénuement qu'ils avaient connues, et elles furent nombreuses, il les avait peu aidés. Ce n'est pas que son travail et ses amis fussent à ce point accaparants, c'est qu'il les avait tout simplement oubliés et, s'en rendant compte, il prit conscience de la futilité de sa venue, de l'hypocrisie de tout cela, mais il dit sans conviction : « J'ai besoin de vous. Je suis si loin, je ne peux pas venir ici aussi souvent que je le voudrais. Alors je vous enverrai juste de l'argent et je vous écrirai plus souvent... »

Ils restèrent silencieux.

« De quoi as-tu besoin ? Mère, peux-tu venir me voir à Manille ? J'aimerais te donner autant d'argent qu'il m'est possible. Le peu que tu as épargné, qu'en fais-tu ? »

Le vieillard s'agita et regarda sa fille. « Dis-lui, Nena.

– Ce qu'on a mis de côté, on l'a donné à nos chefs. Tu ne les connais pas, mais maintenant il faut que tu saches. Fils, un jour, on récupérera la terre que ton grand-père a perdue. Tu n'auras plus alors à te soucier de nous envoyer de l'argent. »

Ces paroles éveillèrent l'intérêt de Luis.

« Qui sont ces chefs ?

– Des gens bien, répondit sa mère. Et on ne tardera pas à avoir gain de cause. Tu verras. »

Luis les mit en garde : « On peut vous tromper une fois de plus – si vous ne faites pas attention.

– Qui sait ? » demanda le vieillard en quittant son siège. Il glissa la navette dans un large creux de la paroi de *buri,* alluma sa pipe à la flamme de la lampe et s'assit par terre. « L'homme qui se noie espère être sauvé en se rattrapant à une feuille de nénuphar. C'est peut-être la même chose pour nous, mais, cette fois, on se cramponne à quelque chose de plus gros – un radeau solide, pas une feuille. »

Luis se dirigea vers la fenêtre. La nuit était silencieuse, il perçut le bruit du fleuve se précipitant sur les hauts-fonds.

« La vie ici ne sera bientôt plus aussi sombre, songea tout haut le vieillard. Maintenant, on a de bons chefs, Luis – pas comme avant.

– Ne crois pas tout ce que dit ton grand-père », fit la mère de Luis. Elle était en train d'étendre la natte de *buri* sur le plancher de bambou. « Mais il faut faire quelque chose. Des enfants naissent et on n'a pas de quoi les nourrir – tu sais pourquoi. »

Voilà donc ce à quoi ils aspiraient. Comme leurs besoins étaient élémentaires et comme il en avait peu tenu compte. Tout ce qu'il se rappelait, c'était la couleur verte des feuilles, le visage sarcastique de son père qui, d'un claquement de doigts, pouvait les déposséder. En quoi résidaient donc leurs espoirs et leur salut après des années de servage ? Son grand-père reprit la parole : « Nos chefs sont différents maintenant. Ils ne cherchent pas à s'enrichir. On se réunit et ils nous expliquent que nous avons été des esclaves, pas seulement ici, mais aussi ailleurs, dans d'autres pays. Notre seule force, c'est notre nombre – les pauvres sont beaucoup plus nombreux que les riches. Et un jour nous vaincrons. »

Le vieillard continua à divaguer, mais Luis n'écoutait plus. Les bruits du soir, l'aboiement d'un chien et les rares petits rires qui fusaient dans la boutique de *Tio* Joven montèrent jusqu'à lui.

Sa mère le tira par le bras. « Tu vas dormir ici, dans le *sipi* où tu dormais avec Vic ? »

Luis hocha la tête. « Je dois repartir, mère.

– Qu'il en soit ainsi, dit le vieil homme. Ne retiens pas Luis. Je pense qu'il est maintenant chez lui là-bas.

– J'aimerais rester, dit Luis, évitant le regard du vieillard. Mais je dois partir tôt demain.

– Déjà ? demanda sa mère. Je pensais que tu allais rester ici pour les vacances.

– Mon travail, mère », se borna-t-il à répondre.

Ils l'accompagnèrent le long du sentier, au-delà des maisons basses aux toits de *cogon*. Au moment où ils passèrent, on ferma la boutique, et son *Tio* Joven demanda à Luis quand il reviendrait. Luis cria : « Bientôt, sûrement ! »

Ils s'arrêtèrent au pied de la digue et ils auraient continué à parler, mais Luis leur souhaita une bonne nuit et, après leur avoir baisé la main, gravit le sentier.

Le trajet jusqu'au *camino* où attendait Simeon parut interminable à Luis. Il s'était trompé du tout au tout – en venant ici comme en revenant à Rosales, vers un père aussi froid que ses cariatides au sourire archaïque.

Pendant le retour, Luis et Simeon restèrent silencieux. Ce n'est que lorsque la voiture déboucha en grondant dans l'allée que Luis se mit à parler : « On rentre en ville demain », dit-il à son chauffeur.

Simeon se tourna vers son maître : « Déjà, *Apo ?* Mais on vient d'arriver. »

Luis n'avait pas besoin de donner d'explication, pourtant il le fit. « J'ai beaucoup à faire, dit-il platement. Dans mon travail, Simeon, on ne prend pas de vacances. » Puis il ajouta d'un ton badin : « N'as-tu pas envie de retrouver ta femme ? Apparemment, tu préfères être loin d'elle ! »

Trining était dans la chambre de Luis et lisait les manuscrits qu'elle avait pris dans son porte-documents. « Je n'ai rien mélangé, dit-elle en se détournant du bureau. J'attendais. J'avais très envie de savoir. »

Luis soupira. Il ôta ses chaussures, puis traîna une chaise jusqu'à la porte qui donnait sur l'*azotea,* où la brise apportait les senteurs du jardin. Trining le suivit et lui caressa la nuque. « Tu es resté longtemps, dit-elle. Je commençais à m'inquiéter.

– Il ne m'arrivera rien. » Il la serra contre lui. « Crois-tu que les Huks sont partout ? Même si c'était le cas, ils savent qui je suis. Et si je n'étais pas rentré ? »

La jeune fille garda le silence.

« Nous avions tellement de choses à nous dire. Après... après toutes ces années... » Il se leva et fixa le regard tendre et patient de Trining. « Tu ne le diras pas à père, fit-il.

– De quoi s'agit-il ?

– Je pars demain. Dans l'après-midi, pendant qu'il fera la sieste. »

Elle réagit aussitôt. S'écartant de lui, elle s'écria : « Non, tu ne peux pas faire ça ! Tu as dit que tu resterais ici deux semaines – un mois même ! »

Il la prit par les épaules et dit sur un ton solennel : « Les noces d'argent de monsieur Dantes, Trining… »

Elle le repoussa et lui lança : « Tu mens ! Tu pourrais au moins être franc avec moi ! Je te connais depuis toujours, Luis. Avons-nous des secrets l'un pour l'autre ? »

Mais comment lui dire, comment puis-je dire que je suis désormais étranger parmi les miens ? « Tu ne comprendrais pas, dit-il d'une voix douce. Vraiment pas.

– Mais si ! » Elle s'emportait de nouveau. Elle traversa la pièce et sortit sur l'*azotea*. Les étoiles scintillaient dans le ciel pur. Il la suivit jusqu'au muret. Elle se tourna vers lui. « Je ne lui dirai pas, bien sûr, si c'est ce que tu veux, mais quand il apprendra que tu es parti sans rien dire, il sera profondément blessé. Qu'est-ce que je lui dirai alors ? Je devrai encore mentir pour toi ? »

Il hocha la tête.

« Je lui dirai que tu ne voulais pas le blesser en partant si vite ? La réception des Dantes est importante, Ester m'a invitée aussi. Mais ce n'est pas la raison. Ce que tu ressens vraiment, c'est du dégoût pour cette maison et pour l'endroit d'où tu viens. Luis, on doit apprendre à vivre avec tout ça – toi et moi. Je suis seule moi aussi, je n'ai que *Tio* et toi maintenant. Pendant tout le trajet, je pensais aux vacances merveilleuses qui nous attendaient – on irait au fleuve, on s'y baignerait peut-être. Tu ne sais pas ce que c'est que de rester enfermée ici ou dans cette école religieuse.

– Je t'écrirai », lui promit-il. Il lui prit la main et la reconduisit à l'intérieur de la pièce. « J'essaierai de t'écrire tous les jours… » Mais il ne fut pas sûr qu'elle eût entendu ses dernières paroles, car, s'étant brusquement dégagée, elle s'enfuit, ses mules résonnant à travers le vestibule silencieux.

CHAPITRE III

Don Vicente ne les rejoignit pas pour le petit déjeuner. Trining et Luis eurent la longue table pour eux seuls. Le chocolat était brûlant et le *pan de sal,* cuit à la maison, bien plus gros que celui qu'ils mangeaient à Manille. C'était la saison des mangues et le plateau d'argent en regorgeait. Comment cela se passait-il à Sipnget autrefois ? Il fallait partager un fruit en quatre et le noyau lui revenait toujours. Il le savourait, le suçait, le léchait jusqu'à ce qu'il fût nettoyé, il le glissait alors dans l'avant-toit de la cuisine, et il restait là à se dessécher. Jamais Luis ne se soucia d'en planter un.

Luis s'attendait à ce que Trining eût l'air maussade, mais elle semblait avoir oublié leur brève rencontre, la nuit précédente, car son visage rayonnait. Il l'avait connue quand elle était une fillette dégingandée de huit ans et l'avait vue dans toutes sortes de vêtements, et même en petite tenue. À présent, dans la douce lumière matinale, il découvrit qu'elle était vraiment devenue une belle femme à la peau claire.

Ils finissaient leur chocolat lorsqu'un bruit fracassant traversa le vestibule, suivi d'un cri de surprise de son père. Ils se précipitèrent dans sa chambre. Le temps qu'ils arrivent, don Vicente s'était levé et, debout près de la porte, il hurlait à ses domestiques d'appeler le capitaine de sa garde privée.

« Que se passe-t-il, papa ? » demanda Luis, mais le vieil homme, bloquant l'entrée, se contenta de hocher la tête. « Rien, rien, éloigne ta cousine... » Dans l'entrebâillement de la porte, Luis vit que la vitre de la fenêtre était brisée et que le sol était jonché d'éclats de verre.

Peu avant le déjeuner, apparemment après mûre réflexion, don Vicente demanda à ce que Luis vînt dans sa chambre. Entre-temps, seuls les domestiques et les gardes privés avaient discuté dans le parc. Luis voulut interroger le capitaine et les gardes, mais il se retint par fierté. Pourquoi son père ne s'était-il pas confié à lui ? Tandis qu'il se rendait dans la chambre du vieil homme, il se sentit froissé qu'il ne l'eût pas fait.

Luis trouva son père extrêmement calme. Il se tenait devant la fenêtre, regardant dehors l'air songeur. Il eut même un sourire en se retournant. Bien que le vieil homme aimât l'ordre et la propreté, il avait manifestement laissé les choses en l'état pour que Luis les vît. « On n'avait pas l'intention de me blesser », dit-il sans manifester d'émotion. Il glissa son corps lourd dans sa chaise longue en rotin, son double menton trembla tandis qu'il hochait la tête, et il poursuivit : « Non, ils voulaient seulement que je reçoive ce message. »

Il tendit le bras vers la petite table au plateau de marbre et prit une pierre de la taille d'un œuf de canne et, à côté, une feuille de papier froissée – comme celui qu'utilisent les enfants à l'école primaire. Il donna la feuille à son fils. L'écriture, très fine, était cependant celle d'un homme. Elle parut familière à Luis, bien que ce fût de l'ilokano : « La terre appartient au peuple et le peuple obtiendra ce qui lui revient de droit. Le prochain message sera accompagné d'une balle. Commandant Victor. »

Luis tourna la feuille pour voir si quelque chose était écrit au verso. Son père reprit la parole : « Mais je ne vois pas comment quelqu'un a pu jeter ça par la fenêtre de ma chambre en plein jour. S'il était dans la rue, on l'aurait vu. Il ne pouvait aller nulle part dans le voisinage. Les gardes ont tout inspecté. »

Victor – Luis réfléchit à ce nom, non seulement parce qu'il lui rappelait son frère, mais encore parce que, à un moment, pendant la guerre, Vic et lui connurent effectivement un commandant Victor. Originaire de Sipnget lui aussi, il avait pu terminer ses études secondaires, à la différence de la plupart des jeunes hommes du village. Il n'avait pratiquement pas cessé de tendre des embuscades aux Japonais, il avait également distribué de la nourriture aux habitants de son village, et même à d'autres personnes dans le besoin.

Le commandant Victor était mort. Mais l'était-il réellement ? Il existait un autre commandant Victor qu'il lui fallait rencontrer.

Luis se dirigea vers la fenêtre qui donnait sur la rue, sur la *plaza* et, plus loin, sur les maisons en bambou aux toits de *cogon* serrées les unes contre les autres qui abritaient des gens ordinaires – des employés de bureau, des commerçants. Son père avait raison : il fallait une force exceptionnelle pour atteindre la fenêtre de sa chambre à coucher. Puis il lui vint soudain à l'esprit que c'était possible à l'aide d'une fronde, depuis l'autre côté de la *plaza,* par-delà les maisons, depuis la rangée de bambous à l'extrémité de la ville ; il se souvint que son frère et lui lançaient des pierres, faisant tournoyer deux ou trois fois leur fronde avant de lâcher une des lanières. Victor y réussissait parfaitement. Tandis que sa propre pierre tombait souvent dans l'eau en soulevant une grande gerbe sur l'autre rive du fleuve, celle de Vic allait plus loin et atteignait toujours son but.

« Pourquoi me haïssent-ils ? » La voix de son père le tira de ses pensées. « J'ai fait de mon mieux pour les aider. Après tout, cette terre que mon arrière-grand-père a défrichée – entièrement défrichée –, qui a fait sa fierté et porte notre nom, représente davantage que cela, il est donc de notre devoir de la conserver et d'aider ceux qui nous aident à la conserver. N'avons-nous pas vécu honorablement en leur donnant ce qui leur est dû, en leur venant en aide quand ils avaient des problèmes, même s'ils étaient personnels ? Qu'il s'agît d'une naissance, d'un mariage, d'une maladie ou d'un décès, à qui s'adressent-ils pour obtenir de l'aide ? À moi et à personne d'autre ; je m'occupe d'eux plus que ne le ferait un père. Ne comprennent-ils pas ce que cela signifie ? Mon frère faisait la même chose – il les aidait et ils l'ont tué, lui, sa pauvre femme sans défense et leur fils. À quelle espèce appartiennent ces gens ? Ne voient-ils pas que nous sommes honorables ? »

Luis connaissait chacun de ces mots – les droits de l'aristocratie, les responsabilités envers les serfs –, mais, à présent, ils ne provoquaient pas sa colère, ils le laissaient indifférent, et, s'il avait pu, il les aurait volontiers bannis de son vocabulaire comme il aurait relégué toute la ville de Rosales dans l'oubli.

« Pourquoi me haïssent-ils ? répéta tristement le vieil homme. Bientôt une grenade explosera dans la cour, ou on empoisonnera notre nourriture. Pourtant, je m'occupe d'eux plus qu'ils ne l'imaginent. J'ai construit des canaux d'irrigation pour eux, je les ai envoyés au centre de puériculture, j'ai donné du riz et de l'argent au prêtre pour qu'il aille dans leurs villages et pourvoie à leurs besoins. Je contribue généreusement à leur fiesta. Je suis le parrain de leurs enfants – ils sont tous mes enfants –, et pourtant ils me haïssent. Je peux le lire sur leurs visages quand ils viennent pleurnicher pour quémander mon aide. Ils m'escroquent sur la récolte, mais je continue à les entretenir parce que je les aime, parce qu'ils font partie de cette terre, qui fait partie de moi. Qu'est-ce qu'ils veulent que je ne puis leur donner ? Ils ont de quoi manger, la sécurité, la paix. Ils sont plus heureux ainsi et ils n'ont aucun souci – rien de ce que j'endure –, uniquement parce qu'ils sont sous ma protection. Et c'est avec ça qu'ils me récompensent, avec ça! dit-il en indiquant la feuille de papier sur la table. Luis, tu peux m'expliquer ? »

Le plus simple aurait été de déclarer que Rosales n'était plus le paradis que vantait son père, que c'en était fini du paternalisme, que la charité est infamante et que les meilleures intentions sont souvent foulées aux pieds, mais il préféra s'exprimer comme seul un fils pouvait le faire : « Tu dois être patient, père. Nous vivons des temps difficiles et tu n'es pas responsable. C'est à cause de la guerre, des attentes qui n'ont pas été satisfaites. Ils finiront par voir quelle est vraiment leur place, mais… (là, il pesa soigneusement ses mots, espérant ne pas contrarier son père) il nous faut aussi comprendre que, si nous devons rester ici et continuer à diriger comme nous l'avons toujours fait (il s'arrêta, surpris de voir qu'il prenait le parti de son père tant sur le plan verbal qu'émotionnel), alors nous devons également changer et comprendre ce qui se passe au-dessous de nous.

– Que veux-tu dire au juste ?

– Père, le changement est parfois imperceptible parce qu'il est lent. Tu as changé aussi, peut-être sans t'en apercevoir. »

Don Vicente sourit. « Oui, oui », murmura-t-il. Il ajouta : « Comment c'était, là-bas, la nuit dernière ?

– Tout allait bien, père », répondit Luis.

Don Vicente se détourna et lui fit signe de partir. « Tout allait bien », répéta Luis en quittant la chambre. Il redevenait le petit garçon qui jouait sur les berges de l'Agno, partageait à Sipnget le même toit qu'un autre garçon et qui, au cours des mois maigres de la saison des semis, se nourrissait de la même bouillie de riz. Vic se tenait de nouveau à ses côtés – la pierre, la fronde – et il serait toujours à proximité. Si Luis était les ténèbres, Vic était la lumière, la liberté, tandis que lui demeurait accablé par le passé, par l'expérience qui avait marqué sa mémoire sans lui apporter aucune certitude, même si elle était aussi réelle que sa chair, aussi évidente que le jour.

Ces moments que j'ai vécus ! À présent, tout est ici, concentré dans cette maison, dans cette petite ville. Ces moments que j'ai vécus – un ruisseau traverse le village, un ruisseau qu'enjambe un vieux pont de bois qui a souvent été emporté par les crues de la mousson. Quand, en juin, les pluies commencent, le ruisseau se remplit lentement, puis déborde, et les eaux arrivent jusque dans la cour de derrière. Nous nous rendons alors sur le pont munis de longues perches pour attraper les bois flottés emportés par le courant et les garder comme bois à brûler. Lorsque les pluies cessent, le ruisseau s'assèche jusqu'à ce qu'il ne reste que des mares pleines de vase et toutes verdies par la mousse, mais on s'y baigne quand même, car le ruisseau coule près de chez nous, et c'est là que Vic me dit pour la première fois : Manong, *tu es blanc et je suis brun. Nous sommes frères, comment est-ce possible ? Le ruisseau nous mit face à face. Un autre jour, il dit : J'ai appris que tu devais partir et que, si tu partais, tu ne reviendrais pas. Moi aussi je partirai – on quitte tous le lieu de notre naissance –, mais je suis sûr qu'on y retournera.*

Vic était de retour. Ce pouvait être son message que Luis avait vu, ce pouvait être de sa fronde qu'il s'agissait. Il songea soudain qu'il ignorait tout des déplacements de son frère. Si, d'une certaine manière, Vic avait changé, Luis avait contribué à cette transformation, car, après tout, c'était lui qui avait envoyé des livres à Vic et l'avait aidé à trouver des réponses. Si Vic avait voulu trouver lui-même des réponses, il n'aurait pas eu à chercher bien loin : elles étaient toutes ici, à Rosales, dans la misère implacable et la résignation du troupeau.

Luis était enfin libéré de tout cela grâce à son père bienveillant. Il pouvait se balader et tirer les bénéfices de la moisson – mais pas Vic, encore qu'il eût désormais la liberté de créer, de voyager sur des étendues que ne limitaient ni l'horizon ni la géographie. Luis pria Dieu pour que, malgré tout, Vic se souvînt au moins qu'ils étaient frères et que lui-même n'avait pas oublié les tourments de la vie dans cette jungle. Vic personnifiait le courage, mais comment Luis pourrait-il se racheter, témoigner de sa créativité ? Avec quelques poèmes ? Il profitait d'un nom qu'il était né pour porter. Si seulement il pouvait retourner en arrière, il serait désormais aux côtés de Victor ainsi qu'il le devrait, car son frère était aussi son destin.

CHAPITRE IV

Luis changea d'avis et décida de dire au revoir à son père. Il avait espéré que celui-ci le retiendrait, mais don Vicente se montra fort compréhensif. Il essaya même d'être gai.

« Je vois, je vois », dit-il en hochant la tête et en souriant si bien que son double menton trembla et que les poches sous ses yeux gonflèrent. « Rosales est extrêmement ennuyeux, si on met de côté ce qui est arrivé ce matin. Qui plus est, tu ne peux pas manquer la réception de l'année – oui, j'ai lu des choses sur tous ces ducs qui vont venir d'Europe. De toute manière, je t'ai déjà dit ce que j'avais à te dire. N'oublie pas...

– Je n'oublierai pas, père », dit Luis, et il porta la main dodue à son front. Ses valises étaient prêtes, Simeon patientait en bas et, dans le vestibule, Trining l'attendait en faisant les cent pas devant la chambre de son père. « Je n'oublierai pas », répéta-t-il, puis il quitta la pièce.

Mais que ne fallait-il pas oublier ? Il avait entendu ce refrain tant de fois, l'appel du devoir, de la terre, le fait que son avenir fût dans la politique. Bien sûr, il était difficile de comprendre cet attachement de son père à la terre. Dans sa jeunesse, don Vicente avait vécu en Espagne, et il avait visité le vieux village proche de Bilbao d'où son arrière-grand-père était venu. Désormais, peu de chose dans la lignée des Asperri dénotait leur origine basque, à part leur nom, leur teint clair et leur attitude hautaine, ce qui ne comptait guère. Les exhortations de don Vicente tombaient sur un sol stérile, à même la réalité ingrate de Rosales. C'était la vie de l'esprit qui attirait Luis, et il ne pouvait la trouver qu'à Manille. Il valait mieux y prendre plaisir, fréquenter ces jeunes gens comme lui pleins d'ardeur qui gravitaient autour des rédactions, ainsi que Trining, Ester et ses amies. Quoiqu'il refusât de s'y abandonner, il appréciait leur attention flatteuse que lui valait son apparence, mais aussi le fait qu'étant poète il dégageait une sorte de magnétisme exotique.

Il désirait passer un petit moment avec Trining, mais elle n'avait attendu dans le vestibule que pour savoir s'il avait la permission de partir ; sitôt qu'elle l'apprit, elle se précipita dans sa chambre. Luis frappa à la porte, suppliant, mais elle n'ouvrit pas. De l'intérieur lui parvinrent des sons indistincts qui ressemblaient fort à des pleurs.

Luis arriva en ville à la tombée du jour. Déprimé, il avait somnolé pendant qu'ils franchissaient la plupart des barrages, et Simeon, encore contrarié que Luis eût écourté ses vacances, ne s'était pas départi de son air renfrogné et n'avait pas desserré les dents. L'abattement de Luis persista un certain temps, même après qu'il eut terminé le travail qu'il avait emporté.

Il élabora mentalement le sommaire du prochain numéro de *Our Time :* deux articles sur la loi Bell, un commentaire sur la renaissance culturelle en Asie du Sud-Est, deux papiers et un essai sur la crise identitaire aux Philippines. Contrairement au voyage aller, le paysage ne l'intéressait plus. La campagne était morne, complètement terne. Les villes sales qu'ils traversaient se ressemblaient toutes, avec leur rue principale goudronnée bordée de boutiques en bois couvertes d'enseignes publicitaires inesthétiques vantant des sodas.

« Voulez-vous passer au bureau, *señorito ?* » La voix de Simeon fit sursauter Luis. Ils entraient dans la ville et, à Balintawak, la circulation était de nouveau bloquée – des Jeepneys et des bus pleins d'employés de bureau pressés de rentrer chez eux. À l'ouest, le ciel virait largement à l'indigo. Le crépuscule apporta enfin un sentiment de paix.

« À la maison », dit Luis. Plus que de toute autre chose, il avait besoin d'une douche pour se débarrasser de sa fatigue. La voiture ne pouvait éviter l'avenue Rizal ni les embouteillages de la place Goiti, mais, quelques instants plus tard, ils roulaient sur le boulevard et Luis se sentit une fois de plus chez lui sur la vaste Luneta couverte d'herbe sèche, avec, sur la droite, la mer, les arbres bas, le tout plongé dans l'obscurité profonde tombée subitement.

La maison était une de ces constructions d'avant-guerre épargnée par l'holocauste que fut la libération, durant laquelle les districts d'Ermita et de Malate, sur la rive sud du fleuve, furent presque entièrement détruits. Le grand-père de Luis avait fait bâtir cette demeure dans les années vingt pour Vicente et son épouse espagnole.

Parfois, son grand-père se plongeait dans ses souvenirs, en particulier quand Luis et ses amis écrivains discutaient de la révolution de 1896 et de la manière dont elle fut finalement usurpée par les *ilustrados*. Son grand-père était l'un d'eux ; bien qu'il se fût toujours considéré – au dire de don Vicente – comme philippin, Luis savait que son loyalisme allait à cette lointaine péninsule qui avait vu naître ses ancêtres. Le vieil homme avait été un politicien habile, même s'il ne se présenta jamais aux élections ; il savait où se trouvait le centre du pouvoir et lorsqu'il s'aperçut, par exemple, que la révolution était inévitable, il tint les propos de circonstance qui semblèrent indiquer que lui, du moins, ressentait de la compassion pour l'armée, indisciplinée et mal équipée. Tout d'abord, en tant que Basque, il avait toujours méprisé les Espagnols. Mais, pour éviter de s'engager totalement, il feignit quelque maladie et, fort opportunément, se trouva mal en point à Manille. L'arrivée des Américains mit un terme à la mascarade de ce vieux renard de Vascongado. Il comprit que la domination américaine serait inévitable, et l'une des premières choses qu'il fit fut de rallier le Federalista Party. Entretenant d'excellentes relations avec les gens de Manille, il aurait pu prétendre à une très haute fonction dans le nouveau gouvernement mais, comme tout Basque qui se respecte, il avait décidé que l'avenir était dans la terre, qui, après tout, lui avait assuré des années durant un train de vie somptueux.

Il ne s'était pas trompé ; à l'époque, dans le Sud, on créait des haciendas et des plantations de canne à sucre avec des fonds américains et étrangers. Il revint dans la province de Pangasinan, sur les vastes terres qu'il avait revendiquées, et construisit la plus grande maison de la région, laquelle devint une halte où pouvait se reposer tout Americano de passage. Avec le temps, profitant des plans cadastraux que les Américains établissaient dans tout le pays, il ressortit ses titres de propriété datant des Espagnols et, avec du xérès et quelques arrangements, il intégra dans l'hacienda Asperri des centaines de petites clairières que les pionniers ilokanos avaient défrichées.

Le vieillard se considérait volontiers comme un visionnaire, un ploutocrate en avance sur son temps. Ainsi, constatant que Manille s'étendait hors des limites d'Intramuros, il acheta des terrains à Santa Mesa et, bien sûr, à Ermita, sur le boulevard proche de la mer. Ce fut dans la maison qu'il fit construire à Ermita que vécut son fils Vicente, ses filles mariées à des Américains et à des Espagnols ayant suivi leur mari.

L'hacienda du Pangasinan prospéra, et il mourut l'esprit

tranquille, sachant son autre fils prêt à prendre la relève, tandis que Vicente frayait avec les riches et les puissants de Manille. Il ignorait le ressentiment engendré par l'exploitation et ne se doutait pas que la maison serait incendiée par ces mêmes paysans qu'il croyait s'être attachés. Don Vicente continua à vivre à Manille, dépendant des contremaîtres qui travaillaient pour lui, conscient qu'il exerçait un grand pouvoir bien qu'il demeurât en ville. Il jouait régulièrement au poker avec Quezon et était dans les meilleurs termes avec les *mestizos* qui gravitaient autour du palais de Malacañang.

Ayant fini son droit et étudié également l'histoire, don Vicente avait retenu les leçons que son père lui avait enseignées, et, à la prudence, il ajouta ses propres dispositions. Il s'informait sur les actions à acheter, les sites où les nouvelles routes seraient construites, les cultures d'exportation à développer, ce qui compensait sans mal ses pertes délibérées, quoique considérables, à la table de poker.

Il contribua également au financement de la campagne des sénateurs et, bien entendu, à celui de la Mission pour l'indépendance, tandis que dans le Pangasinan ses métayers s'éreintaient au travail et remplissaient sa *bodega* de riz. Même lorsque son frère fut tué et qu'il eut pris sa nièce sous sa protection, don Vicente n'éprouva pas le besoin de retourner en province ; l'ordre rétabli, la gendarmerie veillerait à ce qu'il n'y eût plus jamais de soulèvement de ce genre.

Après la guerre, il se fia une fois de plus à son instinct ; voyant venir les changements, l'une de ses premières initiatives fut de reconstruire la vieille maison qui avait été incendiée, où il apporta de Manille de nombreux objets qui n'avaient pas été détruits ; son fils grandissait, il pouvait quitter la capitale et retourner sur ses terres où il lui fallait demeurer désormais.

Peu après avoir terminé ses études secondaires, Luis disposa donc entièrement de la maison d'Ermita, sauf lors des visites de don Vicente, qui, fréquentes au début, finirent par s'espacer. Don Vicente jouait toujours au poker, mais la plupart de ses vieux partenaires étaient morts, certains entre les mains des Japonais, d'autres en exil aux États-Unis, et le vieil homme ne semblait pas à l'aise avec les nouveaux occupants de Malacañang. Luis savait aussi que son père avait des maîtresses à Manille. Il n'avait jamais rencontré l'Espagnole que son père avait épousée : c'était une de ces créatures mystérieuses qui vivent dans l'ombre. Cependant, les domestiques parlaient d'elle, de sa folie, ils racontaient qu'on l'avait internée dans un hôpital de Manille, puis enfermée dans la chambre de la tour, dans la grande maison, où elle se tenait fort tranquille, n'étaient-ce ses plaintes plus semblables à celles d'un animal qu'à celles d'un être humain. Toutefois, aucun médicament ni aucun médecin ne purent lui faire retrouver la raison ni lui rendre sa lucidité. Sa folie n'était pas due à des tares héréditaires ou à des frustrations qui auraient fini par se manifester, mais au comportement dissolu de don Vicente dans le passé, à ses mensonges, à ses indiscrétions et à cette conception hédoniste qui ne voyait en la femme qu'un objet de plaisir, comme don Vicente considérait la sienne lorsqu'elle était plus jeune. Or il s'agissait d'une femme sensible qui non seulement vivait loin de sa famille et de sa patrie, mais qui avait été très amoureuse de son mari et avait fondé de grands espoirs sur cette terre nouvelle dont elle pensait qu'elle deviendrait aussi sa patrie. Lorsque cette malheureuse femme mourut, elle eut des funérailles quasiment secrètes, car elle ne fut pas enterrée à Rosales mais dans un cimetière de Manille. Selon ce qu'en savait Luis, son père ne se rendait jamais sur sa tombe, et pas une fois il ne lui parla de leur vie commune, même quand il évoquait ses souvenirs d'Europe.

La maison n'était pas particulièrement vaste selon les standards d'Ermita, à l'époque le quartier résidentiel le plus coté de Manille, mais elle était construite dans un pur style espagnol, avec des fenêtres et des portes en fer forgé. On avait fait un grand usage de tuiles rouges et les murs étaient crénelés, ce que masquait le lierre, taillé par Simeon. Le parc était immense, on en tondait régulièrement le gazon, et les dahlias en pots comme les orchidées plantées en pleine terre semblaient perpétuellement en fleurs. L'origine ilokano du personnel de Luis ne faisait aucun doute, car, au fond du parc, près du garage où logeaient les domestiques, poussaient des carrés de tomates, d'aubergines, de gombos, et c'était souvent de ce potager que provenaient les produits frais lorsque Luis avait envie d'un ragoût de légumes.

La maison comptait quatre chambres, que Luis s'était plu à meubler et à décorer quand il eut terminé ses études secondaires. Avec Trining, ils avaient couru les magasins de meubles et les quelques boutiques de tissu de Divisoria. Luis avait fait installer la climatisation dans sa chambre à coucher et dans la pièce transformée en bureau et en chambre d'amis. Dans le vestibule, son père avait mis un piano à queue dont personne ne jouait excepté Trining quand elle passait avec ses amies étudiantes. Dans son bureau, Luis avait aussi un électrophone-radio, avec des haut-parleurs supplémentaires dans le salon ; bien qu'il eût un faible pour la musique classique, Trining insistait pour acheter les disques qu'elle aimait et elle remplissait la discothèque de musique latino et de boogie-woogie. Luis avait pas mal de livres, mais il en prêtait souvent à des amis et certains profitaient de son bon caractère et de sa négligence.

Marta arrosait les haies de *gumamela* près du portail lorsque la voiture apparut. Elle ouvrit en grand le portail, puis se précipita vers la porte d'entrée de la maison.

« Je ne vous attendais pas si tôt, *señorito* », dit-elle. Elle alluma toutes les lumières tandis que Simeon portait les valises de Luis dans sa chambre.

Luis téléphona immédiatement à Eddie et comme il s'y attendait, il trouva son collaborateur au bureau bien qu'il fût déjà près de dix-neuf heures. Luis avait laissé des instructions sur la conception des deux numéros à venir ; il avait également suggéré qu'il pourrait prolonger ses vacances, de sorte qu'Eddie parut surpris : « Je pensais que je profiterais pendant quelque temps de ton fauteuil pivotant. Que se passe-t-il ? Tu t'es pété un vaisseau sanguin ? »

Luis rit. « Tu te trompes ! C'est l'endroit, Eddie. » Il eut le sentiment d'être honnête. « Du courrier ?

– Des articles, répondit Eddie. Et quelques courriers de lecteurs qui s'en prennent à ton dernier papier sur le travail. Mais ils n'intenteront pas de procès, parce que ce sont tous des escrocs. Je suis content que tu sois rentré, comme ça, tu pourras aller à la réception ce soir. Seuls les rédacteurs en chef ont été invités, tu sais – sur l'ensemble de l'équipe, vous n'êtes que huit. Et tu sais aussi que le patron n'aime pas qu'on se dérobe. »

Luis le savait. Il y avait cette fameuse histoire qu'il avait déjà racontée : Dantes avait viré l'un des cadres de sa compagnie de navigation parce que, invité avec sa femme à un dîner, seule l'épouse s'y rendit, le mari étant au lit avec un rhume. Malgré ce genre d'attitude féodale, l'intérêt que portait Dantes au personnel de sa rédaction excédait toutefois celui d'un simple employeur. Les matins où il était dans son bureau, il appelait souvent ses rédacteurs uniquement pour jouer aux échecs ou faire des remarques au sujet d'un tableau ou d'une sculpture qu'il avait achetés. Pendant tout ce temps, le bar situé au fond de son bureau restait ouvert et un garçon habillé en blanc rôdait autour d'eux, prêt à intervenir tout en assistant, l'air impavide, à leurs discussions sur la politique et la culture. C'était également au cours de ces séances informelles que Dantes donnait des instructions à ses chroniqueurs et à ses rédacteurs – il désignait les cibles de ses railleries et de sa colère. Que de telles séances puissent durer jusqu'à l'heure du déjeuner importait peu puisqu'il faisait livrer le repas. Les rédacteurs savaient immanquablement quand la discussion était close, car Dantes, de façon presque rituelle, ouvrait son étui à cigarettes en or et le faisait passer – même à ceux qui ne fumaient pas –, des cigarettes noires russes, des Sobranie, ensuite, il donnait du feu à chacun avec son briquet, lui aussi en or, et, après quelques bouffées, il souriait avec bienveillance et disait : « Eh bien les enfants, c'est la vie ! » – une vieille expression qu'il n'avait pas oubliée et qui datait de ses années d'études à Harvard. Les rédacteurs quittaient alors le bureau en file indienne, tout excités, car l'oracle avait parlé et, dès lors, ils savaient ce qu'il leur restait à faire.

Avant de partir, Luis, le télégramme à la main, était allé voir Dantes pour lui dire qu'il devait se rendre sans tarder auprès de son père souffrant, mais qu'il reviendrait si tout allait bien. Non, il ne devait pas manquer les noces d'argent de monsieur Dantes. Le directeur de la publication avait consenti de mauvaise grâce à le laisser partir pour « raisons personnelles », mais il avait clos l'entretien sur ces mots : « Luis, tu dois savoir que cette réception est très importante pour moi. »

D'autres réceptions étaient prévues, toute la semaine leur serait consacrée : une pour chacune des sociétés, une autre réservée aux proches, puis cette fête exceptionnelle à laquelle participeraient les membres des familles royales d'Europe qui, venus à bord de Startocruzer affrétés pour l'occasion, seraient logés sur deux étages du Manila Hotel, avec un orchestre américain, deux chanteurs d'opéra, l'un de La Scala, l'autre du Met, sans compter cinq cents Philippins des plus importants, avec à leur tête le président et sa parvenue de femme.

« Des messages ? demanda Luis.

– Oui. Mlle Vale voulait savoir si tu étais rentré. Elle semblait très inquiète. C'est la fille de Dantes qui l'a appelée. Dis-moi, tu fais rapidement ton chemin ! »

Luis se demanda si le père d'Ester l'avait chargée de se

renseigner ou si elle avait agi de son propre chef, mais Mlle Vale, la secrétaire de Dantes, une vieille fille, n'entrait jamais dans les détails. Elle se contentait de donner le minimum d'information et elle semblait avoir la tête pleine de secrets qu'elle ne destinait qu'au seul Dantes.

Même lorsqu'il suivait les cours à l'université, Luis ne gobait pas tout ce qui s'y disait. La famille, les professeurs, l'Église étaient les uns comme les autres des partisans de l'autorité, mais il avait connu une école bien plus impressionnante où l'on apprenait en toute liberté : les années vécues à Sipnget qui lui avaient fait découvrir l'importance des liens de parenté, et aussi que les gens étaient ce qu'ils étaient. C'est pourquoi il lui suffit de quelques semaines dans les bureaux de Dantes pour se former, assimiler les connaissances qu'on ne lui avait pas dispensées dans ses cours de sociologie ou de sciences politiques, pour rassembler les informations jamais imprimées dans les journaux – pas même le sien, aussi réputé fût-il pour son libéralisme et son ferme attachement à la vérité telle que Dantes, et non ses collaborateurs, la voyait.

Comme l'avait dit don Vicente, Dantes n'était pas un patriote prêt à se sacrifier pour la liberté et pour la nation ; c'était un marchand influent qui vendait du rêve dans son groupe de presse et, par la même occasion, manipulait les puissants. Son bureau principal aurait pu se trouver dans le bâtiment de sa compagnie de navigation et de sa firme commerciale au sein de cette nouvelle communauté appelée Pobres Park implantée quelque part à Makati, ou dans cet autre immeuble qui abritait l'électricité et les communications – mais non, il choisit d'installer ses bureaux principaux ici, au siège de ses journaux, car c'était grâce à eux qu'il exerçait le plus d'influence.

Dantes était un fin politique, quoiqu'il ne fît pas de discours ni ne se présentât à aucune élection ; aux échelons les plus élevés des partis Nationalista et Liberal, des hommes se disputaient ses faveurs et tremblaient à la moindre rumeur faisant état de son mécontentement. On croyait également qu'il soutenait le mouvement huk et que sa vision de l'avenir était formulée par ses écrivains de gauche, comme Abelardo Cruz et Etang Papel, des « libéraux » exaltés qui savaient d'où venait le vent.

Luis avait stupéfait ces deux rédacteurs par sa connaissance de la vie rurale et des aspirations muettes de ceux qui cultivaient la terre. Cruz et Papel étaient des révolutionnaires en chambre qui avaient sublimé leur ignorance sans difficulté et, dans une certaine mesure, Luis se reconnaissait en eux, car, malgré toutes ses déclarations, lui aussi vivait dans l'aisance et, comme eux, était incapable de consentir à des sacrifices. Il y avait cependant une grande différence dont il s'enorgueillissait : il avait vécu dans une ferme, il savait ce qu'était la morsure du soleil et le froid des rizières détrempées et il avait démasqué en Abelardo Cruz un imposteur dont le savoir sur la vie rurale demeurait livresque. « Sais-tu comment on attrape les crabes d'eau douce dans les rizières ? » avait-il demandé à ce rédacteur pugnace un soir où ils prenaient un café, après le bouclage du magazine. Cruz prétendit le savoir et entreprit même de montrer par gestes comment il faisait enfant jusqu'à ce que Luis lui posât la question la plus importante, la question cruciale : « Et s'il n'y a pas d'eau dans le trou ? » Voilà une des premières choses que tout garçon de Sipnget apprenait, car c'était une question de vie ou de mort. Luis leur expliqua alors, à ces champions de la réforme agraire, à ces amoureux des pauvres : « S'il y a de l'eau dans le trou, enfonces-y la main. Un crabe peut s'y trouver. Mais au nom du ciel, ne l'y mets pas s'il n'y a pas d'eau. Tu pourrais tomber sur un serpent. »

Etang Papel avait soutenu, avec son ignorance de citadine et son impertinence de *colegiala,* que c'étaient les classes inférieures qui faisaient la révolution ; après tout, elle répétait ce qu'elle lisait dans le *Manchester Guardian* et dans les livres qu'on ne pouvait se procurer que si on avait des amis à New York ou à Londres. Toutefois, Luis savait que l'apathie des masses était une réalité, qu'il fallait une accumulation de frustrations pour que leur colère explosât, car il avait observé combien leur longue patience et leur servitude docile réduisaient leur esprit critique. Il les avait vus venir en nombre chez son père pour emprunter de l'argent et réaffirmer leur dépendance – qu'ils se sentaient là en sécurité, que son père ne pouvait pas mal agir. Où gisait donc cette force immense qu'il serait possible de canaliser à bon escient ? Elle ne se trouvait certainement pas plus dans telle ou telle chambre en ville qu'à Sipnget : où qu'elle fût, elle avait besoin d'être éduquée, ménagée, afin de croître et de se développer. Et seulement alors...

À bien des égards, Luis s'estimait très heureux de travailler avec Eddie ; il l'avait rencontré au cours de l'une des conférences des rédacteurs étudiants du temps où il était en troisième année d'université. Ils étaient allés dans le Sud où ils avaient passé une semaine, invités dans l'une des résidences de Dantes située dans une île, à l'écart de la ville d'Iloilo. Une nuit, ils s'étaient promenés tous deux sur la plage déserte, et Eduardo Sison, le directeur d'une petite publication universitaire, avait discuté avec Luis ou, plutôt, lui avait posé des questions sur un grand nombre de ses hypothèses sans tenir compte du fait qu'il fût le fils d'un homme riche. Comme Ester, il avait interrogé Luis sur ses motivations, son manque de sincérité. Après tout, Eddie était un étudiant qui subvenait à ses propres besoins en travaillant dans un magasin chinois le jour et en suivant des cours de comptabilité le soir. Naturellement doué pour l'écriture, il était également doté de l'instinct de survie des paysans et, en tant que fils de paysan, d'un sens aigu de la justice. Lorsque l'occasion de travailler dans le groupe de Dantes se présenta à Luis et qu'on lui demanda de trouver son bras droit, Luis n'hésita pas à embaucher Eddie. Le magazine existait depuis trois ans environ et, selon les potins, l'ancien directeur et son assistant avaient été poussés vers la sortie pour avoir tenté d'organiser un syndicat. C'était un hebdomadaire, avec des délais plus souples, mais, les jeudis, on travaillait dur, la publication paraissant le lendemain, assez tôt, selon Dantes, pour damer le pion aux périodiques du dimanche tout en étant suffisamment intéressante pour que les gens désirent la lire durant le week-end.

Il était conçu sur le modèle des hebdomadaires anglais modérés – Dantes avait une prédilection pour la presse britannique –, mais avec une maquette claire et agréable. Le ton se voulait profond sans être solennel, et les collaborateurs, que Luis avait rassemblés grâce à des contacts personnels, représentaient un vaste éventail – des conservateurs et des radicaux, des littéraires issus du milieu universitaire et des docteurs qui gardaient leurs distances.

Luis l'ignorait, mais c'était Ester qui avait attiré l'attention de son père sur lui. Elle avait souvent entendu parler de lui par Trining, avait lu sa poésie, que Trining apportait en cachette à l'école, ainsi que ses articles publiés dans le journal de l'université et ailleurs, car, en année de licence déjà, il s'était fait remarquer par les directeurs de la presse nationale grâce à sa prose énergique mais élégante, et lorsqu'il les rencontra, ils s'étonnèrent qu'il fût encore étudiant.

Dantes donna carte blanche aux deux jeunes gens et il n'eut pas à le regretter. Luis était un bon rédacteur en chef, même s'il ne dirigeait qu'une petite équipe – Eddie, un collaborateur, deux secrétaires de rédaction également correcteurs et un maquettiste. La plupart des articles étaient des commandes, mais, malgré une liste d'éminents collaborateurs extérieurs qui ne cessait de s'allonger, il leur restait de nombreux articles à écrire – et rédiger la titraille et des légendes racoleuses était une tâche monotone.

Trining avait raison – pour Luis, le magazine représentait toute sa vie. La première fois qu'ils se rencontrèrent, Ester le prit pour un snob, mais il se souvint de son visage, indépendamment du fait qu'elle était la fille de Dantes. Il y avait une certaine fragilité en elle et son regard avait quelque chose de tragique. Il se souvenait d'elle bien qu'elle portât l'uniforme marron anonyme au col raide de l'école religieuse. Ce matin-là, elle était entrée dans le bureau de son père, interrompant une discussion sur le dernier roman de Hemingway, *Le Vieil Homme et la mer*.

Dantes l'avait présentée : « Ma fille », et Luis s'était tourné vers elle tandis qu'elle se tenait près de la table, des cahiers sous le bras. Il se contenta de faire un signe de tête – une réaction presque machinale – avant de reprendre la discussion ; selon lui, la simplicité de Hemingway était terriblement trompeuse, il ne s'agissait pas d'un simple pêcheur sorti en mer pour la pêche au gros, cette œuvre appartenait au même modèle classique que *Moby Dick* de Melville, c'était l'histoire d'un homme en quête de sens. Ester resta là à écouter jusqu'à ce que le moment vînt pour Dantes d'offrir ses cigarettes noires au filtre doré aux deux jeunes hommes qui les acceptèrent alors qu'ils ne fumaient pas. Luis ne parla pas à Ester, il ne lui dit même pas au revoir en quittant le bureau du directeur de la publication.

Luis fut prêt à vingt-heures trente. Il n'arrivait pas à décider s'il devait ou non porter un smoking. Sur le carton d'invitation, on laissait le choix entre une cravate noire et l'habit national, mais il faisait si chaud qu'il trouva un compromis en mettant un *barong tagalog* au col boutonné sur son pantalon de smoking.

La demeure – ou le domaine – de Dantes occupait un vaste terrain à San Juan, peut-être deux bons hectares bien situés, avec vue sur la ville. Le clan des Dantes l'avait acquis avant la guerre, du temps où de semblables hôtels particuliers coûtaient relativement peu cher et qu'il y avait encore quelques maisons de *nipa* dans ce secteur. La terre était rocailleuse, comme la plupart des terres des environs de Manille, ce qui n'attirait pas les gens, car rien n'y poussait sinon de robustes acacias et des goyaviers.

Bien avant d'arriver chez les Dantes, Luis fut frappé par l'importance de la réception. De grosses Cadillac, des Jaguar et des Rolls-Royce rutilantes s'alignaient le long de cinq pâtés de maisons. Venus de San Juan et de Manille, des motards de la police, omniprésents, réglaient la circulation. C'était la réception de l'année, voire de la décennie, sinon du siècle, mais on n'y fit aucune allusion dans les journaux appartenant à Dantes. On en parla dans d'autres titres, qui firent beaucoup de battage autour de l'événement, car les trois magnats de la presse, malgré une rivalité féroce pour la publicité, formaient tacitement un club, dont les mondanités et les bonnes actions étaient rendues publiques excepté dans leurs propres publications – une sorte de courtoisie un rien hypocrite et superficielle. Luis avait lu ailleurs qu'on avait importé pour cette réception des huîtres de Sydney et de la viande d'agneau d'Australie, ainsi que du champagne en quantité, des truffes de France, des fromages de Roquefort et de Stilton et autres mets fins ; qu'on avait décoré les tables de tulipes de Hollande et que, bien sûr, parmi les invités, figureraient des banquiers de Wall Street, deux princesses, quelques ducs et une douzaine de personnalités titrées venues d'Europe.

Comme Luis approchait de la demeure des Dantes, un colonel de la gendarmerie arrêta sa voiture à l'entrée et vérifia son invitation en se référant à la liste des invités, ensuite, un capitaine donna à son chauffeur une carte portant un numéro et lui dit de se garer plus haut dans la rue. La voiture pénétra dans le domaine illuminé par des ampoules multicolores et un portier resplendissant dans l'uniforme de gala des colonels de la gendarmerie ouvrit la porte. Comme la plupart des grandes maisons du voisinage, la résidence des Dantes, construite dans le style très orné des années vingt et trente, était entourée de hauts murs en tuf volcanique à présent couverts de lierre. Les acacias étaient festonnés d'ampoules colorées – vertes, bleues et rouges –, et dans les jardins impeccablement entretenus, d'immenses tentes à rayures multicolores abritaient des tables. Dans le parc, à des endroits stratégiques, étaient dressés quatre buffets et, plus loin, sur une scène montée en face du court de tennis non recouvert d'aggloméré, l'orchestre américain jouait « Feuilles d'automne ». Luis écouta un moment, puis conclut que le Bayside Band était meilleur.

On voyait des invités partout : sur les terrasses, sous les hautes pergolas buissonneuses, sur les pelouses épaisses. Des serveurs en *barong tagalog* immaculés, pantalon noir et gants blancs, se déplaçaient avec légèreté en tenant en équilibre des plateaux chargés de boissons, et alentour montait le gai brouhaha de gens qui s'amusaient.

La soirée était exceptionnellement fraîche et les *sampaguita* embaumaient l'atmosphère. Dans la plus grande des tentes, à l'extrémité du court de tennis, étaient assis Dantes et son épouse asthmatique ; à côté d'eux se trouvaient le président et la Première Dame. Malgré la distance, Luis les voyait distinctement.

Il marcha vers la tente et, à mi-chemin, attira l'attention d'Ester. Elle se précipita à sa rencontre et, ensemble, ils se dirigèrent vers l'endroit où se tenaient ses parents.

« Félicitations, madame, monsieur », dit Luis en leur serrant la main, et Dantes, en hôte toujours parfait, demanda : « J'espère que votre père va bien, Luis.

– Oui, monsieur, répondit-il.

– Bien, dit Dantes. Ester, il est à toi. »

Luis jeta de nouveau un coup d'œil au couple. Dantes paraissait plus âgé que ses cinquante-cinq ans, les cheveux prématurément blanchis et des poches sous ses yeux constamment embués. Son menton tremblait toujours quand il parlait, comme maintenant tandis qu'il bavardait avec un couple qui venait d'arriver. Luis sentit la main d'Ester saisir la sienne pour l'empêcher de s'attarder. « Oh, je suis tellement heureuse que tu sois venu ! dit-elle avec exubérance. J'ai demandé à papa si tu serais là et il a dit que tu étais allé chez toi pour voir ton père malade. Alors tu as laissé Trining là-bas. Elle aurait dû venir aussi. J'avais l'autorisation d'inviter quatre personnes et c'est que… c'est ma meilleure amie – mais tu es ici, c'est ce qui compte.

– Je n'aurais manqué ceci pour rien au monde, dit Luis. Non pas parce que c'est l'anniversaire de mariage de tes parents, mais parce que tu es ici ; j'aimerais vraiment mieux te connaître. »

Elle serra sa main et dit : « Flatteur ! Mais j'apprécie. Voudrais-tu rencontrer mes amies ou préférerais-tu rejoindre ta bande ? » Elle indiqua une tente près du buffet.

Ils passèrent devant un projecteur qui illuminait une immense statue de glace – un cygne au centre d'une grande table de hors-d'œuvre – et en s'éloignant d'Ester il vit combien elle était belle. Il remarqua la différence entre l'uniforme et cette robe fushia ondoyante dans laquelle elle s'épanouissait ce soir. Une pointe de rouge à lèvres, une ombre de fard à paupières – elle avait les traits fins des Dantes, la peau claire, le menton impérieux. En la contemplant dans la lumière, il lui dit, pensant chaque mot qu'il prononçait : « Ester, tu es belle. »

Elle rit. « Si tu continues ainsi toute la soirée, il se pourrait que je devienne ta petite amie. »

Luis prit un craquelin sur une table et puisa un peu de caviar dans un bol.

« Je vais rester avec toi et te servir si tu as si faim, lui dit Ester.

– Je meurs de faim », dit-il.

Elle le conduisit au-delà du court de tennis vers une table

couverte de nourriture où de nombreux invités remplissaient leur assiette. Elle aida Luis à faire son choix, puis le guida vers une table libre près du court. Elle se comportait en parfaite hôtesse. « J'ai dit à mes amies que je pouvais trouver un très bon parti. J'espère que tu ne les décevras pas, dit-elle.

– J'arrêterais les rotatives pour te voir », lui dit-il.

Elle s'éloigna à la recherche de ses amies. Luis n'avait pas vraiment faim. Un verre de scotch à la main, il monta sur le balcon ; de là, il avait une vue dégagée sur le vaste jardin où des invités se promenaient. L'orchestre jouait doucement et des couples se dirigeaient vers le court. Il ne s'était pas aperçu qu'Ester l'avait suivi et tournait autour de lui, l'air perplexe.

« Je me doutais que tu serais ici, dit-elle, de l'inquiétude dans la voix. J'espère que tu n'es pas fâché.

– Oh non, dit-il en riant. J'attendais ta bande. Où sont-elles donc ?

– En train de danser, répondit-elle joyeusement. Mais je me rattraperai plus tard. Je serai ta partenaire pour le reste de la soirée – si tu le veux bien. »

Elle prit la chaise libre à côté de lui. « Je voulais que Trining vienne – vraiment –, mais le séjour en province était plus important. Comment va ton père ?

– Pas très bien, mais il s'en sortira. Les gens âgés s'en sortent toujours. »

L'orchestre entama « La vie en rose ». « C'est un de mes airs favoris, dit Luis. Je l'ai appris pendant la guerre. Les paroles sont poétiques.

– J'ai lu ta poésie, fit Ester.

– Mes condoléances !

– Je l'apprécie – mais pourquoi est-elle toujours si triste et amère ? Tu dois être terriblement malheureux.

– Serais-tu psychologue ou quelque chose comme ça ?

– Non, j'essaie seulement de te comprendre.

– Je suis un livre ouvert. Pas de sombres secrets. »

Elle se leva. « Ne manquons pas ta chanson favorite », dit-elle en lui prenant la main.

Ils descendirent les marches de pierre. Devant le court, Luis hésita, se sentant soudain gauche, les genoux faibles comme si c'était la première fois qu'il allait danser. Mais Ester se serrait déjà contre lui, aussi enlaça-t-il sa taille fine tandis que sa main à elle se posait sur son épaule et que sa joue lui effleurait le menton. Il sentait la pression de ses cuisses rondes, lisses et soyeuses, la douce chaleur de sa poitrine, et cette charmante proximité le troublait. Il voulait continuer à danser avec elle, mais l'orchestre enchaîna avec un air abominable et il dit brusquement : « Voilà notre poésie ! » Un jeune homme qu'il ne prit même pas la peine de regarder les aborda tandis qu'ils regagnaient leurs places et invita Ester à danser. Luis la laissa y aller.

Il se glissa parmi les ombres vers le bas du jardin où les bougainvillées s'espaçaient lorsqu'on approchait du promontoire rocheux. Il resta là à contempler la ville dont les lumières, au loin, scintillaient telles des braises, illuminant un ciel d'été pommelé. Il tournait le dos à l'orchestre et, très vite, il s'échappa de ce parc, repensant à une autre époque, à un lieu lointain et oublié où l'on pinçait les cordes des guitares : je retourne toujours là où tout a commencé, à Sipnget, à la fiesta du village à la lueur des lampes à pétrole, avec la terre durcie comme piste de danse, le décor fait de palmes entrelacées, un périmètre, la pénombre, les jeunes villageoises...

« Enfin, je t'ai retrouvé ! » C'était Ester, elle se tenait derrière lui. Il se retourna, dévala le rocher et dit : « D'ici, la vue est magnifique. Manille ressemble à une parure de pierreries.

– Pas dans la journée, dit-elle. Elle est recouverte d'une brume et elle paraît bien laide. » Puis elle reprit d'un ton sérieux : « Pourquoi as-tu quitté la réception ?

– Je suis toujours là, non ?

– J'aurais dû te demander ce que tu faisais à cet endroit.

– Encore ! » Il lui prit le bras en descendant la pente. « Sais-tu que tu me donnes vraiment l'impression d'être excentrique ?

– Tu n'as pas répondu à ma question.

– Eh bien, je me suis promené au hasard et j'en suis venu à penser à la ville que j'ai quittée, à la musique que j'écoutais. Tu sais, simplement vagabonder dans mes pensées – je le fais souvent. C'est stimulant.

– Et jusqu'où es-tu allé ? »

Luis ne comprit pas ce qu'elle voulait dire, si elle se moquait de lui ou si sa curiosité était sincère. Il décida de parler franchement : « Je pensais au passé très récent – à la guerre. J'ai dû interrompre mes études universitaires et je faisais la navette entre Manille et la province, tu sais. À contempler d'ici Manille, avec toutes ces lumières, et en écoutant la musique, je suis conscient que le temps a vraiment passé. »

Ils franchirent une terrasse et se retrouvèrent en bordure de la piste de danse. Luis s'assit avec Ester près du mur du jardin.

« Nous devons vivre dans le présent, dit-elle simplement. Et, Dieu merci, nous sommes ici, attendant demain.

– Je vois que tu es optimiste, dit Luis. Mais le présent est le prolongement du passé. Le lien n'est pas du tout brisé, et la guerre – quel grand mot ! – est le prolongement de la paix. »

Mais que savait-il réellement de la guerre ? Il était trop jeune pour avoir été dans l'armée et trop âgé pour rester avec les femmes. Il passa les quatre années du conflit à Ermita, où il devint un jeune homme choyé, dont tous les désirs étaient comblés. Il eut peur, mais ne fut jamais vraiment en danger. Vic, lui, savait ce qu'était la guerre et lui en rapporta les moindres détails. Vic se trouvait alors à Rosales et à Sipnget, et il aida à prendre soin de don Vicente durant les premiers jours de l'évacuation. Vic assista à l'entrée des Japonais dans la ville et vit les nombreux morts philippins – les mains liées dans le dos à l'aide de fil de fer –, entassés dans des charrettes à bras par des civils et emportés sur la *plaza* devant le monument chaulé dédié à Rizal, puis, comme du bétail malade abattu, jetés dans une fosse commune. Vic était également présent lorsque les Japonais entrèrent dans Sipnget, regroupèrent les hommes jeunes et repérèrent les plus jolies filles. Aujourd'hui se déroulait une autre guerre, et elle se livrait dans les montagnes, dans les plaines, à Sipnget et à Rosales, dans les dédales sombres et inconnus de la ville, au sein des rédactions des journaux et, surtout, dans les recoins des esprits compliqués tels que celui de Luis.

« On n'est jeune qu'une fois, mais toi, tu veux vieillir avant l'âge, disait Ester.

– Comme l'a dit un jour un écrivain célèbre, notre tragédie, c'est que les jeunes gaspillent leur jeunesse, dit-il, tentant de paraître léger.

– Mais je ne pense pas que tu aies vraiment commencé à vivre. » Ester le provoquait. Elle avait touché du doigt la cause de son ennui et peut-être, songea-t-il plus tard, avait-elle raison. Il n'avait pas commencé à vivre – ni à aimer. Il n'avait pas vu la vie comme Vic l'avait vue ; tout ce qu'il avait vu, c'étaient des monstres, ceux de l'imagination comme ceux de la réalité. Il avait écouté autrefois les contes de son grand-père sur les *aswang* qui fabriquaient de l'or avec le sang des enfants, des hommes ailés capables de franchir en un clin d'œil une montagne ou une vallée.

« Tu dois avoir raison, dit-il. Pourquoi ne m'aides-tu pas à vivre un peu ? » Il jeta un regard à sa montre.

« Il est encore tôt, dit Ester. Et tu m'as demandé de t'aider, n'est-ce pas ? »

Voilà un défi qu'il devrait relever un de ces jours. Mais, là, il ne pouvait rester un instant de plus. Il avait perdu sa soirée, même si la conversation était amusante et cette fille, charmante. Dans les profondeurs de son moi, nulle lumière ne brillait ; seul régnait un esprit inquisiteur, fléau auquel on ne pouvait échapper.

« Je dois me lever tôt demain, dit-il. N'es-tu pas ravie que je sois un employé aussi sérieux ?

– Ce n'est pas gentil de dire ça, fit-elle. Tu essaies de me remettre à ma place, mais je ne suis pas une enfant gâtée.

– Je suis désolé. »

Ester essaya de se montrer légère. « Père, lui, dort parfois jusqu'à l'heure du déjeuner, mais il trouve quand même le moyen de travailler toute la nuit. Tu ne veux vraiment pas rencontrer quelques-unes de mes amies ? »

Luis sourit et se leva. « Je préférerais rester avec toi », répondit-il gravement. Il avait eu l'intention de la flatter, mais il s'aperçut qu'il pensait chaque mot qu'il avait dit. « J'aimerais beaucoup passer un moment avec toi quand nous pourrons être tous les deux. »

Les yeux d'Ester brillèrent et il eut l'impression qu'ils plongeaient à travers la paroi poreuse de son crâne jusqu'aux replis obscurs de son cerveau et qu'Ester lisait dans ses pensées comme si elles se trouvaient sous des néons éclatants.

« Même si tu m'as traité de snob, je ne le suis pas vraiment.

– Je n'ai jamais dit ça ! objecta-t-elle avec véhémence. Qui que ce soit qui t'a donné… »

Il mit son index sur ses lèvres pour l'empêcher de continuer à parler. « Je crois que je commence à t'aimer », dit-il.

En partant, il lui sembla qu'Ester marchait à ses côtés. Il sentait encore son parfum, l'odeur de ses cheveux, et, surtout, il revoyait ces yeux sombres et tristes qui – il en était sûr désormais – ne cesseraient plus de le poursuivre.

CHAPITRE V

Lorsque Luis remonta en voiture l'allée gravillonnée et vit les lumières de sa chambre allumées, il pensa que Marta devait encore avoir oublié de les éteindre. Éteindre toutes les lumières à l'exception de celle de l'entrée chaque fois qu'il sortait le soir faisait partie de ses tâches. Au matin, il lui rappellerait son gaspillage. Il monta les escaliers, tâtonna un bref instant avec ses clés, puis ouvrit la porte. Une musique douce provenait de l'électrophone-radio dans le bureau. Il était près de minuit et il ne se souvenait pas l'avoir allumé avant de partir. Il se précipita dans la pièce et éteignit le poste ; en jetant un coup d'œil dans sa chambre, il aperçut Trining endormie sur son lit. Il la regarda avec une certaine contrariété qui se changea aussitôt en amusement. Elle portait un déshabillé rose dont le bord relevé découvrait ses belles cuisses blanches qui brillaient, douces et laiteuses, dans la lumière. Il nota aussi le parfait arrondi de sa poitrine qui se soulevait et s'abaissait au rythme de sa respiration. Il entra dans la chambre, se pencha lentement vers elle et l'embrassa sur les lèvres. Elle remua, tendit les bras, puis ouvrit les yeux.

« Oh, Luis », murmura-t-elle, ronronnant comme un chaton dérangé de sa sieste. Le mécontentement provoqué par le départ de son cousin avait disparu et un sourire illumina son visage. Elle balança les jambes et se leva.

« Que fais-tu ici ? dit Luis, se demandant comment elle était venue – et si rapidement. Si j'avais su que tu voulais aussi rentrer à Manille, je t'aurais attendue.

– J'ai dit à *Tio* que je voulais être avec toi – et il m'a mise dans le car. Tu devrais prendre le car de temps en temps. C'est une sacrée expérience ! *Tio* voulait qu'on me conduise en voiture, mais qu'importe la manière dont je suis venue ? »

Luis commença à ôter son *barong tagalog*.

« Comment étaient les ducs et les princesses ?

– Je ne les ai pas rencontrés. Ester a dit que tu aurais dû venir. »

Il quitta son pantalon et enfila son pyjama. Il pouvait se déshabiller devant elle sans se sentir gêné, car ils avaient grandi ensemble et se connaissaient depuis si longtemps.

« Je vais rester ici un mois – ou deux, si tu veux bien. Après, je retournerai à l'école.

– Tu devrais être à Rosales.

– Je ne peux pas y retourner. La maison m'ennuie ; toi-même tu la détestes. Je crois que je vais suivre un cours de secrétariat – de la sténo-dactylo. Je tiendrai la maison pour toi et, après, je pourrai taper certains de tes manuscrits.

– Merci, mais tu ne feras que mettre tout en désordre.

– Jamais tu ne me laisses une chance.

– Et puis je ne veux pas que tu restes plus longtemps que tu ne devrais. Des gens, mes amis, viennent ici – tu le sais – et ils parleront.

– *Tio* a dit que je devrais rester jusqu'au début des cours, dit-elle, l'air buté. Nous sommes cousins, Luis, à moins que tu ne l'aies oublié ? »

Il lui jeta un regard menaçant. Il alla dans la salle de bains et se brossa les dents. « As-tu préparé la chambre d'amis ?

– Marta l'a fait. »

Luis revint dans la pièce, prit Trining par la main et la conduisit vers le canapé où ils s'assirent, elle appuyant sa tête sur son épaule, lui l'entourant de son bras. « Comment père a-t-il pris mon départ précipité ?

– Il était très triste, répondit-elle d'une voix égale. Mais je pense qu'il comprend. De toute façon, tu l'as vu – et il t'a dit des choses, je suppose. » Elle ajouta ensuite, l'air sombre : « Que se passe-t-il, Luis ? Allons-nous avoir des problèmes ? Parfois, rien que d'y penser, j'ai peur et ça me rend triste. Pourvu que ça ne recommence pas. Ô, mon Dieu, pourvu que ça ne recommence pas ! Une fois, tu as dit qu'on était loin du... du peuple. Ce matin, en me rappelant tes propos, j'ai pris le car, puis un taxi à la gare routière pour venir ici. Je n'ai pas eu peur. Seulement une fois – une fois...

– Tu es une fille courageuse. » Il lui tapota le bras.

« Je ne sais même pas si je devrais terminer mes études. Ça me paraît inutile. Qu'en penses-tu, Luis ? » Elle s'arrêta un instant et se rapprocha de lui. « Que va-t-il nous arriver ? »

Luis se souvint que l'autre soir il l'avait embrassée pour la première fois. Dans le passé, il l'avait souvent enlacée en dansant ou quand ils chahutaient, mais jamais il n'y avait eu entre eux une telle proximité, une telle intimité.

« J'aimerais pouvoir te répondre, dit-il. Mais tout est si incertain. Ne parlons pas du futur. Pense à quelque chose de plus agréable.

– Parlons de l'anniversaire de monsieur Dantes. La chose la plus splendide qui ait jamais eu lieu, et je n'y suis pas allée.

– C'était parfait.

– Mes copines de l'école y étaient ? Qui as-tu vu ?

– Personne, répondit Luis. Mais j'ai un peu appris à connaître Ester, et elle m'a donné à réfléchir.

– À quel sujet ? » L'intérêt de Trining était éveillé.

« Elle paraît un peu trop mûre pour son âge…

– Et tu penses que je ne le suis pas – qu'à côté d'elle je suis une écervelée ? »

Il la serra dans ses bras. « Non, mais pourquoi te comparer à elle ? Tu es plus jolie, encore qu'elle ne soit pas laide.

– Tu peux répéter ça, dit Trining d'un ton rude.

– Je lui ai dit que j'aimerais la revoir. »

Trining se tourna vers lui et il sentit son haleine tiède sur sa joue ; sa voix se fit agressive : « Qu'est-ce que tu veux faire au juste ? » Il lui sourit et la pressa à nouveau contre lui. « Tu es amoureux d'elle ? » Il lui pinça le nez et se mit à rire. « Alors ?

– Et si je l'étais ?

– Réponds-moi ! »

Il fixa son joli visage maussade et expressif, ses yeux à présent provocants. Des yeux qui pouvaient s'illuminer et l'amener facilement à oublier qu'ils étaient cousins. Trining s'était en effet épanouie et ignorait le miracle qui avait eu lieu. Elle conservait cette spontanéité de petite fille dans ses sautes d'humeur, son rire, la manière qu'elle avait d'ouvrir les bras, les narines frémissantes, quand elle était heureuse ou en colère. C'était ce qui le fascinait à présent – sa fraîcheur, sa féminité exubérante. Dans la lumière, elle avait les joues en feu et ses lèvres, bien qu'elle fît la moue, étaient pleines de promesses. Il n'y avait pas si longtemps, elle se comportait presque comme un garçon manqué, dans sa façon de se mouvoir, la brusquerie de son langage ; maintenant, elle était dans ses bras, une créature prête pour la première douce caresse de l'amour. « Tu es jalouse ?

– Dis-moi, Luis.

– Son père est mon patron. Je suis simplement en train de faire plus ample connaissance avec elle. Voyons, comment peux-tu dire que je l'aime alors que je viens juste de la rencontrer ? »

Le visage de Trining restait proche du sien, mais ne manifestait plus aucun signe de colère. Il lui caressa les cheveux, puis se pencha vers elle et l'embrassa tendrement. Elle avait les lèvres entrouvertes, l'haleine douce comme le miel. Elle poussa un soupir et l'étreignit. « C'est merveilleux. Maintenant, je sais pourquoi elles ferment les yeux. C'est plus agréable. »

Luis se recula un instant et ne put s'empêcher de rire. Elle rit aussi d'elle-même, puis l'embrassa de nouveau. Il commença à lui caresser les seins et elle se tortilla, gênée.

« Tu n'aimes pas ? demanda-t-il.

– Ça chatouille », murmura-t-elle.

Lorsqu'il toucha le bout de ses seins, elle cessa de remuer. La main de Luis descendit vers la ligne soyeuse des cuisses. Un bref instant, il la sentit se raidir, mais elle laissa ses lèvres sur les siennes.

« Luis... pas ici, chuchota-t-elle, la voix rauque.

– Pourquoi pas ?

– Ça me gêne.

– Je suppose que c'est toujours le cas la première fois, dit-il à voix basse. Mais il doit bien y avoir une première fois.

– Je sais, dit-elle. J'ai lu tous ces livres et on a assisté à des conférences à l'école.

– Mais maintenant, c'est réel », dit-il, tellement penché vers elle qu'ils étaient maintenant allongés sur le canapé. Il la sentit haleter. Son étreinte s'était resserrée, se faisait possessive. « Luis, que va-t-il nous arriver ? » Elle répéta sa question, cette fois avec insistance.

« Aime-moi », dit Luis, implorant.

Elle inclina la tête et répondit oui dans un soupir à peine audible, collant davantage son corps ardent contre le sien.

CHAPITRE VI

Fin juin, un flot de verdure inonda le boulevard. Le brun terne qui, dès mars, donnait à la ville cette couleur de terre brûlée avait disparu. Les fleurs pourpres des *banaba* égayaient les larges accotements des rues, les façades des restaurants et des boîtes de nuit. L'année scolaire commençait et, l'après-midi, des uniformes d'étudiants colorèrent la Luneta – les jupes écossaises, les gris, les bleus –, ainsi que le gris-vert et le kaki des élèves du Reserve Officers Training Corps qui y faisaient leurs manœuvres. L'odeur vivifiante de la verdure flottait dans la maison, réveillant des souvenirs de Sipnget. Trining venait chaque vendredi après-midi après ses cours et restait avec Luis jusqu'au dimanche après-midi, où il la raccompagnait en voiture à l'institution religieuse.

Ç'avait été une année importante pour le magazine et tout laissait à penser qu'il serait bientôt autonome et n'aurait plus à dépendre de l'assistance financière des autres publications de Dantes, quoique l'hebdomadaire eût déjà mécontenté des gens haut placés et des chefs d'entreprise à cause des pamphlets satiriques et insolents qui les prenaient pour cibles. Mais ils ne mettaient pas leurs menaces à exécution, ce qui faisait énormément plaisir à Dantes. De même que Luis, il avait soutenu à juste raison que si l'on apprenait qu'ils exerçaient une pression sur le magazine, cela aurait confirmé non seulement leur manque d'humour, mais leur vulnérabilité.

Luis s'était réellement proposé de revoir Ester, or l'occasion ne se présenta pas avant cet après-midi, alors que l'école avait rouvert ses portes depuis peu. Elle vint au bureau avec Trining et deux autres camarades de classe.

« On nous a déjà donné notre première dissertation trimestrielle », dit-elle après les politesses d'usage. Elle n'avait pas de rouge à lèvres. En regardant son visage au modelé délicat, Luis voyait sa personnalité rayonner. Cet après-midi-là, il émanait d'elle quelque chose d'efficace et de méthodique. « On est venu te demander ton avis, vraiment. On ne sait rien de la question agraire sur laquelle tu as écrit – ni de l'emploi –, et notre compréhension de la sociologie est plutôt médiocre. On ignorait que notre professeur avait écrit des articles pour toi. »

Luis apprécia le compliment involontaire. « Bien, dit-il. Supposons que, pour commencer, vous me disiez que vous avez participé à un piquet de grève, n'importe laquelle d'entre vous. »

Toutes les quatre firent non de la tête.

« Moi non plus, dit Luis en souriant. Ce qui fait de nous tous des étudiants en quelque sorte. C'est en participant à un piquet de grève que vous obtiendrez des renseignements sur les syndicats. Vous seriez étonnées d'apprendre à quel point les leaders syndicalistes sont malhonnêtes.

– Mais nos professeurs – quand nous avons discuté de ceci – nous ont donné l'impression que tu étais un spécialiste de la question », dit Ester.

Luis grogna. Il n'aimait pas qu'on le prétendît spécialiste de quoi que ce fût et sa modestie était sincère. « Je suppose qu'être rédacteur en chef devrait faire de moi un touche-à-tout, mais en réalité je sais peu de chose des problèmes de l'emploi. J'en sais un peu plus sur la question agraire, en particulier sur le sucre… » Il se tut, se souvenant brusquement que Dantes était aussi dans le sucre ; comme Ester risquait de le remarquer, il poursuivit : « La politique, les *sacadas* et le colonialisme sucrier, tout cela n'est pas nouveau – vous pouvez en apprendre davantage en consultant les dossiers qu'en discutant avec moi.

– Conseille-nous, qu'on puisse commencer », dit Trining. C'était une simple suggestion et il lui en fut reconnaissant, car il allait pouvoir exprimer un tant soi peu son propre point de vue. En regardant Ester assise, qui attendait impatiemment sa réponse, il se sentit gêné et se lança dans un discours confus sur la nature humaine, la valeur du travail, l'analyse marxiste de la plus-value ; il passa ensuite aux encycliques papales, le *Rerum novarum* et le *Quadragessimo Anno ;* revenant ensuite sur la situation locale, il évoqua brièvement le système des classes aux Philippines, les origines rurales de la révolution de 1896, les soulèvements paysans à travers le pays et la rébellion en cours dans le centre de Luzon.

Il ne se rendit pas compte qu'il avait parlé longtemps. Le soir tombait, mais les jeunes filles ne semblaient pas s'en soucier et Ester, en particulier, avait l'air enchantée. « C'est beaucoup plus clair, dit-elle une fois qu'il eut terminé. Je pense savoir comment m'y prendre pour ma dissertation. Pourquoi n'écris-tu pas ce que tu viens de nous dire pour le publier dans ton magazine ? J'aimerais le lire avant que ça ne parte à l'imprimerie. »

Il acquiesça et, pendant que les jeunes filles sortaient l'une derrière l'autre, la plupart de leurs questions ayant finalement reçu une réponse, Trining l'entraîna à part et murmura : « Tu ferais tout ce qu'Ester te dit de faire. Maintenant, tu dois rédiger ma dissertation. »

Une semaine plus tard, Ester passa seule, ce qui fit très plaisir à Luis. « Je suis désolé, mais l'article – qui est terminé – est chez moi, dit-il. Je l'ai écrit avant-hier dans la nuit et j'ai simplement oublié de l'apporter. Tu aurais dû téléphoner d'abord, mais si tu es pressée, allons chez moi le chercher. » Il suggéra cela d'une voix hésitante. Pour ne pas embarrasser Ester, il ajouta : « Je pense que je l'apporterai tout simplement ici demain et le remettrai à ton père. »

La proposition avait été implicite et Ester saisit l'occasion. « On ira chez toi dès que tu seras prêt », fit-elle.

Il n'était pas encore cinq heures, mais Luis se leva et, avant qu'Ester eût pu dire un mot, il la conduisit hors de son bureau. Dehors, la chaleur de la fin de l'après-midi les enveloppa. L'immeuble de Dantes était situé dans le centre embouteillé de la ville et il était difficile d'y circuler en voiture. Ils se retrouvèrent néanmoins sur le boulevard encore inondé de soleil à cinq heures. À la droite de Luis, la mer miroitait et il entendait le bruit des vagues qui éclataient contre la digue en béton. De temps à autre, la brise plaquait les cheveux d'Ester sur son visage et il sentait son parfum. Cette proximité éveillait en lui des pensées et des rêveries sur le genre de vie qu'elle et ses amies menaient, ainsi que Trining et toutes les autres filles qui lui avaient paru enlisées dans la médiocrité et l'ennui, ressassant leurs péchés, respectant toutes les fêtes d'obligation, vivant jour après jour avec le désir exaspérant de conserver intacte leur virginité comme la chose la plus précieuse qu'elles offriraient à celui qui deviendrait leur époux. C'était vraiment une honte que Trining n'eût même pas opposé un semblant de résistance. Il se demanda comment cela se passerait avec Ester, si – une fois l'acte bel et bien accompli – elle irait se confesser afin de pouvoir communier, ou si, tout simplement, elle cesserait pour toujours de communier.

Lorsqu'ils furent presque arrivés, il se tourna vers elle et vit qu'elle le fixait avec attention. Elle se détourna, gênée. « Comment va ton cochon d'Inde ? » lui demanda-t-il. Un rire embarrassé échappa à Ester.

« À te regarder, j'ai l'impression que parfois tu joues la comédie. Tu as un chauffeur, une belle maison, pourtant, tu sembles mécontent, plein d'amertume – et très prolétaire », dit-elle.

Il lui sourit avec bienveillance. « Ne me dis pas que tu ne souffres d'aucune frustration !

– Si, répondit-elle.

– Tout est une question de degré, fit-il. Du reste, je ne m'estime pas aigri. Pourquoi le serais-je alors qu'en ce moment je suis en compagnie d'une très jolie fille ?

– Coquin ! dit-elle en souriant. Tu ferais n'importe quoi pour détourner la conversation et t'en tirer avec un compliment. Et tu mens aussi. Tu as dit que tu viendrais me voir, mais c'est moi qui trouve toutes sortes de prétextes pour te voir. »

Cet aveu toucha Luis. « Je suis désolé, Ester, mais on avait tellement à faire, vraiment. Et puis, on a encore des années devant nous.

– J'espère que tu changeras un peu, dit-elle. Que tu montreras un meilleur caractère – dans ce que tu écris du moins.

– Pour toi, oui », répondit-il. Sûr de lui, il lui prit la main. Elle était froide. « Mais il faut m'aimer comme je suis. »

Ils étaient arrivés. Il lui lâcha la main au moment où Simeon tournait à gauche. À peine sorti de la voiture, dans l'allée, Luis proposa à Ester de venir prendre un Coca et une tranche de gâteau. Comme il la sentit hésiter, il s'empressa d'ajouter : « Ne t'en fais pas. Je peux me dépêcher et rapporter le manuscrit. »

Elle sortit rapidement de la voiture et, sans un mot, le suivit dans la maison.

Les stores étaient relevés et le soleil entrait à flots dans le vestibule. Tandis que Luis se dirigeait vers son bureau, elle déambula dans la pièce, puis alla sur l'*azotea* treillissée où le vent de mer était plus frais. Elle rentra et se mit à regarder les Amorsolo du père de Luis accrochés aux murs.

« C'est ravissant ici, dit-elle lorsque Luis reparut avec le manuscrit.

– Je suis content que ça te plaise, répondit-il. Tu sais que je vis seul. J'apprécie la solitude et mon indépendance. »

Ester se dirigea vers le piano qui semblait se dorer aux feux du soleil de l'après-midi, leva le couvercle et balaya les touches de la main.

« Joue pendant que je sers quelque chose à boire », dit Luis.

Tandis qu'il coupait le gâteau au chocolat en tranches et préparait les verres dans la cuisine, il entendit des bribes de Mozart, sentimentales et mélodieuses. Toutefois, lorsqu'il revint dans le salon avec le plateau, elle s'arrêta et abaissa le couvercle.

« Tu joues bien.

– Dis ça à ma mère ! »

Ester partit à la tombée du jour. Elle lui avait dit de ne pas se préoccuper de la raccompagner chez elle, mais il la fit quand même reconduire à San Juan par Simeon. Assis sur l'*azotea*, ils avaient observé la course déclinante du soleil qui peignait l'horizon et les nuages de splendides couleurs ocres, brunes et indigo. Ils avaient discuté de la dissertation d'Ester, de ses camarades de classe et du nouvel admirateur de Trining – un joueur de basket (Trining en avait parlé à Luis). Avec un mélange d'intérêt et de dédain, il avait écouté Ester l'évoquer. Ester avait également parlé de ses frères, qui semblaient se laisser aller, ne sachant que faire. Pour finir, elle avait exprimé sa déception vis-à-vis de sa propre école, la vanité de tout cela, le caractère superficiel de ses amitiés, l'absurdité des conversations entre filles, et le fait que la plupart de ses amies n'attendaient rien d'autre que la quiétude de la vie de famille.

En la regardant monter en voiture et partir, une étrange et sourde douleur envahit Luis. Ce n'était pas de l'amour, absolument pas. Cela ressemblait plutôt à de la compassion. Il travailla jusqu'à minuit passé et, malgré la fatigue, le sommeil semblait le fuir. Il ne parvenait pas à oublier Ester assise près de lui sur l'*azotea* – son sourire, sa façon de parler avec sérieux et sur un ton plaintif. Trining était différente, sensuelle, consciente de sa féminité ; elle allait droit au but et savait ce qu'elle voulait. Il ne pouvait plus se cacher – et le comprendre le remplit d'appréhension – qu'il s'intéressait vraiment à Ester maintenant que s'écroulait le mur d'indifférence qui le protégeait d'elle et des gens de son espèce. Il se sentait comme une brute sensible, nullement préservé des sentiments qui détruisaient les pauvres en esprit, mais il savait également qu'il ne s'agissait pas d'amour.

Après que Marta eut lavé la vaisselle et que Simeon eut vérifié que les verrous étaient tirés, Luis se retrouva de nouveau seul. Prévenante comme toujours, Marta avait rempli de café le Thermos posé près de son bureau et il s'en versa machinalement une tasse. Il mit un certain temps à la finir. Il n'y avait presque plus de circulation sur le boulevard, excepté les gens qui sortaient des boîtes de nuit, plus haut dans la rue. Lorsqu'il s'allongea enfin, il repensa à Ester, à son beau corps, sûr qu'il la posséderait un jour.

Pourtant, en fermant les yeux, dans cette espèce de brume rougeâtre qui submergeait sa conscience, il vit une interminable procession de bébés qui vagissaient et dont les visages déformés par les pleurs ressemblaient au sien trait pour trait. Il frissonna.

CHAPITRE VII

À Noël, le bruit courut que les Huks se trouvaient aux portes de la ville et que, désormais, ils pouvaient attaquer Manille quand ils le voudraient. De nombreuses capitales provinciales du centre de Luzon avaient été assaillies et occupées au moins une nuit avant que la gendarmerie pût les reprendre. Pour Luis, il ne faisait aucun doute que le service de propagande du mouvement opérait à Manille. Il apprit par de vieux amis de la faculté que quelques-unes de leurs connaissances appartenant aux cercles culturels et journalistiques interuniversités avaient rejoint les Huks. La tension qui se reflétait dans la presse et au sein du gouvernement n'était cependant pas du genre à le tourmenter. Il avait continué à écrire sa poésie, mais elle lui semblait trop prosaïque, trop insipide, et ne pas correspondre à la réalité. Il savait dans quelle profonde contradiction il se trouvait, puisqu'il aidait Dantes à s'enrichir tout en se préservant des aléas de la vie, à la différence de ceux qu'il pensait sincèrement défendre. Certes, la liberté existait mais pour qui ? Pour lui assurément, mais non pas pour Sipnget et les siens, son grand-père et sa mère auxquels il lui arrivait de jeter quelques miettes.

Il ne buvait pas hormis en société, or à présent, les soirs

où il ne parvenait pas à s'endormir, il se versait un verre de bourbon et jouait avec jusqu'à ce qu'il fût vide. Un soir, il se surprit lui-même à boire non pas un mais trois verres avant de pouvoir dormir. Je dois arrêter, se dit-il, et il se mit à écrire davantage de poésie. Il lut Maïakovski, relut Whitman, et fit même quelques tentatives pour écrire en tagalog et en ilokano, composant le genre de poésie qu'il estimait accessible aux gens du peuple. C'était une imposture, une erreur qu'il écrivît en anglais – une langue qui lui était réservée ainsi qu'à l'élite – alors qu'aucun obstacle ne devait se dresser entre lui et la majorité de la population. Pourquoi celle-ci n'aurait-elle pas accès à la langue du savoir et de la culture ? Néanmoins, malgré son désir d'aller au bout de sa réflexion, il éprouvait à la fois une impression de sécurité et un sentiment de supériorité du fait qu'il maîtrisait l'anglais, langue dans laquelle il continuerait à écrire – ne serait-ce que pour satisfaire son ego et se justifier à ses propres yeux. Après tout, ce n'était pas la langue qui comptait vraiment mais le fond et la forme. Naturellement, cette contradiction était une ineptie. Ce qui le tourmentait réellement, comme toujours, c'était le passé, son passé, et le fait qu'il l'ait trahi.

À Noël, Luis donna sa première vraie réception. *Our Time* avait déjà atteint un tirage stable et les annonceurs suivaient. Cependant, ce qui importait davantage pour Luis, c'était que le magazine soit devenu crédible et prestigieux même aux yeux de ceux dont il ne partageait pas les opinions. Politiquement, le magazine était de gauche, mais les écrivains de droite lui reconnaissaient quand même sa tendance libérale et son impartialité, ce qui n'échappait pas à Dantes, homme d'affaires avant tout. Dantes avait suggéré que la réception eût lieu dans sa maison, dont Luis, ces derniers temps, était devenu un habitué à cause d'Ester. Toutefois, Luis répondit qu'il préférait recevoir dans sa propre maison, plus petite mais plus accessible et entourée d'un grand jardin. Il savait que nombre de ses amis de gauche, et en particulier la bande d'étudiants, ne se sentiraient pas à l'aise dans un cadre comme celui de la résidence de Dantes.

Luis n'attendait que quelques invités, or une foule de gens arriva sans crier gare et il en fut très heureux. On aurait dit une réunion avec la vieille bande du temps de l'université. Il y avait aussi des membres des milieux cosmopolites, des amis de son patron, des directeurs d'autres publications de Dantes ainsi que les inséparables Abelardo Cruz et Etang Papel. La chose la plus importante était la présence d'Ester, venue avec quelques-unes de ses amies.

Luis se désolait de ne pas voir Trining. Ç'aurait été une expérience pour elle de rencontrer d'autres personnes que celles qu'elle fréquentait dans son école, mais, une semaine plus tôt, elle était retournée à Rosales, où elle passerait les vacances de Noël à s'occuper de don Vicente, dont l'état de santé avait empiré. Elle avait tenté de convaincre Luis de l'accompagner, ne serait-ce qu'une semaine, pour se changer un peu les idées et rendre visite à sa mère. Mais Luis détestait passer plus d'une journée à Rosales, et il avait décidé qu'y aller pour le jour de l'an lui suffirait amplement pour accomplir ainsi son devoir filial et, en outre, affronter son autre moi.

Le buffet fut ouvert à dix-neuf heures, mais Luis avait commencé à boire bien avant. À vingt-trois heures, la plupart de ses invités étaient déjà partis à la recherche de boîtes de nuit qui ne seraient pas bondées ou d'églises où pouvoir assister à la messe de minuit. Luis se conduisit en hôte parfait, légèrement ivre mais courtois, saluant chaleureusement, faisant de temps à autre des remarques d'une ironie désabusée conformément à son caractère et répétant : « Et revenez je vous prie – s'il y a une autre fois ! »

Sur l'*azotea,* il s'était lancé dans une discussion passionnée avec Abelardo Cruz, Etang Papel et deux nouveaux titulaires d'un doctorat d'État qui rentraient de Harvard tout imprégnés des idéaux et de l'enthousiasme des Américains. Luis n'avait jamais regretté l'abandon de sa licence, surtout après avoir lu une thèse sur les mutations sociales dans le village de Nueva Ecija, exaspéré par les futilités qu'on faisait passer pour de l'érudition.

Etang Papel était une femme énorme et sans charmes, et son cerveau semblable à une éponge corrompait tout ce qu'il absorbait ; on aurait pu la prendre pour la grosse tante célibataire de quelqu'un, ce que, bien sûr, elle n'était pas, car, en dépit de ses traits ingrats, elle avait eu une kyrielle d'amants, dont quelques étrangers qui avaient peut-être fantasmé sur son apparence. Elle était en train de dire que le véritable engagement nationaliste ne consistait pas à se libérer de la tutelle de l'Amérique, mais qu'il fallait que le peuple se libérât de ses riches exploiteurs.

Luis avait toujours été d'accord avec ce genre de déclaration, mais, ce soir, il se sentait simplement très las. « Merci pour les pauvres, avait-il dit. Sinon, on aurait moins de titulaires de doctorat et aussi moins de chroniqueurs. »

Etang Papel n'apprécia pas la remarque, aussi rétorqua-t-elle : « Merci pour les riches alors, puisque ce sont eux qui ont fabriqué les pauvres ! »

Mais ce fut Luis qui eut quand même le dernier mot : « Et merci encore pour les pauvres, puisqu'ils enrichissent quelques écrivains qui écrivent sur la misère ! »

Etang Papel partit peu après, suivie par sa clique. Bientôt il ne resta plus dans la maison qu'Eddie et Ester, ainsi que Simeon et Marta, venus ranger. Eddie essaya de jouer au piano « Nuit silencieuse » avec un doigt et, à côté de lui, Ester chanta d'une voix suave et agréable en sirotant du thé glacé dans un grand verre. Luis les rejoignit, traînant à demi les pieds sur le sol à présent poussiéreux, jonché de piques pour amuse-gueules et de mégots.

« Chante plus fort, Ester, dit-il. C'est mon Noël le plus joyeux. »

Eddie se leva. « Je dois partir moi aussi, dit-il. C'était une belle fête, Louie. »

Luis le prit par l'épaule. « Et moi qui croyais que tu étais mon ami, dit-il. Reste un moment. Tu n'as pas encore écouté Ester jouer. » Puis, s'adressant à celle-ci : « S'il te plaît, patronne, joue-nous un cantique – n'importe lequel.

– Voyons, que veux-tu dire en m'appelant patronne ? » demanda Ester.

Luis rit. « Tu es la fille du patron de presse, non ? Alors tu es aussi patronne.

– Ce n'est pas drôle, dit Ester avec froideur.

– Tu es soûl, fit Eddie.

– Non. Mais... Ester, joue quand même. Je chanterai sur l'air que tu joueras. N'est-ce pas le moment de chanter quelque chose, pas seulement pour honorer le Christ, mais aussi ceux qui se battent dans les collines ? Chantons également un cantique pour celles qui mènent leur propre guerre – celles qui sont dans les bordels où les ont conduites des femmes respectables.

– Tu es vraiment soûl. » Eddie se tourna vers la jeune femme. « Ester, je pense qu'on devrait partir.

– N'en faites rien, intervint Luis. Si quelqu'un devrait rentrer chez lui, c'est moi. Savez-vous où c'est, chez moi ? Ce n'est ni cette maison ni cet horrible château féodal à Rosales. C'est là-bas, dans les collines – sauf qu'on n'y trouve pas d'or jaune...

– Qu'est-ce qui te prend ? demanda Eddie. Tu viens de passer une soirée formidable, entouré des gens les plus sympathiques du monde. Contre quoi râles-tu ? » Il se dirigea vers la porte. « Je m'en vais avant de changer d'avis et de qualifier cette soirée de dégueulasse.

– Je voudrais être mort », dit Luis, sérieux. Mais Eddie avait déjà descendu les escaliers. Ester s'approcha de Luis, prit sa main moite et le conduisit vers l'*azotea*. Des pétards explosaient non loin. Il faisait plus frais à l'air libre et la brise de mer aida Luis à s'éclaircir quelque peu l'esprit. Il était cependant conscient de tout ce qu'il avait dit et il répéta d'une voix rauque : « Je voudrais être mort.

– Ce n'est pas une chose à dire la nuit de Noël, fit Ester.

– Peut-être que demain je me sentirai autrement. J'ai quelque chose pour toi. Ce n'est pas emballé – ce ne pourrait pas l'être. C'est mon cœur et je ne peux pas le retirer. Qui plus est, je pense qu'il est abîmé. Tu n'en voudrais pas dans cet état, n'est-ce pas ?

– J'espère que ce n'est pas l'effet de l'alcool, dit Ester à voix basse. On dit tant de choses qu'on regrette après coup. Et alors, c'est pire que tout. Ça fausse les relations. »

Pour la première fois au cours de cette soirée mouvementée, Luis écouta avec attention. Il ne s'agissait plus de propos superficiels ; ils étaient vraiment seuls à présent. Le monde avait disparu et le ciel fourmillait d'étoiles.

Luis prit la main d'Ester et la pressa. « Je suis sérieux, Ester, dit-il en regardant son visage paisible.

– J'ai des amies, beaucoup d'amies, reprit Ester dans un murmure. Mais ces relations sont creuses. Ce n'est pas qu'il n'y ait pas de confiance – je leur fais confiance comme je te fais confiance, et j'espère qu'elles aussi me font confiance. Comment l'exprimer ? Qu'est-ce que je veux ? Qu'est-ce que je cherche ? Ce n'est pas quelque chose qu'on peut acheter avec de l'argent, sinon je l'aurais depuis longtemps. Comprends-tu, Louie, ce que j'essaie de dire ? »

Il hocha la tête, elle formulait en effet ce que lui-même ressentait depuis toujours, des pensées qui le tourmentaient mais qu'il avait été incapable d'exprimer.

« Tu veux la paix, dit-il simplement. Tu veux être heureuse, t'accomplir – autant de choses merveilleuses qui arrivent aux yogis, l'illumination. Tu cherches une issue. »

Elle le regarda et fit un signe de tête.

« Il n'y a pas d'issue, Ester, reprit-il. Ni pour toi. Ni pour moi.

– Si, il y en a une pour moi, dit-elle. En ce qui te concerne, j'en doute. Tu t'épanouis dans les conflits. Dans la colère. Tu es vivant quand tu es en colère. Je ne t'imaginerais pas vivre dans un monde où régneraient la paix et l'harmonie. »

Luis hocha la tête, non qu'il ne fût pas d'accord avec elle, mais parce qu'il refusait de croire ce qu'elle disait ; c'était vrai, dans un monde sans colère il serait inadapté. Croyait-il vraiment en la justice, ou ne faisait-il que se révolter contre un passé qui l'avait meurtri ? Aimait-il réellement les pauvres, ou, en prétendant les aimer, choisissait-il la facilité, s'adressant à l'homme en général – inconsistant, abstrait, sans identité – plutôt que de s'intéresser à un individu qui aurait besoin de sympathie, ce qu'il pouvait lui donner mais ne faisait pas ? Et s'il aimait les pauvres, leur donnerait-il la fortune dont il allait hériter ? Serait-il disposé à abandonner le confort qu'il appréciait tant afin qu'ils – les siens, à Sipnget – puissent améliorer l'ordinaire ? Il aimait Ester, mais lui en voulait de l'avoir mis au pied du mur, de lui avoir dit ses quatre vérités, de l'avoir forcé à être honnête avec lui-même. Il savait aussi que la perdre serait comme perdre sa conscience.

« Il faut vivre avec soi-même, dit-il, l'air penaud. C'est difficile. Et la paix que nous cherchons, je suppose, est la paix du tombeau. »

Le visage d'Ester rayonna, son sourire s'épanouit de nouveau. « J'y ai souvent pensé de cette manière, dit-elle en se levant, ayant soudain retrouvé le moral. Alors on serait libéré du fardeau, on serait enfin libre.

– Tu es donc d'accord avec moi, la mort n'est pas si tragique après tout. Et parfois je souhaite vraiment être mort. »

Luis la raccompagna jusqu'au portail où sa voiture attendait ; avant de rentrer, il l'attira à lui et l'embrassa avec une infinie tendresse, puis murmura : « Ester, ne m'en veux pas de mon cinéma tout à l'heure. *In vino veritas !* »

Ester le serra contre elle et l'embrassa, puis elle monta rapidement dans la voiture. Luis revint à pas lents vers l'*azotea*. Les maisons qui bordaient le boulevard étaient brillamment illuminées par des lampions rouges, blancs et bleus en forme d'étoiles et par des ampoules colorées suspendues aux façades et aux arbres dans les cours. Depuis les quartiers d'Ermita et de Malate, des pétards explosèrent de nouveau. Par moments, il entendait des voix d'enfants chanter des cantiques de Noël et la musique stridente des *cumbancheros,* claires et aiguës.

En fait, la réception l'avait fatigué et il était vraiment agacé par les hypocrites qui faisaient partie de sa bande – Abelardo Cruz, Etang Papel –, ceux qui ne cessaient de se vanter de leur amour pour l'humanité et de leur compréhension du malaise social. Ils étaient sur leur trente et un, leurs mains parfumées n'ayant jamais connu la dureté cruelle d'un manche de charrue. Ses amis affamés n'étaient pas différents. Ils se regroupaient comme s'ils appartenaient à une aristocratie ruinée qui conservait néanmoins son statut, et observaient le peuple – le peuple, si méprisable, si désespéré ! Bien sûr, il lui arrivait d'employer cette phrase – mais uniquement quand il voulait faire remarquer que la révolution pouvait éclater non seulement au sein de la paysannerie, mais aussi des classes moyennes, cette bourgeoisie éclairée dont il faisait partie. Pourquoi n'y avait-il pas plus d'honnêteté en ce monde ? Peut-être qu'on ne pouvait se montrer totalement honnête que dans le domaine de l'art ? Il tenta de nouveau de se disculper devant l'insuffisance de sa réponse. Mais quelle est l'utilité de l'art ? Il n'était même pas certain que la poésie qu'il avait écrite fût de l'art. Elle semblait tellement décadente, peut-être parce qu'il cherchait dans les mots une musique innée, ou peut-être parce qu'il était profondément en quête de leur sens symbolique quand il n'existait aucun symbole – rien que des mots mis bout à bout afin de faire naître des idées, des images, et de rendre l'intégralité de l'expérience esthétique. Il devenait un esthète, incapable de passer des idées aux actes. Et, en effet, il commençait à s'étioler, comme il souhaitait parfois que cela lui arrivât.

Il retourna dans la maison et y déambula. Dans la cuisine, Simeon et Marta rangeaient les bols et les verres à vin. Les deux serveurs étaient rentrés chez eux, et les détritus se trouvaient maintenant dans les poubelles, mais la maison paraissait encore sale et le sol était dans un triste état. Marta devrait passer toute la matinée à mettre de l'ordre. « Marta et toi, allez à Rosales pour une semaine, dit Luis à Simeon. Assurez-vous d'être de retour pour le nouvel an, parce que vous devrez m'y conduire. Je peux rester seul en ce moment. Et si j'oubliais, ne manquez pas de me faire penser à votre prime, demain – tous les deux. »

Leurs visages s'illuminèrent ; Luis leur dit de laisser leur travail – il se faisait tard, ils pourraient terminer le lendemain matin avant de prendre le car ou le train pour rentrer.

Luis alla dans sa chambre tandis que le bruit de leurs pas s'éloignait dans l'escalier de pierre. Il défit lentement son nœud papillon rouge et son veston et se laissa tomber sur son lit. La sonnerie du téléphone retentit et, se levant à demi, il décrocha.

C'était Ester, sa voix était chaleureuse : « Comment te sens-tu maintenant ? J'aurais dû te faire du café avant de partir.

– Je me sens bien, répondit Luis. Je suis désolé.

– Tu dis tout le temps que tu es désolé.

– C'est la faute au monde – ou aux circonstances.

– Tu es encore aigri.

– Même le lait tourne à l'aigre.

– Alors tu es pardonné.

– Comment te remercier ?

– Ce ne sont pas les moyens qui manquent. On peut assister à la messe demain. Je peux venir te chercher.

– Je risque de me lever tard, dit Luis, se sentant soudain piégé.

– Je te réveillerai.

– Je ne serai pas présentable – la maison non plus. D'ailleurs, j'ai du travail.

– Ça ne prendra pas plus de trois quarts d'heure.

– La grand-messe ?

– Luis, tu sembles ennuyé. »

Il sentit de l'inquiétude dans sa voix. Il rit. « Tu vas te faire bonne sœur. »

Elle eut un petit rire. « Encore une fois, joyeux Noël. »

Il se retrouva ensuite vraiment seul. L'ennui de la journée s'empara de lui et il s'y abandonna totalement. Il ne se rappelait pas la quantité d'alcool qu'il avait bue et il faillit céder à l'envie de prendre un dernier verre, mais il se ravisa. En heurtant la tête de lit, derrière lui, il poussa un juron, puis tendit le bras pour éteindre la lumière. C'est alors que la porte s'ouvrit lentement et Luis, plus surpris qu'effrayé, vit un homme entrer.

Il le reconnut aussitôt. Sautant hors du lit, il se précipita vers son frère pour l'embrasser. « Vic ! Pourquoi n'es-tu pas venu plus tôt ? » demanda-t-il. Il s'écarta pour observer le visage hâlé par le soleil, les cheveux coupés ras, les dents en avant et les yeux rieurs.

« C'est ce que j'ai fait, répondit Vic. Seulement, je n'ai pas voulu me mêler à ta réception et je voulais être sûr que tu sois seul. J'étais dans le garage. »

Luis n'en croyait pas ses oreilles. « Voyons, c'est insensé », fit-il en secouant la tête. Il était fâché. « Tu sais que tu es le bienvenu dans cette maison. Si tu ne voulais pas te joindre à nous, tu aurais pu venir ici et t'enfermer.

– De toute façon, je suis là, c'est ça qui compte, non ? » dit Vic.

Luis reprit ses esprits. Dans la lumière douce de la

chambre, il observa son frère. Deux ans tout juste étaient passés depuis la dernière visite de Vic, une visite qui l'avait irrité et laissé perplexe. Il savait alors que son frère était dans le besoin et il avait essayé de lui donner de l'argent, mais Vic l'avait refusé, disant qu'il avait un travail, que Luis l'avait suffisamment aidé pour ses études et en lui envoyant des livres. Luis espérait que son frère ne se montrerait pas aussi fier cette fois. Après tout, c'était Noël.

Luis voyait que Vic, bien qu'il fût robuste, portait des vêtements kaki délavés et des chaussures en cuir usées. Il sentait le soleil et la vie rude.

« Marta m'a fait entrer, dit-il simplement.

– Tu aurais pu te joindre à nous. »

Vic hocha la tête. « *Manong,* tu sais très bien que je ne fais pas partie de cette clique. »

Luis savait ce que Vic allait ajouter, aussi changea-t-il de sujet. « Allons à la cuisine. Il reste largement de quoi boire et manger et je recommence à avoir faim.

– Marta m'a donné de quoi manger, dit Vic. Je suis vraiment rassasié, d'ailleurs, je suis venu te demander quelque chose d'important – plus important que la nourriture. »

Luis soupira. « Vic, tu sais que je te donnerai tout ce que tu demanderas, mais tu refuses ce que je t'offre.

– Je ne suis pas venu pour te demander de m'aider moi. Je sais que tu as à cœur d'aider les gens comme moi.

– De combien as-tu besoin ? demanda Luis. Je t'ai déjà dit que cette maison t'est toujours ouverte. Tu peux rester ici si tu veux. Il y a même une chambre supplémentaire. C'est tellement plus simple et plus facile pour toi de venir me voir que pour moi d'aller à Rosales. Je te l'ai dit cent fois. Et tu n'as pas écrit à mère. J'étais là-bas en avril. Elle ne sait pas où tu es. Ce n'est pas gentil.

– Je suis désolé, *Manong* », dit Vic. Il s'assit sur le bord du lit et Luis s'installa en face de lui. « Je n'ai pas jugé nécessaire de dire à mère où j'étais, mais quand j'ai quitté

Sipnget, je lui ai dit – vraiment dit – de ne jamais me chercher, que j'irais bien et que je penserais toujours à eux. »

Luis était silencieux. Il se rappelait la tristesse de sa mère, son désespoir tranquille lorsqu'elle parlait de Vic. Comme si elle avait accepté le fait qu'elle ne reverrait jamais son fils cadet.

« Mais pourquoi ? »

Vic sourit sans rien dire. Voyant qu'il n'obtenait pas de réponse, Luis demanda : « Bon, dis-moi. De combien as-tu besoin ? Si je n'ai pas assez ici, je peux aller à la banque à la première heure après les congés – et si tu ne veux pas passer prendre l'argent à mon bureau, je le laisserai à Marta. »

Vic sourit de nouveau. « *Manong,* ce n'est pas d'argent que nous avons besoin, quoique ça aiderait, c'est sûr. C'est de toi, et d'autres comme toi – plus que de toute autre chose. Nous avons besoin d'enseignants, de gens instruits et intelligents, comme il y en a parmi vous.

– Tu parles par énigmes. De quoi est-ce que tu parles ?

– De nous. Du commandant Victor.

– Il est mort.

– Oui, on le sait tous les deux », dit Vic. Il eut un sourire emprunté. « Je suppose que tu n'as jamais su qu'il ne s'appelait pas Victor mais Hipolito. Il avait tout le temps le mot "victoire" à la bouche et quand il a fallu qu'il prenne un nom de guerre, il a choisi Victor.

– Mais comment puis-je aider un mort ?

– Aide-moi, *Manong.* Maintenant, le commandant Victor, c'est moi. »

Luis regarda son frère. Victor n'avait même pas vingt ans, et avec ses cheveux en brosse et son visage mince et basané, il ressemblait davantage à un adolescent du village. Mais derrière le jeune homme se cachait l'homme qui avait lutté comme Luis ne l'avait jamais fait. Vic n'était plus un garçon, mais l'homme que Luis ne pourrait jamais être et cela le rendait humble.

« Étais-tu à Rosales en avril ? »

De nouveau Vic sourit, mais ne répondit pas.

« Savais-tu que j'étais à la maison ? »

Le même sourire évasif.

« Tu sais, bien sûr, que je t'aiderai toujours, que je ferai ce que tu veux que je fasse parce que nous sommes frères.

– Je suis ravi de l'entendre, dit Vic. J'ai beaucoup réfléchi à notre sujet. Je vais retourner à Rosales. Ce sera mon territoire dorénavant. Je connais chaque village, presque chaque arbre, chaque courbe de ruisseau et chaque pli de colline – et beaucoup de gens me connaissent. Je vais aller là-bas, mais j'ai aussi besoin de toi, pour me protéger si nécessaire, parce que je peux te faire confiance. Laisse-moi cependant préciser une chose : le passé est révolu. Tous les biens de ton père doivent retourner aux personnes qu'il a dépouillées. »

Luis eut du mal à croire ce qu'il entendait et, pendant un moment, Vic continua d'une voix monotone à parler de justice sociale, de démocratie, de futur. Que signifierait tout cela ? Luis perdrait la maison de Rosales et la terre qui lui reviendrait en héritage. Un instant, cette sombre réalité lui serra le cœur ; malgré ses protestations, malgré ce qu'il avait dit et écrit, il en était arrivé à apprécier cette aisance, les nombreux loisirs, tout ce qui le vouait à sa perte. Après tout, il était le fils de son père.

S'il essayait de dissuader son frère, il y aurait peut-être d'autres moyens d'action, d'autres possibilités grâce auxquels il pourrait rester ce qu'il était tout en étant totalement en accord avec lui, en le soutenant et en se sacrifiant pour lui.

« Vic, en quoi crois-tu réellement ? » demanda-t-il.

Vic marqua une pause, fixa le plafond, puis baissa les yeux sur ses chaussures noires usées. « En quoi quelqu'un comme moi peut-il croire ? J'aimerais pouvoir dire que je crois en Dieu – ou en quelque divinité là-haut. J'aimerais pouvoir dire que je crois en nos chefs. Une chose est sûre : je ne crois plus aux Américains. On a combattu les Japonais, non ? À l'époque, on n'était que des adolescents. On n'allait pas devenir des héros – qui donc songe au patriotisme et à l'héroïsme quand il est là, paniqué, priant le ciel de le sauver de cette embuscade ? Il y avait quand même des héros, et qui étaient-ils ? Les voleurs qui ont fait une descente dans les dépôts de l'intendance des GI, qui ont pillé le Trésor du gouvernement, les mêmes qui continuent à le faire aujourd'hui. C'étaient les gens qui faisaient des affaires avec les Japonais et qui se sont enrichis en travaillant pour leur propre compte. Comment puis-je croire aux Américains alors qu'ils ont fait des héros de ces ordures ?

– Ma question ne concernait pas les Américains, dit Luis.

– Oui, mais tu ne peux pas les éviter, répondit Vic. Ils sont partout et même, ce qui est plus dangereux, dans les recoins sombres des esprits, surtout dans l'esprit des gens ignorants auxquels nous avons affaire chaque jour.

– Tu n'as pas répondu à ma question.

– J'y viens, dit Vic, un sourire fugace sur son visage basané. Je crois en mère – notre mère. » Il laissa passer un moment de silence afin que les mots fassent leur effet. « Elle m'a nourri, m'a appris tout ce que je saurai jamais. Même si elle ne m'avait rien appris du tout, je croirais encore en elle, parce que je sais qu'elle est ma mère, celle qui m'a élevé. Il y a des tas de choses dans ce monde que je méprise – le mensonge, le vol. Tu ne sais pas combien ces choses me déplaisent, me rendent furieux – mais je crois en mère.

– Est-ce que tu crois en moi ? » demanda Luis. Il n'avait pas voulu poser la question, mais il lui fallait maintenant connaître la réponse.

Victor se tut pendant un moment. Lorsqu'il reprit enfin la parole, il regarda son frère droit dans les yeux. « Je voudrais te répondre d'un simple oui et le penser. On ne s'est jamais menti, mais comment dire que je crois en toi quand je ne crois même pas en moi-même ? Je suis torturé par le doute, l'angoisse, la méfiance. Il n'y a plus rien dont on puisse être sûr, *Manong*. Plus rien n'est authentique, excepté mère, parce qu'elle est ce qu'elle est et qu'on ne la changera pas. Et la mort.

– Je suis ton frère, Vic », dit Luis à voix basse, mais en lui-même il s'écria : *Crois-moi, tu es moi et je suis toi !*

« Penses-tu que je l'oublierai jamais ? » La voix de Vic se fit aiguë. « Tu as fait pour moi ce que personne d'autre n'a fait et je t'en suis reconnaissant. Sans toi et sans l'argent que tu as envoyé à mère, je n'aurais pas pu finir mes études secondaires. Tout le savoir que j'ai acquis par la suite, il vient des livres que tu m'as envoyés. La richesse dont tu m'as fait don est ici (Vic indiqua sa tête), où personne ne peut la prendre – même pas toi. Mais il y a aussi autre chose ici. La mémoire. Je me rappelle le temps qu'on a passé ensemble – et nos disputes. » Subitement, Vic eut un rire sinistre. Lorsqu'il s'arrêta, il avait les yeux embués. « Mère t'aimait, peut-être plus qu'elle ne m'aimait, parce que tu n'étais pas désiré – moi si. Tout le monde savait ça. Mais aujourd'hui, où es-tu et où suis-je ? Tout est là. Tu iras loin, très loin, mais ceux qui sont encore à Sipnget ?

– Est-ce parce que je suis un bâtard et que je ne suis que ton demi-frère que tu ne crois pas en moi ?

– Idiot ! lança Vic sur un ton acerbe. Je viens de dire qu'on a grandi ensemble, vécu ensemble, non ? C'est une chose à laquelle je repense avec plaisir. C'est pour ça que je suis venu.

– Et pourtant, tu n'as pas confiance en moi ?

– J'ai confiance même en Simeon et en Marta. Pourquoi n'aurais-je pas confiance en toi d'une autre façon ? Mais tu as demandé si je croyais en toi.

– Il y a si peu de différence, répondit Luis avec lassitude.

– J'ai dit qu'on a vécu ensemble, mais c'était il y a longtemps, et je n'ai jamais parlé avec toi comme je le fais en ce moment. Entre-temps, beaucoup de choses sont arrivées. Tu es parti en ville et je suis resté à la ferme. Je ne dis pas que tu ne mérites pas mieux – tu as toujours été plus intelligent que moi et tu savais t'y prendre avec les mots. » Vic se tut et regarda autour de lui. « J'ai dû combler le retard dans mon éducation à ma façon, et je sais que les gens changent quand ils vivent différemment, loin de la terre. Allons, dis-moi, tu as changé ? En quoi est-ce que tu crois à présent ? »

Luis alla vers la fenêtre qui donnait sur la baie. Une nuit calme, le faible scintillement des étoiles, le silence d'un monde endormi ; la baie formait une étendue noire, miroitante – avec un alignement de lumières là où se trouvait Cavite. Minuit était passé depuis longtemps. Luis se tourna vers Vic et dit lentement : « Je crois en l'humanité – pas uniquement toi ou mère, mais l'ensemble de l'humanité. Est-ce que j'ai l'air d'un prédicateur ou d'un politicien minable qui fait un beau discours ? Ce n'est pas mon intention. Père m'a dit qu'il voulait que je me lance dans la politique. Je crois en la vie, qui est agréable, et, même si elle est parfois amère, nous, c'est-à-dire l'homme, nous dirigeons vers quelque chose de mieux : la réalisation de soi. Il y a tellement de honte pourtant, tellement d'hypocrisie autour de nous, cela nous empêche de nous réaliser en tant qu'êtres humains. Je suis ce que tu pourrais appeler un humaniste. Je ne peux pas t'expliquer. La vie est sacrée et elle l'est pour chacun d'entre nous. L'intention divine, je ne la comprends pas moi-même et ne la comprendrai jamais, mais je crois vraiment que ce que nous sommes en train de vivre n'aura qu'un temps et qu'à la fin nous serons tous frères, pas seulement des frères de sang comme toi et moi, mais des frères en esprit. Ni toi ni moi ne pouvons changer le monde ni la nature humaine, nous ne pouvons qu'essayer de changer les comportements – et peut-être apprendre à ceux qui possèdent tant de biens à en partager quelques-uns avec ceux qui possèdent si peu.

– Le paradis sur terre réalisé grâce à la compréhension humaine. Et pas un seul œuf de cassé. » Vic toussa sans joie.

« N'essaie pas de faire l'intelligent ou d'être drôle. » Luis s'adressa à lui avec passion. « Comme tu le sais, j'ai écrit de la poésie – pas très bonne peut-être, mais ce n'est pas ça qui compte. Ce que j'essaie de dire, c'est que je garde l'espoir qu'il reste de la vérité à glaner même sur un dépotoir, si on cherche sérieusement.

– Et tu penses que je n'ai pas d'espoir ? On a combattu les Japonais avec des frondes parce qu'on avait de l'espoir. Maintenant, on se bat pour la même raison. Tu oublies d'où vient notre véritable force. Pas des gens comme toi, bien que tu pourrais être des nôtres. On est extrêmement nombreux. Les pauvres sont nombreux, ils forment la majorité. C'est tout ce que je comprends. Quant à la belle vie, la raison ou le monde de l'esprit, tu peux te permettre d'en parler en poète parce que tu vis ici. Tu oublies une chose : nous, on vit là-bas !

– C'est ça qu'on t'apprend dans les universités staliniennes ? J'en ai entendu parler. »

Victor partit d'un rire bruyant. Au bout d'un moment, il reprit : « Écoute, on a des tas de livres et des conférenciers dont certains ont un doctorat. Ça t'étonne ? On a même des écoles, mais pas le genre auquel tu penses. Pour nous, chaque jour est un jour de classe. On s'intéresse aux faits, pas aux livres. On sait qui est exploité et qui sont les exploiteurs. S'il existe un dieu, Il est en nous – pas là-haut. Le paradis peut être ici si on se bat bien. Les hommes sont de bonne volonté s'ils appartiennent à la même classe.

– J'ai déjà entendu cela, dit Luis doucement, songeant à ses années d'étudiant et à ces discussions aussi prétentieuses que simplistes sous les acacias. Je suis fatigué des rêves. Pourquoi n'es-tu pas réaliste et n'apprends-tu pas à vivre avec les faits, comme tu dis le faire ? Avec de l'instruction – et je ne suis que trop heureux de t'aider –, tu peux être plus que ce que tu es, que tu sois paysan ou employé. Il y a beaucoup d'espace. De liberté aussi. Pourquoi fais-tu cela ? Il doit y avoir une raison. »

Vic n'avait pas bougé de l'endroit où il s'était assis. « Je ne peux pas donner de réponse facile, dit-il avec émotion. Je voudrais pouvoir te dire que je supporterai toutes les privations parce que j'aime notre pays, mais qu'est-ce que notre pays ? Une terre exploitée par ses propres dirigeants où les citoyens sont les esclaves de leur propre élite.

– Sois franc, insista Luis. Crois-tu que tu seras différent si tu parviens au pouvoir ?

– Je n'en sais rien, répondit Vic avec humilité. On ne peut pas prévoir l'avenir. J'aimerais pouvoir dire que je serai spartiate et honnête. Je ne suis pas un héros. J'aimerais mener la belle vie, si je pouvais. J'aimerais manger du *lechon* tous les jours, voyager et voir le monde. J'aimerais vivre à l'aise et n'avoir aucun souci. Mais rien de tout ça n'est possible. Il ne m'est même pas possible de poursuivre normalement des études, de me connaître mieux moi-même… »

Luis garda le silence.

« Tu veux savoir pourquoi je vis loin de ces commodités que je pourrais apprécier comme tout un chacun ? Je vais te dire pourquoi. Je suis fatigué, *Manong,* très fatigué. Fatigué de tout. Je hais le présent et je languis après le futur. Un futur qui, je l'espère, offrira au moins suffisamment à manger à tous. J'en ai assez du riz à l'eau, des fanes de *camote,* de la chair de noix de coco et des papayes vertes, c'est tout ce qu'on a dans les montagnes la plupart du temps. À un moment, il y a longtemps, je pensais que ce qui comptait le plus, c'était la nourriture. Il y en avait si peu – tu sais ce qu'on mangeait à Sipnget.

– Tu m'accables.

– Mais c'est la vérité. Te souviens-tu comment c'était dans la grande maison ? Que j'allais y travailler mais pas toi, parce que mère ne voulait pas que tu ailles en ville ? Que je récupérais les épluchures des pommes que ton père mangeait et les rapportais chez nous pour qu'on les mange ? »

Luis ne dit mot. Il ne voulait pas se souvenir. « Bon, que veux-tu que je te donne ? demanda-t-il au bout d'un moment.

– Donner, donner ! lui lança Vic. Je ne devrais pas être ingrat, mais tu n'arrêtes pas de donner. Les gens comme moi, jamais on n'obtient ce qui est à nous parce qu'on a travaillé pour l'avoir, parce qu'on le mérite.

– Tu es mon frère.

– Demi-frère.

– Nous sommes nés de la même mère. C'est tout ce qui compte. Nous sommes égaux.

– J'aimerais le croire ! dit Vic. Mais ce n'est pas le cas. Si on ne peut pas être égaux, au moins on est tous les deux philippins, avec des chances égales. Ce n'est pas moi qui ai fait les lois ou qui ai instauré le système qui existe pour les *mestizos* et les gens à la peau brune comme moi. J'aimerais croire que sous la même peau coule le même sang rouge. Mais le sang ne compte pas beaucoup, et je m'en servirai pour arroser cette terre afin qu'un jour les gens comme moi puissent vivre.

– Je serai de l'autre côté, dit Luis. Pas parce que je le veux, mais parce que tu m'y auras forcé.

– Mais c'est là que tu es, dit Vic. Pas parce que je veux que tu y sois. C'est là que tu es de ta propre volonté. Tu vas hériter d'une immense fortune. Tu y renoncerais ? Pourquoi est-ce que tu le ferais ?

– On peut partager, dit Luis.

– Mais jusqu'où iras-tu, mon frère ? Si je te demandais de te débarrasser de tout et de venir avec moi, tu le ferais ? Tu as beaucoup à perdre – si tu restes, je comprendrai. Je comprends même pourquoi tu rechignes à révéler dans ton magazine que tu es de notre côté. Oui, on te lit chaque semaine, et bien que tu paraisses avoir des sympathies pour nous, tu n'es absolument pas de notre côté. Aurais-tu donc oublié les années passées à Sipnget ?

– Je n'ai pas oublié, répondit Luis avec feu. Je ne rejette pas ça. Que sais-tu de mes tourments ?

– Tu penses que je n'ai pas de doutes et de moments d'angoisse, moi aussi ? demanda Vic. Ça a été sale, plus sale que la guerre que nous avons subie. Je pensais qu'après la libération, les combats cesseraient, mais ça ne s'est pas passé de cette façon. C'est encore plus moche aujourd'hui – et tellement triste –, et pourtant, ce qui doit être fait doit l'être. »

Vic se leva. Il n'avait même pas l'air d'un adulte. Ses mains remuaient nerveusement le long de son corps tandis qu'il se dirigeait vers la porte.

« Tu ne m'as pas dit pourquoi tu étais venu – ni ce que je peux faire, dit Luis.

– Une autre fois, *Manong,* répondit Vic. C'était réconfortant de parler avec toi.

– Une dernière question. C'est toi qui as envoyé le message à mon père ? »

Vic sourit. « Tu vois, mon frère, je n'ai pas manqué mon coup. »

Luis le raccompagna jusqu'au portail et, en chemin, il ne cessa de répéter : « Que puis-je faire pour toi ? Il doit bien y avoir quelque chose... »

Tout ce temps, Vic sourit et après qu'il eut disparu dans l'ombre, on eût dit que des ténèbres primordiales plus épaisses que la nuit avaient fait une fois pour toutes tomber un rideau entre eux.

Chère Mère,

Noël est passé depuis longtemps et je ne trouve pas de meilleur moment pour t'écrire cette lettre. Comme tu dois t'en douter, je ne suis pas très croyant. Pourtant, autrefois, je l'étais – je me souviens que tu m'emmenais à l'église en ville pendant la semaine sainte et que je te suivais pieusement tandis que tu égrenais ton rosaire et faisais tes stations de croix, que ton visage plissé par l'attention était tourné vers l'image prostrée d'un Christ mort sur l'autel. Je me souviens encore de cette fois où, alors que j'étais brûlant de fièvre, Tio *Joven appliqua toutes ces feuilles sur ma poitrine et frotta mon front avec sa salive sans que je me rétablisse pour autant. C'est à ce moment-là que tu décidas qu'il faudrait faire une neuvaine à la maison afin d'apaiser Dieu, car tu pensais qu'Il avait été irrité. Tôt ce soir-là, après la neuvaine, grand-père alla dans la cour de derrière où poussait le* dalipawen *et là, déposant en offrande le gâteau de riz que tu avais confectionné ainsi que des œufs durs et un cigare roulé à la main, il implora les esprits : Vous qui avez provoqué la fièvre chez mon petit-fils, voici une humble offrande. Venez, prenez-la, et ne lui faites plus de mal. Ce soir-là, je sentis la fièvre baisser comme si ce n'était rien de plus qu'une simple fatigue, alors que je fus incapable de me lever pendant une semaine. Je me souviens que tôt un matin je me rendis près de l'arbre et vis que le gâteau et les œufs durs étaient toujours là, et parce que les esprits ne s'étaient pas servis, je me régalais de l'offrande, contre tous les interdits coutumiers. Tout cela me revient, limpide comme le jour. C'est ce qui m'a permis de comprendre que la nourriture destinée aux esprits pouvait aussi être destinée à l'estomac.*

Je ne suis pas facétieux. Ce n'est pas mon intention de partir ainsi dans une digression. J'avais l'intention de commencer cette lettre sérieusement – comme un éditorial pour mon magazine, que ni toi, ni grand-père, ni les habitants de Sipnget ne liront jamais, bien que Vic me dise qu'il le lit chaque semaine. J'avais l'intention d'écrire quelque chose de poétique, car, cette nuit, le Fils de l'Homme est né d'une mère qui, comme toutes les mères, devrait être vénérée, puisque c'est dans son corps qu'elle a souffert du commencement de la vie. Pour moi, la naissance du Christ est la célébration de la maternité, et, en effet, ils sont aujourd'hui nombreux ceux d'entre nous que seule leur mère aime et dont elle seule se soucie.

J'écris cette lettre parce qu'il y a un instant Vic est venu me voir.

Je lui ai demandé en quoi il croyait et il a répondu qu'il croyait en toi. J'aimerais pouvoir dire moi aussi que je crois en toi, mais ne pense pas que je serais juste vis-à-vis de toi ou de moi-même si je n'expliquais pas cette croyance-là, qui est plus que cela. Je pense que c'est une sorte d'aveuglement – ou de foi.

Par moments – et Dieu sait s'ils sont nombreux –, je souhaiterais ne pas être né, mais je dois te dire que même cette souffrance que j'endure, je dois en faire l'expérience, aussi bien en tant que poète qu'en tant qu'être humain aimant la vie. Pour toi ou pour Vic, il sera difficile de comprendre cette souffrance, car il s'agit d'une forme de mélancolie qui imprègne l'esprit d'une douleur sans rémission, même après que la blessure a cicatrisé et que la croûte est tombée. En fait, on chercherait en vain des cicatrices. C'est un malaise que ni l'argent ni les circonstances ne peuvent dissiper. Comme ce serait simple si c'était un mal qu'un médecin spécialiste pouvait vaincre grâce à une nouvelle génération d'antibiotiques. Peut-être des vacances à San Francisco, une Mercedes neuve ou un diamant de huit carats – chacune de ces solutions est assez simple, mais aucune ne serait satisfaisante.

Chère mère, je parle de ma naissance, de ma conception, de la raison que j'ai d'être ici, d'être ton fils et le fils de mon père. Cela ne suffit pas que je vive dans le confort tandis que, là-bas, tu souffres. J'aimerais savoir comment j'en suis venu à exister. Je serais curieux de savoir si je suis né par amour, si je mérite cette vie dont tu m'as fait cadeau, et si tu regrettes que j'en sois venu à exister.

Je ne connaîtrai jamais les réponses puisque ce sont des questions que je n'oserais poser ni à toi ni à père. Tout au plus je ne peux que deviner – et cela suffit. Même si je finissais par obtenir les réponses que je cherche, je te demanderais encore pourquoi je suis ici.

Vic sait pourquoi il vit. Il a trouvé une cause à laquelle consacrer son existence. Quant à moi, je ne sais toujours pas si cette vie vaut la peine d'être vécue. Elle me fut donnée, j'en suis sûr, dans la souffrance, et peut-être suis-je aimé non pour moi-même mais pour ce que je suis censé être.

Chère mère, malgré tous ces doutes qui me restent sur le cœur et m'empoisonnent l'esprit, une chose est sûre en ce qui te concerne : je t'aime, peut-être pas comme tu t'y attendrais, parfois même pas comme je le voudrais, mais je t'aime avec une obstination que je suis seul à ressentir. Je t'aime parce que, comme l'a dit mon frère, tu es tout ce que j'ai vraiment.

Alors pardonne-moi, chère mère.

CHAPITRE VIII

Lorsque Luis s'éveilla, le soleil était déjà haut dans le ciel. Il entrait à flots dans la chambre et dansait dans les rideaux couleur crème qu'agitait la brise matinale. Il entendit Marta accomplir de menues tâches dans la cuisine et Simeon balayer l'allée. La première chose à laquelle il songea fut la visite de Vic. Il gardait un vif souvenir de bribes de leur longue conversation, il avait en fait commencé à penser à de meilleures réponses aux questions que Vic avait posées, et il était mieux préparé à y répondre au cas où elles reviendraient sur le tapis. Il aurait vraiment aimé connaître la raison de la visite de Vic, savoir pourquoi il l'avait affronté. Si Luis ne s'était pas exprimé de manière aussi caustique ou s'il n'avait pas tenté de modérer l'enthousiasme de son frère, Vic se serait certainement montré plus ouvert et lui aurait fait part de ce qu'il tenait à lui dire. Il était trop tard à présent ; selon toute probabilité, il n'y aurait pas d'autre querelle de ce genre et, malgré leur intimité, malgré tout ce qui était précieux et appartenait au passé, jamais plus Vic ne se confierait à lui. Cette évidence accabla Luis.

Ester lui téléphona pendant qu'il buvait son café et sa voix chassa la torpeur de son esprit. « Je suis heureux de t'entendre, lui dit-il. Serait-ce trop te demander de m'appeler tous les matins pour me remonter le moral ?

– Le problème avec toi, c'est que tu es tellement égocentrique que tu ne penses qu'à ton bien-être, dit-elle, un sourire dans la voix. Il ne t'est jamais venu à l'idée que c'est moi qui aurais parfois besoin qu'on me remonte le moral ?

– Voyons, mon ange, si nous devons penser à notre bien-être mutuel, la meilleure chose à faire est de nous marier. On pourra se lever ensemble le matin et se remonter le moral l'un l'autre. »

Ester continua à badiner : « Est-ce que tu es en train de faire ta demande ?

– Si j'éprouve la même chose après être allé à l'église, je la ferai.

– À Baclaran alors, dit-elle. Aujourd'hui, elle ne sera pas trop bondée de ces gens qui sollicitent les faveurs du ciel.

– J'en fais partie », dit Luis. Il se leva, aspirant une bouffée de brise marine. « Mais, moi, je ne sollicite les faveurs que d'une seule vierge. »

Un grand éclat de rire. « Et si je te disais que je ne le suis plus ?

– Je ne suis pas vieux jeu, dit-il.

– Si après la messe tu viens partager le repas de Noël avec nous, je te croirai. »

Un instant Luis faillit accepter l'invitation, mais il se sentirait embarrassé de déjeuner avec les Dantes alors qu'il n'était pas sûr de la manière dont, en fin de compte, Ester le considérerait. « J'ai une idée, dit-il gaiement. Allons à la plage en voiture, à Cavite, et passons-y la journée. J'apporterai le déjeuner. »

Au silence d'Ester, il devina que sa proposition ne l'enchantait guère. « Tu n'as rien de prévu, n'est-ce pas ?

– Non, non, dit-elle, indécise.

– Alors très bien, je serai chez toi dans une demi-heure.

– Je suis déjà habillée, dit-elle en riant. Prépare-toi, je serai chez toi dans une demi-heure. »

Le bruit d'un baiser lui fit plaisir, et une fois qu'Ester eut raccroché il garda le combiné contre son oreille.

Marta s'attarda dans la pièce pendant que Luis prenait son petit déjeuner. Bien qu'elle eût dépassé la cinquantaine, comme son mari, elle ne ressemblait pas à la plupart des femmes de son âge – les femmes de Rosales vieillissaient vite, écrasées par les travaux pénibles de la ferme. Non qu'elle-même n'eût pas énormément à faire. Elle avait toujours servi chez les Asperri. Après que la vieille maison fut réduite en cendres, don Vicente l'engagea pour prendre soin de sa nièce orpheline, à Ermita. Par la suite, il l'envoya avec son mari s'occuper de Luis.

« Marta, pourquoi as-tu dit à mon frère d'attendre dans le garage ? lui demanda Luis. Tu aurais dû lui dire d'aller dans ma chambre et de s'y reposer jusqu'à la fin de la réception.

– Mais, *Apo,* je ne savais même pas qu'il était allé là-bas, expliqua-t-elle. J'ai pensé que vous l'aviez déjà vu, parce que, à peine arrivé, il a disparu. »

Luis but son café en silence.

« Que fait Victor maintenant, *Apo ?* » Marta ne put s'empêcher de poser la question. « On n'a jamais eu l'occasion de parler avec lui. Il n'avait pas l'air de vouloir discuter. Pourquoi... (la femme hésita) pourquoi est-ce qu'il est si secret ? »

Luis écarta la question d'un geste. « Il est comme ça, répondit-il. Et on ne peut pas le changer. »

Luis était prêt quand Ester arriva. Simeon et Marta, eux, ne partaient pas tout de suite ; aussi, comme il l'avait promis, il leur remit une enveloppe contenant de l'argent. Après avoir donné au couple les instructions de dernière minute, il descendit avec Ester en portant le panier du déjeuner préparé par Marta. Ester était radieuse dans une jupe imprimée rouge et un chemisier bleu. « J'en ai tellement entendu sur la gueule de bois, le taquina-t-elle. Je voulais voir quelqu'un qui l'avait. »

Luis sourit aimablement. « Je suis d'une autre trempe, fit il. Désolé de te décevoir. »

Dans la voiture, Ester lui dit qu'elle avait apporté un maillot de bain. Luis rappela à Simeon de faire bien attention à la maison, puis mit le moteur en marche.

« Je leur donne une semaine de vacances, expliqua-t-il à Ester. Je serai seul et ça me plaît.

– Sans que personne ne veille sur ta chasteté ?

– Dieu est particulièrement bienveillant envers les célibataires. »

La brise de mer pénétrait à l'intérieur de la voiture et la présence parfumée d'Ester avait quelque chose d'enivrant. C'était une matinée resplendissante malgré les lambeaux de brume qui planaient au-dessus de la baie et des bateaux aux coques à demi immergées. La main posée sur le genou de Luis, Ester dit, l'air songeur : « Je me demande si je ne pourrais pas venir de temps en temps faire le ménage chez toi – la cuisine aussi, si tu me laissais –, comme Trining le fait parfois. Ça ne devrait pas avoir d'importance que je ne sache me servir que d'un ouvre-boîtes.

– Je ne suis pas difficile », dit Luis.

Comme Ester le supposait, l'église rédemptoriste de Baclaran n'était pas bondée. Luis parvint même à se garer sur le terrain ombragé de manguiers – chose impossible le mercredi lorsque la neuvaine à Notre-Dame du Perpétuel Secours faisait affluer les fidèles. L'offertoire venait de commencer et Luis fut ravi de ne pas avoir à écouter le sermon de bout en bout. Jusqu'ici, il n'en avait pas entendu un seul qui l'eût impressionné. Les prêtres – des Philippins et des missionnaires étrangers – n'avaient jamais rien à dire, ils débitaient les mêmes clichés sur le salut, s'adressaient toujours à leurs paroissiens comme à des enfants et passaient pour les hommes les plus saints et les plus purs, alors que Dieu savait que nombre d'entre eux avaient des maîtresses ou disparaissaient avec l'argent de l'Église. Luis et Ester partirent avant la bénédiction.

Le long de la route nationale, toutes les maisons étaient décorées. Il y avait partout des lanternes multicolores aux formes variées – des étoiles, des poissons, des octogones – dont les ornements s'agitaient dans la brise de décembre. Vers certaines maisons, on portait des cochons de lait rôtis empalés sur des broches en bambou.

Ester et Luis mirent environ une heure pour rejoindre la station balnéaire. L'endroit était désert, car le jour de Noël les gens restaient chez eux pour recevoir les membres de la famille ou leurs filleuls. Seuls quelques baigneurs nageaient dans l'eau calme et bleue ou prenaient un bain de soleil sur l'arc de sable que formait au loin la plage. Le vent était faible, la mer, calme. Luis se gara sous un bosquet d'épineux odorants qui leur donnerait de l'ombre quand le soleil serait haut.

Le rire d'une fille qu'un garçon poursuivait jusqu'à la mer fusa non loin. Ils seraient seuls au monde – sous les arbres, dans la voiture –, mais ce n'était pas pour cela que Luis était venu. « Je suis content que tu sois là », dit-il. Ester lui sourit. Il alla vers elle, lui prit le visage et l'embrassa tendrement. Lorsqu'il s'écarta, elle demeura immobile. Il ouvrit la portière. Simeon avait été assez prévenant pour déposer à l'arrière de la voiture une grande pièce de toile que Luis déroula à l'ombre.

Ester le rejoignit. « On peut s'asseoir ici toute la journée et ne rien faire d'autre que parler », dit-elle. Elle ôta ses mocassins et enfonça les orteils dans le sable doux et frais.

« On doit manger aussi, fit Luis. Entre autres choses.

– On rentrera après le déjeuner, dit Ester. Je dois être à la maison tôt. Papa ne sait même pas que je suis ici. »

Luis se déchaussa aussi et étendit les jambes.

« Est-ce que ton père a peur qu'il t'arrive quelque chose si tu es avec moi ? demanda-t-il sur un ton plein de sous-entendus.

– Luis, il ne sait même pas que je suis avec toi – et le jour de Noël », le réprimanda-t-elle.

Il s'allongea sur le côté. Au-delà de la pente sablonneuse, la mer, limpide, miroitait. À l'horizon voguaient deux bateaux aux voiles inclinées et gonflées par le vent. Il apercevait la petite éminence verte formée par l'île de Corregidor, et, plus loin encore, la chaîne bleu pâle de Bataan et le sommet bleu-vert du Mariveles.

« Tu peux partir maintenant si tu veux. Un mot et je te ramène. »

Elle se pencha vers lui et mit ses mains en coupe autour de son visage. « Ne dis pas ça. » Elle hocha la tête. « Dis-moi, pourquoi cherches-tu toujours à te disputer avec moi ? Tu es si agressif, et tu veux que je sois ton ennemie. Très bien, je passerai toute la journée avec toi si ça te fait plaisir. »

Il se redressa et, radouci, pressa la main d'Ester. « Merci », dit-il, l'air penaud.

Ester n'avait pas l'intention de changer de sujet. « Tu es acerbe même avec moi. Est-ce que tu hais les femmes ou l'humanité en général ? J'ai du mal à le croire, mais j'aimerais au moins que tu sois franc avec moi. Dis-moi que tu dramatises – comme tous les poètes peut-être –, que tu n'aurais pas été exclu de l'université si tu ne t'étais pas disputé pour une affaire insignifiante.

– Insignifiante ! s'écria-t-il, à nouveau de mauvaise humeur. C'est une question de conviction. Qui plus est, je n'ai pas été exclu, je suis parti !

– Appelle ça comme tu voudras, dit calmement Ester. Tu aurais eu tes diplômes avec mention et tu n'aurais pas joué les pseudo-martyrs si seulement tu avais vu les choses autrement. Les prêtres aussi sont des êtres humains. Ils avaient leurs raisons et ils se sont sentis floués. J'ai entendu dire qu'ils te considéraient comme un de leurs meilleurs éléments. »

Luis ferma les yeux et réprima la colère qui montait en lui. Pseudo-martyrs, êtres humains – il serra le poing et en frappa violemment sa paume.

« Ç'aurait pu être moi », dit tristement Ester.

Luis se tourna vers elle. Elle le fixait avec ce regard qu'aucun homme ne peut manquer de reconnaître, cette expression capable de transformer du granit en sable. *Qu'est-ce qui m'a pris ? Quelle est cette colère insensée qui s'empare de moi et me fait m'emporter contre tous ceux qui m'approchent ? J'étais malheureux parce que je ne savais pas quoi faire. J'hésitais, je m'interrogeais. Je craignais d'avoir tort, de finir par blesser les gens, et puis j'ai regardé autour de moi et j'ai découvert que ce n'était pas moi qui faisais du tort aux autres – c'étaient eux qui m'avaient blessé et trahi, non pas tant parce qu'ils ne m'avaient pas accepté, mais parce que, dans un sens, ils m'avaient rejeté. Je ne peux être proche de personne, pas même de ceux qui m'ont élevé – et voici cette fille qui se donnerait à moi, avec tous les sacrifices qu'implique cet acte.*

Il s'assit, lui caressa le bras et suivit du doigt une veine bleue. « Je ne suis pas en colère contre toi – crois-moi. C'est contre moi que je suis perpétuellement en guerre. Peut-être est-ce encore une façon de dramatiser, mais, comme tu l'as dit, je suis égoïste et égocentrique. » Il sourit. « Tu dois me pardonner. Tu es une fille formidable. »

Elle avait retrouvé sa bonne humeur. « Ça va comme ça ! dit-elle. Tu sais que je ne suis pas d'une beauté éblouissante. Il faudrait être un aveugle pour dire le contraire.

– Parce qu'il verrait ce que les autres ne voient pas – ton âme, qui est belle elle aussi. Sais-tu ce que tu as réellement ? »

Elle hocha la tête. « Tu n'arriveras à rien par la flatterie. »

Il le comprit à ce moment-là et en fut convaincu. « Tu as une personnalité rayonnante. Tu es vraie », dit-il, et, la prenant par les épaules, il l'attira contre lui et l'embrassa avec une grande tendresse.

Plus tard, Ester alla se changer dans la voiture ; lorsqu'elle revint et qu'elle se tint devant lui, Luis se rendit compte qu'elle était vraiment belle. Le maillot de bain lavande dévoilait ses formes tout en les dissimulant. Il la contempla, s'émerveillant de la beauté de sa silhouette, du galbe de ses cuisses, du modelé de ses seins, pointus et plantés haut, et de l'élégance de sa démarche.

« Tu me déshabilles du regard ! dit-elle en rougissant. Viens, allons nous baigner. »

Il ne l'accompagna pas. « Je te regarderai », dit-il. Elle lui lança un baiser et courut sur la plage. Il la vit s'éloigner en nageant, ses bras s'élevaient hors de l'eau et y plongeaient en un mouvement régulier et gracieux. Une fois, elle disparut si longtemps sous l'eau qu'il pensa qu'un malheur lui était arrivé, puis, brusquement, elle resurgit plus près de la rive en riant. « L'eau n'est pas si froide », cria-t-elle. Elle en sortit pourtant assez vite. Elle revint essoufflée en secouant les gouttelettes qui s'étaient infiltrées sous son bonnet de bain. Après s'être douchée dans l'une des cabines publiques, près du bâtiment principal de l'hôtel, elle rejoignit Luis et étala leur déjeuner sur le plastique qui recouvrait le panier.

Marta avait bien fait les choses – du rosbif qui provenait de la réception, du Coca, une omelette, de la langue de bœuf, des oranges et du pain aux raisins. Ils mangèrent lentement, puis, lorsqu'ils eurent terminé, Ester enveloppa soigneusement les restes et les remit dans le panier. Dans la voiture, elle prit des magazines, qu'ils parcoururent, et ils se disputèrent un peu. C'est alors que la fatigue de la nuit précédente gagna Luis. « Ça t'ennuierait si je faisais une petite sieste ? » demanda-t-il. Il s'allongea et Ester prit sa tête sur ses genoux. Avant de fermer les paupières, Luis eut un regard pour son joli visage penché vers lui.

Il se réveilla en fin d'après-midi. Le ressac se faisait assourdissant. Ester était près de lui. Il se redressa et vit la plage déserte ; la pente sablonneuse sur laquelle l'eau déferlait un moment plus tôt était devenue une sorte de gouffre, avec des vagues, énormes et blanches d'écume, qui se fracassaient en grondant.

« Voilà ce qui s'appelle dormir ! dit Ester. Je suis contente que tu te sois reposé.

– Tu aurais dû me réveiller.

– Mais tu avais besoin de sommeil, dit-elle. En plus, tu parlais en dormant et c'était très amusant à écouter.

– Qu'est-ce que j'ai raconté ?

– L'histoire de ta vie », lui dit-elle gaiement.

Luis se leva et étira les bras. « Merci d'avoir fait le guet », dit-il. Ester ramassa les magazines, l'aida à plier la toile et le suivit jusqu'à la voiture.

Sur le chemin du retour, il conduisit lentement bien que la circulation ne fût pas dense ; les jours fériés, peu de gens faisaient la navette depuis Cavite. Le soir tombait sur Manille lorsqu'ils traversèrent Baclaran en direction de Dewey. Le soleil couchant voilait la baie de teintes pourpres.

« Viens préparer le dîner, comme tu l'as dit », fit Luis. Ils roulaient sur le boulevard et, déjà, la lumière des néons embrasait les façades des restaurants et des boîtes de nuit.

« Ce n'est... ce n'est pas convenable, Luis, dit-elle en hésitant. Papa... »

Luis lui pressa la main et apaisa ses craintes : « Je te raccompagnerai après dîner. Je dirai qu'on est sorti. Il ne se fâchera pas.

– Mais je t'ai dit que je ne savais pas faire la cuisine. Je ne sais me servir que d'un ouvre-boîtes... »

Luis pressa de nouveau sa main. En obliquant à droite, en haut de l'allée, il dit : « Nous aurons la maison rien que pour nous. »

Elle lui jeta un regard furtif et demanda : « Combien de temps les domestiques seront-ils absents ?

– Ils ne reviendront certainement pas ce soir – ni demain. »

Ils montèrent la petite volée de marches en se tenant par la main. *C'est ce que je veux,* pensa Luis, et il sentait son sang bouillonner dans ses veines. Il ouvrit la porte et, Ester sur ses talons, donna de la lumière dans le vestibule. Elle alluma la lampe près du piano, puis alla dans la cuisine avec le panier du déjeuner. Ce n'était que la troisième fois qu'elle venait, mais elle connaissait bien la maison.

« Je m'y mets maintenant ? demanda-t-elle à la porte de la cuisine.

– On a tout le temps pour ça ! » cria-t-il de la chambre où il faisait un brin de toilette. Lorsqu'il rejoignit Ester dans la cuisine, elle s'y trouvait encore, examinant le contenu du réfrigérateur. Il l'entraîna malgré ses faibles protestations. Il la prit prestement par la taille et ils passèrent sans bruit près de la lampe de la cuisine, qu'il éteignit, puis dans le vestibule. Ils s'assirent dans le canapé près de la porte de l'*azotea*.

« Tu es sûr que papa ne va pas me chercher ? Je crois que je devrais appeler juste pour l'informer », dit-elle. Mais il n'y avait aucune insistance dans sa voix.

« Ça lui serait égal », murmura Luis. Ester s'allongea sur le dos, les pieds au sol. Elle avait les yeux fermés et un calme songeur se répandit sur son visage. « Je suis fatiguée. » Elle soupira. « Je pourrais m'endormir à l'instant et je ne me réveillerais pas avant demain. »

Luis garda le silence. Il s'agenouilla sur le sol, se pencha vers elle et l'embrassa. Il sentit ses lèvres s'entrouvrir et goûta à la douceur salée de sa bouche. Comme il la caressait à travers ses vêtements, elle tenta de repousser sa main, et il perçut le frémissement qui la parcourut. « Non, dit-elle d'une voix émue. Je ne suis pas prête, Luis. »

Mais il ne tint pas compte de ses paroles.

« Louie... » Sa plainte – si c'en était une – mourut sur ses lèvres.

Bien plus tard, lorsqu'il la raccompagna, ils restèrent silencieux presque tout le long du trajet, et bien qu'il essayât de tenir de menus propos, il ne parvenait absolument pas à considérer cette nuit comme un moment de conquête. Même au plus fort de sa passion, il n'avait jamais perdu de vue une autre réalité. Avant de céder, Ester avait convenablement fait mine d'avoir mal, d'être bouleversée, mais un homme sait cela, il en a le pressentiment – Ester mimait ce qu'elle avait déjà fait avec un autre. Un homme sait cela, tout comme Luis l'avait su avec Trining. Bien sûr, poser la question n'aurait pas été courtois de sa part. Après tout, il avait eu ce qu'il voulait. Mais pourquoi avait-elle cru bon de mentir ? Cela n'aurait pas eu une grande importance, ce qui comptait dans une relation, c'était la franchise.

Le voyant songeur, Ester lui pressa la main et demanda : « Luis, n'es-tu pas heureux ? N'est-ce pas ce que tu voulais ?

– Oui, dit-il sans émotion. Je suis l'homme le plus heureux du monde.

– Et moi, la femme la plus heureuse du monde », répliqua-t-elle en se blottissant contre lui.

CHAPITRE IX

Ils accumulèrent ainsi les rêves chimériques et les discussions insensées au cours des moments souvent agités qu'ils passaient ensemble. Ils vivaient leur relation sur un mode passionnel. Bien qu'Ester eût à peine plus de vingt ans, elle était dotée d'une sensibilité aiguë et d'une intelligence qui parfois étonnait Luis par sa profondeur et sa lucidité. Elle lui posait des questions que lui-même avait peur de se poser, des questions acerbes qui exigeaient des réponses sincères, car c'était une affaire de conscience, et même si, la plupart du temps, les réponses de Luis ne révélaient pas ses pensées, du moins se montrait-il honnête avec lui-même. Pourquoi écrivait-il de la poésie ? Était-ce en raison de la nécessité profonde d'exprimer ce qu'il ne parvenait pas à exprimer en prose, ou la poésie était-elle la quête de cette vérité fondamentale sans laquelle les hommes ne pouvaient vivre avec eux-mêmes ? Pourquoi paraissait-il si secret dans certains de ses vers – ne s'adressant qu'à lui seul ? Son engagement en matière de justice sociale reposait-il sur ce qu'il percevait comme injuste, ou cela l'obsédait-il parce que lui-même avait commis une injustice et que, dans une certaine mesure, il se flagellait pour se racheter enfin ? Par moments, quand il se voyait le dos au mur, embarrassé et sans défense, comme acculé dans ses derniers retranchements, il ressentait envers Ester une colère froide, tenace, il lui posait alors la même question mais reformulée – étayée plutôt – avec une âpreté de persécuteur. *Pourquoi t'es-tu donnée à moi ? Est-ce parce que tu pensais que j'étais une conquête facile ? Quand nous faisons l'amour, ton orgasme est-il réel ou simulé ? Imagine que je te dise que je suis ton amant uniquement parce que ce qui m'intéresse, c'est d'hériter un jour de l'empire de presse de Dantes ?* Lorsqu'il lui arrivait de repenser à tout cela, il était rempli de remords et se demandait s'il l'avait profondément blessée, mais elle revenait toujours vers lui comme le ferait quelqu'un de masochiste, et leurs disputes, aussi acharnées et violentes fussent-elles, finissaient toujours par des retrouvailles passionnées, dont chacun espérait qu'elles ne seraient plus gâchées par le genre de différends qui leur mettaient les nerfs à vif. Luis ne parvenait pas à comprendre qu'à bien des égards Ester manquait elle aussi d'assurance, et qu'elle cherchait à tâtons à se raccrocher à quelque chose d'autre qu'au modèle sur mesure que lui imposaient son école, son statut social et la fortune paternelle. Si elle était incapable de l'exprimer par la poésie, comme Luis, elle pouvait du moins le faire par le biais des relations qu'elle nouait – et la manière la plus profonde, la plus humaine et la plus émouvante entre toutes était son engagement envers lui.

Ils allaient cependant devoir s'éloigner l'un de l'autre – irrévocablement, inexorablement. Le moment vint où la réconciliation les vidait de tout sentiment, de tout espoir. Après leur désaccord au sujet des études que Luis avait abandonnées, de l'art et de l'avenir de la rébellion huk (Ester trouvait celle-ci justifiée, tandis que Luis estimait qu'il était tout aussi efficace d'explorer et d'expérimenter d'autres méthodes), leurs discussions dégénérèrent et devinrent superficielles – les films qu'ils avaient vus, les romans qu'ils avaient lus –, et lorsqu'ils en vinrent aux propos véhéments, on aurait dit deux animaux prêts à mordre et à griffer.

Leur dernière dispute concernait la chose la plus banale qui fût – le poème que venait d'écrire Luis, « Terre immuable ». Ester, qui avait lu « La terre désolée », jugea la similitude évidente, or Luis n'était pas un passionné d'Eliot, il n'avait même pas lu ce poème. Pour Ester, il était impensable que quelqu'un qui écrivait en anglais au XXe siècle et se mêlait de vouloir changer la société et les mœurs pût faire abstraction d'Eliot. Luis et Ester se trouvaient sur l'*azotea,* à la nuit tombante ; face à eux, dans l'immense baie qui s'assombrissait, les lumières des bateaux clignotaient. Avant de finir par rentrer, ils avaient flâné sur le bas-côté herbeux du boulevard en suivant la courbe de la longue digue, puis, au coucher du soleil, ils s'étaient mis à danser en buvant du Coca et en mangeant les sandwichs que Marta avait préparés. À présent, ils étaient de nouveau brouillés. Ce fut leur dernière dispute, et Ester déclara sans manifester de rancune : « Tout est fini – je suppose que c'est mieux ainsi. Je suis fatiguée de tout ça, de toujours devoir faire des excuses humiliantes.

– Et moi alors ? Tu penses que je n'ai aucune dignité ? »

L'année s'achevait – le pique-nique de décembre, l'odeur tenace de la mer… « J'ai fait de mon mieux pour, au moins, m'assurer qu'on allait quelque part, mais je ne le saurai jamais. Cette façon de se disputer pour un rien… Luis, il n'y a pas d'avenir pour nous, le mieux est d'en rester là tant que nous nous en sortons sans dommage. » Elle paraissait tellement calme, tellement détachée, que Luis fut exaspéré, car il ne ressentait pas les mêmes choses. C'était comme si elle l'avait dépouillé de sa virilité et qu'il l'avait laissée faire. Il observa chacun de ses mouvements, de ses gestes, tandis qu'elle s'asseyait sur le muret de l'*azotea* et parlait, et il ne savait pas s'il irait vers elle pour la pousser, s'il la prendrait dans ses bras pour mettre fin d'un baiser à cette discussion stupide, ou si, en proie à une fureur noire, il s'éloignerait d'un pas ferme, la laissant rentrer seule chez elle.

« Qu'arrivera-t-il si je reste avec toi ? Tu me pousseras sans doute au suicide. Je te l'ai déjà dit, tu es totalement, désespérément égocentrique », fit-elle, tâchant tant bien que mal de maîtriser le tremblement de sa voix.

Luis se mit à rire. « Te suicider, toi ? Ester, tu n'as pas le sens de l'honneur des Japonais. Ça ne fait pas partie de l'éducation que tu as reçue. Tu sais très bien où vous finirez, toi et tes clichés catholiques. Tu brûleras en enfer – c'est ça que tu crois – si tu essaies de t'arracher un seul poil du pubis ! »

Ester lui répliqua sur un ton sarcastique, criant presque : « Tu te réjouiras probablement de ta victoire, parce que tu croiras que je me suis donnée à toi corps et âme ! »

Ce fut elle qui quitta la maison d'un pas ferme sans même se soucier de tirer la porte derrière elle. Luis entendit sa voiture faire crisser le gravier de l'allée. Pendant un moment, il fut vraiment fâché à cause de la façon dont elle l'avait traité, mais, peu à peu, sa colère laissa place au regret de n'avoir pas été capable de lui répondre. Il comprit alors qu'il avait contribué à envenimer la querelle et que, s'il voulait rester correct, il devait lui téléphoner et lui présenter les mêmes excuses toutes prêtes. S'ils ne pouvaient jamais plus être ensemble, du moins se sépareraient-ils avec un minimum de courtoisie, sinon d'affection. Il décida d'attendre jusqu'au matin, mais, le matin venu, il ne trouva pas l'occasion de faire amende honorable, car pendant qu'il se préparait pour aller au bureau le téléphone sonna et le message qu'il reçut modifia ses projets.

C'était un appel à longue distance de Trining, son ton était insistant : « Luis, qu'est-ce que je vais faire ? Il faut que tu m'aides. Je ne sais pas quoi faire.

– Ressaisis-toi et lentement, lentement, dis-moi ce dont il s'agit.

– Dépêche-toi de rentrer, à Rosales je veux dire – maintenant, aussi vite que tu peux.

– C'est tout ?

– Je ne sais pas, mais je crois que c'est grave – d'ailleurs, je veux te voir, Luis. Ça fait si longtemps que tu n'es pas venu. Tu peux venir, n'est-ce pas ? *Tio* a dit aujourd'hui – tu n'as pas besoin de rester plus de deux jours.

– Pourquoi veut-il me voir ?

– Il n'a pas voulu le dire – mais si tu veux des détails, un cardiologue de Manille est dans la maison. Il est ici depuis une semaine.

– Il n'est pas mourant ?

– Je ne sais pas. Mais une crise cardiaque, ça ne prévient pas, non ? » Elle semblait effrayée. « S'il meurt, qu'est-ce que je vais faire, Luis ?

– Père est un roc. Il vivra centenaire.

– C'est sérieux, Luis. Crois-moi, je t'en prie.

– Je vais faire de mon mieux pour arriver cet après-midi. Je dois d'abord passer au bureau pour mettre des choses au point. Dis-lui ça. »

Luis arriva à Rosales en début d'après-midi. Il faisait chaud et la ville somnolait dans la lumière éblouissante du soleil. Il ne remarqua pas de changements, hormis la présence de camions militaires sur la *plaza*. Des soldats en uniforme gris-vert traînaient dans les boutiques, au coin des rues et dans les installations de fortune qui servaient de buvettes.

Deux gardes privés se tenaient devant le portail de la maison en travers duquel ils avaient tendu une barrière de barbelés, qu'ils déplacèrent sur le côté pour laisser passer Luis. Il fut extrêmement contrarié à l'idée de vivre dans une forteresse, mais cela valait peut-être mieux. Trining dévala les escaliers en marbre pour l'accueillir. Elle était pâle et, comme elle n'avait pas mis de rouge à lèvres, elle avait l'air d'une convalescente.

« Luis, j'ai quelque chose d'important à te dire », fit-elle en lui pressant fortement la main.

Il lui prit le menton. « Il vaudrait mieux que ce soit quelque chose de vraiment important. Ça n'a pas été un plaisir d'arriver jusqu'ici – avec tous ces maudits postes de contrôle. »

Ils entrèrent dans la maison, puis, lorsque Luis voulut se diriger vers la chambre du malade, Trining le retint. « S'il te plaît, ce ne sera pas long », l'implora-t-elle.

Il la suivit dans sa chambre dont la porte lui était toujours ouverte depuis leur enfance. Elle la referma derrière eux. On avait changé les rideaux – du damas blanc remplaçait le lourd brocart pourpre –, et des croquis de Navarro, que l'artiste ne s'était pas donné la peine de faire encadrer, ornaient les murs gris. Sur son vaste lit en fer et sur sa coiffeuse en bois de *narra,* Trining avait disposé les jetés de lit patiemment confectionnés à l'école secondaire – « pour ne pas m'ennuyer parce que tu ne me sortais pas ».

« Je ne veux absolument pas qu'on nous dérange, expliqua-t-elle en fermant la porte à clé, puis elle poussa Luis vers le canapé en rotin. Comme si elle venait d'y penser, elle dit : « Veux-tu un Coca ? J'ai fait un gâteau ce matin. »

Il accepta d'un signe de tête en s'installant et en s'abandonnant au confort du canapé. Trining fit volte-face et rouvrit la porte. Bien que Simeon fût un bon chauffeur, le voyage avait fatigué Luis, qui avait somnolé entre Angeles et San Fernando. Ils durent s'arrêter dans un restaurant miteux au bord de la route toute droite qui miroitait dans la chaleur soporifique pour prendre une tasse de café et s'asperger le visage d'eau glacée. Luis sentit qu'il aurait pu sur-le-champ aller dormir et tout oublier, mais Trining reparut avec du Coca et une part de gâteau au chocolat. Elle referma la porte à clé.

« Que voulais-tu me dire ? » Le gâteau était excellent, exactement comme ceux qu'elle faisait pour lui à Manille.

« Mange d'abord. » Elle s'assit à côté de lui et passa ses doigts dans sa tignasse non gominée, puis lui massa doucement la nuque et les épaules. Lorsqu'il eut fini de manger, il lui reposa la question.

« *Tio* est mourant, répondit-elle. C'est ce que m'a dit le médecin. *Tio* le sait. C'est pour ça que c'est si triste. »

Luis se leva et se mit à marcher de long en large. La nouvelle n'était pas vraiment une surprise pour lui. D'une certaine façon, il s'attendait à cette éventualité. Il alla vers la fenêtre. Il y avait des tentes partout dans la cour de l'école, des soldats jouaient au volley-ball, d'autres se prélassaient. Des camions, des Jeep et des voitures blindées stationnaient sous les acacias et, près du portail, une pile de sacs de sable protégeait une mitrailleuse.

« S'il meurt, nous serons seuls, murmura Trining dans le dos de Luis. Il n'a plus que nous. Tu sais ce que ça signifie ? »

Il ne répondit pas. « Que font ces soldats et depuis quand sont-ils là ?

– Les soldats ? » Un instant Trining fut déconcertée. « Oh, ils étaient là quand je suis arrivée. Dans les villages et dans les montagnes, la situation est tendue à cause des Huks. »

Luis hocha la tête et se tourna vers elle. Trining poursuivit : « Luis, si *Tio* meurt, tu me permettras de rester dans cette maison ? »

Il ne put s'empêcher de rire. « Bien sûr, répondit-il. Elle est plus à toi qu'à moi. » Il se dirigea vers la porte, mais Trining le retint. « Je t'en prie, ce n'est pas de ça que je voulais te parler.

– Père attend.

– S'il te plaît. » Elle le supplia des yeux. « Il y a une chose qu'il veut voir avant… avant de partir, dit-elle en hésitant. Il m'en a parlé il y a un moment, je t'avais déjà téléphoné. Luis, il veut te voir marié, maintenant, cette semaine. »

C'est le destin – il désire un héritier et veut que son nom soit à jamais gravé sur cette terre. Luis prit le visage de sa cousine dans ses mains. « C'est tout lui, non ? » Il sourit. « Toujours en train de me dicter ce que je dois faire. Et qui veut-il que j'épouse ? Peut-être l'a-t-il déjà décidé.

– Effectivement », murmura Trining. Elle rougit malgré sa pâleur. Incapable de soutenir son regard, elle l'enlaça et dit d'une voix qui tremblait : « Oh, Luis, il veut que je devienne ta femme. »

Il l'écarta, contempla son visage plein d'espoir, ses yeux implorants, ses lèvres entrouvertes, frémissantes, sa poitrine qui se soulevait – ce corps qu'il avait possédé. Puis il l'attira à nouveau contre lui et l'embrassa. Ce fut un baiser tendre – sans passion – et elle soupira, le serrant fort contre elle comme si elle craignait que ce fût le dernier moment qu'ils passaient ensemble.

Peu après, il s'éloigna, ouvrit la porte et, jetant un regard en arrière, il vit que Trining pleurait.

Luis ne frappa pas, car la porte de la chambre de son père était entrebâillée. Don Vicente ne dormait pas. Sa silhouette massive reposait sur son lit à baldaquin. Il avait la tête appuyée contre des oreillers. Les draps étaient repassés de frais, une odeur d'eau de Cologne mêlée de soleil flottait dans la chambre aux stores relevés. Sur la desserte, un plateau en argent rempli de raisin et de pommes et des vases en cristal taillé d'où jaillissaient des *azucenas* égayaient la pièce. Le père de Luis avait maigri, mais il paraissait robuste comme toujours.

« J'ai entendu ta voiture », dit-il en se soulevant avec peine.

Don Vicente présenta son fils au médecin à la peau bistre, qui avait l'air calme du professionnel. Celui-ci sourit, retroussa les manches de pyjama, puis planta une aiguille dans le bras enflé du vieil homme, qui sursauta. « C'est pour empêcher la tension de monter, expliqua le médecin à Luis.

– Je veux parler à mon fils. » Don Vicente, d'un geste, écarta le médecin.

« Mais n'oubliez pas ce que je vous ai dit, fit ce dernier. Ne parlez pas trop. Et évitez les discussions fatigantes. » Il sourit poliment à Luis avant de sortir.

« Est-ce douloureux, père ? »

Don Vicente se laissa retomber en arrière et maugréa : « Il me fait une injection tous les deux jours. Il ne cesse de changer d'endroit, dans chaque bras et (il indiqua son postérieur) là en bas. Non, ce n'est pas aussi douloureux que de penser à ce qui arrive à Rosales, à la terre. Et je vais bientôt mourir – je le sens. Je ne sais pas quand. Ça n'est pas douloureux, Luis. » Il regarda son fils. « S'il te plaît, ne rends pas les choses douloureuses.

– Père, tu vivras centenaire, dit Luis.

– Tu crois me faire plaisir ? Vous, les jeunes, vous n'avez aucune idée de la réalité, de la permanence de la mort. Trining pense qu'il suffit de blaguer, de s'en moquer pour l'éloigner. Elle devrait être à Manille pour s'occuper de toi, mais elle doit s'occuper de moi – comme si elle y pouvait quelque chose. Elle était si jeune quand c'est arrivé. En réalité, c'est moi qui l'ai élevée. Quel admirable sens du devoir filial ! Mais je suis résigné. »

Luis se carra dans son siège et jeta à son père un regard qui trahissait son impuissance. Malgré sa détresse, le vieil homme voulait encore paraître autoritaire et sarcastique.

« Maintenant, écoute ce que j'ai à te dire. » Il avait le visage tourné vers le plafond, comme absorbé dans ses pensées. « Comment va ton travail en ville ? »

La question surprit Luis. « Très bien, père.

– Je le sais évidemment, mais ce n'est pas ce que je voulais dire. J'ai suivi ton magazine, j'ai vu que le nombre des publicités augmentait. Es-tu content de travailler pour Dantes ? Je te l'ai déjà dit, ce n'est pas un ange. Avec ta façon de penser, tu ne devrais pas y rester longtemps – juste le temps de te faire un nom.

– J'ai carte blanche, père », dit-il, mais soudain il se sentit très mal à l'aise maintenant qu'on s'immisçait dans sa relation avec le magnat du sucre. Il avait déjà pensé, bien sûr, aux hiérarques de la famille Dantes comme à des intrigants, des gens rapaces, mais l'éditeur s'était comporté envers lui de façon judicieuse.

« Il t'utilise, dit son père sur un ton plein de sous-entendus. Ta jeunesse, ton imagination, ta probité. Tu devras partir un jour – et réussir tout seul dès que tu le pourras. En premier lieu, matériellement, ce travail ne te rapporte pas assez. Tu es un Asperri – pas un Dantes. Peut-être que si tu étais un Locsung ou un Mondovino tu pourrais t'allier à la famille par le mariage – mais tu es un Asperri, ne l'oublie jamais.

– Comment le pourrais-je, père ? »

Le vieil homme se tourna vers lui. « Par toi-même, tu n'es pas vraiment dans la gêne, tu le sais. La maison à Manille – et les lotissements de Mandaluyong et de San Francisco del Monte, à Quezon City. Ici, il y a cinq mille hectares, la rizerie, des actions dans la brasserie et les mines. Mon pauvre frère est mort, mais à vrai dire sa part est minime, parce que c'est moi qui ai acquis la plupart de ces biens. Seulement quelques centaines d'hectares échoiront peut-être à Trining. As-tu une idée de ce que tout cela peut valoir ? »

Luis fit non de la tête, l'air impassible.

« Si tu veux, tu peux créer ta propre société, affirma sans détour don Vicente. Ce soir – ou demain –, je vais faire venir le comptable, le notaire et Santos. Examine soigneusement les titres Torrens – tous les papiers – et pose-moi les questions que tu veux éclaircir. » Le vieil homme, le visage déformé par la douleur, fut pris d'une violente quinte de toux. Luis se précipita à son chevet pour tenter de le soutenir, mais don Vicente repoussa son étreinte maladroite avec une vivacité et une vigueur étonnantes. Comme sa toux se calmait, Luis regagna son siège.

« Que veux-tu que je fasse, père ?

– C'est difficile, *hijo,* répondit le vieil homme. Je veux juste partir l'esprit en paix. *Requiescat in pace.* Je veux savoir que je laisse tout en de bonnes mains – les tiennes – et, comme je l'ai déjà dit, je veux que le nom des Asperri reste sur cette terre.

– Je ferai tout ce que tu voudras, père. »

Don Vicente poussa un soupir, l'air joyeux. « C'est bien, dit-il en joignant ses mains charnues sur son ventre proéminent. Je suis content que tu prennes les choses ainsi. As-tu jamais pensé à te marier ? »

Luis s'attendait à cette question. « Non, père, répondit-il avec franchise. Je n'y ai jamais pensé sérieusement.

– Tu n'as jamais donné ta parole à aucune jeune fille alors ? »

Un instant, Luis songea à Ester, mais ni elle ni lui n'avaient à aucun moment parlé de mariage. Il lui avait dit à plusieurs reprises qu'il l'aimait, et il était certain de l'aimer à sa façon bien que la pensée qu'elle n'eût pas été totalement sincère demeurât vive dans les recoins de son esprit. Cela aurait été si profondément indiscret, si avilissant pour lui s'il avait dû l'affronter sur ce sujet qu'il n'en avait jamais eu le courage.

« Non, père, répondit-il résolument. Je n'ai promis le mariage à personne. »

Don Vicente voulut de nouveau se relever un peu ; Luis tapota les oreillers et en ajouta deux à la pile qui soutenait le dos de son père.

« Je sais ce que ressentent les jeunes aujourd'hui. Les temps ont bien changé ! » Il gloussa. « Luis, je veux te voir marié avant de mourir. C'est un souhait légitime venant d'un père, non ? Et Trining – j'espère que votre intimité ne t'a pas aveuglé –, elle est très jolie. Si tu n'as pour elle que les sentiments d'un cousin, ou même d'un frère, ne t'inquiète pas. L'amour viendra. C'est une fille très bien et elle t'aime, quoique tu l'ignores peut-être. Je pense qu'elle t'adore. Et n'oublie pas qu'elle est riche aussi – et tout restera dans la famille, intact. Pas de procédures juridiques compliquées et j'en passe. Que vous soyez cousins ne pose pas de problème. Nous obtiendrons une dispense de l'évêque plus tard. Quant à vos héritiers – qu'il y en ait une douzaine ! Ils pourront réellement compter sur quelque chose de substantiel. » Un long silence suivit. « Tu es d'accord avec moi au sujet de Trining, n'est-ce pas ? »

Luis hocha la tête sans dire un mot.

« Combien de temps te faudra-t-il pour prendre ta décision ? Jusqu'à ce soir ? Plus tôt tu décideras, plus vite tu pourras retourner à ton travail. »

Maintenant que la situation lui était exposée crûment, Luis n'avait pas réellement besoin de temps pour réfléchir. Il avait déjà songé à ce qui allait se passer, mais sans prendre en compte tous les aspects, et Trining avait vraiment été une tendre et merveilleuse compagne – si seulement elle avait plus d'esprit et n'était pas uniquement une femme d'intérieur aimante. Elle possédait les qualités d'une épouse, non celles d'une maîtresse. Toutes les fois qu'elle obtenait la permission de quitter l'institution religieuse pour rester avec lui, elle se chargeait de la maison – de la cuisine surtout. Jamais elle n'essaya de suivre les méandres de son esprit. Jamais elle ne le blâma vraiment d'avoir quitté l'université et d'avoir fait tant de tort aux prêtres. S'agissant d'une affaire aussi strictement personnelle, il aurait été facile pour Luis de détester les manières directes de son père, or il ne s'en offusqua pas. Son père avait raison – il fallait aussi prendre en considération la fortune familiale. Comment peut-on devenir aussi matérialiste et grossier ? La voix fluette et grinçante de sa conscience le provoquait, mais il n'en tint pas compte. De plus, il aimait Trining, peut-être pas d'un amour aussi profond qu'il devrait l'être, mais il l'aimait quand même et cela justifiait tout.

« La décision est facile à prendre, père, dit-il. Réflexion

faite, j'aime beaucoup Trining, moi aussi, mais... (il fit une pause) penses-tu qu'elle n'y verra pas d'objection ?

– Ah ! » s'exclama le vieil homme, puis il éclata de rire, un accès d'hilarité irrépressible qui lui fit venir les larmes aux yeux. Lorsqu'il se calma enfin, sa respiration était paisible et détendue, et son visage exprimait une vive satisfaction. « Trining s'accrochera à toi des deux mains, dit-il. Eh bien, c'est merveilleux. Je savais que tu comprendrais. Vous vous marierez donc demain. Je dirai à Santos qu'il n'a pas préparé les papiers pour rien. »

Il se remit à rire, doucement. « Le juge viendra ici pour la cérémonie – la cérémonie religieuse se déroulera plus tard. Je suis sûr que Trining y tient absolument. » Le vieil homme hocha la tête et, d'un petit geste de la main, il indiqua à Luis de le laisser seul avec ses pensées et son bonheur.

Trining attendait dans le vestibule. « Que s'est-il passé ? demanda-t-elle en suivant Luis dans sa chambre. Je suis contente qu'il n'y ait pas eu de cris ni rien de tel. Tu dois être gentil avec lui. De quoi riait-il si fort ? »

Dans sa chambre, sitôt qu'il eut refermé la porte, Luis se mit lui aussi à rire.

« Qu'y a-t-il de si drôle ?

– Nous ! répondit Luis. Quelle famille merveilleusement unie nous formons. Chacun en accord parfait avec les autres. » Il se rendit compte qu'elle attendait le verdict. Dans la lumière déclinante de l'après-midi, il vit son regard insistant. Trining et lui avaient été très proches et il était sensible à ses brusques changements d'humeur. « Trining, dit-il en lui prenant les mains. Veux-tu m'épouser ? »

Le souffle court, elle se jeta dans ses bras et fondit en larmes. « Luis... Luis... » Elle sanglotait sans bruit. « Je suis contente, tellement contente. »

Son cœur battait la chamade contre la poitrine de Luis.

Elle lui prit la main et l'appuya sur son ventre. « Tu es ici, mon amour, murmura-t-elle. Je voulais te le dire depuis quelque temps déjà, mais je n'y arrivais pas. Je n'y arrivais absolument pas – maintenant je peux te le dire. »

Il s'écarta d'elle. « Pourquoi ne m'as-tu rien dit ?

– Peut-être penseras-tu que suis fière, mais je voulais être sûre de beaucoup de choses, dit-elle avec tendresse. Nous avons toujours été proches. Nous avons fait beaucoup de choses ensemble – naturellement. Même l'amour – ce fut la chose la plus naturelle, et finalement... » Elle se tut, ne paraissant pas vouloir en dire davantage.

« Dis-moi, l'exhorta-t-il.

– Eh bien, je voyais que tu t'intéressais à Ester. J'ai pensé que peut-être... Oh, ce que j'ai souffert ! Je ne dormais plus. Tu vois, j'ai maigri à force d'y penser... »

Il la serra de nouveau contre lui et elle l'étreignit, couvrant son visage de baisers. « Ça a dû arriver la fois où tu ne m'as pas demandé pour mes règles. Tu es sacrément efficace. » Elle se mit à rire doucement. « Oh, Luis, combien d'enfants crois-tu qu'on devrait avoir ? J'aimerais en avoir une douzaine – et ils auront plus de compagnie que nous n'en avons eue. Mais je ne me plains pas. *Tio* t'a-t-il menacé ou a-t-il discuté avec toi à notre sujet ? Je te veux – Dieu sait si je te veux –, mais de ton propre gré. »

La main de Luis descendit le long de la vallée soyeuse de ses cuisses, remonta vers le renflement du pubis et la toison aisément reconnaissable, continua jusqu'à son ventre, qu'il caressa avec une douceur infinie. Il se sentait rempli de tendresse et de compassion pour cette fille qui avait aussi été sa compagne. « J'espère que nous aurons un fils », dit-il.

La cérémonie se déroula le lendemain soir dans le vestibule. Le juge, un petit homme bedonnant affligé d'un sérieux bégaiement qui avait travaillé autrefois pour don Vicente, célébra le mariage. Il avait la main moite lorsqu'il félicita Luis et Trining. Toute la ville était au courant du mariage, et les collègues de Luis l'apprendraient très vite, car il avait envoyé un télégramme à Eddie pour lui dire qu'il serait absent quelques jours, voire une semaine, puisque Trining et lui allaient se marier, et pour lui demander de bien vouloir s'occuper de tout.

Il n'y eut pas d'invités. Pour Luis, inviter sa mère et son grand-père était impensable. Du reste, don Vicente désirait que le mariage eût lieu dans l'intimité, aussi n'y eut-il comme témoins que le docteur Collantes et la femme de Santos. Don Vicente autorisa les domestiques à suivre la cérémonie, mais ils ne s'alignèrent pas dans le vestibule. Simeon regarda depuis la porte de la salle à manger ; Trining aurait souhaité que Marta fût présente elle aussi, mais elle se trouvait à Ermita, ignorant que la fille qu'elle avait sauvée vivait le plus beau des moments. Don Vicente ne quitta pas sa chambre, mais par la porte laissée ouverte il pouvait tout voir. Lorsque la cérémonie – si brève et si peu romantique, dirait plus tard Trining – fut terminée, les nouveaux mariés se rendirent auprès du vieil homme et lui baisèrent la main. À dix-neuf heures, ils dînèrent comme d'habitude, puis, après avoir récité le rosaire dans la chambre de don Vicente, ils se retirèrent dans celle de Trining, car, comme elle-même l'avait chuchoté à Luis, son lit était non seulement plus large, mais il ne grinçait pas.

Lorsqu'ils se retrouvèrent tous les deux seuls dans la paix presque totale du soir, ils vinrent à la rencontre l'un de l'autre et mirent fin à l'attente et à l'incertitude du passé. La fenêtre était ouverte. Les étoiles parsemaient le ciel sans nuages, d'un noir profond. L'air avait la fraîcheur des soirs de janvier. Trining voulut éteindre la lampe, mais Luis l'arrêta. « N'est-ce pas le moment où on ne devrait pas se soucier que la lumière soit allumée ? lui dit-il en promenant sa main sur le vallon que formaient ses seins.

– Je ne veux pas avoir de regrets, dit-elle, le visage si près du sien que les beaux contours de son nez, de ses joues et de son front s'estompaient.

– Je n'en ai aucun », l'assura-t-il.

Puis ils se turent pendant un moment. Dans le silence, il se sentit porté vers elle, et tout son corps s'abandonna au sien.

« Penses-tu que je plairai à ta mère et à ton grand-père ? » demanda plus tard Trining. Elle avait proposé à Luis de les faire venir de Sipnget afin qu'ils assistent au mariage, mais Luis savait qu'ils ne mettraient pas les pieds dans la grande maison rouge.

« Cette fois, j'aimerais t'accompagner – pour faire leur connaissance. N'oublie pas qu'elle est aussi ma mère maintenant.

– Tu n'en feras rien. D'ailleurs, tu ne peux pas marcher longtemps. »

Trining n'ennuya plus Luis au sujet de cette rencontre. Luis se tourna sur le côté et tendit le bras vers l'interrupteur près de la colonne du lit ; lorsque l'obscurité les enveloppa, il pensa : *Il n'y a rien à redire à ceci, sinon je me sentirais malheureux. Même si c'est père qui a tout prévu, c'est aussi ce que je désire.* Pendant un moment, il oublia les haines qui le rongeaient et l'avaient empli d'amertume. Avec Trining à ses côtés, un sentiment de paix finit par le submerger et avec lui vint le sommeil.

CHAPITRE X

Marcher le long du *camino* était monotone. Tout autour de Luis s'étalaient des rizières récemment moissonnées. Quelques parcelles encore dorées attendaient d'être livrées à la faucille, et une puissante odeur de riz et d'herbe coupée imprégnait l'atmosphère. Lorsque Luis atteignit enfin la digue, il avait les jambes lourdes. Autrefois, il ne s'agissait que d'un simple remblai épousant chaque courbe du fleuve, mais, en quelques années, le sentier qui courait au-dessus devint un chemin ; de chaque côté, les jeunes *camachile* et les acacias avaient grandi, ce qui contribuait à retenir la terre. Seuls des chars à bœufs, des *calesas* tirées par des chevaux et de rares Jeepney empruntaient cette voie étroite. En contrebas, sur les berges, s'étendaient des parcelles plantées de tabac en train de mûrir, vertes et dorées, couronnées de blanc là où il restait encore des fleurs. Le soleil était haut dans le ciel ; dans le silence de l'après-midi, la terre semblait bouillonner. Perché sur la digue, Luis vit la distance qu'il avait parcourue, et il regretta de n'avoir pas mis des baskets. Ses pieds douloureux devaient déjà être couverts d'ampoules. Simeon lui avait récemment ciré ses chaussures, mais Luis ayant traversé des rizières moissonnées elles étaient maculées de boue séchée, de même que le bas de son pantalon gris. Il continua à marcher. La mauvaise herbe commençait à dissimuler le chemin. Il n'y voyait aucune empreinte de sabots en forme de croissant de lune que laissaient les *carabaos,* ni la moindre trace, polie, lustrée, des patins des traîneaux, et la terre craquait sous ses pas. Ce chemin n'a pas été emprunté depuis un certain temps, songea-t-il. Il s'arrêta et se retourna pour regarder le lieu d'où il venait – les vastes rizières plates parsemées de hautes meules de paille ; au loin, le ruban blanc de la route de campagne, où pas un seul char à bœufs, pas une *calesa* ne roulait ; et le *lomboy* qui se dressait au bord de la fosse d'où l'on avait extrait la terre pour édifier la digue. Il ne se trompait pas – il reconnaissait bien l'arbre sur lequel, des années auparavant, il avait grimpé, défiant les abeilles qui essaimaient dans son tronc, pour cueillir les baies noires et juteuses. Il était sur le bon chemin ; s'agrippant à une épaisse touffe d'herbe, il bondit sur le sommet large et plat de la digue.

Alors qu'il demeurait là dans la chaleur du jour, il aperçut devant lui la terre aride. Combien isolé et désert Sipnget était devenu – quelques palmiers *buri,* les bosquets de bambous le long du fleuve, la houppe verte des acacias, les rangées de troncs de *buri* coupés pourrissant près de la berge, les flots qui miroitaient au soleil, la large île rocailleuse et, dépassant obstinément de l'eau, les roseaux auxquels restait accroché leur butin de mousse et de nénuphars.

Le village d'autrefois avait disparu – le magasin en contrebas de la digue, la maison où il était né et où il avait entendu les hurlements de sa mère qui le réprimandait et les remontrances apaisantes d'un vieillard. Une machine infernale était passée sur Sipnget dans un grondement de tonnerre, avait aplani les arbres, les palmiers, et creusé dans la terre une vilaine blessure. Dans un moment de doute et d'hésitation, Luis revint sur ses pas – non, il ne se trompait pas, il était bien à Sipnget, mais toutes les petites choses prises dans la trame de sa vie avaient disparu. Comment ressusciter le village qu'il connaissait, insuffler la vie à ce désert marron afin d'y respirer les senteurs familières de jadis ? Luis dévala la digue et s'éloigna du chemin dont les traces s'effaçaient. Il se prit les pieds dans une touffe d'herbe et trébucha sur la glèbe labourée et durcie. Il se releva en jurant et secoua la terre incrustée dans ses paumes. Puis il se hâta vers l'endroit où il savait que se trouvait autrefois la première maison. Une fois là, il se baissa et examina le sol. Mêlées à la terre sèche et retournée, des cendres et des racines blanchies d'acacias et de *buri* étaient semblables à des asticots se repaissant de son passé.

Tous ceux qui vivaient dans la maison de Rosales, y compris son cher père souffrant – ils savaient sans nul doute ce qui s'était produit dans le village. Luis n'avait interrogé aucun d'entre eux, il ne leur avait même pas annoncé son retour, mais ils auraient dû l'informer. Le jour de son arrivée, il avait demandé à Santos des nouvelles de Sipnget, mais, se détournant, le petit régisseur surchargé de travail s'était éloigné – comme s'il n'avait pas entendu la question. Luis n'était proche d'aucun des employés de son père, pas même de Simeon, qui, de Sipnget, l'avait amené dans cette grande maison rouge, ni des domestiques qui le saluaient poliment. Il croyait vraiment que la campagne – malgré l'agitation suscitée par le prosélytisme des Huks – n'aurait pas changé, que le village serait là où il avait toujours été, mais c'était la fin des rêves. À Rosales, quelqu'un devait certainement savoir que Sipnget avait disparu. Mais pourquoi ne lui avait-on rien dit ?

Il leva les yeux vers le soleil qui embrasait le ciel ; il allait faire demi-tour et repartir vers la digue lorsque, dans la direction du fleuve, derrière les gros troncs de *buri* couchés, il vit un homme se redresser.

« Ohé ! » cria-t-il en agitant les mains.

La silhouette resurgit et Luis entrevit un visage inconnu, mais le vieillard se pencha de nouveau, masqué par un tronc d'arbre. Seuls son dos et le bord de son large chapeau de *buri* reparurent par intermittence. Il semblait occupé, ne cessant de se baisser et de se relever.

Luis courut vers lui et, d'un bond, se jucha sur le tronc. En contrebas, l'homme liait des planches calcinées à l'aide de fil de fer noir de suie. Il y en avait d'autres, éparpillées non loin.

« Qu'est-ce qui est arrivé ? Tout le village a brûlé ? » demanda Luis.

L'homme poursuivit sa tâche, le visage dissimulé sous le large bord de son chapeau, ses mains noircies luttant maladroitement avec le fil de fer.

« Tu es sourd ?

– J'ai entendu, répondit l'homme, toujours sans regarder Luis.

– Dis-moi, où sont les gens ? Comment c'est arrivé ? »

L'autre ne dit mot. Luis descendit du tronc d'arbre et se courba légèrement. L'homme avait le visage émacié, le regard las, le menton flétri et le front ridé. Luis le reconnut : « *Tio* Joven ! »

L'homme souleva le paquet de planches et se redressa. Il en prit une dans le tas et l'enfonça à grands coups au milieu des autres afin de resserrer le tout.

« Luis, le petit-fils d'Ipe, dit précipitamment Luis. Tu me connais, *Tio* Joven. »

L'homme s'arrêta et laissa tomber le morceau de bois qui lui avait servi de masse. Il regarda Luis du coin de l'œil. Puis il ramassa son outil et se remit à cogner sur la planche. « Pourquoi tu es venu ? » demanda-t-il sans s'interrompre. *Oui, pourquoi suis-je venu – moi qui ai voulu fuir cette terre et effacer de mon esprit le visage des miens ?* « C'est une question idiote », répondit simplement Luis.

Tio Joven le fixa de nouveau, mais aucune lueur de reconnaissance n'apparut dans son regard. Il secoua le paquet de planches pour vérifier s'il était assez compact. « Les gens changent, dit-il. Beaucoup viennent ici et posent toutes sortes de questions – qu'est-ce que je peux répondre, moi qui ne suis ici que pour ramasser du bois pour mon four ? »

Il s'arrêta, puis, ayant soulevé les planches pour les poser sur son épaule, s'éloigna. Luis attrapa son fardeau et l'entraîna vers le sol. Prenant l'homme par les épaules, il le secoua violemment et s'écria : « Ma mère, mon grand-père, mon frère – où sont-ils ? »

Le vieillard se débarrassa de sa charge et recula. Un instant, Luis crut qu'il allait tirer le *bolo* passé dans sa ceinture, mais il n'en fit rien. Luis ne perçut ni crainte ni haine dans le regard de *Tio* Joven – uniquement la résignation des vieilles gens fatigués de vivre.

« Qu'est-ce que tu veux que je te dise ? » finit par demander le vieillard dans un murmure en jetant de rapides coups d'œil autour de lui comme s'il craignait que, parmi les troncs de palmiers morts, dans la rude chaleur du jour, quelqu'un pût surprendre l'horrible secret qu'il s'apprêtait à révéler. « Tu n'aurais pas dû venir », dit-il en ôtant son chapeau à large bord pour s'éventer. Son regard s'était radouci. « C'est trop tard. »

Pris de panique, Luis sentit son cœur faire un bond dans sa poitrine. « Ma mère, dit-il. Où sont-ils ? Tu peux me le dire ? »

Tio Joven remit son chapeau sur sa tête et s'essuya les mains sur son pantalon décoloré. « Nena, ta mère – elle est vivante, mais ton grand-père est mort – et beaucoup d'autres aussi. »

Luis eut du mal à croire ce qu'il entendait. « Non ! » s'écria-t-il. Bien qu'il fût submergé par la peur, la colère et le chagrin, les larmes ne lui montèrent pas aux yeux. Il sentit un poids lui écraser la poitrine et il en eut le souffle coupé. « Il y a seulement quelques mois... » Il voulut dire qu'il était venu ici, mais il prit aussitôt conscience qu'il avait complètement oublié ses vieux parents, qu'il n'avait pas du tout écrit à sa mère, ni ne s'était préoccupé de ses besoins, et qu'il l'avait fort à propos chassée de son esprit ainsi que son grand-père.

« Ma mère, où la trouver ? »

Le vieillard hocha la tête. « Après ce qui s'est passé, on ne savait pas vraiment qui était vivant et qui ne l'était pas. Une semaine après, ta mère est arrivée à l'endroit où on s'est réfugié. Elle avait faim, on l'a nourrie. Elle était sale, on lui a donné des vêtements. Elle allait de l'un à l'autre et elle disait : "Victor – ou Luis –, il faut rentrer à la maison maintenant." Chaque jeune homme était soit Luis, soit Victor. Elle n'avait rien d'autre. Ses yeux étaient rouges d'avoir pleuré. Elle portait un petit ballot qu'elle utilisait comme oreiller. Il ne contenait que des lettres et de vieux journaux. Elle ne voulait pas s'en séparer. Une nuit, elle est partie, alors personne n'a remarqué son départ. On ne l'a plus revue depuis.

– Où peut-elle bien être maintenant ? Où la trouver ? »

Tio Joven regarda au loin. « Demande-le au vent, répondit-il. Elle va où la conduit le vent. J'ai entendu dire qu'elle était à Rosales – au marché, en train de chercher. Elle ne dérange personne. Les gens sont bons – ils lui donneront toujours quelque chose à manger, des habits et un toit. »

Après un moment, Luis demanda : « *Tio* Joven, comment ça a commencé ? Comment c'est arrivé ?

– Je ne sais pas, répondit le vieillard. Mais ton grand-père – il a été le premier à tomber. Il nourrissait les porcs, je crois. Deux jours après – les incendies n'étaient pas complètement éteints et les pilotis des maisons fumaient encore –, les morts étaient toujours au même endroit, là où les balles les avaient atteints. »

Luis se couvrit le visage de ses mains et s'appuya contre le tronc de *buri,* les genoux faibles et tremblants. « Il y a seulement quelques mois... dit-il avec amertume.

– Le temps file. » Le vieillard poussa un soupir. « Parfois, on ne s'en aperçoit même plus.

– Dis-moi ce qui s'est passé.

– On ne t'en a pas parlé en ville ? Même pas ton père ? »

Luis garda le silence.

« Il y a trois mois de ça, peut-être moins, dit *Tio* Joven, qui, assis sur le paquet de bois, se remit à s'éventer avec son chapeau. Ce n'est plus très clair pour moi maintenant. Demande à ceux qui sont en ville. Ils sauront mieux. »

Luis se pencha en avant. « Dis-moi.

– Mais à quoi sert la vérité à présent ? »

Luis se détourna. « Je dois savoir », dit-il calmement.

Tio Joven se pencha, appuya ses coudes sur ses genoux, le menton reposant dans le creux de ses paumes. « C'est très vague maintenant », dit-il en regardant les brins d'herbe jaunâtres qui s'efforçaient de se redresser à l'endroit où il avait ramassé les bouts de bois qu'il avait rassemblés et attachés. « Mais cet après-midi-là, comment l'oublier ? La récolte de novembre avait été bonne. Ta *tia* prévoyait de tuer un porc. » Il se tourna vers Luis et sourit.

« C'était au coucher du soleil. J'étais au fleuve, où j'avais levé les nasses. La prise était maigre. J'avais remonté la ravine quand les coups de feu ont éclaté. J'entendais siffler les balles. Je me suis arrêté et j'ai vu les gens, les femmes et les enfants, courir vers le fleuve. J'y suis retourné et je me suis enfui avec eux vers le delta, on s'est caché dans les hautes herbes. De là, on a vu le village s'embraser – ça a duré toute la nuit. Puis, avant l'aube, on s'est mis à chercher les autres dans le delta. J'ai crié le nom de ma femme, mais elle n'était pas parmi ceux qui avaient réussi à s'échapper. » Le visage du vieillard ne laissait rien paraître. Ses larmes avaient tari depuis longtemps, et l'histoire qu'il racontait avait fini par apaiser sa douleur.

« Pourquoi c'est arrivé ? » demanda Luis.

Tio Joven se mordit la lèvre inférieure avant de cracher. « Je ne sais pas – comment est-ce que je le saurais ? Ils sont venus nous chercher à Aguray – dans le delta où on s'était réfugié. Les gendarmes et les gardes privés de don Vicente – ils ont dit que notre village était dangereux, qu'il y avait des Huks parmi nous et qu'ils ne nous lâcheraient pas. On est revenu ici – certains d'entre nous. On a vu enfin ce qui était arrivé et on a compris qu'on ne pouvait plus rester. Quelques jours après, les tracteurs sont venus. »

Luis se leva. Autour de lui, la terre récemment labourée attendait la pluie et les semences. « Grand-père, il a été enterré où ? » demanda-t-il.

Le vieillard indiqua la courbe du fleuve. « Il y en a vingt là-bas. » Il se leva à son tour, souleva sa charge avec peine et la posa sur ses épaules. Luis lui emboîta le pas.

« Maintenant, je suis à Aguray moi aussi. C'est plus loin vers le haut du fleuve – si tu te rappelles. Il n'y a pas grand-chose à manger là-bas, et on ne sait pas quand on devra partir. À la saison des pluies, avec les crues, qu'est-ce que ça donnera ? Si le delta est inondé, les maisons qu'on a construites avec des roseaux et des bambous seront emportées. Ils ne sont pas venus nous chasser. On ira peut-être à Manille si on trouve l'argent pour le transport. On peut tenter notre chance là-bas. »

Luis prit son portefeuille, en retira quelques billets qu'il tendit au vieillard. Celui-ci fit non de la tête, mais Luis les fourra malgré tout dans la poche de sa chemise. « Merci, merci, dit l'autre. Tu vas retourner à Manille ? J'ai entendu dire que c'est très calme là-bas. »

Luis ne répondit pas.

« Parfois on parle de toi bien sûr, finit par dire le vieillard. Il paraît que tu vas te marier. Tu vivras à Rosales, bien sûr ? »

Luis ne parla pas de lui. « Les autres sont aussi à Aguray ? demanda-t-il.

– À peu près cinq familles, répondit *Tio* Joven en hochant la tête. La vie est difficile là-bas. Il n'y a pas de poissons dans le fleuve. On a semé des arachides et des pastèques – des semences qu'on a obtenues des paysans du coin qui voulaient nous aider. On manque de beaucoup de choses. Tu vois, je fais tout ce chemin pour trouver du bois. » Ils avançaient difficilement, trébuchant sur de grosses mottes de terre sèche et dans des sillons profonds. Le vieillard s'arrêta devant un fourré, près de la berge. « C'est là derrière », dit-il.

Devant le tertre, *Tio* Joven jeta sa charge à terre et s'essuya le visage avec la manche de sa chemise. « Il y en a vingt ici – on les a comptés, et on les connaît tous. »

Luis resta face au monticule, les bras ballants. Au-delà, le fleuve avec, immobiles sur ses berges, des touffes d'herbe clairsemées. Au-dessus, un ciel d'un bleu cendré et le soleil dévastateur. *A présent, je les vois tous devant moi, tous ceux qui me faisaient confiance parce que j'étais l'un des leurs. Ma vérité gît ici, et il aurait été plus simple que je n'en sache rien, que je ne la découvre pas. Me voici menant le deuil, mais je ne parviens pas à pleurer. Je vois un très vieux visage taillé à la serpe et des yeux qui ont aussi été témoins d'épreuves que je ne connaîtrai jamais. Grand-père – si tu es là maintenant, je porte ta main à mon front et je te dis que le monde est mauvais et que pas même un amour comme le mien ne compte. Et mère, toi qui t'es occupée de moi simplement, où es-tu ? Qu'ai-je à t'offrir ? Tu es ici autour de moi – vivante comme l'air et bonne comme la terre qui continue de nourrir la graine.*

« Dis-moi, *Tio,* qui les a enterrés ici ? » demanda Luis sans regarder le vieillard, qui, accroupi à côté de lui, arrachait des brins d'herbe au pied du tertre.

Le vieillard continua à arracher l'herbe. « Qui d'autre que nous ? On aurait pu les enterrer plus tôt, mais on avait tous peur d'aller au village. Quand on a fini par se décider, on a trouvé les corps gisant au milieu des cendres, noirs et gonflés. Ils se ressemblaient tous, on n'aurait pas pu les reconnaître si on ne les avait pas côtoyés toute notre vie. Ils les ont laissés là – ils n'ont même pas eu la décence de les enterrer après les avoir tués. On a dû les rassembler, chacun, avec précaution pour qu'ils ne tombent pas en morceaux. On ne voulait pas qu'ils soient dévorés par les chiens – les chiens, tu te rends compte ? » Sa voix était devenue un vilain cri strident. « Les chiens », répéta-t-il plusieurs fois de suite sous l'effet d'une vaine fureur. « Ils le paieront. Les chiens. Les chiens ! »

Une bouffée de vent chaud balaya l'herbe qui croissait sur le tertre. Elle était d'un vert tendre tirant sur le jaune, à la différence de celle qui couvrait la digue et la berge du fleuve. Entre les brins d'herbe, des pousses perçaient le sol, droites, fermes et pointues. Luis se pencha et ramassa une poignée de terre qu'il effrita lentement entre ses doigts, puis laissa tomber.

« Je reviendrai ici, promit-il.

– Pour quoi faire ? demanda le vieillard. On les a enterrés convenablement. Il n'y avait pas de prêtre – on n'en avait même pas les moyens –, mais on a prié pour chacun d'eux.

– Je reviendrai », dit Luis, bien que, selon la triste vérité, revenir n'eût aucun sens.

Tio Joven se courba et jeta le paquet de planches sur ses épaules. Luis le regarda faire et suivit des yeux les cendres et les particules carbonisées qui tombaient sur le sol. « Je reviendrai peut-être aussi, dit le vieillard. Il reste du bois à ramasser. » Il prit avec peine la direction du fleuve et disparut dans la ravine.

Luis tourna le dos au soleil et son ombre se projeta sur le sol semblable à une souche. Une foule de jurons se bousculaient dans son esprit comme une meute de chiens affamés tirant sur leur laisse. À Manille, peu de gens le croiraient s'il leur racontait les événements survenus à Sipnget. Ses amis diraient : Luis, on est au XXe siècle, pas au Moyen Âge. Toutefois, il leur dirait la vérité.

Le voyage était plus long à présent. Le rêve est fini, dissipé comme une simple volute de fumée, comme l'écho d'une arme à feu. Ce fut ici, sur cette terre bénie aujourd'hui profanée, que j'ai vu le rêve dans les yeux de grand-père, dans la colère qui nourrissait son âme et contractait ses muscles flétris. Un après-midi, nous revenions du delta avec sur nos épaules de vieux sacs de jute à demi remplis de navets que nous avions déterrés. J'étais fatigué, lui et Victor aussi. Nous haletions tous les trois en escaladant la ravine que les carabaos avaient élargie en la piétinant pour se rendre au fleuve. Je saisis la main de grand-père et l'aidai à monter. Nous devions rentrer en suivant la digue. Sur son large sommet, grand-père s'arrêta pour reprendre haleine. Nous posâmes nos sacs à terre, puis, lorsqu'il eut retrouvé son souffle, il se tourna vers nous et dit : Si ça ne tenait qu'à moi – et un sourire éclaira son visage –, vous deux, vous ne seriez pas ici aujourd'hui à chercher de quoi remplir la marmite du dîner.

Je lui dis que je n'avais aucune raison de me plaindre. Il se dressait de toute sa taille, son pantalon en loques collé à ses os par le vent qui soufflait sur les rizières, et Vic et moi ne lui arrivions pas plus haut que la poitrine. Le doigt pointé, il dit d'une voix enrouée : Regardez ce dalipawen là-bas, j'ai planté ça comme un monument. Regardez comme ses feuilles sont vertes. Pourtant, cet arbre n'a aucune importance – ce sont les jalons en pierre dont l'homme riche a parsemé la terre qui comptent.

D'un geste du bras, il dessina lentement la courbe du fleuve qui miroitait au soleil et dit : Tout ça – jusqu'au fleuve –, c'était à nous parce que nous l'avons défriché.

Après quoi, les hommes de mon père firent irruption à Sipnget – bien avant ma naissance, avant même que naquît ma mère – et ils dirent à cet homme vaincu, mon grand-père, que tout ce qu'il avait défriché, même le terrain où se trouvait sa maison, ne lui appartenait pas, mais revenait à l'homme qui vivait dans la grande maison rouge, à Rosales. Comme tous les paysans du village qui avaient travaillé dur pour arracher leur ferme à la jungle, cet homme se retrouva enchaîné à cette terre. L'époque où les étoiles et le halo de la pleine lune présageaient une moisson abondante, l'époque où le fleuve regorgeait de poissons –, cette époque-là était oubliée. Les vieilles gens moururent ou s'en allèrent, leurs maisons furent *balayées par les typhons ou démontées par leurs héritiers, mais la grande maison rouge résista à toutes les vicissitudes. Si les gens tombaient malades ou si un enfant naissait, s'ils se mariaient et avaient besoin d'argent, c'est à la grande maison rouge qu'ils se rendaient. Leurs dettes s'accumulaient et, un jour, ne pouvant plus payer, grand-père envoya sa fille unique servir dans cette maison, et elle, que l'on disait belle comme l'étoile du matin, fut à jamais perdue pour Sipnget.*

Père – alors jeune et séduisant – était sensible à la beauté et ne laissait passer aucune occasion. Un an plus tard, la jeune fille de Sipnget s'en retourna. Le village était endormi. Seuls veillaient les insectes dans l'herbe et les chouettes dans les buri. *Elle s'en retourna avec sa honte, que tout le village finit par connaître, et cette honte ne devint pas simplement mes os et mes veines ; à la longue, elle devint également cette passion indicible, ces pensées inexprimables – tout ce que je ne puis être.*

Grand-père rêvait. En regardant ses joues creuses et sa bouche qui ne formait qu'un trait, je compris que ce rêve profané perdurerait, mais il devait affronter un autre rêve – celui de mon père.

Simeon et Luis revinrent à toute vitesse à Rosales ; derrière eux, la route, blanche et miroitante dans la chaleur de l'après-midi, disparaissait sous des tourbillons de poussière. La voiture faisait un bruit de ferraille, mais ils ne ralentirent pas avant d'avoir rejoint la rue principale et franchi le portail ouvert de l'entrepôt de la rizerie, à l'arrière de la maison, où Santos, son sempiternel grand livre sous le bras et un crayon fiché derrière l'oreille, surveillait la pesée des sacs de *palay* avant qu'on les transportât en charrette jusqu'à la rizerie.

Luis jaillit de la voiture. « *Mang* Santos ! » cria-t-il.

Santos posa son registre sur la petite table, à côté du plateau en bois de la bascule, et vint à la rencontre du fils de don Vicente. Il évita le regard courroucé de Luis.

« Pourquoi ne m'as-tu rien dit ? Pourquoi ? »

Santos se tourna furtivement vers les hommes qui soulevaient les sacs de jute du plateau de la bascule pour les porter vers la file de chars à bœufs. Ils s'étaient arrêtés et observaient la scène avec un intérêt paisible.

Santos tenta de calmer Luis. « S'il vous plaît, Luis, ne parlons pas ici, dit-il.

– Pourquoi ne m'as-tu rien dit ? » répéta Luis.

Santos ne répondit pas. Il passa un bras autour de la taille de Luis en un geste d'apaisement et le conduisit vers la pièce située à côté du garage. Il offrit un siège à Luis, qui le refusa.

« Vous êtes tous des menteurs, dit Luis. Le jour de mon mariage, vous êtes venus vers moi tout sourire avec des vœux de bonheur et de longue vie, alors que vous saviez que ma mère avait disparu et que mon grand-père était mort. N'avez-vous pas du tout de cœur ? »

Le flot de paroles se calma et Santos demanda : « À quoi ça aurait servi que je vous le dise ? » Les mains du régisseur tremblaient. « Luis, je ne suis rien ici – un simple domestique, comme les autres. »

Son visage exprimait la peur et Luis eut pitié de lui. Comme les autres, il avait vieilli au service de son père et maintenant un nouveau maître prenait la relève. « Tu m'as menti – en gardant le silence. Tu n'as rien dit, mais tu m'as menti quand même, dit Luis d'un ton las.

– N'oubliez jamais ceci, dit Santos humblement. Vous êtes le fils de votre père. Ce qui est arrivé à Sipnget, à votre mère et à votre grand-père – je les ai tous connus à un moment – est une injustice qui appelle la vengeance divine, mais qui suis-je pour dire cela ? Qui peut réparer le mal que font les gens dans la fureur ou l'aveuglement ? »

Après un moment de silence, Luis dit : « Et Victor ? Tu sais où il est ? Il n'était pas à Sipnget quand c'est arrivé. »

Santos se leva et se dirigea vers la fenêtre grillagée. « On ne sait pas où il est, mais les gardes privés et la gendarmerie pensent qu'il est le nouveau commandant Victor. Ils croyaient qu'il était dans le village quand il l'ont attaqué. »

C'est donc mon frère qui a attiré la mort sur Sipnget et a provoqué sa destruction, pensa Luis, mécontent. Mon frère…

« Un jour heureux est arrivé, Luis, disait Santos. Le jour de vos noces, comment aurions-nous pu vous le dire ? D'ailleurs, ça n'aurait pas dû être à moi de vous le dire. Votre père sait ce qui s'est passé. Nos propres gardes étaient impliqués, peut-être moins que la gendarmerie, mais ils l'étaient quand même. »

Père sait, toute la ville sait – comment l'affronter maintenant qu'il m'a affublé de ces oripeaux ? Santos voulut dire autre chose, mais Luis se tourna et sortit précipitamment.

Dans le vestibule lumineux et surchauffé, les arums apportés de Baguio pour son mariage s'étaient fanés dans leurs vases en cristal. Le bouquet de la mariée, qu'une servante attentionnée avait accroché à la statue du laboureur, avait séché, jonchant le socle de petits pétales blancs. Trining dormait dans leur chambre. Luis changea ses vêtements trempés de sueur, et s'assit sur le canapé en rotin près de la fenêtre. Il était épuisé. Au bout d'un moment, il se leva, se pencha vers sa femme et lui effleura la joue d'un baiser, puis il sortit et traversa le vestibule en direction de la chambre de son père.

Don Vicente était affalé sur son lit. Comme d'habitude, on avait baissé les stores, mais, malgré la pénombre sinistre qui régnait dans la chambre, Luis y voyait suffisamment. Son père avait les yeux fermés, de simples fentes sous la tache noire des sourcils broussailleux. Ses bras courts et dodus reposaient le long de son corps. La poche de glace maladroitement juchée sur sa tête avait l'air d'être greffée sur la masse ronde et charnue, et un filet de salive coulait du coin de sa bouche jusqu'à son menton. Aurait-il simplement hoché la tête que la poche de glace serait tombée, pourtant, elle resta en place même lorsqu'il bougea. « Parle, fils – que veux-tu ? »

Ses yeux pochés à présent entrouverts se rivèrent sur Luis.

« Je rentre de Sipnget, dit celui-ci en s'asseyant sur la chaise en fer forgé près du lit et en regardant la vaste poitrine de son père s'abaisser et se soulever. J'ai découvert que ma mère a disparu et que mon grand-père est mort – tué par tes gardes. » Il pensait se montrer plus dur, mais ce furent les seules paroles qu'il pût prononcer, comme si, devenu puéril et timide, il avait perdu toute agressivité.

« Je savais que tu irais là-bas, dit don Vicente à voix basse. Je m'attendais à ce que tu viennes me voir et me dises que tu avais fini par y aller. Luis, c'est tragique – je le reconnais. »

Luis se mordit la lèvre inférieure. « Il y a eu d'autres victimes.

– Je sais, dit don Vicente en hochant la tête. C'est tragique.

– J'ai entendu parler de ce genre de choses, dit Luis. Mais en ville, où on est coupé des *barrios,* j'ai toujours cru qu'on exagérait. »

Don Vicente se cala plus haut dans son lit. « Peut-être vas-tu me dire maintenant quels sont les torts qu'il faut réparer ? » Le père regarda attentivement son fils, sur son gros visage plat, ses lèvres pâles et charnues étaient crispées. « Luis... » La voix du vieil homme était presque implorante. Il essaya de sourire, ce qui fit remonter les coins de sa bouche. « Luis, je ne t'ai jamais parlé de mon passé. Je ne voulais pas en parler, mais maintenant, maintenant, il le faut. Tu es mon fils, tu as le droit de savoir. Tu sais que je suis mourant, et je mérite peut-être de mourir privé d'affection – et détesté même par toi. Pourtant, j'ai été jeune moi aussi, et les jeunes ont leurs faiblesses.

– Je n'ai jamais prétendu que je n'avais pas de faiblesses », se borna à dire Luis.

Le vieil homme ne lui prêta pas attention. Il poursuivit, le visage illuminé par le souvenir. « J'étais jeune quand j'ai voyagé dans toute l'Europe et, à l'époque, j'étais viril et d'un tempérament curieux – pas comme maintenant. Ça fait deux ans que je n'ai pas eu de femme, parce que je n'en suis plus capable. Oh, qu'est-ce que je donnerais pour avoir une érection ! Mais avec ce diabète et ce médicament qui agit sur mon cœur… Oui, c'était différent autrefois, *hijo*. J'ai voyagé dans toute l'Europe et j'ai eu beaucoup d'Anglaises très convenables et de saines Nordiques, mais il n'y a rien de tel qu'une Philippine pour retenir un homme, l'aimer et le satisfaire. Je devrais le savoir. Dieu te préserve de devenir homosexuel – ça devient tellement à la mode de nos jours –, et avec tout ce milieu littéraire qui est le tien. Oscar Wilde était homosexuel, non ? Il a dû y en avoir d'autres.

– Dois-je constamment prouver ma virilité, père ? »

Don Vicente hocha la tête. « Non, *hijo* – je m'explique avant tout. Vois-tu, Rosales n'était pas assez grand, ni la province de Pangasinan, ni même Luzon peut-être. Ton grand-père savait cela. Il savait que j'étais intelligent. Alors je suis allé faire des études secondaires à Manille, comme toi, puis je suis revenu dans cette ville, avec ses stupides coutumes de paysans et ses paysannes laides.

– Y compris ma mère. »

Don Vicente hocha tristement la tête. « Tu as mal compris, *hijo*. S'il te plaît, ne te méprends pas sur mon compte. Quand elle était jeune, ta mère était très jolie et, comme tu dirais, je suis tombé amoureux d'elle. Ça n'avait rien à voir avec ces histoires à la mode que tu aimes raconter dans tes articles sur les propriétaires terriens qui font leur choix parmi les plus jolies filles de leurs métayers. Elle travaillait dans la maison et je l'aimais – tu ignores à quel point. Mon père l'a su, il en a entendu parler, c'est pour ça qu'il m'a envoyé en Europe, à l'université, et, bien entendu, je ne pouvais qu'obéir. Ce ne fut pas facile de m'éloigner d'elle – tu sais, on ne pouvait pas se marier. Ce n'était même pas envisageable. Pendant des mois, j'ai constamment pensé à elle. Tu comprendras le supplice que ça a été. Je ne lui ai pas écrit, elle ne m'a pas écrit non plus. J'étais en Europe, je voyageais…

– Et tu l'as complètement oubliée – elle et son fils aussi. »

Le père de Luis hocha tristement la tête. « Ça ne s'est pas passé comme ça, *hijo.* » Il parlait d'une voix douce, suppliante. « Ça ne s'est pas passé comme ça du tout. C'est la faiblesse humaine. Je suis revenu et je désirais la voir, mais je m'étais marié en Espagne, et je ne voulais pas rester à Rosales. Tu voudrais vivre ici après avoir vécu en Europe ? Combien de fois j'ai désiré la voir, lui demander de tes nouvelles après avoir appris ton existence.

– Pourtant, tu n'as rien fait pour l'aider quand j'étais bébé – elle me l'a dit.

– J'étais loin, Luis. J'étais loin et, quand je suis revenu après la mort de son mari et que je l'ai revue, ce n'était plus la jolie jeune fille dont je me souvenais. Le travail et la maternité l'avaient détruite.

– La souffrance aussi, dit Luis. Quand je me regarde dans une glace, je te vois.

– Et tu n'aimes pas ce que tu vois, dit don Vicente. Je ne te reproche rien, Luis, mais je te veux quand même auprès de moi.

– C'est pourquoi je suis ici – parce que c'est ce que tu désires. »

Don Vicente se détourna, le corps secoué de sanglots. « Je suis mourant et je ne veux pas que tu me détestes pour ce qui s'est passé à Sipnget. Je ferai n'importe quoi pour toi parce que… parce que tu es mon fils. »

Luis s'arma de courage. « Treize ans, père, dit-il distinctement. Treize longues années – pendant lesquelles tu n'as eu que faire de nous. Non, tu ne nous as pas aimés du tout, ni elle ni moi. »

Le vieil homme se tourna vers lui, ses yeux pochés rougis par les larmes. « Que veux-tu que je fasse ?

– Il n'y a plus rien que tu puisses faire maintenant, répondit Luis. Mon grand-père est mort. Ma mère, elle, est folle et personne ne sait comment elle va. Et mon frère – Dieu seul sait où il est.

– Ton frère ! » Don Vicente haussa brusquement le ton. « C'est mon ennemi. C'est ton ennemi. Ils sont tous devenus tes ennemis. Ne comprends-tu pas ? Ta mère est une femme admirable, mais que pouvais-je faire ? Je ne suis pas un dieu, je ne peux pas dire aux soldats ni aux gardes qui sont sous leur contrôle – tactique, comme ils disent – où ils devraient aller quand ils sont en campagne. Ils n'avoueront pas avoir commis une erreur, c'est pourtant ce que je soupçonne.

– Mais pourquoi ont-ils brûlé le village ? Pourquoi as-tu envoyé tes tracteurs là-bas pour le raser ?

– *Nos* tracteurs !

– Pourquoi ? » Luis se leva et alla vers la fenêtre. Il releva légèrement les stores, une fine poussière s'envola et se dissipa dans le rayon de soleil qu'ils laissaient passer. Les soldats qui avaient établi leur campement dans la cour de l'école, de l'autre côté de la *plaza,* faisaient cuire leur dîner dans des bidons noircis et des chaudrons.

« Il faut effacer toute trace, voilà pourquoi, répondit don Vicente. Crois-tu que je ne sois pas désolé de ce qui est arrivé ? Mais si tu tiens à savoir la vérité, accuse la faiblesse humaine, tout ce qui est inné en l'homme. Je ne regrette pas que tu sois né, ni de m'être occupé de toi et de t'avoir donné ce dont tu avais besoin. Un jour tu comprendras. »

De l'autre côté de la *plaza,* un soldat nu jusqu'à la taille, le torse luisant de sueur dans le soleil de cette fin de journée, remuait le contenu de l'un des chaudrons à l'aide d'une grande louche en bois. Près du portail, à l'entrée du campement, une escouade s'apprêtait à partir.

« Je ne t'ai pas demandé de me prendre avec toi, dit Luis.

– Mais est-ce que je suis en train de reprendre ce que je

t'ai donné – ou de m'en vanter ? demanda don Vicente. Je ne pouvais pas te laisser souffrir, voilà tout. Jamais je n'ai été si heureux que le jour où Santos t'a amené ici et que, l'autre jour, quand Trining et toi vous êtes mariés – ce qu'un père désire le plus, c'est avoir des petits-enfants, non ?

– J'aurais dû rester à Sipnget.

– Ne sois pas sentimental, lui dit son père. Quel aurait été ton avenir là-bas ? Ce que je te donne t'appartient de droit. »

Mais ce qui m'appartient aussi de droit, c'étaient les jours où l'on n'avait rien d'autre à manger que du sel, du riz et des fanes de camote, *les jours où je marchais au soleil en cherchant dans les rizières les crevasses où se cachaient les grenouilles pour les transpercer afin d'avoir quelque chose à nous mettre sous la dent. C'étaient aussi des droits acquis à ma naissance.*

Les soldats, munis d'une assiette en fer-blanc et d'une cuiller, sortirent de l'école en file indienne et se trouvèrent des bancs et des pupitres dispersés sous les acacias.

Don Vicente poursuivit : « Mais je n'ai pas de regrets, sauf que ta mère...

– Arrête de parler d'elle. Tu ne peux pas lui rendre la raison », dit Luis en se tournant brusquement vers son père. Le vieil homme ne le regardait pas. Il fixait le plafond. Luis se dirigea à grands pas vers la porte, mais son père le retint. « Assieds-toi, dit-il sèchement, les yeux maintenant grands ouverts. Je n'ai pas terminé. »

Luis revint vers son siège et soutint le regard impassible de son père. C'était un trait de courage dont il rêvait depuis longtemps. On raconte, lui avait dit un jour son grand-père, que le rat des champs qui peut regarder dans les yeux le serpent de rizière au venin mortel avant qu'il ne morde est sauvé. *Suis-je sauvé maintenant, alors que je suis devenu si malléable entre ses mains ?*

« Réfléchis un peu, reprit don Vicente. La vérité – celle que tu cherches et que je ne peux te donner – dépend de notre vision des choses, de nos croyances. Ne parle pas d'injustice ou de torts. Il y a toujours une part d'injustice en ce monde, et bien des tort sont causés dans cette jungle. Nous vivons tous dans une sorte d'asservissement jusqu'à notre mort. Ça aussi, c'est la vérité, mais comme elle est déplaisante on l'appelle autrement.

– Comment l'appellerais-tu, père ? »

Don Vicente fit tourner ses pouces. « Comment l'appeler autrement ? Tout ce que je sais, c'est que nous sommes vivants, et que tu n'as pas grandi. Quelles sont nos motivations ? Pourquoi ne les examines-tu pas, toi aussi ? Qu'est-ce qui motive Dantes, par exemple, quand il se forge une image de champion du libéralisme et de toute cette merde ? Tu sais que ce n'est pas un libéral mais un ploutocrate pervers, et tu travailles quand même pour lui. Tu m'as demandé pourquoi j'ai fait raser le village. Ce n'était pas de la haine, c'était du remords. Je voulais repartir de zéro, effacer les traces du passé qui nous fera souffrir.

– Et ceux qui vivaient dans ce village, qu'en fais-tu ?

– C'était *leur* vie – mais la tienne et la mienne ? Qu'est-ce qui compte le plus ? Ta mère et ton grand-père ne sont plus là. Ne sois pas sentimental. Quant aux métayers, ils peuvent s'adapter n'importe où. Les fermes dont ils s'occupaient – ils les retrouveront toujours.

– Ils ont peur, père. Ils ne reviendront pas.

– Est-ce ma faute ? »

Luis ressentit soudain une grande fatigue et il eut mal à la tête. « Il nous faut avoir une conscience, père, dit-il sans grande conviction. C'est ce qui nous distingue des animaux. Et non pas notre âme ou notre foi en Dieu…

– La conscience, c'est bon pour les faibles », lâcha don Vicente avec mépris.

Voilà donc ce pourquoi nous sommes en conflit, s'écria Luis en son for intérieur. La loi des temps préhistoriques, la période glaciaire.

« Que je n'aie pas approuvé, que j'aie des remords, cela suffit, dit don Vicente. Ils ont été tués et c'est tragique, mais des coups de feu ont été tirés du village – tu ne comprends donc pas ? Les soldats ont riposté. Et il y a autre chose que tu dois comprendre : ils avaient l'esprit infecté, leur mort était inévitable. Ce sont eux ou nous. »

Comme tout devenait limpide. Pour Luis, ce fut comme si on avait écorché son père et qu'il gisait, les entrailles à l'air, afin qu'il pût examiner chaque lésion interne.

« Tu dois comprendre, poursuivit don Vicente. Peut-être que je peux mieux l'exprimer ainsi. Regardez-vous, toi et tes amis – ces guérilleros de quatre sous. Où sont-ils à présent ? Qui sont ceux qui ont gagné de l'argent pendant la guerre, qui ont survécu ? Les collaborateurs, les spéculateurs qui faisaient des affaires avec les Japonais. » Il garda le silence un long moment. « Je ne dis pas que tu devrais être opportuniste, pourtant tu ne peux pas aller contre le courant. Tu dois le suivre pour arriver quelque part. Hurler contre l'injustice, s'y opposer, ça peut être bon pour le moral ; seulement, fais en sorte que ça ne te détruise pas. Rappelle-toi juste ceci : ce sont les puissants qui font les lois, pas les faibles. »

Luis approuva de la tête, abasourdi. Son père ne pouvait rien ajouter qu'il ne sût déjà. Il se leva et, comme il se dirigeait de nouveau vers la porte, don Vicente l'appela : « Les stores, Luis. Baisse-les. » Bien qu'il eût parfaitement entendu l'ordre que lui donnait son père, il ne revint pas sur ses pas.

Lorsqu'il entra dans sa chambre, Trining était réveillée. Assise près de la porte de l'*azotea,* dans la lumière douce du jour finissant, elle lisait *L'Impossible Retour,* de Marquand, que Luis avait apporté de la ville. Elle se leva et l'embrassa. « Pourquoi tu ne m'as pas réveillée ? »

Comme il ne répondait pas, elle lui demanda : « Comment vont-ils ? Qu'a dit ta mère ? »

Luis scruta son visage anxieux, ses yeux noisette au regard tendre, toujours vif et expressif. Elle ignorait ce qui s'était passé à Sipnget et d'une certaine manière il en fut heureux, car si elle l'avait su et ne le lui avait pas dit, il l'aurait détestée elle aussi. Il s'assit à côté d'elle et lui raconta que tout le village avait été incendié, que dans le *barrio* il ne restait que des cendres et la terre labourée. Lorsqu'il eut terminé, elle l'enlaça et il sentit son cœur battre la chamade contre sa propre poitrine. « Ce sont les soldats et les gardes de père, dit Luis. C'était une erreur, un point, c'est tout.

– Vous vous êtes disputés ?

– Avant, j'avais peur de lui, dit-il à voix basse. Je ne venais pas le voir par crainte de dire quelque chose que je n'aurais pas dû dire. Maintenant, je n'ai plus peur. Je peux même l'envoyer au diable tout en me fichant de ce qu'il dira. »

Trining hocha la tête avec tristesse. « Tu finiras par haïr tout le monde, même moi.

– Comment veux-tu que je réagisse autrement ? » demanda-t-il. Il ferma les yeux et la serra contre lui. *La haine – n'est-ce pas le sentiment le plus profond que l'homme ait jamais forgé ? Autrefois, le père recteur soutenait avec conviction que l'amour était de loin le plus fort, qu'il était le fondement de la pratique chrétienne, et que le pardon était le socle de la vertu. Toutefois, l'amour n'engage pas les gens. Il ne les rapproche pas de la même manière que le fait la haine. On ne peut pas être chrétien et pardonner aux tyrans qui vous entourent ou les aimer, car ce serait entériner leur cruauté. Haïr ceux qui se montrent injustes n'est pas contraire à l'esprit chrétien. Je suis un dieu vengeur – relis la Bible ; je viens apporter non pas la paix mais le glaive. Que la haine soit afin que nous puissions exorciser les maux dont nous souffrons. Seule l'épreuve purificatrice du feu peut nous faire renaître.*

Comme il s'accordait aisément avec son frère maintenant – mais uniquement parce que sa souffrance était désormais la sienne.

Et cette jeune femme qui portait son enfant, qui s'était tournée vers lui comme vers un sauveur et un maître ? Il lui caressa les cheveux et lui dit : « Ne dis pas ça – comment pourrais-je jamais te haïr ? Tu es ce qui m'est arrivé de plus beau.

– Si tu es en colère aujourd'hui, j'espère que tu trouveras dans ton cœur la force de pardonner, dit Trining. Il y a de l'espoir, Luis, et le temps est notre allié, parce que nous sommes jeunes. Moi aussi, j'ai des souvenirs, l'aurais-tu oublié ? Quand ils ont tué mes parents et mon frère, j'aurais dû grandir en haïssant ceux qui avaient fait ça, mais je ne les hais pas, parce que tu m'as aidée à grandir et à comprendre. »

Le temps n'est pas notre allié (cette pensée lui apparut dans toute sa clarté) ; *le temps est une certitude, il décrète que nous mourrons tous, comme père mourra – mais pourquoi a-t-il vécu si longtemps pour me gâcher la vie ? Le temps a été son allié, pas le nôtre.*

CHAPITRE XI

Il émanait depuis toujours des ténèbres de cette maison, mêlée à son humidité et à ses odeurs de moisi, une atmosphère de ruine inéluctable, si palpable que Luis la sentait flotter autour de lui. Qu'avait dit son père ? Qu'est-ce qui avait glacé son sang qui autrefois bouillonnait dans ses veines ? C'était le destin des Asperri de vivre angoissés, d'avoir l'esprit agité, tourmenté. Voyez l'épouse espagnole de don Vicente qui, le corps détruit par les avortements, sombra dans la folie. En fin de compte, ils mourraient tous et il ne resterait rien, absolument rien d'eux. Cela, les habitants de Rosales et de Sipnget n'en parlaient pas mais le suggéraient, le comprenaient, eux qui avaient observé ce qui se passait dans la grande maison rouge et avaient vu les Asperri naître, se dépraver, puis mourir – son grand-père paternel, les oncles, les tantes, jusqu'au dernier d'entre eux, don Vicente.

Luis n'était toutefois pas un Asperri comme les autres. Dès le tout début, une douleur lancinante lui rongeait le cœur, signe qu'il n'avait vraiment pas oublié qu'il pouvait faire mieux, manifester davantage que de la bonté. Il serait sauvé de la damnation aussi longtemps qu'il se passerait des témoignages de la vertu telle qu'il se la représentait dans sa jeunesse, mais tant qu'il ferait preuve de bonté, il serait facile de le duper. La bonté – comme l'avait dit son père – n'était qu'une forme d'émotion parmi d'autres dont l'homme devait se libérer pour devenir fort. Comme les choses seraient simples s'il se contentait de faire ce que le vieil homme voulait et en finissait avec les tourments de sa conscience, se disant qu'il poursuivait un but tout aussi essentiel – son propre bien-être. Ce moi, ce paquet de nerfs et de chair, ce miroir de l'intimité de sa conscience depuis longtemps fêlé, était pourtant la prison dont il devait s'évader, car il n'y avait pas que son corps de corrompu – son sang aussi avait été empoisonné.

Ce sang issu d'un coin reculé d'Espagne n'était plus le même et Luis subissait les effets de cette corruption ; elle lui rappelait sans cesse que dans cette maison se forgeait son destin. Il lui fallait la quitter.

Il avait déjà fait ses bagages et attendait que l'un des jeunes domestiques remplît le radiateur de la voiture et nettoyât les sièges. Trining lui avait préparé une tasse de café et il était prêt à partir. « Qu'est-ce que tu vas faire maintenant ? demanda-t-elle.

– Je vais les venger, voilà tout, répondit-il simplement.

– Oh, Luis, tu vas finir par combattre ton père. »

Luis se dirigea vers l'*azotea*. À l'est, le ciel pâlissait et la crête dentelée des lointaines collines se découpait dans la lumière orange. Au-delà du bouquet de cocotiers, sur la droite, un chien aboya, puis le silence de l'aube s'abattit de nouveau sur la ville, ponctué par le chant des coqs.

Trining referma les bras sur Luis et sa voix trembla lorsqu'elle dit : « J'ai peur, Luis, pas seulement pour moi mais pour toi. Emmène-moi s'il te plaît. »

Il l'embrassa sur le front. « On en a déjà parlé. Pour le moment, ta place est ici. Père est malade et c'est une concession que je lui fais. C'est insensé que tu sois ici et moi là-bas, mais ce n'est pas pour toujours. »

Trining resta silencieuse. Elle finit par dire : « Je t'appellerai aussi souvent que je pourrai. Tu essaieras de noter tout ce qui se passe là-bas, tout ce qui te vient à l'esprit ?

– Tous les jours », promit-il.

Ils descendirent ensemble et elle l'embrassa avec passion. « Dis-moi tout ce qu'il fait », murmura Luis. Lorsque la voiture roula jusqu'au portail puis dans la rue, le jour se levait déjà.

Luis arriva en ville avant midi et se rendit immédiatement à son bureau. Comme il s'y attendait, à la rédaction, tout le monde était au courant de son mariage. Il n'avait pas le temps de plaisanter, mais bien qu'il eût l'estomac noué, il essaya de sourire. Tout le long du trajet, il avait soigneusement préparé la manière dont il insisterait sur le sens des événements survenus à Sipnget – la crise dans les campagnes, le besoin urgent d'une réforme agraire et la modernisation des forces armées. Ce numéro serait entièrement consacré à la réforme politique, avec Sipnget comme pierre de touche.

Eddie fut stupéfait de le voir de retour. « Tu mérites une lune de miel bien plus longue, dit-il pour plaisanter. Bien sûr, je sais que ce que tu es capable de faire en quarante-huit heures nous prendrait à nous, pauvres mortels, quarante-huit jours. »

Luis lui adressa un large sourire. Il lança son porte-documents en cuir sur la bibliothèque derrière son bureau et introduisit une feuille de papier dans sa machine à écrire.

« Dis-moi ce qui est si important pour que tu interrompes ta lune de miel », fit Eddie en tournant autour de Luis.

Celui-ci regarda son assistant. Il lui faisait entièrement confiance. Eddie travaillait plus dur que lui, mais, malgré son ambition, il se soumettait totalement aux ordres de son rédacteur en chef.

« J'ai vu dans ma région ce qui explique pourquoi les Huks deviennent plus puissants chaque jour, dit Luis. Un massacre a été perpétré. On ne l'a même pas su. Pis, on a fermé les yeux là-dessus et on l'a passé sous silence. Vingt personnes ont été tuées. » Sa voix se mit à trembler et il se tut. Eddie s'assit sur le bord du bureau de Luis et écouta attentivement. « Dans la ville où je suis né, la gendarmerie et les gardes employés par mon père – ils ont aussi détruit le village. »

Eddie se frotta le menton. « Bien sûr, tu as des preuves, des photos, des témoignages – tout ça. »

Luis lança un regard furieux à son assistant. « Mes yeux – de quelle autre preuve a-t-on besoin ? Je connais le village, ses habitants. Il a disparu. J'ai vu les pilotis noircis par le feu, la fosse commune où les victimes sont enterrées. »

Silence.

« Luis, tu es sur une grosse affaire, dit Eddie. Une affaire qui pourrait mettre en jeu nos propres vies.

– Oui, et on ne peut pas laisser passer ça. Je vais devoir en parler – tout ce gâchis. Tu ne sais pas ce que ça signifie pour moi. C'est mon propre père que j'attaque maintenant. Il était au courant et il n'a rien dit. »

Eddie grimaça. Il se leva et regagna son bureau. « Il a peut-être ses raisons, Luis, et elles sont bonnes, qui sait. En tout cas (il jeta un coup d'œil sur le planning), on doit boucler au plus tard dans cinq jours. »

Luis établit la liste des auteurs qu'il voulait pour le numéro spécial. Il fit également le point sur les articles, ceux déjà acceptés et ceux composés et prêts à paraître. En une demi-heure, il avait passé une demi-douzaine de coups de fil et conçu une maquette. Il lui restait à rédiger l'éditorial – et l'article sur Sipnget.

Luis n'aurait pas dû être surpris de trouver Ester chez lui ce soir-là. Eddie l'avait informé avec un clin d'œil espiègle et complice qu'elle avait appelé deux fois pour demander quand il reviendrait. Elle ne l'avait pas dérangé au bureau, mais elle était à présent ici, le regardant se déplacer, aller à la cuisine où Marta mettait la table. Ils s'étaient salués devant la porte d'une simple poignée de main, et, s'efforçant de paraître naturelle, elle lui avait présenté ses félicitations. En retour, Luis l'avait invitée à dîner et lui avait dit qu'elle pouvait rester aussi longtemps qu'elle le voudrait.

« Raconte-moi comment c'était – les vacances, le mariage, dit-elle en le regardant aider Marta à ajouter un couvert.

– Je ne m'attendais pas à te voir ici », dit Luis.

Elle eut un petit rire. « Mon pauvre Luis, toujours à jouer les étonnés. Je suis allée à ton bureau hier et, aujourd'hui, j'ai appelé Eddie à ton sujet. » Elle cessa de rire pour poser une autre question : « Quelle impression ça fait d'être marié ?

– Je pensais que tu ne voudrais pas me revoir, et encore moins venir ici, dit-il sans prendre la peine de lui répondre. Ester, qu'est-ce qui te tracasse ?

– Tu n'as pas à me demander ça, dit-elle d'une voix éteinte. Mais tu peux me demander pourquoi je ne suis pas effondrée. »

Ils passèrent à table, mais Luis mangea du bout des dents sa paella, son plat préféré que Marta avait cuisiné. Ester non plus ne semblait pas avoir d'appétit. « Eh bien, si je suis ici, c'est que je dois vouloir quelque chose. Tu n'es pas curieux de savoir quoi ?

– Dis-le moi.

– Tu as du cran, Luis. Je veux juste t'entendre parler, c'est vrai, de ta ville, de ta grande maison, de l'hacienda de ton père et, bien sûr, de ta nuit de noces. Tu sais quoi ? J'ai toujours su que Trining était très possessive, qu'elle te voulait vraiment. Tu as été gentil avec elle – doux, je veux dire ? »

Son babillage devenait tout à fait insupportable.

« Où veux-tu en venir ? demanda Luis.

– Nulle part. »

Il se leva ; comme elle fit un mouvement pour quitter sa chaise, il vint vers elle et la conduisit lentement hors de la pièce. Ils gagnèrent l'*azotea,* loin de la présence de Marta.

« Tu sais tout. Tu n'as pas besoin de poser de questions », dit Luis.

Ester s'assit tout près de lui si bien qu'il sentait le parfum de ses cheveux. Lorsqu'elle se remit à parler d'une voix faible, on aurait dit qu'elle avait subitement vieilli. « Oui, je croyais connaître la plupart des réponses, et même que je devinerais ce que tu ferais. Dis-moi comment c'est arrivé. Ce n'est pas ce que j'attendais de toi. Non pas que je doute que Trining soit la fille qu'il te faut, mais tu avais tes idées – et épouser ta cousine, ça ne figurait pas dans l'horoscope.

– Le tien, pas le mien, dit Luis. Tu trouves que c'est immoral ? » Il défendait Trining et lui.

« C'est gentil de penser que je me soucie encore de moralité. » Elle avait pris un ton cassant. « Tu l'aimes ?

– C'est si important ? »

Elle se détourna.

« Je n'ai pas d'explications, dit simplement Luis.

– Je ne t'ai pas demandé d'éclaircir tes sombres pensées, dit-elle. Je ne peux que deviner. Tu sais, père t'a désavoué – il pensait qu'on allait être sérieux, toi et moi. Il voulait que j'épouse mon cousin – tu as dû le voir. Il est assez âgé pour être mon père. Il perd ses cheveux, il a de mauvaises dents et l'haleine fétide, mais qu'est-ce que ça peut bien faire ? Il est l'unique héritier du côté de père – et comme tu sais, la fortune familiale, comme le veut la tradition à Negros, ne doit pas tomber dans d'autres mains.

– Ce n'est pas une mauvaise idée, fit Luis.

– Oui. Alors, tu es très riche maintenant, Luis – plus riche que tu ne l'aurais jamais imaginé. C'est ton père qui t'a dit d'épouser ta cousine pour éviter le morcellement de votre hacienda ?

– C'est faux ! répondit Luis en la regardant avec colère.

– Très bien. » Elle se recula. « C'est peut-être faux, mais c'est la réalité, non ? » Elle gagna la porte et traversa le vestibule jusqu'à l'entrée. Luis la suivit et, l'espace d'un instant, lorsqu'elle se tourna vers lui, elle parut avoir retrouvé le moral, car un sourire se dessina sur ses lèvres. « Mais nous devons nous revoir, vraiment, bien que les règles aient changé. Après tout, tu es un homme marié maintenant. » Elle eut un petit rire nerveux. « Il faut que tu viennes me voir demain – à dix-huit heures. »

Luis ne répondit pas. Elle sourit de nouveau et n'attendit pas qu'il la raccompagnât au bas de l'allée où sa voiture était garée.

Ester partie, Luis alla dans sa chambre pour réfléchir sérieusement. Il ne la reverrait pas. Il se cuirasserait contre une telle tentation. Il serait pour Trining l'époux que son père n'avait jamais été pour sa mère.

Pourtant, il était un peu plus de dix-sept heures et il était déjà en route pour se rendre chez Ester. Dans les rues, le soleil était encore brûlant ; il faisait miroiter les vitrines et ricochait sur les pare-brise en éclats d'argent aveuglants. Après s'être dégagé des embouteillages du centre de Manille, Luis roula sans difficulté.

Lorsqu'il entra dans l'allée au volant de sa voiture, Ester lisait, assise dans l'une des chaises en fer forgé alignées sur la véranda de la résidence des Dantes. Elle lança son livre sur la table basse au plateau de verre et courut à sa rencontre. Elle portait une robe verte en tissu imprimé, et son regard était vif. Seuls l'agitation nerveuse de ses mains lorsqu'elle serra celle de Luis et le tremblement de sa voix la trahirent. « Luis, tu es terriblement en avance. » Elle lui sourit. « Regarde-moi, je ne suis même pas maquillée...

– Tu es plus jolie comme ça. »

Elle l'entraîna hors de la véranda au treillage de bougainvillées vers la pelouse et ils s'assirent dans les chaises de jardin, à l'ombre fraîche de la maison. « Je vais chercher quelque chose à boire », dit-elle. Elle regagna la véranda et disparut derrière les plis des rideaux vert et violet. Elle ne lui avait pas demandé ce qu'il désirait, mais Ester lui réservait toujours des surprises. Il sentit renaître leur ancienne intimité. Il se souvint qu'il s'asseyait toujours sur la même chaise, que la mère d'Ester l'invitait à entrer et que, chaque fois, il répondait qu'il préférait rester là – à moins, évidemment, qu'il ne plût –, au milieu des palmiers nains et des haies bien taillées, à boire du Coca et à grignoter des biscuits en échangeant des propos sans intérêt. Tout cela, bien entendu, avant qu'Ester et lui ne commencent à se disputer, avant que se dresse entre eux ce mur d'orgueil et de malentendus.

Ester revint, l'air inquiet, et posa les boissons fraîches sur la table basse. « Du jus d'ananas, expliqua-t-elle. J'ai failli te servir un bourbon, mais je veux te faire rompre avec tes mauvaises habitudes.

– Ester, tu es incorrigible, dit-il, l'air détaché. Exactement comme moi.

– Qu'est-ce qu'on fait ? demanda-t-elle en s'asseyant en face de lui. On va voir un film, on discute ou on va faire un tour, comme avant ?

– Ce que tu voudras. »

Elle se mit à siroter sa boisson en lui jetant de temps à autre un regard furtif. La discussion s'orienta vers Rosales, le père de Luis, Trining. « Pourquoi n'as-tu pas ramené ta femme ? C'est un peu injuste, non ? »

Il répondit avec désinvolture : « Elle doit s'occuper de père pour le moment. D'ailleurs, elle sera peut-être avec moi chaque fin de semaine. » Ils continuèrent à parler de tout et de rien – du livre qu'elle lisait, de la difficulté à se procurer certains titres à cause du contrôle des importations – jusqu'à ce qu'elle le prît sur le fait : « Luis, tu ne m'écoutes pas ! »

Il avait laissé vagabonder ses pensées vers Sipnget, sur ce qu'il avait écrit et envoyé à l'imprimerie – l'expression de son angoisse. Il se tourna vers elle. Le regard d'Ester avait perdu son éclat et il y vit l'ombre d'une blessure. Elle joignit tranquillement les mains sur ses cuisses et admit : « C'est difficile de parler comme si de rien n'était alors qu'on s'est vraiment séparé. Luis, pourquoi on se querellait ?

– Je ne sais pas, répondit-il d'un ton las. On n'y pouvait rien, je suppose.

– Pourquoi es-tu venu ?

– C'est toi qui me l'as demandé.

– Tu n'étais pas obligé de venir.

– Je te dois au moins une explication. »

Ce n'était pas vraiment cela qu'il lui devait ; elle l'attirait parce qu'elle incarnait la vérité, parce qu'elle était le miroir dans lequel il pouvait se voir, et il était venu pour trouver en elle un soutien. En réalité, il aurait désormais besoin d'elle comme un homme a besoin de lumière.

« Je n'ai que faire de ta compassion, lui dit-elle. Je me demandais – je me demandais seulement –, je voulais t'en parler hier, mais je n'ai pas pu. Il y a beaucoup de choses dont tu n'étais pas conscient. » Elle se détourna comme si elle était désolée de l'avoir de nouveau raillé. « Je ne veux pas te contrarier, ajouta-t-elle précipitamment. On va faire cette promenade ? Je promets de me taire pendant presque tout le trajet. »

Luis lui sourit et lui prit la main ; lorsqu'elle se rapprocha de lui, son souffle doux et parfumé lui effleura le visage. « Je vais chercher mon sac », dit-elle en remontant vers la véranda. Elle reparut après avoir mis du rouge à lèvres.

Ils arrivèrent sur le boulevard au crépuscule. Le vent s'engouffrait dans la voiture et des mèches des cheveux d'Ester fouettaient le visage de Luis. Ils avaient si souvent emprunté ce tronçon d'asphalte qu'il ne leur réservait plus aucune surprise. Les restaurants, les boîtes de nuit tapageuses et les néons étaient depuis longtemps gravés dans la mémoire de Luis comme autant d'images réconfortantes dans le cauchemar qu'il partageait désormais avec Ester.

« Tu sais, dit-elle, tâchant de couvrir le ronronnement du moteur, on pourrait continuer à rouler comme si on croyait arriver quelque part – mais cet endroit n'existe pas. Il est dans les limbes.

– Ne dis pas ça, fit Luis. Il faut qu'on arrête de se disputer.

– D'accord. » Et elle se tint droite et silencieuse à côté de lui. Lorsqu'ils atteignirent l'extrémité du boulevard, là où le quai de pierre descendait vers la mer en un amoncellement de rochers, elle le tira par le bras. « Luis, emmène-moi chez toi.

– Tu plaisantes ?

– Je ne plaisante pas.

– Non.

– Je t'en prie. J'aime bien cet endroit, insista-t-elle. On ne fera pas l'amour, si c'est ce qui t'inquiète. Simplement, je ne sais pas pourquoi, mais dans ta chambre je pourrai te dire des choses que je ne peux pas te dire ailleurs.

– Ça ne servira à rien, répondit-il pour tenter de la dissuader tout en prenant un virage devant l'église de Baclaran. Je te raccompagne chez toi. »

Ester insista : « Je t'en prie, rien que cette fois. »

Il lui jeta un coup d'œil et vit ses yeux sombres qui l'imploraient. « D'accord, mais ça ne servira à rien. »

– Je le sais », dit-elle, l'air contrit.

Aucune lumière ne brillait dans la maison, excepté les deux lampes à l'entrée. Marta et Simeon étaient probablement sortis. Comme Luis cherchait à tâtons l'interrupteur en haut des escaliers, Ester le retint. « Laissons la maison dans le noir. Je préfère, comme ça je ne verrai pas ton visage et tu ne verras pas le mien.

– De quoi as-tu peur ? »

Elle marmonna quelque chose au sujet de l'obscurité qui faisait des gens des égaux. Elle le suivit dans sa chambre, où il ouvrit la fenêtre pour aérer la pièce. Les yeux de Luis s'habituèrent rapidement à la pénombre, trouée par les phares des voitures qui prenaient le virage non loin, et il distingua assez nettement Ester. Depuis l'étendue sablonneuse bordant la digue leur parvinrent les rires joyeux des promeneurs, mêlés aux cris des vendeurs de cacahuètes et de *balut*.

« Luis, tu seras franc avec moi ? Je l'ai été avec toi à ma façon.

– Tu demandes trop. Non seulement tu veux que je sois sans défense, mais tu veux aussi que je sois émasculé.

– Luis, ce n'est pas ce que je veux – tu as mal compris. Je te suis dévouée. Tu dois me faire confiance comme à toi-même. Nous sommes semblables, Luis ; c'est si évident pour moi à présent.

– Qu'est-ce que tu veux savoir ?

– Pourquoi travailles-tu pour mon père ? »

Il ne s'attendait pas du tout à une telle question. Oui, pourquoi travaillait-il pour Dantes ? « Pourquoi détestes-tu ton père ? demanda-t-il au lieu de lui répondre.

– Je pourrais te poser la même question, Luis. Je t'en prie, réponds-moi.

– Eh bien, c'est un compromis entre ce en quoi je crois et ce que je peux réellement faire, dit-il. Je sais que ton père n'est pas un saint, mais j'ai besoin de sa publication pour exprimer mes opinions. Voilà une première raison.

– Et l'autre ?

– Je ne suis qu'un être humain, Ester.

– Merci de l'admettre, mais je connais mon père mieux que toi – et je sais aussi pourquoi tu as accepté sa proposition.

– Dis-moi.

– Non, dis-moi toi.

– Il a dit que je pouvais faire tout ce que je voulais – et il le pensait.

– Luis, tu n'as rien compris. Comment n'as-tu pas compris ? Il te flattait et tu t'es fait avoir. »

Pendant un moment, Luis ne dit rien, et lorsqu'il reprit la parole, il ne parvint pas à se mettre en colère. Il demanda : « Pourquoi est-ce que tu m'humilies ? Tu es tellement douée pour ça, tu me réduiras à néant. »

Elle lui prit la main, la porta à ses lèvres et embrassa ses doigts fins un à un, puis pressa sa paume contre sa joue. « Je t'aime, dit-elle. J'essaie simplement de t'aider à voir les choses telles qu'elles sont – ce qu'est réellement mon père, et aussi ma famille et moi-même. Ne vois-tu pas comme je suis humble devant toi ?

– Je n'y arrive pas », dit-il sans conviction. Le mur qui les séparait menaçait de se désagréger.

Elle lâcha sa main. « Tu dois le comprendre, dit-elle. Ce n'est pas facile pour moi de parler de la sorte, de me nuire ainsi qu'à ma famille. On est très fier. Mon père préférerait perdre toute sa fortune plutôt que de capituler, mais moi... je serais revenue vers toi en rampant s'il l'avait fallu. Laisse-moi te dire maintenant pourquoi père t'a embauché. Il a dit que tu étais des nôtres, que tu comprendrais et ne créerais pas de problèmes, comme former un syndicat, ce genre de chose.

– Je trouve extrêmement peu flatteur, et même offensant, de ne pas avoir été engagé pour mon talent, dit Luis. Je ne suis pas humble et je sais que j'en ai un peu. »

Ester serra sa main sans le regarder. « Je suis désolée, mon chéri, mais je dois t'apprendre ceci. Papa disait que le magazine ne rapportait pas d'argent et qu'on pouvait employer quelqu'un de courageux et d'entreprenant, mais le premier rédacteur en chef a fait une chose que jamais père ne pardonnerait – former un syndicat –, et c'est pour ça qu'il a dû partir. »

Luis revit la scène : son premier jour au bureau, les regards de travers que lancèrent quelques gars de la rédaction à ce petit morveux de *mestizo,* ce fils de *hacendero* qui allait diriger un magazine libéral, de gauche. Il était un jaune, maintenant il le savait.

« Je t'en prie, ne m'en veux pas », le supplia Ester.

Il la prit par l'épaule d'un geste hésitant – cette femme qui l'aimait et le comprenait – et l'attira doucement à lui.

« Au début, ça me faisait bizarre de te lire. Par la suite, j'ai pensé que peut-être tu étais aveugle ou que tu avais tes raisons, mais je me regarde et je suis tellement malheureuse. Pour toi, il y a une issue, pas pour moi – je serai toujours une Dantes. J'ai la belle vie, je passe toutes mes vacances en Europe ou partout où ça me chante, mais je vis aussi à Negros, où j'ai grandi, sachant comment ma famille – et tous les amis de mon père – gagnent de l'argent. Je connais certains des enfants de nos travailleurs. J'ai joué avec eux. » Elle s'arrêta et parut s'étrangler avec les mots. « Je sais ce qu'est la misère, Luis – la forme la plus effroyable, la plus abjecte. Elle existe dans notre hacienda, derrière notre maison, dans les *cuartels* des *sacadas,* dans les villages où vivent les travailleurs de notre plantation. Et moi, je mange si bien, une chose que j'apprécie, comme le théâtre à Londres et les musées à Paris. Je ne peux pas continuer à vivre comme ça.

– Tu es née dans ce milieu, dit Luis. Mais tu sais, Ester – et la connaissance engendre l'amertume.

– Non, c'est l'amour qui engendre l'amertume. » Elle se tourna et lui donna un baiser sur le menton. « Jamais il ne t'est venu à l'idée que tu n'étais pas le premier ? » demanda-t-elle. Elle le fixa et, dans la pénombre, il sentit que son regard plongeait en lui avec passion.

« Ça n'a pas d'importance, répondit-il, à la fois soulagé et triste de se voir confirmer ce dont il se doutait depuis le début. Mais pourquoi me le dire ?

– Je ne sais pas vraiment, dit-elle d'une voix humble. C'était très facile de dire que je l'ai fait pour atteindre mon père, le blesser, mais je t'aime, Luis. Quand je ne suis pas avec toi, il se passe quelque chose en moi. Je suis anxieuse. Je ne dors pas. Je suis tendue. Peut-être parce qu'on se ressemble tellement. Tu veux savoir ?

– Ça n'a pas d'importance », répéta-t-il et il le pensait.

Elle ne l'écouta pas. « C'était le fils de l'un de nos employés, dit-elle en se serrant contre lui. Je devais avoir quatorze ans – lui, dix-huit. Il venait chaque matin pour arroser la roseraie, et je me réveillais en l'entendant chanter d'une voix douce ces mélodieuses chansons visayan, tu sais. J'ouvrais la fenêtre – le jardin était au-dessous – et je le regardais travailler ; il savait que je le regardais de là-haut, mais il ne s'est jamais tourné vers moi. C'était un béguin de petite fille – il avait la peau mate, de belles dents et un visage chaleureux. J'avais envie d'être près de lui. Un après-midi, je suis allée jusqu'au groupe de huttes où il habitait. Il jouait de la guitare quand je suis passée. Il y avait un *duhat* chargé de fruits – il n'était pas très haut –, et je lui ai demandé de m'en cueillir quelques-uns. Il a voulu grimper dans l'arbre, mais je désirais sentir ses bras autour de moi. Je lui ai dit de me soulever pour que je puisse atteindre les fruits. Il était fort et doux, et je n'oublierai jamais l'impression que j'ai ressentie quand il me tenait dans ses bras. »

Elle se tut ; lorsque Luis la regarda dans l'obscurité, son visage avait pris un air sinistre. « C'est alors que père est arrivé à cheval, il lui a crié de me poser à terre, ce qu'il a fait immédiatement. Là, en ma présence, père l'a cinglé de sa cravache, sur la tête, le dos, la poitrine, lui restait debout à tout prendre sans gémir, sans éviter les coups. J'ai hurlé à père que c'était moi qui lui avais demandé de me soulever pour que je puisse atteindre les fruits, alors il m'a dit, en espagnol pour que l'autre ne comprenne pas : "Rentre à la maison, petite pute". » Elle se tut de nouveau, puis ajouta : « Luis, je suis peut-être vraiment une pute – mais seulement pour toi maintenant, seulement pour toi.

– Que lui est-il arrivé ?

– Je l'ai vu pour la dernière fois un mois plus tard. À ce moment-là, je devais quitter Negros et aller à l'école à Manille – les vacances étaient terminées. J'avais ça sur la conscience – Dieu, comme ça me tourmentait ! J'ai volé de l'argent à mes parents – pas beaucoup, un millier de pesos peut-être, une somme qu'ils ne remarqueraient pas. Puis j'ai pris ma plus grosse bague en diamant. Un jour, père était à Bacolod avec sa maîtresse et je savais qu'il ne rentrerait pas avant l'aube, je suis allée en début de soirée dans le champ de canne à sucre. Il ne voulait pas, il avait peur, mais moi… je suis une petite pute. Ça m'a fait mal, mais je m'en fichais. Je lui ai donné l'argent et la bague, et je lui ai dit de s'enfuir et de ne jamais revenir, de ne jamais chercher à me revoir.

– Alors je dois m'enfuir aussi et ne jamais chercher à te revoir, dit tristement Luis.

– Non ! dit Ester d'un ton catégorique. Tu ne feras rien de tel.

– Nous sommes tous les deux plus sages maintenant. Tu ne peux pas être ma…

– Petite pute. » Ester termina la phrase avec un rire nerveux. « Non, ce n'est pas ma faute, Louie. Et ne va pas imaginer des choses d'après les romans que tu as lus – que je suis une nymphomane. Je ne le suis pas et ne le serai jamais. Surtout, souviens-toi que les Dantes sont des gens fiers. Très fiers.

– Qu'est-ce que tu veux prouver ? »

Elle se leva et défroissa les plis de sa robe. « Rien, dit-elle, les yeux brillants. Je ne cherche pas à prouver quoi que ce soit. Je veux juste pouvoir vivre honnêtement – avec moi-même. »

Elle refusa qu'il la reconduisît chez elle en voiture, alors il l'accompagna jusqu'au boulevard, où elle héla un taxi. Lorsqu'elle fut partie, il revint vers la véranda sous le ciel sombre semé d'étoiles. Dans les grands acacias feuillus, au-delà du haut mur crénelé, il entendit le chant des cigales perdues dans la ville.

Des mots, rien que des mots, mais c'étaient ceux d'Ester, et en y repensant Luis fut rempli de gratitude et d'humilité ; elle lui avait donné une preuve d'amour qui, indépendamment de sa façon à elle de la considérer, de la passer sous silence ou de la minimiser, représenterait toujours plus que ce que lui pourrait jamais donner.

CHAPITRE XII

C'était une de ces matinées fraîches de janvier. La brise marine et le parfum des roses qui fleurissaient dans le carré sous la fenêtre envahissaient la pièce ; le soleil éclaboussait le parquet et les murs couleur crème, et les voilages blancs ondulaient dans le large cadre lumineux d'une fenêtre. Marta avait allumé la radio en sourdine dans le vestibule et celle-ci diffusait une fois de plus une chanson sirupeuse, « La vie en rose ». Des *mayas* gazouillaient dans les hévéas de la cour et les voitures vrombissaient sur le boulevard.

Luis s'assit sur son lit, s'inclina profondément, puis appuya son front contre le matelas et laissa le sang affluer à son cerveau. Après être resté dans cette position un moment, il se leva et alla dans la salle de bains. Il laissa couler la douche et frissonna bientôt de plaisir sous les picotements de l'eau froide. Lorsqu'il sortit, Marta était déjà en train de faire son lit et de tapoter les oreillers. « Est-ce qu'il y a des tomates dans le réfrigérateur ? demanda-t-il.

– Je vais voir, *Apo,* répondit-elle en allant vers la porte.

– Coupe-les en rondelles et saupoudre-les de sel. S'il y a des œufs de canne en saumure, c'est bien suffisant pour le petit déjeuner. »

Je suis comme une femme enceinte... Cette pensée l'amusa. Des tomates et des œufs de canne en saumure. Rien de tel que de commencer la journée avec du salé. Il se sentit tout à fait réveillé. Il alla dans la salle à manger, les cheveux brillantinés. Les tomates furent un régal, et, la bouche encore pleine du jaune des œufs de canne, il jeta un coup d'œil dans le vestibule et aperçut Simeon qui l'attendait en tortillant sa casquette kaki. « Je descends », lui dit Luis. Dans le vestibule, la pendule aux chiffres dorés indiquait dix heures passées. Il était en retard et il en fut légèrement irrité. Si Ester n'avait pas parlé aussi longuement – et penser à elle l'avait ensuite empêché de dormir durant la plus grande partie de la nuit –, il se serait couché plus tôt. Il se hâta de s'habiller, jeta son peignoir sur le lit et descendit précipitamment.

Simeon conduisait vite, mais comme ils approchaient du bureau de Luis, la voiture fut de nouveau bloquée dans la circulation du matin. « Des instructions, *Apo ?* demanda Simeon en se garant.

– Tu n'as qu'à laisser la voiture et rentrer », dit Luis au chauffeur. Ester reviendrait peut-être le voir et il ne pourrait pas lui dire de partir. Maintenant, il avait besoin d'elle, non pas en tant que femme mais comme une présence vitale. Elle devrait le laisser seul le plus souvent, elle ne pouvait pas continuer à se mentir et à lui mentir, mais son désir d'être avec elle devenait irrépressible. « Si Ester vient à la maison, dis-lui de m'appeler au bureau – enfin, si je ne suis pas déjà rentré », ajouta-t-il.

Flanqué d'autres immeubles de bureaux et de magasins, l'immeuble de Dantes, situé près de la rue Escolta, était l'un des plus récents du quartier, la plupart ayant été construits avant la guerre ; il avait des stores, une entrée en marbre et la climatisation. À l'arrière du bâtiment s'étendait un grand parc de stationnement, jamais vraiment plein, la majorité des employés de Dantes ne possédant pas de voiture ; Luis, avec sa grosse Chrysler noire et son chauffeur en uniforme, faisait exception.

Il s'engouffra par la porte de derrière, se dirigea vers l'ascenseur et monta au quatrième étage. Comme d'habitude, Eddie se trouvait déjà devant sa machine à écrire. « Belle matinée, Eddie, non ? » dit gaiement Luis en lançant son porte-documents sur le rayon de livres derrière son bureau. Eddie s'arrêta de taper et le regarda, l'air inquiet. « Tu ferais bien de te dépêcher d'aller voir le patron. Il est arrivé tôt et il te cherchait. Je crois qu'il a pleuré – il avait les yeux gonflés et embués –, ou peut-être a-t-il trop bu la nuit dernière.

– Tu sais bien qu'il ne boit pas », dit Luis. Il s'installa dans son fauteuil pivotant et parcourut son courrier. Il y avait déjà une lettre de Trining. Il reconnut son papier bleu pastel et son écriture – les boucles arrondies, les barres outrées de ses « t ». Des articles aussi – il le devinait au poids des enveloppes. Il les sépara de son courrier personnel et les déposa sur le bureau d'Eddie.

« Vois si tu peux récupérer un papier pour l'inclure dans ce numéro. »

Eddie acquiesça d'un hochement de tête. Sans lever les yeux de son travail, il dit : « Luis, je pense que tu devrais aller voir le patron tout de suite. »

Luis poussa la porte verte où étaient inscrits son nom et celui d'Eddie en lettres dorées et sortit.

Mlle Vale, la secrétaire à l'air sévère et distant, lui dit d'entrer directement dans le bureau du patron. Eduardo Dantes était assis, la tête penchée, ses longues mains osseuses jointes sur la vitre protégeant son bureau. Ses tempes grisonnaient et des rides profondes sillonnaient son large front cireux. Âgé de cinquante-cinq ans, il en paraissait beaucoup plus et avait l'air épuisé. Il avait déployé une énergie considérable pour créer son groupe de presse ainsi que d'autres entreprises, et il aurait dû prendre sa retraite. Or il avait dit de sa voix douce et avec cet air arrogant qui le caractérisait qu'il en avait encore pour trois décennies au moins, quand bien même, à la fin, il devrait aller travailler en fauteuil roulant, « parce que c'est la vie ». Il s'habillait toujours avec goût, costumes en lin, chaussures en peau de crocodile, et ses cravates en soie venaient de Paris. Il ne mettait aucun bijou, à la différence de nombreux riches Philippins, qui constellaient leurs chemises de boutons en diamant, y compris aux manchettes. Il portait une simple alliance en or.

Comme à son habitude, Dantes ne regarda pas Luis droit dans les yeux. « Asseyez-vous », lui dit-il en dénouant les mains. Il se mit à tripoter son briquet en or sur le vaste bureau. Luis s'installa dans l'un des fauteuils recouverts de cuir vert qui faisaient face au bureau du patron. Toujours sans le regarder, Dantes se leva et marcha vers la fenêtre. Comme perdu dans ses pensées, il jeta un coup d'œil à travers la baie vitrée. Il prit une Sobranie, mais n'en offrit pas à Luis. Effectivement, il avait les yeux gonflés.

« Luis, connaissiez-vous bien ma fille ? » demanda-t-il sur un ton sévère.

Luis fut surpris. « J'aimerais d'abord savoir pourquoi vous me posez une telle question, monsieur », dit-il. Qu'avait donc fait Ester ? S'était-elle résolue à affronter elle aussi son père ?

Dantes lui fit face, les yeux rougis et embués. Il planta sa cigarette entre ses lèvres fines sans l'allumer, puis l'ôta et l'écrasa dans le cendrier posé sur son bureau. « Vous êtes constamment sur vos gardes, toujours à essayer d'échapper aux pièges, dit-il sans se départir de son air renfrogné.

– Ce n'est pas une remarque pertinente, monsieur, dit Luis avec l'impression d'être harcelé. Je me croyais plutôt du genre impulsif. »

– Dantes hocha la tête et regagna son bureau. « Il ne s'agit pas d'une discussion de travail, Luis, mais c'est important – peut-être plus important que le travail.

– Je ne peux pas la connaître mieux que vous, dit Luis, embarrassé, en s'agitant sur son siège.

– Vous auriez pu être amoureux d'elle », suggéra Dantes en évitant de le regarder.

Luis se cala dans son fauteuil et eut un rire forcé. « Vous plaisantez, monsieur. Vous savez bien sûr que je viens de me marier. »

Dantes se détourna, prit une autre cigarette et l'alluma. Il aspira profondément la fumée. « Cela simplifie les choses.

– Je ne comprends pas. »

Dantes paraissait distant, il dit d'une voix rauque : « Ester est morte, Luis. J'espère que cela signifie quelque chose pour vous. »

Luis se cramponna aux accoudoirs de son fauteuil, se leva à demi, puis s'y affala. « Non… c'est impossible ! Non ! » s'écria-t-il, or c'était le père d'Ester lui-même qui le lui apprenait. « Je suis vraiment désolé, bredouilla-t-il. Mais comment… La nuit dernière encore…

– Suicide.

– Non ! s'écria-t-il de nouveau. Pourquoi a-t-elle fait ça ? C'est impossible – Ester !

– Ce matin, elle n'est pas descendue prendre le petit déjeuner, poursuivit calmement Dantes. La porte de sa chambre était fermée de l'intérieur, alors nous l'avons forcée. Des somnifères – un flacon entier. »

Soudain, avec une brutalité perverse, des bribes de leur conversation revinrent à l'esprit de Luis et l'obsédèrent. « Nous étions ensemble la nuit dernière, dit-il. Nous avons fait un tour en voiture, ensuite, elle a dîné à la maison – ma cuisinière avait préparé une paella – et nous avons parlé. Nous avons juste parlé. Je voulais la raccompagner parce que j'étais allé la chercher. Mais elle a dit qu'elle voulait rentrer seule. Je lui ai trouvé un taxi sur le boulevard…

– Y a-t-il eu quelque chose qui indiquait qu'elle ferait cela ? » Dantes avait pris le ton péremptoire du patron.

Luis saisit le bord du bureau. « J'ignore où vous voulez en venir, monsieur, dit-il avec fermeté. J'aimais beaucoup votre fille – quoique nous nous disputions aussi. Je ressentais une grande affection pour elle, je ne le nie pas. Mais de là à insinuer que je suis la cause...

– Non, l'interrompit Dantes. Ce n'est pas ce que je veux dire. Vous a-t-elle confié quelque chose ? Je dois aller au fond de cette affaire, comprenez-vous ? »

Luis se rassit et hocha la tête. « Suis-je censé tout savoir ?

– Comprenez-moi bien, dit Dantes en ouvrant le tiroir de son bureau. J'ai une lettre qu'elle vous a écrite. Elle était posée sur sa coiffeuse. J'ai été très surpris qu'elle vous ait écrit. »

Luis sentit un frisson le parcourir de la tête aux pieds. « Je donnerais tout pour la revoir, dit-il avec émotion. Ester... c'est l'être le plus merveilleux que j'aie jamais rencontré.

– Elle n'a laissé que deux messages », dit Dantes. Sa voix semblait près de se briser, il garda le silence un instant. « L'autre était adressé à sa mère et à moi. » Il posa l'enveloppe cachetée sur son bureau. Luis la prit et l'ouvrit précipitamment. Comme l'adresse, elle était de la main d'Ester. « Cher Luis [une formule tellement banale], sais-tu qu'une fois, à l'école, j'ai gagné le cent mètres ? S'il te plaît, pardonne-moi, Ester. »

« Il n'y a pas grand-chose, mentit Luis en repoussant la lettre.

– Rien ?

– Voyez vous-même. »

Dantes manipula la lettre en silence. « Il n'y a rien ? Mais tout est là. Pourquoi demanderait-elle votre pardon ?

– Elle me considérait, je crois, comme son meilleur ami. Elle savait que je désapprouverais son geste. Elle fuyait constamment – comme moi. La plupart du temps. Vous ne pouvez pas comprendre, monsieur.

– Que fuyait-elle ?

– Je ne sais pas. La vie peut-être. Et elle s'est lassée de courir. Nous en avons parlé. »

Dantes garda de nouveau le silence. « Puis-je conserver cette lettre ? demanda-t-il au bout d'un moment.

– Je l'ai lue », répondit simplement Luis.

Dantes avait les lèvres crispées. « Ça vous est égal – et vous dites être son meilleur ami, ou son amoureux…

– N'allez pas imaginer cela, dit Luis à voix basse. J'avais beaucoup d'admiration pour elle et je l'aimais à ma façon, mais pas de la façon à laquelle vous pensez. Pas de cette façon. » Il parlait avec franchise et il entendait son cœur battre violemment tandis que les mots jaillissaient tel un torrent. « Nous avions beaucoup d'affinités. Nous étions en communion, bien que nous nous disputions, mais nous étions vivants, monsieur Dantes. Vous devez comprendre cela. Nous n'étions pas des meubles. Nous étions vivants alors, et maintenant elle est morte. Pensez-vous que cela ne me fasse pas de peine ?

– Voulez-vous me dire pourquoi elle a fait cela ?

– Que voulez-vous que je vous dise ?

– L'aimiez-vous au point de vouloir vous enfuir avec elle – et l'épouser ? »

Luis eut un petit rire forcé. « Cela ne nous a jamais effleurés. Je ne voudrais pas faire comme si elle n'était pas belle ou n'avait pas de qualités. Oui, peut-être… il aurait pu y avoir davantage que de l'amitié entre nous, mais nous marier était hors de question. Comme vous pouvez le constater, je me suis marié – mais pas avec elle. Non, ce n'était pas du tout cela. Il y avait quelque chose que je ne peux pas expliquer – quelque chose de plus.

– Que pouvait-il y avoir de plus ? » Dantes poussa un gémissement et, serrant les poings, il les abattit sur le plateau en verre de son bureau, faisant trembler le grand vase de fleurs et la collection de tampons buvards, d'encriers et de figurines en argile qui l'encombraient. Il se détourna, son corps maigre secoué de sanglots irrépressibles. « Elle avait tout ce qu'elle désirait. Je voulais qu'elle fasse un bon mariage, qu'elle ait une vie aisée et pas un seul souci au monde ! Les pères sont ainsi – vous verrez. » Il se tourna vers Luis avec l'air d'attendre quelque chose, les yeux rougis et embués. « Dites-moi que vous l'aimiez – ce serait le mieux et je comprendrais. »

Luis baissa les paupières et dans les profondeurs obscures et incohérentes de son esprit apparut lentement, nettement, l'image d'Ester telle qu'elle était la première fois qu'il la conduisit en voiture sur cette plage isolée, à Cavite, lorsqu'elle s'étendit à l'ombre des buissons épineux, écoutant le tumulte des vagues. « Non, dit-il en serrant les dents. Ce n'était pas ce genre d'amour, ou alors, j'aurais dû lui demander de m'épouser il y a longtemps, très longtemps. Elle le savait, monsieur. C'était un sentiment différent mais tout aussi tendre et précieux. »

Dantes avait retrouvé son calme. Il se moucha et retourna à la fenêtre. « Les obsèques auront lieu demain après-midi, annonça-t-il. N'envoyez rien. »

Luis regarda cet homme mince et brisé et ressentit de la compassion pour lui. « Je suis désolé, monsieur, dit-il. Permettez-moi de dire ceci : elle me manquera plus qu'elle ne vous manquera jamais. »

Comme il ouvrait la porte, Dantes le rappela : « Ne dites rien de ceci – par égard pour Ester. »

Luis acquiesça d'un hochement de tête et sortit d'un pas traînant.

Chère Ester,

Je n'ai jamais écrit de lettre d'amour et cela me paraît un peu tard et bizarre d'en écrire une, mais il s'agit d'une lettre d'amour, et je regrette que tu ne puisses pas la lire. Nous sommes tellement semblables, et, bien que tu ne puisses la lire, je la garderai et la relirai de temps en temps.

Je ne te pardonnerai pas, car tu m'as causé un chagrin atroce, et plus encore, tu as semé le doute dans mon esprit quant à ma res-

ponsabilité, non pas en ce qui concerne ta vie mais ta mort. Peut-être ton père a-t-il raison – c'est moi qui t'ai tuée et, ce faisant, je me tuerai aussi, non parce que je t'aime, ce qui est vrai, mais parce que nous ne formons qu'un seul être.

Je vais essayer de rédiger cette lettre sans l'obscurité et l'ambiguïté dont tu disais qu'elles étaient mes défauts. Je pense comme toi que l'obscurité n'est parfois que le moyen de dissimuler une pensée incohérente ou, pis, une écriture exécrable. Tu vois l'influence que tu as eue sur moi sans forcément t'en rendre compte.

Lorsque tu étais ici, pouvoir simplement décrocher le téléphone et parler avec toi me donnait un sentiment de sécurité. Je sais maintenant que tu me manques de même que quelqu'un qui a perdu la vue regrettera toujours la lumière. Alors je ressens un immense sentiment de perte. Avec l'impression que j'aurais pu te sauver si je n'avais pas laissé traîner les choses, or, en réalité, je n'aurais rien pu faire, sinon – comme cet idiot de roi – me tenir devant les vagues (te souviens-tu de Cavite ?) et leur ordonner de s'immobiliser. J'ai un vice royal : un aplomb né de l'ignorance.

Si je ne peux te pardonner, c'est à toi de me pardonner, car j'étais ignorant et je n'ai pas compris tout le mal que j'ai fait. Mais il n'y a plus moyen de le réparer, la miséricorde divine elle-même n'a pas le pouvoir de remédier à ce que j'ai déprécié en moi-même – il me faut donc avancer, homme inachevé.

Pourtant, je dois expier. Je dois le faire comme un infirme et transiger avec mon malheur en mendiant. Ce n'est pas viril, c'est dégradant, mais vis-à-vis de toi, je n'ai plus aucune fierté.

Je t'aime, Ester. Je t'aime mais seulement avec des mots, car cet amour transcende la réalité. Je ne peux que revivre les moments passés ensemble, nos conflits inutiles, la profonde intimité de l'acte d'amour, et je dois maintenant demander pourquoi tu es morte alors que tu pourrais être encore en vie, non pas ma petite pute, mais le don le plus précieux de cette terre.

Je veux à présent accorder à la mort – pas la tienne, mais la mienne – la réflexion que je ne lui ai pas accordée, car ta mort sera aussi la mienne. C'est l'énigme de l'expérience non vécue, la grande vacuité du temps, qui n'est pas encore fixée dans la raison, ni inscrite sur le papier, ni gravée dans la pierre. C'est l'énigme qu'il nous est impossible de résoudre, non parce qu'il s'agit d'un défi irrépressible, mais parce que l'esprit humain semble en quelque sorte inachevé, un vacuum impossible à remplir.

J'ai toujours pensé que la vacuité de ma vie ne résultait pas de l'absence de souvenirs ou d'événements, mais de mon manque de courage à traquer la vie elle-même, comme un chasseur traquerait le gibier le plus dangereux, qui n'est autre que la mort, comme un homme engagé dans une quête défierait les sommets les plus élevés. On ne conquiert pas la vie – personne ne peut conquérir ce qu'il lui est impossible de définir – mais, du moins existe-t-elle, à nous alors de lui donner forme et de la maîtriser, avec le concours de toutes nos facultés, toute la force de nos sentiments, tandis que nous cherchons la réponse à la plus grande des énigmes – la mort, la fin ultime, l'ennemie de tous les hommes, l'anéantissement des émotions les plus nobles, de la ténacité et de la créativité sublime de la foi. Tu as trouvé la réponse, moi, j'ai trouvé l'amour.

J'ai demandé à mon frère, que tu n'as jamais rencontré, de ne pas haïr mais d'aimer. Je ne le pensais pas. J'avais songé te demander, à toi aussi, de ne pas haïr, mais je n'ai pas pu. Tu m'accordais ta confiance, ce faisant, tu m'as demandé également d'avoir la foi. Cela doit-il suffire ? Devrions-nous montrer si peu d'empressement en croyant que nos os soutiendront notre corps frêle envers et contre tout – la tyrannie des pères et la perfidie des traîtres ? Tu as dit qu'il nous fallait aimer parce que seul l'amour peut sauver l'humanité et élever ceux d'entre nous qui sommes des sauvages jusqu'au royaume des dieux – mais comment aimer si nous sommes élevés dans la haine ? Les anciennes vertus ne suffisent plus. Le monde s'éloigne de cette orbite que les grandes religions nous ont assignées. Nous ne serons pas des machines, mais quelque chose de pire – nous serons des porcs.

Cela ne fait pas cinq ans que la guerre est finie et, comme tu le sais, la théologie du sacrifice de soi m'a fasciné, plus encore maintenant que je constate qu'elle affecte ma vie. Je ne sais pas – je ne saurai jamais – ce qui t'y a réellement poussée, puisque ce ne fut pas, comme pour les samouraïs, au nom de l'honneur ni à cause de quelque manquement au devoir que tu as été forcée de te suicider. Ce serait me flatter que de présumer que ce fut par amour. Je ne pense pas que ce fut une marque de faiblesse, ni physique ni spirituelle, que d'avoir exprimé par cet acte ton rejet et ton horreur de notre réalité – le sadhu qui se couvre de cendre et bannit l'âme du corps meurt aussi. Je ne pense pas non plus que ce fut par manque de compréhension, car si une chose en toi m'a impressionné, c'est ton intelligence, qui était davantage que de l'intellect et de l'intuition. C'était, je crois, une intelligence supérieure, parce que fondée sur la compassion.

Je ne sais ni ne peux savoir, mais je suis sûr de ceci : je te garderai pieusement dans mon cœur et dans mon esprit, je te haïrai de me tourmenter et, néanmoins, je te chérirai pour avoir ravivé en moi, ne serait-ce qu'un instant, une foi morte depuis longtemps, de sorte que je puisse échapper, que j'échapperai, au destin des porcs.

Merci, ma chère Ester, de m'avoir rendu moins orgueilleux, d'avoir fait de moi l'être humain que j'aspirais à devenir plutôt que l'homme que je pensais être.

CHAPITRE XIII

Voilà, je l'ai fait, songea Luis avec amertume lorsque le commis apporta le premier exemplaire de *Our Time* contenant l'histoire du massacre de Sipnget. Un sociologue spécialiste du monde rural avait écrit l'article sur la réforme agraire, et le papier complémentaire sur la stabilité politique et le changement social était l'œuvre d'un universitaire qui rentrait de Harvard. L'article de Luis était remarquablement pondéré. Il avait craint qu'il ne fût agressif et passionné, or il s'agissait d'un reportage simple, éloquent, et même Eddie, qui ne croyait pas à l'échange de bons procédés, se répandit en compliments sur sa force et ses qualités. Pourtant, le rédiger avait été une véritable épreuve pour Luis. En raison de la fureur qui l'animait, le premier jet avait coulé de source. En revanche, la réécriture l'avait épuisé ; il lui avait été difficile de dire du mal de son père et des gardes privés, mais il l'avait fait avec impartialité et, sa colère retombée, un vide indicible lui avait succédé.

Le jour de la parution du magazine, il n'alla pas au bureau. C'était comme s'il avait accompli la dernière tâche utile pour le mois, et son travail était devenu un boulet à traîner. Eddie téléphona à plusieurs reprises pour lui parler de ses visiteurs, notamment de l'escouade d'officiers de gendarmerie, et des problèmes que, dans l'immédiat, il avait soulevés. Jamais la maison où son père vécut autrefois n'avait paru à Luis aussi vaste et aussi abandonnée. En de telles circonstances, il préférait rester seul, aussi pressa-t-il Simeon et Marta de se rendre à Rosales, avançant la plus plate des raisons – Trining avait besoin d'eux –, il les appellerait pour leur dire quand revenir. Le couple lui manquerait, mais tous deux avaient dû deviner son tourment, car ils partirent sans protester.

Le plus difficile l'attendait la nuit. Entre les ténèbres du monde extérieur et un sommeil agité, il passait son temps à se maudire. Deux à trois verres de bourbon ne lui suffisaient plus, il lui en fallait cinq, parfois dix. La nuit du quatrième jour où il n'était pas allé à son bureau, il dut boire une demi-bouteille avant de s'assoupir – il ne dormit même pas longtemps.

Lorsqu'il s'éveilla, une vive lumière jaune éclaboussait la pièce, il se protégea les yeux de ses paumes et se tourna sur le côté. Il avait plu – une de ces averses brèves, rares en février – et une brise légère, ondoyante, emplissait la chambre et jouait dans les voilages. Dehors, derrière la fenêtre scintillante de pluie, il faisait nuit noire.

La pendule posée sur sa commode marquait dix heures. Il n'avait pas dormi plus d'une demi-heure, mais, curieusement, il se sentait un peu reposé. Il se redressa, engourdi, et passa les doigts dans ses épais cheveux ébouriffés. Lentement, sa main, qu'il ne contrôlait pas totalement, caressa aussi son menton pas rasé depuis plusieurs jours. Ses orteils se recroquevillèrent sur le bord du lit, il chercha à tâtons ses chaussons et, les ayant trouvés, il se leva. Pris d'un léger vertige, il se cramponna un instant à la colonne du lit pour retrouver son équilibre. Quelques mois plus tôt, lorsque Ester lui avait suggéré de travailler dans sa chambre quand elle était là, il avait apporté la machine à écrire de la bibliothèque. Elle aimait entendre le bruit envoûtant des touches.

Luis avait à présent les yeux fixés sur la machine et sur les feuilles chiffonnées qui jonchaient le sol. Il avait rédigé cette lettre, des bribes de pensées, quelques vers isolés qui s'intégreraient à un nouveau poème, mais, en réalité, il n'avait rien achevé.

Il revint vers le miroir et le scruta. Le visage qu'il y vit lui parut blême. Autour des yeux, il remarqua des cernes bleuâtres qu'il n'avait encore jamais vus et, tandis qu'il poursuivait attentivement son examen, il aperçut la photo d'Ester posée sur la petite armoire. Il se tourna et, présentant la photo à la lumière, il observa la chevelure relevée, les lèvres entrouvertes sur un sourire et le regard pensif – tant de beauté fragile contenue dans un simple cadre en aluminium. La dédicace était simple : *« Pour Luis... Bien à toi, Ester »*. Il s'en voulut de ne pas avoir conservé sa lettre, de l'avoir donnée à son père alors qu'elle lui appartenait. Il devait en rédiger une autre, ou un autre poème, quoi que ce fût qui exprimerait ce vide en lui. Il prit une feuille de papier de la rame près de la machine à écrire et s'assit. Il constata avec surprise que ses doigts manquaient d'assurance. Il tapa : *Sur une plage déserte, le sable, le ciel, la mer – tout cela hors de ma portée*. Il s'arrêta là. Ce fut tout ce qu'il put écrire : ils avaient beau tourbillonner dans sa tête, les mots ne parvenaient pas à former des vers, et il demeura impuissant devant le clavier. Un instant plus tard, il se leva, alla dans la salle de bains et s'aspergea le visage d'eau. Une fraîcheur stimulante mais brève. Il ressentit des tiraillements à l'estomac et se rendit dans la cuisine, où il ouvrit les placards et le réfrigérateur. Il y avait un tas de provisions – des tomates, des oranges, des conserves et des restes –, mais la vue de la nourriture l'écœura.

Il revint dans sa chambre, se coiffa, mit une chemise propre et descendit. Il alluma les lumières dans le garage. Sa voiture était sale – bien que sa Chrysler fût un modèle qui ne datait que de l'année précédente, elle avait un aspect terne sous l'épaisse couche de poussière. La première fois où il n'était pas allé travailler, il avait roulé, la nuit, dans les rues défoncées et poussiéreuses, or Simeon et Marta étant partis, il n'y avait personne pour laver la voiture. Il appuya deux fois sur le démarreur et le moteur se mit à ronronner avec complaisance – mais seulement un instant. Le ronflement du moteur s'arrêta avec un toussotement. Luis insista, avant de s'apercevoir que le réservoir à essence était vide. Il poussa un juron et claqua la portière.

Il héla le premier taxi qui passait. Il ne pensait à aucun endroit précis où se rendre, aussi dit-il au chauffeur : « *Derecho.* » Peut-être restait-il quelque chose à vérifier au bureau bien qu'il fût déjà dix heures passées. Il trouverait quelques personnes à la rédaction du quotidien de Dantes. Parvenu devant le siège du journal, il ne se donna pas la peine de récupérer sa monnaie. Il passa à toute allure devant les camions de livraison garés près de l'entrée et se rua dans le hall où le liftier somnolait. Il n'y avait pas beaucoup de monde dans la salle de rédaction et, au-delà, dans son bureau, la lumière était encore allumée. Eddie travaillait tard, il lisait une liasse d'épreuves lorsque Luis entra.

« Luis, j'espère que tu te sens mieux, dit-il. Je sais dans quel état tu es et je n'ai pas voulu te déranger, mais maintenant que tu es là…

– Je suis venu régler des petites choses, l'interrompit Luis.

– Prends ton temps, dit Eddie. Voudrais-tu m'offrir une tasse de café ? J'ai sommeil et il me reste tout ça à revoir. » Puis il devint sérieux : « Tu peux venir demain ? Il y a un tas de gens qui veulent te voir. J'ai tous les noms et les messages là. » Il fit un mouvement du menton vers la pile sur le bureau de Luis. « Demain, surtout, des officiers de gendarmerie vont venir. Dantes a dit que tu ne peux plus te cacher.

– Mais je ne me cachais pas, dit Luis avec colère.

– Je sais, dit Eddie. Mais c'est l'impression qu'on a, surtout après la publication du récit du massacre. »

Ils allèrent à la cafétéria située au rez-de-chaussée, qui, outre les employés de Dantes, accueillait les passants et les gens qui faisaient du lèche-vitrine. Ils se dirigèrent vers leur coin préféré, et Eddie commanda un sandwich aux œufs durs et un café.

« Juste un café pour moi, dit Luis.

– Tu ne manges rien ? Tu sembles mourir de faim », dit Eddie.

Luis sourit, l'air résolu, et fit non de la tête.

Le serveur apporta la commande. Eddie commença à manger, et devint pensif. « Ça ne peut pas continuer ainsi, dit-il. Ça ne te fera aucun bien. Essaie de revenir travailler dès que tu le pourras. Il n'y a pas de thérapie plus efficace que le travail. En ce qui concerne Ester, tu ne devrais pas te sentir responsable. Ce n'était pas de ta faute. Les raisons sont bien trop complexes pour qu'on puisse les comprendre, toi et moi.

– Il n'y a pas qu'Ester, dit Luis en hochant la tête.

– Qui d'autre alors ? »

Luis but son café à petites gorgées et jeta un coup d'œil aux quelques clients présents dans la cafétéria et aux serveurs somnolents qui paraissaient s'ennuyer – il leur restait environ une heure de travail, puisque cet endroit fermait à minuit. Luis regarda Eddie et lui dit : « Je m'inquiète pour nous.

– Non, non. » Eddie fit un geste avec les mains. « Ne t'inquiète pas pour moi. Je peux me débrouiller seul, merci.

– Non, pas pour toi personnellement. Pas seulement pour toi et moi, mais pour toute notre génération. C'est une génération qui n'a vraiment aucun objectif. Nous disons que la guerre nous a rendus sérieux, qu'elle nous a mûris, que nous pourrions être des pionniers, parce que notre génération a connu les premières années de l'indépendance. Or, à quelques exceptions près, nous n'allons nulle part. La génération qui nous a précédés était intéressée par l'indépendance. À quoi nous intéressons-nous réellement ?

– À une vie de cocagne. Au rêve hollywoodien. Aux bagnoles fabriquées à Detroit. À Babylone, Rome – à la dépravation des empires agonisants.

– Nous sommes agonisants, oui – mais où est l'empire ? Nous ne sommes même pas capables de développer les régions rurales, parce que nous ne nous en soucions absolument pas – et ceux qui s'en soucient veulent d'abord provoquer un holocauste qui emportera le bon grain et l'ivraie.

– Tu peux perdre ta sérénité rien qu'à penser à l'étendue de nos problèmes, dit Eddie. Je suis sûr que Lénine et tous ces célèbres révolutionnaires riaient souvent d'eux-mêmes. Je pense que ça leur faisait plaisir de s'envoyer en l'air à l'occasion – comme de se lancer dans la lutte le moment venu.

– Je les envie, bien sûr, ces jeunes que nous connaissons qui sont maintenant dans les collines. Évidemment, pour eux, les choses sont plus claires. Et peut-être plus faciles. Nous qui sommes restés à l'arrière sommes des lâches.

– Allons, allons, rétorqua Eddie. Le mot "lâche" est à manier avec précaution. Ne généralise pas. Suppose que tu aies le cœur malade ou que tu sois incapable de tirer. Suppose que tu sois un homme qui fasse des discours et que tu te rendes plus utile rien qu'en ouvrant la bouche. Qu'est-ce que la guerre à outrance si ce n'est la politique à outrance ?

– Des justifications, dit Luis. Tu as raison, bien sûr, mais je suis fatigué des justifications. Ceux qui rationalisent – et Dieu sait si je le fais souvent – sont tout simplement des gens vidés de leur sang qui, une fois exsangues, sont faciles à corrompre.

– Appelle-ça des justifications si tu veux », fit Eddie, énervé. Il avait fini de manger et paraissait s'ennuyer. Par la porte de la cafétéria, il regarda la rue qui prenait une teinte verte lorsque l'enseigne au néon du journal s'illuminait. « Mais ce que nous faisons n'est pas particulièrement lâche, Luis. Ça l'est peut-être à tes yeux, parce que tu as tout – mais qu'en est-il pour les gens comme moi ? Je serai marqué à vie, j'en suis sûr – et je ne peux pas me le permettre.

– Tu finiras directeur général de la compagnie maritime de Dantes le moment venu, dit Luis pour lui faire plaisir. Ne t'inquiète pas. Au moins, tu l'auras mérité, mais regarde autour de toi : qui vois-tu ? Ce sont les minables qui s'octroient la plus grosse part du gâteau – les voleurs, les corrompus –, on le sait bien. Les traîtres, ceux qui ont collaboré avec les Japonais – et la guerre n'est finie que depuis cinq ans –, ce sont eux qui gouvernent actuellement, et ils se disent même patriotes. » Luis se tut et un frisson le parcourut. Il ne faisait que répéter comme un perroquet ce que son père lui avait dit. Le vieil homme n'avait pas tort, il disait la vérité. Luis reprit tristement : « Oui, ce sont toujours les opportunistes qui ont anéanti les révolutions. Ils se sont rangés aux côtés des Espagnols. Ils ont forgé nos relations avec les Américains et ont vendu les Philippins aux Japonais. Maintenant que les Huks deviennent plus puissants, je suis certain que la plupart d'entre eux leur font déjà la cour.

– Mais ça n'a rien d'exceptionnel, dit Eddie. Je suis sûr que les Romains ont rencontré le même genre de courtisans quand ils édifiaient leur empire. Ces gens font ça pour survivre et préserver leurs intérêts.

– La révolution vit, mais le rêve meurt – et nous qui avons été nourris de ce rêve, nous n'y pouvons rien, parce que nous sommes trop faibles ou trop impliqués dans le système. C'est pourquoi mon père bien-aimé et agonisant emploie une compagnie de gardes privés, qu'il estime indispensables même quand ils assassinent des villageois innocents. Il ne nous est même pas permis de mourir tranquillement, parce que les affres de l'attente seront pires que la mort. Si nous devons mourir – excuse l'emphase –, la mort doit venir, rapide, indolore, puisque nous avons été élevés ainsi, dans la crainte de la souffrance.

– Je suis sûr que ceux qui ont gardé des souvenirs pénibles de l'occupation japonaise ne seront pas d'accord avec toi, dit Eddie. Eux savaient ce qu'était la souffrance.

– Non, pas ce genre de souffrance, dit Luis. La souffrance physique est quelque chose de bien trop simple, bien que rien ne lui soit comparable.

– Quoi qu'il en soit, épargne-moi ça », dit Eddie brutalement. Puis, sérieux, il ajouta : « Luis, j'espère que tu te remettras très vite. N'oublie pas que cette publication est ton bébé. Tu l'as créée. Bien sûr, je peux toujours m'en charger, mais il lui manquera ce qui fait sa spécificité, qui vient de toi. »

Luis tourna sa cuiller dans son café. « J'aimerais que tu cesses de me parler comme un maudit prédicateur, à essayer de me motiver et toutes ces salades.

– Je le pense, dit Eddie. Peut-être que je pense aussi à moi, mais ce que j'essaie de te dire, c'est qu'agir comme tu le fais n'a aucun sens. Ce n'était pas plus de ta faute que celle d'Ester. À la rédaction, personne ne te reproche quoi que ce soit. »

Luis se pencha en avant et jeta à Eddie un regard furieux. « Mais c'était de ma faute, plus qu'Ester ne le saura jamais. Je ne lui ai donné ni énergie ni sympathie au moment où elle en avait le plus besoin. J'étais bien trop soucieux de ma seule petite personne. » Il se leva, se dirigea vers le comptoir et régla l'addition. Eddie le suivit jusqu'à la sortie et, dans le hall, Luis lui dit : « Très bien, je vais essayer de venir demain. »

Au moment de se séparer, ils se serrèrent la main, ce qu'ils faisaient rarement. Il se remit à pleuvoir – une légère bruine –, et Luis s'abrita sous la marquise. Serrant sa veste sur sa poitrine, il s'assit au pied de l'une des colonnes. Au-delà du trottoir d'un noir d'ébène lui parvint le martèlement de sabots de chevaux sur l'asphalte. De temps à autre, les phares plats d'une voiture qui passait dans un clapotement illuminaient son visage. Lorsque la pluie cessa enfin, il traversa la rue et se dirigea vers la *plaza* Goiti. Il leva les yeux ; il était minuit et Eddie était encore là-haut, en train de travailler. Il faisait froid et, *plaza* Goiti, Luis héla un taxi, abandonnant l'idée de marcher jusqu'à ce qu'il fût fatigué et pût s'endormir sans difficulté. Il ne s'arrêta pas devant sa maison. Il descendit du taxi bien avant et longea la digue déserte, la mer aux flots noirs, informes, mais houleuse et vivante. Le trajet serait long jusqu'à l'allée bordée de *gumamela*. Il monterait vers la véranda, ouvrirait la porte et passerait devant le salon silencieux, avec son piano muet dont jouait Ester et ses étagères pleines de disques, puis il se retrouverait dans sa chambre, s'allongerait, écoutant sa propre respiration, le petit bruit sec que faisaient les lézards sur le mur et la course précipitée des souris dans les recoins du plafond. Il se remémorerait les paroles d'Ester, repenserait à la douceur de ses bras autour de lui, au goût de ses larmes et au battement de son cœur contre le sien. *Mon Dieu, nous ne faisions qu'un, proches comme jamais deux êtres ne le furent, et elle a dû fuir, me fuir moi plus que la vie.*

Luis s'affala sur la digue trempée par la pluie et, se penchant en avant, il s'effondra et finit par trouver un soulagement à son chagrin en gémissant bruyamment, presque comme une femme. Il sanglotait encore lorsqu'un policier émergea de l'ombre, frappa légèrement son épaule de sa matraque et lui demanda s'il était ivre. Luis se tourna vers ce visage anonyme et, dans les premières lueurs de l'aube turquoise – car c'était le point du jour –, il se leva lentement et murmura « non » d'un ton calme et catégorique. Il remonta le boulevard et rentra directement chez lui, comme si l'y attirait cette force qui pousse un assassin à revenir sur les lieux de son crime.

CHAPITRE XIV

Pendant ses cinq jours d'absence s'étaient empilés sur son bureau des lettres, des télégrammes et divers messages qu'il aurait lus avec plaisir, car la plupart contenaient des félicitations. Mais, à présent, ils ne lui procuraient aucune satisfaction, ni ne démontraient sa probité. Ils lui rappelaient simplement des émotions passées. Il les parcourut négligemment, puis les déposa dans un tiroir latéral.

Le téléphone sonna, Eddie répondit. « C'est le patron, dit-il à Luis. Il veut te voir. »

Dantes parut soulagé. « Ah, vous avez fini par venir ! dit-il aussitôt que Luis fut en ligne.

– Je ne me sentais pas bien, monsieur. J'espère que je ne vous ai pas dérangé.

– Je comprends. Cela a été un choc pour vous, Luis, mais, ne l'oubliez pas, cela a été pire pour nous. Avez-vous écrit ou téléphoné à votre femme pour l'informer ? Elles étaient très amies, vous savez.

– Non, monsieur », répondit Luis, se sentant coupable. Il aurait dû informer Trining, mais il valait sans doute mieux qu'elle n'en sût rien. Marta et Simeon lui avaient peut-être parlé de cette tragédie, pourtant le fait qu'elle n'eût pas appelé laissait supposer qu'elle n'était pas encore au courant.

« J'espère que vous allez mieux à présent, dit Dantes. Pouvez-vous venir immédiatement dans mon bureau ? Des officiers seront là dans une heure, ils veulent éclaircir certains points au sujet de votre numéro spécial. »

Lorsque Luis raccrocha, Eddie le regardait d'un air interrogateur.

« C'est la gendarmerie, se borna à dire Luis.

– Patience », dit Eddie au moment où Luis ouvrait la porte.

Quelques hommes assis à leur poste tournèrent la tête vers lui. Peut-être se doutaient-ils de ce qui l'attendait dans le bureau du directeur, peut-être lui enviaient-ils ce courage qu'eux-mêmes, le conformisme et l'âge aidant, avaient perdu, mais Luis ne s'attarda pas, n'éprouvant pas l'envie d'échanger quelques mots même avec ceux qui le connaissaient bien. C'était son problème et il devait le régler seul.

Mlle Vale l'attendait et elle eut un sourire de pure forme lorsqu'il s'arrêta devant son bureau. Efficace, peu encline aux commérages, elle faisait partie des employés en qui Dantes avait le plus confiance. Le bruit courait qu'elle était une sœur illégitime de Dantes, mais elle avait la peau sombre et était ilokano, tandis que lui avait la peau claire et venait de Negros. « Allez-y », dit-elle à Luis en souriant. Il fut enchanté de découvrir que ce sourire lui donnait un air de jeune fille.

Dantes ouvrait son courrier à l'aide d'un coupe-papier en or, et sur son vaste bureau circulaire se trouvaient des exemplaires des journaux du matin, dont le magazine de Luis. « Asseyez-vous, Luis, dit-il sans se tourner vers son rédacteur en chef. Si vous voulez un verre, le bar est là-bas. » D'un mouvement du menton, Dantes indiqua le meuble vitré à l'autre bout de la vaste pièce, par-delà l'étendue de moquette bleue et la table de conférence.

– Il est trop tôt, monsieur », répondit Luis.

Très élégant dans son costume de lin couleur crème, avec

ses chaussures en crocodile et sa cravate en soie verte, Dantes se leva. Il fit craquer ses jointures – un signe de nervosité – et se mit à faire les cent pas, la tête baissée, comme absorbé dans ses pensées. « Je me suis souvent interrogé à votre sujet, dit-il enfin, fixant un instant sur Luis un regard embué. Pourquoi votre fortune vous met-elle mal à l'aise, Luis ? Ce n'est pas un crime d'être riche, vous savez.

– Non, monsieur, dit Luis. Je ne me suis jamais considéré comme un criminel. » Il s'entendit parler avec assurance. « J'aime mes aises. Après tout, cela fait partie de mon héritage et je suis sûr que mon père veut que j'en profite. »

Dantes s'approcha de la table de conférence en *narra* – un immense plateau en bois rectangulaire d'une seule pièce protégé par une vitre et flanqué d'une douzaine de chaises dorées sculptées à la main. Sa voix parut lointaine. « Quiconque vous lit en conclurait que vous haïssez les riches et que vous nous considérez tous comme des canailles qui font de l'argent sur le dos du prolétariat. Même si c'est le cas, je vous prie de ne pas oublier qu'il y aura toujours des pauvres et ce n'est pas notre faute. Ils seront toujours là parce qu'ils sont stupides, et ils sont stupides parce qu'ils sont pauvres. Ils sont là parce qu'ils sont paresseux, qu'ils n'ont pas de capital, aucune motivation, aucune imagination, et aucune envie de travailler. Pourtant, dans n'importe quelle société, quelques-uns de ces malheureux feront leur chemin. L'histoire en est pleine. Au sein de votre propre élite, à Manille – et vous savez à quel point je méprise les nouveaux riches –, beaucoup ont commencé avec seulement la langue bien pendue et la main preste…

– Mais pourquoi y aurait-il toujours des pauvres ? demanda Luis avec un certain embarras, comme s'il s'adressait à lui-même. Si c'était le cas, je devrais admettre que l'exploitation est inhérente à toute société. Nous touchons là à la nature de l'homme – au mal qui est en lui… »

Dantes jeta un coup d'œil à Luis et eut un petit rire avant

de répondre : « Ah, Luis – exactement comme lors de mes études supérieures de philosophie ! Ah, mes années d'étudiant ! » Il poussa un soupir. « Nous n'allons pas tarder à aborder la théologie, puis la fuite hors de la réalité, puis le nirvana, ce genre de choses. Je continue à lire, Luis, quoique pas beaucoup. » Il fit de nouveau un mouvement du menton pour indiquer les livres qui tapissaient le vaste bureau. Dantes était en effet un homme très cultivé, et tous les historiens du pays connaissaient son importante collection de livres rares sur les Philippines, dont une des premières éditions de la *Doctrina,* le premier ouvrage imprimé dans l'archipel.

« Je le sais, monsieur, dit Luis avec humilité. Et c'est pour cette raison que je considère comme un privilège le fait même que vous me demandiez mon opinion ou me parliez ainsi.

– Assez de flatterie, fit Dantes, mais de toute évidence il était ravi. J'aime les bouddhistes – ils semblent posséder toutes les réponses. Le bouddhisme tantrique m'amuse particulièrement. Vous devriez voir ma collection d'œuvres d'art tantrique un de ces jours – la plupart proviennent de l'Inde et du Népal. Ah, mais je m'égare. Ce que je veux dire, c'est qu'il n'y aura pas toujours des pauvres. C'est pourquoi des révolutions jalonnent l'histoire. Vous pensez que ce sont les communistes, les marxistes, qui ont inventé la révolution ? Cela remonte à l'Égypte ancienne ; à Spartacus à Rome. Tout au long de l'histoire, le sang a coulé et ce n'est pas beau à voir, Luis. Je ne pense pas vraiment que vous vouliez la révolution. Vous êtes exactement comme moi, vous vous faites des illusions, trop attaché à votre confort pour poursuivre la plupart de ces chimères – cela dit (il se tut et pointa un doigt vers le jeune homme), je ne vous accuse pas d'hypocrisie.

– Merci, monsieur », dit Luis, soulagé. Il commençait à étouffer et sentait son sang affluer à ses tempes.

« Je crois comprendre vos motivations, reprit Dantes. Je pense que vous ne savez pas trop où vous en êtes, que vous êtes indécis, même en ce qui vous concerne. La justice, chaque homme la recherche, même moi. J'ai aussi une vision, j'aime à le penser. Je voudrais voir ce pays se développer, se couvrir de villes prospères, avec des gens ayant de l'argent pour profiter de la vie, acheter de bonnes choses au marché, ce que nous produisons...

– Comme en Amérique, dit Luis d'une voix égale, mais l'ironie de son propos fit mouche.

– Ne parlez pas ainsi, dit Dantes. Vous devez considérer le progrès en termes économiques, ses aspects sociaux suivront puisque, dans cette société, être conscient des sentiments des autres a toujours fait partie de la tradition. Ne voyez-vous pas, Luis, ce que j'essaie de faire ? Je veux jouer un rôle non seulement dans l'industrie, mais dans les communications. La radio et la télévision – nous les avons désormais –, l'énergie, l'électricité, le commerce maritime et les transports – tout le complexe qui devrait faire décoller ce pays. »

Avec les Dantes aux commandes, songea Luis.

« Je sais que la manière dont vous avez rejoint mon groupe vous a contrarié, mais je ne supporte pas les gens qui ont une vision différente de la mienne, que, par Dieu, je sais être juste. De plus, vous devez finalement me juger non sur mes paroles mais sur mes actes. Et qu'ai-je accompli ? Pensez à ces milliers de gens qui ont un emploi rémunéré et bénéficient de quelques-uns des plus importants privilèges de tout le pays. Bien sûr, mes ambitions ne se limitent pas à cela, c'est la raison pour laquelle je désire qu'il y ait des nationalistes parmi les membres de mon personnel. Nous devons nous moderniser, et ce n'est pas une affaire de discours mais de mentalité. Nous devons cesser de mener une vie de forçat – pour employer vos affreux clichés. »

Luis rumina cette idée. C'est ce qu'on fit durant l'ère

Meiji, le chant des sirènes qu'on entendit dans tous les pays neufs – cesser d'être esclave non seulement de la tradition, mais aussi de la mère patrie.

Luis ne put s'empêcher de demander : « Pour qui allons-nous nous moderniser, monsieur ? Pour qui allons-nous nous échiner, sauter des repas et même tuer nos frères afin d'être modernes ?

– Vous êtes cynique et vous n'avez pas confiance en moi, répondit Dantes avec une nuance de tristesse dans la voix. Comme j'aurais aimé que vous ne posiez pas une telle question, parce qu'elle laisse entendre que je travaille uniquement pour moi-même. Oui, c'est vrai, j'aime l'argent et le pouvoir, mais je ne vivrai pas éternellement – comme vous, j'ai été jeune, regardez-moi à présent. Je ne suis pas en aussi bonne santé que je le parais... »

Luis se souvint qu'on racontait que Dantes était allé dans ces cliniques suisses suivre des cures de rajeunissement afin d'améliorer sa virilité – des extraits de glandes de singe, toutes ces choses que les riches pouvaient s'offrir – et, tandis que cet homme fortuné continuait à parler d'une voix monotone, presque comme un hypocondriaque, de sa mort prochaine, Luis découvrait le point faible de Dantes, ce qui l'amena à songer à ces gens qui, comme cet homme, possédaient tout, mais étaient conscients que tout était éphémère.

« *Sic transit,* disait Dantes. Dans mon cas, ce pourrait être un cancer ou une crise cardiaque – ou simplement les complications habituelles auxquelles on peut s'attendre quand on vieillit. » Il hocha lentement la tête et son regard erra sur la ville qui s'étendait devant sa fenêtre panoramique – des taches de tôle et de ciment, les arbres d'un vert maladif et un ciel gris et nuageux. Sa voix parut lointaine et soudain froide. « J'ai beaucoup réfléchi à la justice, mais je vais être plus clair – ce devrait être conforme à ma nature. Je fais les lois parce que je suis ce que je suis – le patron, le *hacendero,* le seigneur féodal –, tous ces poncifs sociologiques que vous employez. J'aime ce rôle. Il me donne un sentiment de satisfaction profonde, presque voluptueuse – pour employer encore un de vos termes en vogue –, de supériorité, celui d'avoir accompli quelque chose et de réussir. La justice que je dispense est ma propre justice, car je suis le maître, et cette justice s'appliquera aux travailleurs pour lesquels vous proclamez votre amour et votre affection non pas avec largesse, mais au compte-gouttes. Si vous voulez bien excuser mon ironie, combien payez-vous votre chauffeur et vos domestiques ? Quelles sont les conditions du métayage dans l'hacienda de votre père ? »

Luis, irrité, leva la main en signe de protestation, mais Dantes, avec un geste autoritaire, passa outre et poursuivit presque avec emphase : « Les pauvres ne savent pas ce que c'est que de vivre dans l'opulence. Ils ne l'apprécieraient pas puisqu'ils n'y sont pas habitués. Nous, nous sommes des Occidentaux – nos désirs, nos ambitions sont sans limites. Eux, ils sont des Asiatiques – des primitifs, avec des désirs limités et une vision tout aussi limitée. Ils resteront toujours des travailleurs, ne l'oubliez pas. C'est le destin des hommes de naître inégaux. Ceux qui sont intelligents réussiront dans n'importe quelle société, qu'elle soit démocratique ou totalitaire. L'idéologie ne signifie rien pour ceux qui ne connaissent pas la différence entre le caviar et le *bagoong*. Entre la margarine et le beurre danois. »

Dantes se tut et un éclair brilla dans ses yeux – mais seulement un instant. Son regard redevint chaleureux. « Veuillez excuser mon enthousiasme, dit-il avec un petit rire. Parfois, j'ai vraiment l'air d'un démagogue ou d'un maître d'école, et j'oublie que vous êtes non seulement rédacteur en chef, mais aussi l'un de nos plus éminents jeunes écrivains. »

Luis négligea soigneusement le compliment. « Merci, monsieur, mais je ne peux m'empêcher de penser que vous semblez croire que les classes populaires ont des rêves utopiques. Je vous assure que la plupart du temps ce qu'ils désirent, ce sont trois repas par jour, l'éducation pour leurs enfants et des médicaments quand ils tombent malades. » Il s'arrêta, prenant soudain conscience qu'il ne faisait que répéter ce que son frère avait dit. « Et ils n'ont rien de cela. Êtes-vous déjà allé à l'Hôpital général des Philippines, monsieur ? » Il se savait insolent en posant cette question, car, chaque année, c'était à la Clinique Mayo que Dantes se rendait pour faire un bilan de santé. « Avez-vous vu les malades qui reçoivent des soins gratuits dormir dans les couloirs et mourir parce qu'ils manquent de médicaments ?

– C'est au gouvernement qu'incombe cette responsabilité, Luis, pas à moi. Dans mes sociétés, vous ne trouverez pas un seul employé qui ne bénéficie pas de la meilleure assistance médicale et d'une pension de retraite – bien au-delà de ce que revendiquent tous ces dirigeants syndicaux malhonnêtes. J'ai octroyé tous ces avantages aux employés sans qu'ils le demandent. Personne ne peut me donner de leçons sur les droits ou les besoins des pauvres. »

L'interphone grésilla. La voix de Mlle Vale leur parvint distinctement : « Les deux officiers sont arrivés, monsieur. »

La voix de Dantes changea aussitôt : « Servez-leur quelque chose et dites-leur que nous serons prêts dans quelques instants. »

Dantes se tourna vers Luis et dit sur un ton grave : « Vous vous rendez compte que je viens de faire un discours. » Cette gravité s'évanouit rapidement et il eut un sourire triste. « Je deviens vraiment incohérent parfois, mais il y a ces deux officiers là-bas, et, avant qu'ils n'entrent, je veux que vous sachiez qu'il n'existe qu'un seul camp – le mien. Ce qui est bien ou mal – vrai ou faux – ne m'intéresse pas. Ce qui m'intéresse le plus, c'est que rien n'arrive à ce groupe. Que les choses soient claires : je vous soutiendrai jusqu'au bout, mais seulement si vos idées tiennent compte des orientations que j'ai indiquées. »

Luis hocha la tête. Pour lui, il ne faisait plus aucun doute que le patron lui avait réellement fixé une limite. Il ne pouvait cependant qu'apprécier Dantes et son franc-parler, sa façon de signifier clairement ce qu'il avait à dire et l'homme qu'il était. Depuis le tout début, Luis n'aurait pas dû se faire d'illusions – comme l'avait dit Ester, cela aurait dû se perdre dans les profondeurs de son subconscient. Si elle était là… *Oh, Ester, si tu étais là, tu serais gentille avec moi, tu me réconforterais, tu me donnerais la main et dirais que le monde a toujours été ainsi, que nous n'y pouvons rien sinon être proches l'un de l'autre et partager du mieux que nous pouvons notre douloureuse impuissance.*

« Dans un sens, nous avons eu de la chance, disait Dantes à voix basse. L'armée n'est pas aussi corrompue ou avide de pouvoir qu'en Amérique latine, et il est facile d'arranger les choses, parce que les officiers cherchent uniquement à monter en grade.

– Mais elle sera corrompue un jour ou l'autre, monsieur, dit Luis. Cela commence déjà. Comme toutes nos institutions, l'armée se corrompra, parce qu'elle n'aura plus de vision et que le sommet de sa hiérarchie recherchera seulement des profits matériels. Cela commencera par le sommet, non parmi les soldats et les caporaux. Mais cela se propagera vers le bas et on ne pourra plus l'arrêter, car les dirigeants auront été contaminés ; les colonels ne feront plus confiance à leurs généraux, les lieutenants ne feront plus confiance à leurs colonels, et les soldats ne feront plus confiance à leurs lieutenants. Le patriotisme devient une mascarade, un moyen d'obtenir des récompenses. Un dictateur viendra alors parader sur son cheval blanc. Ce qui lui sera facile – car tant que notre armée ne se rangera pas du côté des pauvres… »

Dantes l'avait écouté, il eut néanmoins le dernier mot : « Quelle armée au monde a jamais été l'instrument des pauvres ? Elle a toujours été et sera toujours celui de l'État – et donc des puissants ! »

Fin de l'entretien. Dantes regagna à grands pas son bureau pour atteindre l'interphone.

Deux officiers, un gros colonel qui se déplumait et un commandant au visage ascétique, entrèrent. Ils ne tendirent pas la main à Luis lorsque Dantes les lui présenta. « Colonel Cruz, commandant Guttierez. » Ils fixaient le patron, dont le regard perçant ne s'adoucit pas, même lorsque tout le monde fut assis.

« Ces messieurs se sont rendus dans votre ville, Luis, dit-il. Et ils veulent vous détromper au sujet du massacre.

– Il n'y a rien à en dire, fit Luis. Tout était dans le magazine, monsieur Dantes. Il n'y a pas matière à discussion – à moins qu'ils aient du nouveau à ajouter. S'ils souhaitent un droit de réponse, nous le publierons, bien sûr, c'est une question de principe. »

Le colonel réagit au ton bravache de Luis : « Au contraire, il nous reste beaucoup de choses à aborder, dit-il d'une voix où perçait l'hostilité. Des inexactitudes, des omissions – qui toutes nous ont montrés sous un jour fort peu favorable. Vous auriez dû vérifier les faits avant d'écrire n'importe quoi. »

Dantes répliqua aussitôt, s'adressant aux deux officiers : « Je vous en prie, abordons ces questions calmement. »

Sa vieille haine se ralluma en Luis. « Il n'y avait rien à vérifier, dit-il. J'ai vu la fosse dans laquelle ont été enfouies les victimes sans recevoir de sépulture décente. J'ai parlé avec quelques habitants du village qui ont échappé à vos hommes et aux gardes de mon père. J'ai vu que l'endroit où se dressaient les maisons – tout un *barrio,* cela dit – a été aplani. Je n'ai pas besoin d'autres preuves. »

Le colonel ne parut pas impressionné. Il alluma une cigarette, aspira la fumée, l'air désinvolte, et se tourna vers Luis avec une assurance dédaigneuse. « Puisque vous êtes aussi convaincu, j'espère que vous consentirez à écouter notre version des faits. Vous n'avez pas mentionné ceci : les villageois étaient des partisans actifs des Huks, l'un des principaux chefs huks dans le centre de Luzon était originaire de ce village – vous le connaissez bien, je crois. Vous n'avez pas mentionné qu'il y a eu un accrochage – que les villageois ont fait feu les premiers...

– Vingt d'entre eux ont été tués sans qu'il y ait eu une seule victime parmi les gardes privés ou les troupes.

– Uniquement parce qu'ils sont bien entraînés. » Le commandant se mit à rire, mais son visage ascétique resta impassible. Il ouvrit son porte-documents et tendit à Luis une liasse de papiers. « Lisez ceci », dit-il.

Luis la prit et la parcourut. Le rapport, une aride prose bureaucratique, émanait manifestement de leurs services.

« Il s'agit de votre version, dit Luis. Vous êtes des hommes importants, mais qui se rangera aux côtés de ces gens – de petites gens –, dont les intérêts devraient vous préoccuper, puisque le gouvernement est censé servir le peuple ? »

Le colonel eut un large sourire. « Vous parlez comme si vous étiez leur porte-parole attitré. Pourquoi ne pas être vous-même, monsieur Asperri ? » Luis sentit du mépris dans sa façon de prononcer les deux derniers mots. « Vous savez parfaitement que vous ne faites pas partie des petites gens. Vous êtes très important, monsieur. » Le colonel prit une grosse enveloppe dans son porte-documents. Se tournant vers le directeur du journal, il dit : « Ceci prouvera, je pense, nos affirmations. Lisez-le, monsieur. C'est l'écriture du père de notre rédacteur en chef, le plus grand propriétaire terrien de la province. On a de la peine à croire qu'il ait engendré un tel fils. Si un père n'a pas confiance en son fils, qui donc lui fera confiance ? »

Dantes lut attentivement la première page, puis la deuxième. Il s'arrêta et dit d'un ton morne : « Luis, votre père a le sentiment que vous aviez des idées préconçues en écrivant cet article. Il n'y a pas eu de massacre – juste un accrochage. Il y en a tellement dans le centre de Luzon, vous savez. Ils ont commencé même dans les Visayas et à Negros. Par ailleurs, votre père dit que ces deux messieurs savent d'où viennent vos préjugés. Voulez-vous me le dire ? Tenez, lisez vous-même. »

Les deux officiers se tournèrent vers Luis et le commandant dit : « Personnellement, je ne tiens pas à parler de votre passé ni de votre vie privée. » La médaille qui ornait sa poitrine prouvait qu'il était un vétéran de Bataan. « Je comprends parfaitement que vous soyez plein d'amertume, mais nous devrons rompre notre silence... »

Tout le monde est au courant, tout le monde ! Il fut un temps où Luis ne s'en serait pas soucié, où ni le mépris ni les éloges ne l'auraient affecté, où rien n'aurait ébranlé ses convictions, mais, en cet instant de vérité, il était trempé de sueur et se sentait humilié.

« ... Et vous démasquer, poursuivit le commandant. Expliquer à tout le monde la raison de votre parti pris, de vos préjugés. Peut-être pensez-vous que ce n'est pas juste, mais, autrement, comment expliquer que vous soyez incapable de voir les choses comme nous ? Nous devrions exiger de vous d'être objectif en tant que rédacteur en chef, mais vous ne l'avez pas été. Eh bien, tout est désormais entre vos mains. L'avenir... »

L'avenir – ce mot avait-il un sens à présent ? Ses mensonges – le fait d'avoir renié Sipnget et sa mère – avaient fini par le rattraper.

« Qu'avez-vous à dire, Luis ? demanda Dantes en indiquant les documents que don Vicente avait rédigés. Votre propre père désavoue vos propos.

– Nous avons fait examiner l'emplacement du *barrio.* » Le colonel eut un rire désinvolte. « Il n'y avait absolument pas de fosse. Certes, le village a été incendié. Vous savez que ce sont des choses qui arrivent quand les maisons couvertes de chaume sont proches les unes des autres. Tout le village a été rasé – mais nous n'y sommes pour rien. C'est son père le responsable. Nous ne nions pas que deux villageois aient été tués – seulement deux –, et je pense que notre rédacteur en chef sait de qui il s'agit. Ils ont été emmenés par les villageois eux-mêmes quand ils sont partis. Selon eux, ils ont reçu une sépulture décente. Je défie quiconque d'aller là-bas et de nous montrer la fosse commune quitte à creuser le sol centimètre par centimètre ! »

Tout est fini. Luis serra les dents. Mon propre père m'a vidé de toute substance. « Appelez cela comme vous voulez, dit-il. Allez savoir comment vous avez pu retrouver les réfugiés, alors que je suis sûr que vous les avez dispersés à l'heure qu'il est. Comment puis-je recueillir les témoignages de personnes qui ont peur ? Les cadavres confirmeront ce que j'ai dit si les vivants ne le font pas. »

Le commandant eut de nouveau un rire contraint. « Je vois que vous êtes superstitieux. Je ne pense pas que ce soit bon quand on est journaliste. »

Les officiers se levèrent, raides comme des piquets, et se préparèrent à partir, leur casquette Pershing à la main. « Votre histoire est très intéressante, dit le colonel. J'espère qu'un de ces jours nous aurons une longue conversation.

– Dans une prison militaire ? demanda Luis avec mépris.

– Vous nous avez mal compris, dit le colonel. Mais peut-être pourrez-vous m'expliquer pourquoi des Philippins tueraient leurs propres frères. C'est du moins ce que vous semblez insinuer. Nous ne sommes pas riches comme vous, monsieur Asperri. Sans le gouvernement, où votre père a son mot à dire, nous ne sommes rien – et qui a fait ce gouvernement, monsieur Asperri ? Ce sont les habitants de Rosales et de Sipnget – ainsi que votre père, vous-même et monsieur Dantes. »

Luis avait dépassé le stade de la colère et ce fut d'une voix claire qu'il reprit les paroles de son père : « Ce sont les puissants qui font les lois, et celles-ci ne sont pas faites pour les faibles. »

« Vos convictions politiques semblent sortir tout droit du Moyen Âge, dit le colonel. Je suis désolé, mais nous ne sommes pas venus parler politique. Nous sommes venus simplement pour vous donner l'occasion de vous rétracter avant que nous ne prenions des mesures. Il est tout à fait normal que vous connaissiez notre position. Nous vous laissons le choix et, pour employer votre propre langage, vous avez une date limite. Monsieur Dantes est au courant... »

Ils saluèrent, effleurant leur casquette en un simulacre de politesse, puis serrèrent la main du patron de presse avant de se diriger vers la porte d'un pas ferme. Luis se rassit et fixa du regard les papiers posés sur le bureau de Dantes, la déclaration signée par son père que les officiers avaient laissée afin qu'il la lût. Il reconnut sans le moindre doute sa façon de s'exprimer, de même que la signature irrégulière.

« J'espère que vous avez écouté attentivement ce qui s'est dit, fit Dantes, l'air renfrogné. Nous sommes dans de beaux draps. Ils sont venus hier me parler de ce qu'ils allaient faire. Eddie m'a dit que vous ne veniez pas au bureau, ce que je comprends. Et maintenant ceci.

– Ce sont les risques du métier, monsieur », dit Luis.

Dantes se rapprocha de lui et posa un bras sur son épaule. « Luis, ne compliquons pas les choses. Je ne veux pas me retrouver le dos au mur. Ni être obligé de choisir quelle hache mes bourreaux utiliseront.

– N'est-ce pas déjà fait ? »

Le patron de presse fronça les sourcils et sur son visage fatigué, vieillissant, ses lèvres minces ne formèrent plus qu'un trait. « Luis, que s'est-il passé réellement ? Pourquoi en voulez-vous à votre père ? Après tout, on lit chaque jour dans la presse que de semblables accrochages ont lieu et on doit apprendre à ne pas se laisser démonter. Ce n'est pas la fin du monde si un village est incendié et si vingt personnes – selon ce que vous avez dit – meurent. Les accidents de la route font plus de victimes en une journée dans le pays.

– Nous avons appris à considérer l'assassinat comme un fait quotidien, dit Luis. Dans ce cas, on peut tout aussi bien cesser de vouloir que s'instaure un jour l'ordre public. On meurt quand on cesse d'être en colère.

– Là n'est pas la question, Luis, dit Dantes qui s'éloigna et fit face au jeune homme. Nos moyens sont limités. Nous ne pouvons pas nous battre pour toutes les causes comme si elles avaient la même importance. C'est ainsi. Pour certaines, nous risquons gros. Nous ignorons simplement les autres – ou nous les classons en attendant le moment favorable. Voyons, c'est ce que ces deux officiers veulent que nous fassions – publier un démenti et déclarer qu'il n'y a pas eu de massacre, à moins que nous soyons prêts à mener notre propre enquête. » Il se dirigea lentement vers la grande baie vitrée par où le soleil entrait à flots. « À vous de décider, dit-il à voix basse.

– Comme vous voulez, répondit Luis au bout d'un moment. Mais je ne ferai pas de démenti. Il est exclu que votre publication soit impliquée dans une affaire qui ne concerne que mon père et moi. C'est entre lui et moi, et nous résoudrons le problème à notre manière. Je vais devoir donner ma démission, et ils peuvent me poursuivre en justice à titre individuel si ça leur chante. » Il n'avait pas vraiment réfléchi à cette idée, mais elle lui parut aussi naturelle que le fait de respirer.

Dantes, qui regardait toujours par la fenêtre, dit avec une pointe de tristesse dans la voix : « Vous avez fait le choix le plus difficile. Je m'en doutais, mais j'espérais que vous verriez les choses de mon point de vue. Nous n'avons pas vraiment le choix. Soit nous ferons ce qu'ils veulent que nous fassions, soit ils nous mèneront la vie dure. Je vais jouer de mon influence pour sauver le magazine, mais – et je vous parle en toute franchise –, il ne figure pas en tête de mes priorités. Vous savez parfaitement que j'ai d'autres intérêts. J'avais pensé que ce serait une sorte de passe-temps. Je m'exprime peut-être avec trop de sincérité en considérant comme un passe-temps ce qui fait votre vie, votre carrière – mais que voulez-vous ? Ne sous-estimez jamais le pouvoir du gouvernement – pas de la bureaucratie en tant que telle. J'ai aussi des ennemis. Il se peut que vous l'ignoriez, mais plus de cinquante pour cent des annonces publicitaires ont déjà été retirés de votre prochain numéro. Vous en serez informé cet après-midi quand le service de la publicité vous fournira la liste. Vous n'êtes pas sans savoir que le gouvernement contrôle le papier à travers la réglementation des changes. Et ce n'est qu'un début.

– Tout cela simplifie les choses, monsieur Dantes, dit calmement Luis.

– Nous pouvons tenir quelque temps, Luis. » Dantes se tourna vers lui. « Le monde n'est pas vraiment aussi impitoyable que vous le dépeignez. Regardez-vous : vous-même, ne constituez-vous pas un paradoxe ? Entre les extrêmes, il existe un vaste terrain d'entente, si vaste que nous pouvons nous y arrêter tous les deux et nous ficher du reste du monde... » Le regard de Dantes était plein d'espoir.

« Je suis vraiment désolé de vous avoir créé autant d'ennuis, monsieur, mais, vous savez, si Ester était en vie (les mots s'étranglèrent dans sa gorge), si elle était là et si je pouvais en discuter avec elle, elle... elle serait d'accord avec moi. » Il se leva, mais Dantes le retint.

« Cela ne peut pas se terminer ainsi, dit-il. Je crois que nous nous comprenons mieux à présent. Vous avez évoqué Ester – elle était ma fille unique et je l'aimais beaucoup. Je veux que vous restiez, Luis. »

Luis se dirigea vers la porte. « Il faut résoudre le problème, monsieur, et je ne vois pas d'autre solution. »

Dantes vint vers lui et ils se serrèrent la main. La poignée de main du patron de presse était ferme et froide. « Vous pouvez publier le démenti, monsieur, dit Luis. Eddie est quelqu'un de bien, si vous décidez d'arrêter la publication, j'espère que vous le garderez.

– Voulez-vous qu'on publie un communiqué ou autre chose ?

– Non, monsieur », répondit Luis.

Dantes lâcha sa main et Luis sortit.

Eddie marchait de long en large lorsque Luis entra et alla s'asseoir, l'air épuisé, sur le canapé, près de son bureau. « Alors, que s'est-il passé ? demanda Eddie.

– J'ai glissé un mot en ta faveur, répondit simplement Luis. C'était la moindre des choses. » Il se releva et entreprit de débarrasser son bureau et de trier les articles dont il aurait dû s'occuper. « Je ne sais pas si le patron va conserver le magazine. Si c'est le cas, c'est très certainement toi qui le dirigeras. S'il décide de l'arrêter, tu seras intégré dans ses autres entreprises.

– Comment en est-on arrivé là ? Je ne pensais pas qu'on en arriverait là. N'est-ce pas disproportionné pour de simples révélations ? »

Luis alla vers son bureau. « C'est ça, l'armée ! dit-il. Quant à Dantes, on ne figure pas parmi ses priorités, c'est tout.

– Voyons, je n'arrive pas à voir ce qui est important et ce qui ne l'est pas, dit Eddie, l'air mécontent. Si Dantes pense que vingt victimes ne comptent pas, je ne peux pas continuer à travailler pour lui. J'ai l'habitude du ruisseau, Luis. » Il s'étira sur le canapé, fit tomber ses mocassins marron et remua les orteils.

« Je suis désolé, Eddie », dit Luis en vidant ses tiroirs des lettres et des manuscrits qu'ils renfermaient. C'était comme s'il fouillait dans son passé – seulement il ne pouvait pas extraire des fragments du passé de ses tiroirs et les déposer comme des trombones ou des bibelots sur la vitre qui protégeait son bureau, où, reconnaissant chacun d'eux, il aurait pu dire : ce fragment de ma vie est important.

Eddie l'observait en silence. « Dans un sens, Dantes a raison. Tu es plein d'amertume, tu sais. »

Luis jeta une poignée de ce bric-à-brac dans la corbeille et le regarda avec colère. « Je connaissais ce village, je pouvais appeler chaque habitant par son nom. Ils ne représentaient pas seulement des statistiques – c'étaient des êtres humains. »

Eddie se redressa. « Je ne le nie pas. Ils doivent beaucoup compter pour toi. Regarde ce que tu t'infliges. Laissons tous ces stéréotypes sur le devoir, la vertu, la justice, tu as aussi des devoirs envers toi-même et envers tes proches – ton père par-dessus tout. Pourquoi ne serait-il pas d'accord avec toi ? »

Le contenu sans intérêt des tiroirs de Luis se réduisait à présent à un petit tas de souvenirs. Cela n'avait plus guère d'importance. Eddie lui avait témoigné de la loyauté, du respect, et avait noué avec lui ce type de relation qui ne pouvait résulter que d'une confiance mutuelle. « Il y a certaines choses que tu ignores à mon sujet, dit Luis calmement. Ce n'est pas que le massacre n'a pas eu lieu. Dieu sait qu'il a eu lieu, mais je ne t'ai pas dit pourquoi il m'a profondément bouleversé. Mon grand-père est une des victimes. Et ma mère, elle a été trompée et menée à sa perte. Tu m'as peut-être entendu dire qu'elle était morte depuis longtemps – c'était un mensonge commode.

– Luis, c'est impossible, dit Eddie. Si c'est vrai, que tu écrives sur le massacre n'est pas suffisant. »

Luis eut un sourire désabusé. « Je voudrais tellement pouvoir faire quelque chose – mais quoi, Eddie ? Comme mon père l'a dit, ce n'est pas la vérité qui nous donne de la force. Je ne suis même pas la moitié de l'homme que je devrais être. Je suis un misérable bâtard. Va dans ma ville natale et interroge la première personne que tu rencontreras. Elle te dira que ma mère était domestique dans la maison de mon père. Ici, dans cette ville, j'ai dû vivre avec ce mensonge et j'ai essayé de me sentir chez moi. Une mascarade, tout ça. J'aurais préféré ne pas naître. »

Eddie se leva et l'étreignit, mais Luis le repoussa avec rudesse. « Je n'ai pas besoin de ta sympathie, dit-il.

– Il ne s'agit pas de sympathie, mais de gratitude – tu m'as fait confiance.

– Je ne suis plus obligé d'être hypocrite. Désormais, je peux vivre comme je l'entends. S'il le faut, je raconterai de nouveau cette histoire partout. Disons que je suis en deuil et que rien ni personne ne peut me réconforter, si ce n'est la vérité, et la damnation qui va de pair. »

Cher Père,

Je te remercie aujourd'hui non seulement pour cette vie, mais aussi pour m'avoir aidé à me remettre les idées en place afin que je puisse connaître quand même la réponse à l'énigme que je tente depuis si longtemps de résoudre. Grâce à toi, mes illusions finissent peu à peu par se dissiper. Il était en effet beaucoup plus simple de me leurrer moi-même, de dissimuler une peur profonde, intime, en faisant publiquement preuve de vertu ou en me consacrant à une noble folie. Est-ce que j'aime vraiment l'humanité, ou la vérité, ou cette abstraction appelée liberté ? Comme c'était simple apparemment de m'attaquer à de tels objectifs, et comme ils deviennent illusoires en fin de compte !

La réalité est bien différente. En fait, je crains de perdre mon confort, la fortune que tu me laisseras, j'en suis certain, et tous ces rêves d'opulence qui sont déjà réels, car je sais que, quoi que je fasse, tu ne me renieras pas. Ton rêve à toi est un salmigondis de valeurs qui te sont propres. Toi aussi, cela t'a peut-être arrangé d'oublier.

Lorsque tu m'as envoyé de Rosales dans une université catholique, tu savais que c'était absurde, car, avant cela, je n'avais jamais touché à un rosaire, et si je l'avais fait c'était en suivant les conseils de grand-père. (Tu aurais dû connaître ce vieil homme – vous avez tant de choses en commun : l'entêtement, l'amour de la belle vie et une conception en quelque sorte prosaïque de l'existence.) Il considérait toujours avec scepticisme tous ceux qui se rendaient à l'église le dimanche et lors des fêtes d'obligation, car il avait l'im-

pression que la plupart de ces gens profanaient le temple – ces pauvres ploucs, ces fornicateurs dont le cerveau, devançant le corps, commettait un autre péché mortel, même quand ils s'agenouillaient sur les bancs d'église afin de demander pardon pour leurs fautes. Il croyait en la prière, bien sûr, mais seulement si elle s'adressait directement à Dieu. Il croyait aussi – juste pour faire bonne mesure – aux esprits, nombreux dans les champs, dans les arbres, sur les tertres.

Ce furent quatre années pénibles pendant lesquelles je grandis loin de ma famille et des joies de Sipnget. J'étais au collège – en troisième année – quand vint la guerre et, au début, tu avais pensé aller à Rosales, mais, à la réflexion, tu estimas que Manille serait plus sûre. Tu avais raison ; l'occupant nous laissa tranquilles, et nous pûmes jouir non seulement des agréments auxquels tu étais habitué, mais de cette loyauté obstinée que tes encargados *et tes métayers t'avaient toujours témoignée.*

Cher père, je vais maintenant rappeler certains aspects de cette période dont je sais qu'ils ne t'enchantaient pas particulièrement, mais qui, si tu avais été plus clairvoyant, t'auraient aidé à comprendre pourquoi les choses changeaient, pourquoi je savais, moi, que nous devions changer ; ainsi, nous aurions continué à occuper les positions que nous convoitions depuis toujours, et nous aurions aussi pu vivre.

Rappelle-toi le jour où Santos et d'autres hommes de Sipnget vinrent te dire qu'ils avaient besoin de médicaments, que la campagne fourmillait de guérilleros. Ayant écouté, je demandai si je pouvais aller à Sipnget, au moins pour voir ma mère que je n'avais pas vue depuis des années. Tu me dis alors de les accompagner afin que je me rende compte par moi-même et t'en fasse le récit.

Je fus, bien sûr, heureux de rompre avec l'existence monotone que je menais à la maison. Nous prîmes le train pour Rosales, puis nous marchâmes pendant deux jours jusqu'à la chaîne de montagnes. Nous gravîmes une crête escarpée et, dans la lumière matinale, nous aperçûmes le campement, un groupe de huttes en cogon *au creux d'une ravine. Des arbres couvraient la crête et l'étroite clairière vue d'en haut. Les hommes furent déçus que nous n'ayons pas apporté davantage de médicaments. Ils me conduisirent vers la hutte qui se dressait au centre, où, selon eux, se trouvait leur commandant. Ils l'appelèrent et lui dirent que le fils de don Vicente était là. Le commandant sortit, un homme de petite taille, bien bâti, au visage simple et confiant de paysan. La main qu'il tendit était musclée et noueuse. Entre,* señorito, *fais comme chez toi dans cette modeste habitation, dit-il avec un large sourire. Sa politesse m'irrita. C'était un meneur d'hommes dont la réputation avait largement dépassé Rosales. Combattant endurci, il n'avait aucune raison de se montrer aussi humble. Ce n'est que par la suite que j'appris qu'il ne se mettait pas en avant, à la différence des officiers de gendarmerie que j'avais rencontrés. À un moment (m'apprirent ses hommes), il fit venir un prêtre dans les collines parce qu'un espion dont il avait ordonné l'exécution réclamait les derniers sacrements. C'étaient de médicaments dont ses hommes avaient le plus besoin. Le paludisme, la typhoïde et la dysenterie avaient éclairci leurs rangs et ils ne pouvaient pas descendre les malades des collines. Je dis que je ne comprenais pas pourquoi on ne pouvait pas les descendre. Entendant cela, sa politesse disparut et il rit tout haut. À une femme qui passait non loin portant la lessive de la journée, il dit d'appeler quelqu'un dans la hutte voisine, et un manchot parut. Avant de devenir guérillero, l'homme était un paysan qui avait été surpris par une patrouille japonaise – or, pour les Japonais, tous ceux qui souffraient du paludisme étaient des guérilleros. Ils l'auraient tué s'il ne s'était échappé. Blessé, il s'était réfugié dans les collines et avait rejoint les rangs de la guérilla.*

Père, je sais qu'après ce premier voyage tu ne voulus pas que je retourne dans les collines, pourtant j'y suis retourné. Je dois maintenant te dire que j'y suis retourné avec mon frère Victor, alors que tu croyais que j'étais à Rosales ; en fait, j'ai passé quelques semaines avec eux. Je les ai vus tuer, mais cela ne m'a pas choqué. En leur compagnie, je me sentais porté par la même vague qu'eux. Sans que tu le saches, j'ai passé des fleuves à gué, j'ai vécu dans des fortins de montagne, où ils appliquaient leurs propres lois. C'était le temps de la colère, le temps des rêves, et le commandant Victor rêvait de jours meilleurs où, lorsque les tueries prendraient fin, il pourrait regagner sa ferme.

La paix revint et j'oubliai le commandant Victor. Je retournai à l'université, à la cosmologie et au protoplasme, à l'existence et à l'activité de tous les êtres vivants, et à la place qu'ils occupaient au sein du principe de causalité. Je sommeillais pendant les cours de métaphysique et de grec du père Aguirre, avec ses diatribes contre le diable. Mes professeurs m'ennuyaient. Tous étaient prisonniers de la routine de leur métier et naviguaient dans des cercles fermés. Tous étaient placides, réservés, et, coupés du monde réel, ils ne cessaient de débiter des dogmes. Mes camarades de classe appartenaient à cette même espèce de bâtards – riches et épargnés par la guerre. Si elle les affectait un tant soit peu, cela ne transparaissait nullement. J'étais rédacteur en chef de la publication de l'université, un travail que j'aimais beaucoup tout en détestant les restrictions imposées par les invisibles censeurs de l'université, des prêtres tatillons obsédés par les mots et les symboles.

Toi aussi, tu retournas à Rosales afin de reconstruire la maison incendiée ; tu dis que tu désirais être plus proche de la terre.

La guerre était finie, et c'était à Rosales que j'avais vu le commandant Victor pour la dernière fois. Il portait un treillis de GI gris-vert et était en train de boire avec quelques hommes dans l'un des bars minuscules qui prospérèrent après la libération. Il fit un signe de la main et cria : Señorito, *tu m'as manqué !*

Il ne m'avait pas manqué. J'avais oublié les hommes qui tuaient – pas les tueries. Un matin, je reçus une lettre rédigée au crayon : « Cher Señorito, *j'ai terriblement honte, mais tu es le seul à qui je peux m'adresser. J'ai besoin d'aide,* Señorito, *– besoin d'argent – et j'espère que tu ne me laisseras pas tomber, ce que tu n'as jamais fait dans le passé. » L'allusion à l'argent me dégoûta, mais je pris conscience qu'il lui avait fallu beaucoup de courage pour m'écrire. « Je ne suis pas un guérillero reconnu. Je n'ai pas reçu d'arriéré de solde, pas plus que mes hommes, mais tu m'as reconnu et c'est ça qui compte. Ma famille a faim. Je ne peux pas cultiver la terre parce* *que je n'ai pas de* carabao. *Mon fusil Garand et ma mitraillette ont été confisqués, mais mon pistolet automatique – si le pire arrive et que je ne sois pas capable de payer –, je te le donnerai. C'est la seule chose de valeur que je possède. »*

J'avais l'intention de lui envoyer une petite somme d'argent, mais, avec mon travail universitaire et mes autres occupations, j'oubliai cette lettre. La semaine suivante, Santos vint à Manille pour me demander si je n'avais besoin de rien, s'assurer que la maison ne nécessitait pas de réparations et payer quelques-unes de tes taxes. Nous évoquâmes le commandant Victor – et, bien sûr, Santos était au courant. Le commandant Victor est mort, dit-il. La gendarmerie a enquêté sur les actions de ses hommes pendant la guerre, et je ne serais pas étonné qu'on enquête même sur le fait qu'il ait tué des ennemis. Il était pauvre et sa femme, selon Santos, était venue t'emprunter de l'argent. Tu ne pouvais pas refuser, puisque c'était pour les funérailles du commandant Victor. Il s'était fait sauter la cervelle.

Père, je peux comprendre que les changements survenus à Sipnget t'aient mis en colère. N'étaient-ce pas les gens que tu avais aidés quand ils se trouvaient dans la gêne ? Mais la vertu – ainsi que les anges l'ont toujours dit – n'a que faire d'être récompensée et, si tu es vertueux, ta récompense n'est pas de ce bas monde peuplé de paysans.

Il faut que je te raconte maintenant ce qui s'est passé à l'université. Tu ne m'as jamais demandé d'explication et je t'en suis reconnaissant. Une nuit, à l'imprimerie où je bouclais le journal de l'université, je jetai mon éditorial et décidai de raconter l'histoire du commandant Victor – son village, comment il fut livré à ses juges. S'il voulait survivre, il devrait employer la force, la même force brute avec laquelle il labourait la terre. Lassé par son impuissance, par le poids d'un avenir qu'il était incapable d'assumer, il abandonna sa famille à cette brutalité qu'il ne pouvait pas supporter, et il mit fin à ses jours avec l'arme qu'il avait brandie pour protéger ces hommes devenus ses juges.

Je justifiai, comme je dois le faire à présent, l'usage de la violence au nom de la justice – et l'autodestruction comme la plus grande des vertus, car c'est sur la mort que nous devons reconstruire.

Je ne montrai pas l'éditorial aux censeurs de l'université – non par crainte qu'ils l'interdisent, mais simplement par manque de temps. Dans le passé, j'avais procédé de la même façon sans susciter de réaction hostile de leur part. Pourtant, le lendemain matin, un clerc me fit appeler. Tout le numéro était revenu dans le bureau et, lorsque j'arrivai, je vis que les faits divers, les articles, la poésie et la fiction portaient la mention : Imprimatur, tribunal censorum. *On avait barré mon éditorial à l'encre rouge et inscrit :* Donec Corrigatur, tribunal censorum. *Sur mon bureau se trouvaient des instructions pour que j'écrive un autre éditorial ou que je le remplace par un sujet d'actualité.*

Ce fut plus que je ne pouvais supporter. Je n'allai pas en cours de la journée. Le lendemain matin, mon rédacteur en chef adjoint vint à la maison pour me dire que, sur les instructions du père recteur, le journal était en cours d'impression et que je devais l'accompagner dans le bureau du recteur, car les prêtres désiraient mettre de l'ordre dans cette pagaille. Je connaissais assez bien la plupart d'entre eux. Ce sont même eux qui m'ont appris l'espagnol. Je n'avais aucune idée de ce qui allait se passer. Ils m'attendaient dans le bureau du recteur, assis devant la vaste table de conférence en molave, *l'air solennel dans leur soutane blanche. Au centre de la table trônait un crucifix noir et, face aux prêtres, une chaise à haut dossier m'était apparemment destinée. C'était l'Inquisition.*

« Asseyez-vous, monsieur Asperri », dit aimablement le recteur. Je m'exécutai et fis face aux prêtres – le recteur, avec son double menton, le père doyen, maigre et ascétique, et le père modérateur à la mâchoire carrée.

« Vous comprenez, bien sûr, pourquoi votre éditorial a été censuré », dit ce dernier, un homme originaire, comme toi, du Pays basque bien qu'il ne fût pas basque – son espagnol avait des sonorités catalanes. « Il était trop radical, de plus, vous vous êtes fourvoyé dans un domaine qui vous est totalement étranger. Vous savez, monsieur Asperri, vous aviez une grande liberté parce que nous pen-

sions que vous étiez quelqu'un de responsable – mais, comme je l'ai dit, il s'agit là d'un domaine qui vous est étranger...

– La vérité ne m'est pas étrangère, père », dis-je.

Le père doyen hocha la tête. C'était un homme aimable originaire de Séville, et, par moments, pendant ses cours d'esthétique, il fermait les yeux et se laissait emporter par des idées, par la beauté transcendantale de la foi. Là, il avait les yeux écarquillés. « Ne soyons pas académiques », dit-il en zézéyant et en me sondant de ses yeux jaunâtres et embués.

À l'évidence, il était inutile d'argumenter avec eux, car, passés maîtres en logique, ils m'entraînèrent dans un labyrinthe, me prirent violemment à partie et m'humilièrent. Je dis : « Je vois que vous me mettez au pied du mur, mais, je le répète, j'évoque quelqu'un qui s'est battu pour ce pays quand d'autres, qui auraient pu mieux se battre, n'ont rien fait. Je pensais devoir faire quelque chose dans cette vie dont vous avez dit qu'elle déterminait la prochaine. Selon ma conscience, je n'étais pas dans l'erreur.

– Vous allez donc continuer à enfreindre les règles ? » Le père recteur se pencha en avant, son impassibilité hautaine ayant disparu.

« La question n'est pas d'enfreindre les règles, répondis-je. C'est une question de foi. »

Feignant le désespoir, le père modérateur mit sa main épaisse sur sa bouche et le doyen agita la brochure jaune intitulée Les Règles de la discipline, *disant : « Vous savez qu'il ne reste qu'une chose à faire. »*

Je relevai la menace et dis : « Vous voulez peut-être me chasser de ce lieu, mais vous ne le pouvez pas, parce que, en ne venant pas en cours hier, j'avais déjà quitté l'université. Je ne suis ici que pour accomplir une formalité et vous informer de ma décision. »

Indifférent à leurs protestations confuses et stupides, je me levai brusquement et me dirigeai vers la porte, vers la lumière du soleil, pour gagner l'air libre. Je m'arrêtai près du bureau et racontai à mes collègues ce que j'avais fait, et, je ne sais pourquoi, le lendemain matin, mon histoire fut publiée dans la presse. Trining vint à la maison et, en larmes, me menaça de ses poings. Une semaine plus tard, monsieur Dantes me proposait un poste.

Bien sûr, j'étais inquiet de ta réaction, toi qui as une origine espagnole et qui es assez proche des prêtres auxquels tu m'avais confié. Tu admis cependant cette révolte de jeunesse qui, comme tu le sais maintenant, était aussi dirigée contre toi. J'aimerais que l'on pût attribuer cela au fait de devenir adulte, phénomène au cours duquel nous tuons tous le père pour pouvoir devenir des hommes, mais c'est plus que cela. Jamais je ne pourrai accepter le fait que, étant mon père, tu puisses me condamner et néanmoins attendre de moi que je continue à jouer le rôle d'héritier. Le fil a été rompu. Il a été tranché lorsque tu as renié ma mère. À présent, je suis libéré de toi, père. Je le sais parce que, désormais, je suis capable de t'affronter.

Pourtant, je ne te hais pas ni ne te veux de mal. C'est ce que tu représentes qui me pèse sur le cœur – les privilèges, l'apathie et cette aliénation par rapport au peuple, moi y compris, qui t'ont permis de parvenir au plus sûr des pinacles. Non, père, tu n'es pas un géant. Si tu nous regardes de haut, c'est seulement parce que tu es debout sur un tas de cadavres.

Une part de moi est morte quand j'ai quitté l'université et une autre encore quand j'ai lu ta lettre. Our Time *continuera à paraître, mais je dois quitter la rédaction afin d'apaiser les autorités. J'ai fini par utiliser ses colonnes, mais pas de la façon que tu souhaitais, car je suis désormais libre.*

CHAPITRE XV

Lorsque Trining téléphona à Luis pour lui annoncer la mort de son père, il en fut affligé malgré tout. Il pensait qu'il lui importerait peu de se savoir enfin délivré du fardeau du passé. Avant d'apprendre la nouvelle, il avait souhaité pouvoir retourner chez lui une fois encore pour affronter le vieil homme, lui reprocher l'acte odieux qu'il avait commis en fermant les yeux sur le sort de sa mère et de son grand-père. Mais maintenant que le vieil homme était mort, maintenant qu'il allait hériter de la terre et du pouvoir, il ressentait néanmoins de la mélancolie.

« Il t'a demandé, Luis, dit Trining entre deux sanglots. Il a dit que tu devais promettre de ne pas le haïr – que s'il avait pu te donner plus il l'aurait fait. Il t'aimait, Luis, à sa façon... »

Luis se rappela comment il avait longuement regardé ce tas de graisse qu'était son père, ses yeux mi-clos qui avaient perdu leur éclat, ses mains qui ne faisaient plus de gestes ni ne cherchaient à tâtons les plis des draps. Il le revit prostré sur le haut lit sculpté, la tête constamment agitée, comme s'il était en plein cauchemar. Il avait espéré un petit mot de lui pour retourner à Rosales et qu'ainsi son père pût tout lui expliquer, mais cette lettre n'arriva pas. À part quelques appels téléphoniques, il reçut, bien sûr, des lettres de Trining lui disant que don Vicente avait attendu son heure en présumant peut-être, en croyant peut-être que son fils unique céderait à la puissante voix du sang, mais pour rien au monde Luis n'aurait pu dire : Père, en cet instant où il est facilement en notre pouvoir de libérer la vérité, le pardon – et même l'amour, qui sait – de la prison de nos esprits sombres et tourmentés, je viens vers toi.

Luis n'y alla pas. Le vieil homme avait perdu.

Luis n'ennuya pas Eddie avec cette nouvelle. Ce dernier avait été suffisamment bouleversé lorsque Dantes avait annoncé la démission de Luis. Eddie lui rendit visite peu après le coup de fil de Trining. C'était en début de soirée et, bien qu'Eddie n'eût aucun autre projet, il ne désirait pas s'attarder : « Je ne faisais que passer pour te dire que tu n'as plus à te tracasser pour moi. Dantes m'a donné un autre travail – exactement comme tu l'as annoncé. J'ai dit des choses que je n'aurais pas dû dire. » Il semblait très malheureux. « Je te dois beaucoup, Luis. Ne pense pas que je sois un type déloyal – mais je suis pauvre, contrairement à toi, et j'ai besoin de ce travail pour manger...

– Tu n'as pas à t'excuser », dit Luis. Il invita Eddie à entrer, car ils avaient parlé sur la véranda, mais Eddie eut un mouvement de recul et, manifestant des signes d'impatience, dit : « Je n'avais pas l'intention de rester.

– Tu ne peux plus prendre le risque qu'on te voie avec moi ?

– C'est injuste, lâcha Eddie.

– Ça pourrait être vrai, tu sais, dit Luis. Mais ne prends pas un air aussi coupable et abattu parce que tu travailles toujours pour Dantes.

– Je dois vraiment y aller...

– Reste, insista Luis. Je viens de recevoir un coup de fil de ma femme. Je devrais considérer que c'est une bonne nouvelle. » Il retint Eddie et le fit monter, et, bientôt, Eddie redevint comme avant. Il se dirigea immédiatement vers le bar pour se verser un scotch.

« Quelle est cette bonne nouvelle ? demanda-t-il sans montrer d'intérêt particulier.

– Père est mort, répondit simplement Luis.

– Tu devrais avoir de la peine, dit Eddie, stupéfait.

– Je suis triste pour ainsi dire, fit Luis, l'air pensif. Je suppose qu'il va finir par me manquer.

– Ne parle pas de la mort à la légère, dit Eddie. On dit qu'un malheur n'arrive jamais seul. Tu te souviens de ce qui est arrivé à Job ? Je suis désolé, Luis – vraiment désolé.

– C'est ce que je voulais te dire. Comprends-tu ? Je suis vraiment seul à présent. »

Eddie hocha la tête. Il avait terminé son verre et se dirigeait vers l'entrée. Luis voulait qu'il restât plus longtemps, mais ils n'avaient plus rien à se dire. « Tu vois, je suis orphelin maintenant – et libre, dit Luis à son ami tandis qu'ils descendaient les marches.

– Personne n'est jamais libre vis-à-vis de lui-même », fit Eddie mollement. Ils avaient atteint le pied de l'escalier et la lumière éclairait son visage.

« Alors adieu », dit Luis.

Eddie lui serra la main très fort. « Il n'y a pas d'adieu entre amis. »

Luis le regarda descendre l'allée et disparaître sur le boulevard, où la nuit était tombée. Dehors, il faisait doux, mais il rejeta l'idée de faire une promenade jusqu'à la digue. Il ferma le portail à clé et rentra dans la maison.

Le lendemain matin, il se rendit à la station-service située en bas du boulevard afin d'acheter un litre d'essence pour le réservoir vide de sa voiture. Puis il la lava ; il n'avait pas travaillé de ses mains depuis longtemps et il redécouvrit le plaisir qu'on pouvait y prendre. Il changea ses vêtements mouillés et mit de l'ordre dans la maison ; il commença par balayer la cuisine, puis termina par le jardin, où il entassa les feuilles d'acacia sèches qu'il brûla. Il était près de midi lorsqu'il finit et, même s'il se sentait courbatu, il fut étonné de la satisfaction et de la détente que le travail lui avait procurées.

Il choisit quelques livres dans la bibliothèque, Maïakovski, Walt Whitman, Sartre et une anthologie de poésie asiatique. Il les rangea dans le coffre à l'arrière de la voiture. Ensuite, il coupa l'électricité de la maison, ferma les portes et les fenêtres si bien qu'il y fît chaud et étouffant.

Il arriva à Rosales à la tombée du jour. Comme il entrait dans la ville, l'angélus sonna, presque funèbre, et quelques habitants s'arrêtèrent pour prier. Le portail massif s'ouvrit et Luis roula droit vers l'aire de stationnement où attendait Simeon. Luis tendit les clés au chauffeur et lui donna comme instruction de partir le lendemain matin pour Manille. Il se hâta vers le vestibule plein de gens qu'il ne reconnut pas, et alla directement vers la bière, à l'autre bout, devant la statue du laboureur. Il voulait voir de ses propres yeux. Il se tint entre les hauts candélabres de cuivre devant le cercueil surélevé et son regard erra sur le bois laqué jusqu'à la vitre enchâssée. L'homme qui se trouvait à l'intérieur, obèse et assombri par les fluides de l'embaumeur, lui parut un étranger. Fixant le visage du cadavre, Luis n'éprouva pas un profond chagrin. Son père aurait un mausolée dans le cimetière de la ville – peut-être le plus grand, le plus majestueux. Santos devait déjà avoir pris des dispositions. Quant à son grand-père, Luis était sûr que les restes du vieillard avaient été exhumés avec ceux des autres, et il ne saurait même pas où il gisait, en quel lieu oublié et anonyme il avait fini par trouver le repos qu'il n'avait jamais connu de son vivant.

Et sa mère – où pouvait-elle être à présent, cette pauvre femme à l'esprit dérangé qui errait dans les rues, dormait sur les trottoirs et fouillait les poubelles pour se nourrir ? Il l'imagina au coin des rues, à Manille, en haillons, parlant toute seule, cherchant Luis ou Victor et portant une liasse de vieilles lettres et de coupures de presse. Comment partir à sa recherche ? Et s'il la trouvait, recouvrerait-elle la raison, le reconnaîtrait-elle et l'appellerait-elle mon fils, mon fils – ou le fuirait-elle comme on fuit la réincarnation du mal, ou les esprits qui pullulent à Sipnget et provoquent des fièvres chez les enfants jusqu'à ce que des offrandes viennent les apaiser ? De cela aussi son père était responsable.

Pardonne-moi, mais je ne peux pas gémir comme une femme. Tous mes sentiments pour toi sont devenus une blessure qui suinte et dont le pus, ne sachant par où s'écouler, s'est répandu dans mon sang et m'a infecté le cœur, le transformant en une pierre insensible. Comment pleurer, comment m'insurger contre la mort, la fin de toutes les cellules, malades, stériles, quand seule la mort peut éroder cette pierre ? Je n'ai pas connu l'amour d'un père pour son fils. Tu n'as pas tenu ma main, tu ne m'as pas porté sur tes épaules, ni ébouriffé les cheveux, ni serré dans tes bras, aussi ne dois-je pas te pleurer, père, mais pleurer le passé dont je n'ai pas modifié le cours, puisque le présent est irrémédiablement détruit. Si je pleure, ce ne sera pas pour toi mais pour un enfant encore à naître, pour les jours sombres sur lesquels il lui faudra ramper, l'avenir qui ridera son visage si bien que, longtemps avant le moment fatidique, il sera prêt pour la tombe. Je pleure ceux qui me sont chers et sont morts au crépuscule, les miens tirant sur leurs semblables dans la jungle. Je pleure sur ceux qui, comme toi, influents et indolents, sont assis dans la sécurité et le confort de leur important bureau. Ils sont morts, père, et ils ne le savent pas – et il n'est point de salut pour eux. J'ai de la peine pour eux mais pas pour toi. Alors pardonne-moi, père, pardonne-moi.

Une main se posa sur son épaule et Luis se tourna vers sa femme, dont les yeux étaient rougis et gonflés d'avoir pleuré. « Je suis de retour », dit-il simplement tout en s'éloignant de la bière et de l'odeur lourde et oppressante des couronnes mortuaires. Bras dessus bras dessous, ils gagnèrent leur chambre, où les murmures qui s'élevaient dans le vestibule se réduisirent à un bourdonnement à peine perceptible, et ils se regardèrent.

« J'avais peur que tu ne viennes pas, dit Trining. Je ne pensais pas à moi mais à toi. Tout le monde sait que tu es le seul qui reste, si tu n'étais pas là, que penseraient les gens ?

– Qu'ils pensent ce qu'ils veulent, fit Luis. Je n'étais pas présent quand ils ont enterré mon grand-père. »

Elle ne répondit pas, et il lui raconta ce qui s'était passé à Manille – la confrontation dans le bureau de Dantes et la façon dont il avait été poussé vers la sortie. Il lui parla également d'Ester – de sa mort seulement et non pas de l'angoisse que celle-ci avait fait naître en lui –, et dit que finalement sa rupture avec sa famille était juste. « Tout est fini », dit-il, assis sur le tabouret devant la grande coiffeuse en *narra* de Trining.

Elle prit les choses calmement, comme si aucune tragédie ne pouvait plus la surprendre, puis elle s'approcha de lui et entoura sa tête de ses bras, son gros ventre pesant contre l'épaule de son mari. « Luis, que se passe-t-il dans ce monde ? J'espère seulement que, quoi qu'il arrive, tu resteras avec moi. Tu penses que tu supporteras de passer toute ta vie avec moi ? » Elle s'écarta de lui et s'allongea sur son lit, le visage crispé par la douleur. « Viens. » Elle lui fit signe et essaya de sourire.

Il s'assit à côté d'elle. Elle lui prit la main et la posa sur son ventre. « Sens-le », dit-elle. Sous le doux renflement, il perçut les faibles mouvements de la vie qu'il renfermait et en fut transporté, quelque chose de physique, de fulgurant, proche de la joie l'exalta.

« Tu le sens ? » demanda Trining.

Luis acquiesça d'un signe de tête. « Ça te fait mal ?

– Seulement quand il bouge beaucoup », lui répondit-elle.

Luis posa de nouveau la main sur le ventre de Trining jusqu'à ce que les mouvements cessent. Puis, se penchant vers elle, il l'embrassa et enfouit son visage dans sa poitrine en murmurant : « Ma femme, ma femme. »

C'est moi qui suis à l'intérieur, c'est moi, vivant, entier, la preuve que je suis ici – maintenant. Je peux dire que j'ai bien vécu et bien semé quoique la terre fût stérile et l'air pollué. Je peux expliquer cette vie anonyme, mais comment m'expliquer, moi ?

« Mon mari, j'ai besoin de toi, disait Trining. J'espère que tu lui offriras une enfance heureuse. »

CHAPITRE XVI

Don Vicente fut enterré le lendemain matin. C'était une chaude journée de mai et un soleil brûlant baignait Rosales d'une lumière intense. Tous les représentants officiels de la ville ainsi que cinq députés de la province et trois sénateurs étaient rassemblés dans le vestibule, qui en costume sombre, qui en *barong tagalog,* et de grosses voitures noires s'alignaient devant la maison. Luis reçut leurs condoléances avec indifférence ; il avait hâte que s'achevât le service funèbre, qui lui parut long et pénible. Quand il fallut descendre le cercueil par l'escalier de marbre, sénateurs et députés se disputèrent l'honneur d'en tenir les poignées en argent sculptées, comme si cette tâche revenait à quelques privilégiés. Si seulement son père avait pu assister à ce spectacle, il aurait apprécié les marques de gratitude servile de ces hommes importants qu'il avait aidés. À présent, il leur fallait se concilier les bonnes grâces de Luis, le fils Asperri, le seul Asperri, et ils tournaient autour de lui – ces hommes tout-puissants –, sachant que le pouvoir passait dans ses mains.

Luis et Trining furent les derniers à descendre et, au pied de l'escalier, une foule de gens pleins de sollicitude, qui se comportaient tous comme de vils courtisans, les entoura.

Dans l'allée, que l'on dégagea pour laisser passer le couple, la police municipale, uniformes kaki amidonnés et brassards noirs, formait une double haie d'honneur ; au-delà du portail, dans la rue – où l'on hissa le cercueil dans un corbillard rutilant tiré par quatre chevaux noirs –, étaient massés les simples habitants de Rosales, les métayers, la plèbe venue rendre les derniers devoirs au grand homme. Le bruit des piétinements et les voix étouffées se confondaient en un bourdonnement sinistre. Dans la cour, il faisait chaud aussi et une forte odeur de transpiration imprégnait l'atmosphère. L'orchestre se mit à jouer la marche funèbre et les policiers qui se trouvaient dans l'allée gagnèrent la rue, où ils prirent la tête du cortège, leur drapeau pendant dans l'air immobile.

Derrière le corbillard, Luis et Trining, précédant les hommes politiques et des personnalités de la ville et de la province, menaient le convoi dans leur Chrysler. Venaient ensuite trois camions de la rizerie, roulant lentement le long de la rue principale, tous débordant de couronnes mortuaires, avec des rubans noirs flottant au vent, des fleurs de lotus pourpres et du feuillage. La foule fermait la marche, à la même allure.

Le prêtre catholique, qui vivait grâce aux subsides de don Vicente, avait parfaitement calculé le moment de son apparition. Accompagné de deux acolytes, le jeune prêtre descendit la rue en brûlant de l'encens. Il se posta à l'arrière du corbillard et dit une prière, puis le cortège s'ébranla.

Trining se tourna vers Luis. Dominant le rythme lent de la musique funèbre et le frottement des pieds sur l'asphalte, elle murmura à son oreille afin que Simeon n'entendît pas : « Tu dois lui pardonner. Il est mort, il ne peut plus te faire de mal. »

Mais ce sont les morts qui nous font le plus de mal, car nous ne pouvons plus leur poser de questions, ni les rappeler à l'ordre, ni les entendre confirmer ce qui faisait d'eux ce qu'ils étaient. Même par-delà la mort d'un homme, quelque chose lui survit – l'examen de ses péchés. Ce qu'il a fait durant sa vie ne se limite pas à sa personne. Les guerres qu'il a entérinées se poursuivent longtemps après que chacun des os de son corps virulent s'est mêlé à la poussière. Sur cette terre, nous nous nourrissons et attrapons le même virus. La mort est l'ultime vérité, non pas pour celui qui est parti, mais pour nous qui sommes encore en vie.

« Si, il peut encore nous faire du mal, répondit Luis à voix basse. Peut-être pas tant à travers ce que nous nous remémorons de lui, mais à travers ce que d'autres attendent de nous – les Asperri. Nous portons son nom, tu sais, et c'est un fardeau. »

Le cortège quitta la route asphaltée et s'engagea sur le chemin de terre conduisant au cimetière. La rue était à présent bordée de maisons en piteux état, aux toits de chaume et aux cloisons en palmes de *buri*. Des gens sortirent de chez eux et se massèrent le long de la rue pour contempler ce déploiement impressionnant de grosses voitures. Plus jamais Rosales ne connaîtrait des funérailles d'une telle ampleur. Jamais la ville n'avait vu autant d'hommes politiques et de personnalités réunis, et cela uniquement au nom de Vicente Asperri.

Si la pluie n'était pas tombée quelques jours plus tôt, la poussière les aurait tous fait suffoquer. En l'occurrence, il ne s'éleva qu'un fin nuage poudreux qui recouvrit le corbillard, à l'avant, les chérubins sculptés dans le bois dur de la portière, tandis que les roues noires en bois grinçaient en tournant lentement. Au bout d'une demi-heure environ, le cortège atteignit le cimetière situé à l'extrémité sud de la ville et la foule s'écarta pour laisser passer Luis et sa femme ainsi que les personnalités rassemblées autour d'eux lorsqu'ils se dirigèrent vers la petite *visita* au centre du cimetière – une construction délabrée au toit de tôle rouillé et aux quatre pilotis de guingois. À côté, le mausolée des Asperri se dressait sur une concession suffisamment vaste pour y bâtir une maison. Les murs étaient en marbre blanc de Romblon. Y reposaient le père de don Vicente, son frère et sa belle-sœur, dont les tombes en marbre noir étaient ombragées par un pin. Il y avait un métayer dont la seule tâche consistait à s'occuper de la concession, à tailler les haies de *gumamela* et à arroser les gerberas et les arbustes d'*amarillo,* si bien que l'endroit semblait un îlot vert et fleuri dans un cimetière encore insensible aux bienfaits du mois de mai.

Les hommes politiques se disputèrent l'honneur de sortir le cercueil du corbillard. Ils le portèrent jusqu'à la chapelle et le déposèrent sur une petite estrade. Santos s'approcha de Luis et lui demanda s'il voulait que le couvercle fût retiré. Luis fit non de la tête. Le prêtre s'écarta du cercle qui se resserrait autour d'eux et marmonna la dernière prière. Lorsque ce fut terminé, il alla vers Luis et lui dit, l'haleine empestant le tabac, qu'il espérait que tout irait bien et que Luis se montrerait bon catholique, à l'exemple de son père. Les hommes politiques et leurs épouses se pressèrent autour de Luis pour lui proposer, ainsi qu'à sa femme, de leur rendre visite à Manille. Votre père était un homme éminent, dirent-ils en chœur, et nous espérons que vous ne nous oublierez pas… L'orchestre joua « Plus près de Toi, mon Dieu » et on scella la tombe. Le moment était venu de partir ; Luis prit Trining par la main, se tourna, l'air absent, vers l'assemblée et esquissa un sourire, après quoi, ils se dirigèrent vers la voiture.

Ils restèrent silencieux tout le long du chemin, mais, en montant l'escalier vers la maison, Trining dit : « Je sais à quoi tu penses. » Ils se lavèrent les pieds dans l'eau chaude qu'une servante avait placée en haut des marches, puis ils ôtèrent leurs vêtements noirs. Marta avait insisté pour qu'ils accomplissent ce rituel afin que nulle calamité ne les frappât.

Luis ne disait toujours mot ; dans leur chambre, Trining répéta : « Luis, comme ce serait mieux si tu parlais. »

L'eau chaude leur avait délassé les pieds ; Luis s'affala sur le lit. La chaleur qui régnait dans la pièce tomba sur lui telle une masse solide, pesante, collant à chaque pore de sa peau. Trining vint vers lui et s'assit sur le bord du lit. Elle portait une confortable robe de grossesse commandée à sa couturière de Manille. Bien que la robe fût élégante, elle ne parvenait pas à cacher la rondeur de son ventre.

« Mon grand-père... Père est là-bas, dans ce beau mausolée – et ma mère, je ne sais même pas où elle est. Tu ne vois pas comme c'est affreux ? Et maintenant, je suis le seigneur et maître de ce château – ah, ah ! » Il eut un rire forcé. « Tu as vu comment ils se sont comportés avec moi, ces politiciens ? Tu avais déjà assisté à de pareilles funérailles ? Est-ce que tu peux imaginer quel pouvoir je détiens à présent – et dont je peux user comme bon me semble ? Arrête les vagues, ne salis pas les pans de mes habits royaux...

– Luis, de quoi est-ce que tu parles ? » Trining eut l'air affolée.

Luis s'assit près d'elle, serra sa main et murmura : « Même un roi ne possède pas tout le pouvoir du monde, chérie. Il y a des choses que je dois faire seul, sans l'aide de personne.

– Je suis ta femme. Laisse-moi t'aider. »

Il prit le visage de Trining entre ses mains et l'embrassa tendrement. « Comment continuer à vivre avec cette honte ?

– On peut essayer, dit-elle avec optimisme. Il doit y avoir un moyen de trouver les gens qui savent ce qui s'est réellement passé. Santos – il devrait pouvoir nous aider. » Ses yeux brillèrent.

« Ils ont tous peur, répondit Luis. Tu penses pouvoir en trouver un seul qui aurait le courage d'affronter les gendarmes ? Ils n'ont jamais été du côté du peuple – ces officiers sont toujours du côté des riches.

– Des riches comme nous, dit Trining d'une voix éteinte. Il doit bien y avoir un moyen de se renseigner. On commence ici, dans cette maison, et si on n'obtient rien, on peut aller à Sipnget ou dans ce village de réfugiés.

– Aguray.

– On peut même aller dans les montagnes si on peut obtenir des réponses là-bas. »

Elle le fixait avec attention, observant son visage, et Luis s'émerveilla de sa ténacité – cette frêle créature élevée dans le confort qui, maintenant qu'il traversait un moment difficile, le soutenait.

Après le déjeuner, ils se hâtèrent vers la chambre de don Vicente qu'on allait vider de ses meubles et d'où sortaient précipitamment les servantes occupées à la débarrasser de tout ce qui rappelait la maladie et la mort. La pièce enfin nue et les vêtements de don Vicente entassés dans des placards avec de la naphtaline, Luis appela Trining et lui indiqua l'escalier en spirale qui conduisait à la tour. Trining n'était jamais montée là-haut non plus. Pendant toutes ces années, la pièce était restée fermée à clé. Autrefois, Luis avait interrogé les domestiques et ils lui avaient dit que la femme de don Vicente Asperri avait vécu dans cette tour, glissant dans la folie, maudissant son mari, qui vivait dans la chambre au-dessous et dormait loin d'elle dans le vaste lit conjugal, de n'avoir pas réussi à lui donner un enfant.

Luis prit Trining par la main et ils gravirent lentement l'escalier en fer dont la rampe avait été nettoyée, de même que les marches en bois. Lorsqu'ils furent parvenus tout en haut, Luis ouvrit doucement la porte, qu'il pensait fermée à clé. Elle ne l'était pas. Impressionnés, ils entrèrent tous deux dans la chambre, s'attendant à y voir des choses qu'ils n'avaient jamais vues, peut-être de vieux placards rouillés remplis de secrets indicibles. La pièce, claire, aérée, sans toiles d'araignées, paraissait habitée. Elle était meublée d'un secrétaire, d'un canapé et d'une étagère couverte de classeurs, dont Luis ne tarda pas à découvrir qu'ils contenaient tous les numéros reliés de *Our Time* parus depuis qu'il assurait la rédaction en chef du magazine. Il y avait également des numéros soigneusement reliés de la publication universitaire qu'il avait dirigée, des albums contenant ses lettres du temps où il était lycéen, de vieilles photos de lui prises lors d'un pique-nique au bord du fleuve et avec son équipe de débats de l'école – et, merveille des merveilles, les poèmes qu'il avait écrits adolescent, et même s'ils lui parurent désuets et ennuyeux, un sentiment de nostalgie l'envahit. Il s'était souvent demandé où il avait mis tout cela et voilà qu'il les retrouvait ici, soigneusement rassemblés et classés, comme destinés à la postérité. C'était donc ici que son père l'avait aimé à sa manière. Dans son état, gravir les marches avait dû représenter un effort, mais, dans cette pièce, il avait la paix – et il était en communion avec son fils, chose qui n'avait pas été possible avec l'être en chair et en os.

« Oh, Luis, il t'aimait, dit Trining. Il désirait tellement te connaître. Tu comprends maintenant ? Tu lui pardonnes ? »

Luis se dirigea à grands pas vers la fenêtre, mille pensées se bousculant dans sa tête. Par-delà les acacias et les cocotiers, il apercevait la ville qui s'étendait alentour. À travers les vitres transparentes, il l'embrassait du regard et distinguait même l'endroit où se trouvait Sipnget ainsi que le fleuve semblable à un ruban argenté miroitant au soleil. Et chaque jour que son père avait passé ici, il pouvait aussi voir le village. Luis hocha la tête. « Peut-être étais-je quelqu'un de particulier, murmura-t-il. Je peux le comprendre, mais je ne suis pas seulement un Asperri. Je viens de cet endroit, là-bas. » Il indiqua le lointain.

Ils descendirent dans la bibliothèque qui jouxtait la chambre de don Vicente. Là étaient classés tous les documents importants – les titres Torrens, les actions minières et celles de la brasserie.

Santos vint lui expliquer certaines choses. « Vous savez, *señorito,* tout ce que je possède, je le dois à votre père, dit-il. Je vous servirai comme je l'ai servi, et le peu que connaisse cette cervelle ignorante est à votre disposition. »

« Je veux la vérité, lui dit Luis. Je veux savoir ce qui s'est réellement passé à Sipnget. Et, surtout, je veux retrouver ma mère et voir où mon grand-père a été enterré.

– Mais à quoi bon, *Apo ?* demanda Santos. Les morts sont bien morts – on ne peut pas les ramener à la vie, peu importe où ils ont été enterrés et même comment ils sont morts.

– Cela importe s'ils font partie de votre famille ! s'écria Luis.

– Je suis vraiment désolé, *Apo,* mais pour quelqu'un comme moi le silence est parfois la seule réponse possible. Vous comprenez, *Apo,* je vous servirai du mieux que je peux, seulement il y a des choses que je ne peux pas faire parce que je n'en ai pas la force.

– Très bien, alors, où sont les gardes privés ? Ceux qui ont appuyé sur la gâchette ?

– Ils ont été dispersés, *Apo*. La gendarmerie s'en est chargée après votre départ.

– Ne peut-on en retrouver au moins un ?

– Même si on en retrouvait un, est-ce qu'il parlerait ? Ce serait lui demander de tresser la corde pour se pendre.

– As-tu l'âme d'un Judas ?

– Même les faibles ont le droit de vivre, *Apo*. »

Malgré la dérobade de Santos, Trining voulait toujours aller à Sipnget et, ensuite, à Aguray. Elle n'était guère en état de s'y rendre à pied – on ne pouvait même pas aller à Aguray en Jeep, car il aurait fallu non seulement franchir le fleuve à gué, mais aussi progresser à travers les dunes jusqu'à l'endroit où elles devenaient alluviales.

Comme, ce soir-là, Trining se préparait pour le voyage – panier-repas, chaussures de marche, ombrelle, Thermos –, Luis espéra qu'elle apprendrait enfin ce qui était arrivé à son grand-père, bien que, désormais, lui-même doutât fort de trouver la moindre trace d'exhumation et de réinhumation.

Trining avait sa façon à elle de se protéger de la déception : la marche lui ferait du bien, et elle en avait besoin pour le bébé. Ils partirent tôt le matin, avec Santos au volant de la Jeep. Le soleil n'était pas levé et la ville dormait encore, baignant dans cette fraîcheur qui, en mai, annonçait toujours des périodes de forte humidité. Sur la route, qui avait commencé à se creuser d'ornières, Santos conduisit lentement. Au fond d'une armoire, Trining avait déniché une ombrelle verte et des chaussures de tennis qui lui avaient servi pour ses cours d'éducation physique, à l'université. S'ils arrivaient à Sipnget avant le lever du jour, le trajet à pied serait agréable par cette fraîcheur.

Luis ne se faisait pas le moindre souci au sujet de sa sécurité et il refusa d'emporter le pistolet que Santos lui avait recommandé de prendre. Lorsqu'ils parvinrent à Sipnget, il eut toutefois quelque appréhension. Après tout, il n'était plus le Luis du village. Il était désormais l'un des hommes les plus riches de la région. Le soleil perça la légère brume matinale. L'air embaumait un mélange de rosée et de terre s'apprêtant à renaître de son sommeil. Un nouveau pont constitué de troncs de cocotiers entiers enjambait le canal d'irrigation qui avait été dragué. Santos affirma à Luis que le pont était solide et ils purent traverser. Puis Santos ralentit pour descendre le long du sentier accidenté et franchir les profondes ornières creusées par les sabots des *carabaos* qui commençaient à s'effacer. Ils roulaient prudemment, sachant que Trining, dans son état, supporterait mal le moindre cahot.

C'était la fin de la saison sèche. Les immenses taches que dessinaient les champs brûlés se mouchetaient de vert. Les mares boueuses étaient à sec, de même que le canal d'irrigation qui longeait le sentier et au fond irrégulier duquel s'accrochaient des nénuphars, enchevêtrés et fanés. Dans les canaux, tout allait bientôt reprendre vie et l'étendue brune disparaîtrait sous un tapis de verdure.

« Je suis venue ici une fois, il y a longtemps », dit Trining lorsqu'ils furent près de la digue. Ils avaient peu parlé sur le *camino provincial.* « C'était en novembre, à l'époque des moissons. »

Luis connaissait bien cette saison où la campagne prenait la couleur lumineuse de l'or et où, tout imprégnée de senteurs parfumées, l'atmosphère exultait. Cela ne durait guère plus d'un mois, car en un rien de temps la faucille faisait la loi dans les champs, et ils devenaient ensuite tout noirs sous le feu des torches qui brûlaient le chaume à ras de terre.

Le sentier tournait et, là-bas, derrière le fin rideau d'herbe, se trouvait la digue. Le vieux *duhat* et les palmiers *buri* avaient disparu. Luis n'en fut pas surpris. Les habitants de Sipnget n'étant plus là, il semblait naturel que l'on eût fait également disparaître les jalons. Ils firent halte sous un *camachile* rabougri, et Luis aida Trining à sortir de la Jeep. Elle lissa les faux plis de sa jupe et, pendant un instant, elle resta immobile en se tenant le ventre comme si elle souffrait. « Tu ne crois pas que tu devrais rester ici avec Santos et m'attendre ? demanda Luis. Je peux y aller seul, je connais l'endroit. C'est assez loin à pied, mais je devrais être de retour dans trois heures. »

Trining était déterminée ; elle laissa plusieurs sandwichs à Santos et suivit Luis en direction de la digue. Il restait quelques traces du sentier qui conduisait à Sipnget. L'herbe sèche masquait entièrement l'ancien chemin. Même les lignes droites et nettes imprimées sur la digue par les patins des traîneaux et les roues des chars à bœufs avaient été effacées. En grimpant, Luis prit la main de Trining. Le soleil brillait encore, doux et clément ; malgré la grande distance qu'ils avaient parcourue, ils ne se sentaient pas fatigués, ayant échappé jusqu'ici aux effets pénibles de la chaleur et de l'humidité. Trining trébucha une fois sur une motte de terre qui s'était détachée, mais elle se ressaisit vite et, cramponnée à Luis, escalada la digue. De Sipnget il ne restait rien ! À l'endroit où se trouvait le village, plus un seul arbre, acacia ou palmier, ne se dressait. Les tracteurs de son père avaient fait du bon travail – des sillons rectilignes, impeccables. Ils descendirent vers les étendues de chaume ; pour Trining, marcher dans les labours était extrêmement malaisé. Aucun sentier ne menant au fleuve, il fallait traverser ces champs bruns à la surface inégale. Ils eurent beaucoup de mal à atteindre la berge et, de là, observèrent le delta aux formes argentées et marron comme ciselées par le soleil. Luis se retourna et vit que tous les troncs de *buri* avaient été enlevés. Il n'y avait pas de rideau d'herbe, ni de tertre.

« Je ne retrouve plus la tombe, dit Luis, s'avouant vaincu. Mon Dieu ! Ça pourrait être n'importe où, et même là, sous nos pieds. »

Trining pressa sa main sans un mot. « Et si on allait retrouver Santos pour lui demander ? » fit-elle après un moment.

Luis sourit. « Ce n'est pas lui qui voulait que cette terre soit labourée, répondit-il. Ce sont mon père et ses amis qui en ont décidé ainsi. À présent, aucun de ceux qui ont travaillé ici ne nous parlera. » Il se tourna de nouveau vers le fleuve. « Pour une femme qui attend un enfant, c'est une belle journée pour se promener, dit-il, l'air détaché. Aguray est plus loin. »

Ils descendirent une ravine envahie par la mauvaise herbe et par des troncs de bananiers pourrissants. Dans le lit du fleuve, ils se remirent à marcher main dans la main sur le sable fin. En maints endroits, l'eau arrivait seulement aux chevilles, mais, dans quelques semaines, les pluies s'installeraient pour de bon, le niveau monterait, des flots boueux et rapides qu'il ne serait plus possible de traverser autrement qu'en radeau.

« Pourquoi devraient-ils rester là-bas ? demanda Trining. Pourquoi ne reviennent-ils pas à Sipnget ou dans n'importe quel coin de l'hacienda, que tu les laisserais cultiver ? »

Le soleil était chaud à présent, Luis ouvrit l'ombrelle de Trining pour l'abriter. « Autrefois, pendant la guerre, nous avons vécu là-bas, dit Luis. C'est inacessible à la saison des pluies, quand le fleuve est en crue et que certaines parties du delta se transforment en marais. Maintenant que le delta est à sec, Aguray l'est aussi. Le village est comme une escale, un havre temporaire. Je suis sûr qu'ils attendent le moment favorable pour revenir. »

Le front luisant de sueur, Trining s'arrêta, le bébé ayant encore bougé dans son ventre, et elle grimaça de douleur.

« Tu es sûre de vouloir continuer ? » demanda Luis.

Elle lui sourit. « Oui. On est ici. On doit continuer. »

Il la conduisit à l'ombre des hautes herbes et la laissa se reposer sur un énorme rocher lisse. Il lui ôta ses tennis et lui massa les pieds. Elle l'observa, sensible à son dévouement ; lorsqu'il eut terminé, il ôta ses propres chaussures, car il leur fallait traverser le fleuve. Il releva le bas de son pantalon et mit leurs chaussures dans le panier.

L'eau était froide, un simple murmure qui courait sur les cailloux. Aux endroits les plus profonds, elle ne montait pas plus haut que leurs genoux ; ils marchèrent lentement en se tenant par la main. Luis craignait que Trining ne trébuchât sur des pierres moussues.

Trining semblait perdue dans ses pensées. Au bout d'un moment, elle dit : « Luis, je ne sais pas, mais il n'y a que nous deux. On n'a pas besoin de beaucoup pour vivre, non ?

– À quoi penses-tu ?

– Si c'est la terre qu'ils veulent, tu ne crois pas qu'on peut la leur vendre à bas prix – ou même finir par la leur donner ? Je sais que *Tio* ne l'aurait pas fait s'il était en vie, mais il est mort, Luis. On peut quitter Rosales, partir en ville – aller où tu voudras, peut-être en Amérique ou en Europe. Tu pourras écrire et je m'occuperai de toi. Rien que nous deux – c'est une perspective qui me séduit. »

Ce que Luis entendit lui fit plaisir et il aurait volontiers accepté l'idée de Trining, mais il lui vint brusquement à l'esprit qu'il désirait tout conserver intact, qu'il désirait lui aussi jouer au propriétaire terrien, mais pas de la façon dont l'avait fait son père. Il s'entendit dire : « Ça n'est pas si simple. Même la charité n'est pas si simple. Elle doit être gérée avec le plus grand sérieux. Ça nécessite du temps et beaucoup de travail. Ça nécessite des levés de terrain pour veiller à ce que la terre soit partagée équitablement et revienne à qui de droit. Ça nécessite la création d'établissements qui nous remplaceront – peut-être une sorte de banque de crédit agricole ou une agence de prêts où les paysans se précipiteraient si un membre de leur famille tombait malade ou se mariait. Il faut aussi leur apprendre à gérer une exploitation – tu sais, il faut faire toutes ces choses de manière professionnelle… »

Trining le considérait avec attention ; lorsqu'il se tut, elle dit : « Ce serait simple, Luis, si tu t'y mettais vraiment.

– Oui, on peut rendre les choses plus simples, mais ça veut dire qu'on ne pourra pas partir. Ça veut dire qu'on devra rester ici – et travailler.

– Il y a toujours des problèmes qui surgissent – comme ces nuages. Il a fait très chaud. Crois-tu qu'il va pleuvoir ? »

Luis suivit son regard. Les nuages étaient sombres et s'étiraient sur la voûte du ciel. « S'il pleut, ça nous fera du bien », dit Luis. Il guida Trining vers les hauts-fonds ; l'eau clapotait autour de leurs chevilles et chantait parmi les cailloux et les pierres moussues. Comme ils continuaient à progresser, l'onde devint plus étale et Trining ne prit pas la peine de relever sa jupe. Puis ils atteignirent l'autre rive et marchèrent pieds nus sur le sable chaud. C'était la première fois que Luis revenait à Aguray depuis la guerre – bien que la mousson effaçât chaque année les sentiers au début de la saison sèche, il s'en trouvait toujours de nouveaux imprimés dans le limon, et quiconque ayant un sens aigu de l'orientation ne pouvait manquer le village.

Ils franchirent de petites clairières, des lopins plantés de pastèques et de concombres qui paraissaient à l'abandon, car il n'y avait aucun signe de vie dans les abris couverts de chaume à la lisière des clairières. Avant midi, ils se reposèrent à l'ombre d'un acacia solitaire dans la plaine limoneuse. Trining ouvrit le panier-repas. Elle n'avait pas oublié la prédilection de son mari pour les œufs de canne en saumure et les tomates. Ils prirent leur temps pour manger. À un moment, Trining se tint le ventre, les traits crispés par la douleur, mais cela ne dura pas. Elle but de l'eau fraîche à la bouteille Thermos et se sentit aussitôt mieux, prête à affronter le reste du chemin.

En plein midi, Luis s'arrêta et indiqua l'autre extrémité du delta, les arbres et le bosquet de bambous qui signalaient Aguray. « Ils devraient être là-bas », dit-il.

Ils se hâtèrent, passèrent devant des touffes d'herbe plus fournies qui surgissaient des dunes, devant de nombreuses clairières plantées de racines comestibles et de patates douces, toutes envahies par la mauvaise herbe. Il faisait très chaud et Luis ôta sa chemise. Trining s'épongeait sans cesse le front avec son foulard ; bien qu'elle essayât courageusement de suivre l'allure de son mari, elle se laissa distancer et Luis dut ralentir le pas. « Tu ne peux pas aller plus loin », lui dit-il en l'entraînant sous un autre *camachile* près de la berge. Trining, pâle et haletante, sourit sans souffler mot. Luis aplanit l'herbe, à l'ombre, et, après y avoir étendu sa chemise trempée, il proposa à Trining de s'asseoir. Elle ne voulait pas, mais il insista et elle s'assit lentement en se tenant le ventre. Tout autour d'eux, les herbes hautes étaient sur le point d'épanouir leurs panaches blancs. Une nuée de libellules voltigea au-dessus d'eux, leurs ailes vaporeuses étincelant tels des éclats d'argent contre le ciel. Luis laissa Trining se reposer jusqu'à ce qu'elle eût repris son souffle, puis il l'aida à se relever et ils descendirent le banc de sable, avant d'escalader la ravine qui conduisait à Aguray.

Pendant la guerre, Victor et lui se rendaient au village où ils se sentaient en sécurité – mais seulement durant la saison des pluies, lorsque le fleuve était en crue et qu'Aguray même se retrouvait isolé. Il y avait de nombreux îlots de sable, chacun entouré de fossés, et on ne pouvait pas franchir aisément les flots, ni naviguer, à moins d'être du coin et de connaître les voies praticables, parce que tous les ans celles-ci changeaient au gré des courants.

Luis escalada rapidement la faible pente de la berge et abaissa son regard vers le village qu'il connaissait. Là se trouvait ce havre que Vic, lui et le commandant Victor avaient connu – or Aguray avait subi le destin de Sipnget. Il ne restait pas une seule habitation sur ce désert de sable. Luis dévala le sentier que l'herbe n'avait pas encore envahi et tomba sur des cours où, autrefois, se dressaient des maisons au toit de chaume et où des gens se rassemblaient en début de soirée. Il ne restait plus rien. Luis se tourna vers sa femme, qui l'avait suivi, et lui dit, les yeux brûlés de larmes : « Tu vois – même ici, on les a pourchassés.

– Ce n'est pas vrai ! s'écria Trining. Il doit y avoir un moyen de savoir où ils sont ! Ils ne peuvent pas être partis en fumée. Santos – il doit certainement savoir. Il tient le grand livre. Et aussi les soldats, les policiers en ville... C'est maintenant toi le *haciendero*. Ils doivent te respecter et te donner ce que tu veux. » Ses paroles jaillirent tel un torrent.

« Trining, dit Luis doucement en la prenant par l'épaule. Personne ne peut nous aider. C'était leur dernier refuge et ils n'avaient aucune raison de le quitter. Je ne pense pas que Santos lui-même sache où ils sont allés. »

Il se tourna vers les collines à sa gauche, vers ces promontoires découpés qui paraissaient se dresser tout près alors qu'ils se trouvaient à des kilomètres. « Il n'y a qu'un endroit où ils ont pu aller et on ne peut pas les suivre.

– On le peut ! s'écria Trining. Si tu le veux – et moi, je le veux –, on peut les suivre où qu'ils soient allés. » Elle échappa à son étreinte et s'éloigna, marchant droit devant elle d'un pas raide comme si elle était en transe, puis elle se mit brusquement à courir vers le fleuve et vers Sipnget. Luis lui cria de s'arrêter, mais elle n'en fit rien et il se précipita derrière elle. L'ayant rattrapée, il pressa son corps tremblant contre le sien, chercha son visage doux et affligé qu'il embrassa – ses lèvres, son nez humide, ses yeux, ses larmes brûlantes et salées. Lorsqu'elle essaya à nouveau de se dégager, il retint ses bras de force jusqu'à ce qu'elle cessât de lutter et se mît à gémir, et sa plainte ressemblait au cri angoissé d'un animal blessé. « C'est aussi ma mère, n'est-ce pas, Luis ? Et je ne l'ai même pas rencontrée pour me présenter. Je veux la remercier, mon mari chéri, pour avoir mis au monde l'homme que j'aime… »

Luis glissa un bras autour de la taille déformée de Trining et la laissa pleurer. Lorsqu'elle se fut calmée, il la reconduisit vers le fleuve. Il ramassa le panier vide, le foulard et l'ombrelle que Trining avait laissée au fond de la ravine et il l'abrita de la chaleur du soleil couchant.

Ils se retrouvèrent sur la berge. Une masse de nuages menaçants cachait maintenant le soleil. « Il va pleuvoir – si le vent ne chasse pas ces nuages », dit Luis. Trining leva les yeux vers le ciel qui s'était assombri. On serait bientôt en juin et, si les pluies arrivaient au bon moment, on verrait des sauterelles dans les airs, des champignons dans les bosquets de bambous et, au crépuscule, des araignées dans les buissons. S'il pleuvait au bon moment, les graines germeraient aussi au bon moment, et quelque part sur ces vastes terres saccagées, sans croix, sans haie, sans lamentations humaines, les siens reposaient – et, quelque part, sa mère marchait, cherchait…

« Je me fiche qu'il pleuve ou pas, dit Trining d'une voix tendue. Je m'en fiche complètement. »

CHAPITRE XVII

Le lendemain dans l'après-midi, la pluie tomba, précédée de roulements de tonnerre incessants. La sirène de seize heures n'avait pas encore retenti à la rizerie, mais le déluge masqua totalement le soleil si bien qu'on se serait cru au crépuscule. Luis n'avait pas fermé les fenêtres de leur chambre, et les rafales de pluie avaient laissé une large empreinte humide sur le sol. Il traîna le fauteuil en *narra* à haut dossier sur le parquet et l'installa près de la fenêtre. Il essuya l'eau sur le rebord avec une serviette. Il la jeta ensuite dans un coin, où les servantes la ramasseraient en même temps que ses vêtements sales. Il prit une couverture et, s'en enveloppant les épaules, il s'assit près de la fenêtre et regarda fixement la ville balayée par le vent et les brumes. Parce qu'il espérait pouvoir écrire, il avait fait transporter de la bibliothèque un meuble contenant la plupart des livres qui garnissaient les étagères de sa maison de Manille. Il fut cependant très déçu de découvrir que l'entretien de la ferme, sans compter la foule de responsabilités dont il avait hérité, faisait de lui une bête de somme qui devait non seulement examiner des chiffres, mais aussi traiter de manière très personnelle avec les métayers, les surveillants, et même certains habitants de la ville et les personnalités officielles. Il passa les premiers jours qui suivirent l'enterrement à rencontrer des gens, à tenter de se souvenir des visages et des prénoms, comme le faisait son père. On lui laissait prendre la moindre décision ; son père agissait ainsi, ce n'était ni du ressort de l'avocat, ni du comptable, ni de Santos. Il comprit dès lors combien son père avait été autoritaire et, par conséquent, la responsabilité qu'il avait dû avoir dans les événements de Sipnget.

Sa nouvelle situation ne suscitait pas de nouveaux désirs chez Luis ; pas un instant, son esprit, qui avait rôdé sur l'ancien terrain de la colère et du remords et brièvement évoqué les rares moments de bonheur vécus avec Ester, ne trouva l'inspiration. Il était un réfugié dans le silence de sa maison. Le temps dont il disposait maintenant ne lui servait à rien, car l'essence de la vie lui échappait et il n'arrivait à écrire que des phrases confuses, quelques pages dactylographiées, verbeuses, gauches, agrafées ou qui finissaient en boules dans la corbeille en treillis métallique, près du bureau.

La saison sèche n'était pas vraiment terminée. Il porta son regard par-delà l'étendue mouillée de l'*azotea,* vers le vaste jardin qui, avec ses *azucenas* en pots, commençait à être inondé. Les murs en tuf et le large ruban d'asphalte luisaient à travers le rideau de pluie, et les enfants du voisinage, sortis précipitamment de chez eux, couraient partout en criant, nus, le visage levé vers le ciel tourmenté par la tempête. Certains grimpaient dans les petits *banabas* qui bordaient toute la rue jusqu'à l'endroit où se dressait la masse gris-vert du *municipio ;* ils y coupaient de petites branches dont ils se menaçaient les uns les autres. C'était merveilleux d'être un enfant et de patauger dans l'eau. Par la pensée, Luis courait avec les enfants, sentait la pluie éclabousser ses pieds nus et les gouttes lui picoter la peau. Mais la belle couleur verte de cette saison ne durerait pas – la pluie criblerait la *plaza* de trous et il y aurait des flaques de boue là où se vautreraient les cochons. La mauvaise herbe envahirait tout et le vert prendrait une teinte sale.

Luis ne vit pas sa femme entrer. Il ne s'aperçut de sa présence que lorsqu'elle s'assit sur l'un des larges bras de son fauteuil et posa un coude tremblant sur son épaule, son souffle chaud lui effleurant la joue. « Jamais tu ne seras un bon maître de maison, le réprimanda-t-elle. Regarde le parquet – il est trempé. Et tes affaires empilées là-bas. Et tout ce papier gaspillé. Tu as encore oublié de fermer la fenêtre.

– Je m'étais endormi, dit Luis sans quitter des yeux les enfants qui, sur l'asphalte, s'étaient mis à jouer à saute-mouton. D'ailleurs, je veux qu'elle reste ouverte.

– Tu n'as pas froid ?

– Tu vois bien que j'ai une couverture sur moi. »

Elle approcha de lui son corps enflé. « Je pensais que peut-être tu voudrais être installé plus confortablement. » Elle était douce et chaude, sa poitrine contre son bras, une mèche de cheveux effleurant la joue de Luis. « Je fais apporter du café. Tu devrais sortir. Ne reste pas trop enfermé dans cette pièce. Tu vas finir par devenir un moine si tu n'y prends pas garde. »

Il s'appuya sur le rebord de la fenêtre. « Est-ce que tu dois énumérer chaque chose que tu fais pour moi ? Tu n'arrêteras donc jamais de me donner des conseils ? »

La main de Trining posée sur sa nuque était fraîche. « Je t'en prie, ne sois pas fâché contre moi, dit-elle. Je ne supporte tout simplement pas de te voir ainsi – une heure ou deux dans le bureau en bas et le reste de la journée ici. Veux-tu aller à la mer ? À la plage, à Dagupan ? Ou à Baguio pour le week-end ? Ou veux-tu voir le dernier film sorti à Manille ? Ce que tu voudras, mais, s'il te plaît, ne reste pas enfermé ici. C'est exactement ce que faisait *Tio*.

– Tu n'as pas besoin de me le dire. Je le sais.

– Avant, à Manille, tu te réveillais tôt et tu flânais sur le boulevard, et, le soir, tu allais à la Luneta. Ce n'est pas le moment de se promener, mais, demain, si le soleil se montre, on sortira. J'en ai besoin. On suivra la digue, et on pourra peut-être chercher du *saluyot* pour le déjeuner, comme tu le faisais autrefois.

– Non, Trining, répondit-il. Ce que je veux, c'est la paix. »

La pluie cinglait les rigoles ; dans le jardin, les grandes feuilles des nénuphars frémissaient et des rafales de pluie balayaient la *media agua*.

« Tu vas te faire mouiller ici, dit Trining en tirant sur la manche du pyjama de Luis.

– Le pire qui puisse m'arriver serait d'attraper une pneumonie, dit-il.

– Tu n'aimes pas que je m'intéresse à toi, dit Trining avec amertume.

– Mais si, l'assura-t-il, tâchant de dissimuler son agacement. Seulement j'ai besoin de temps pour moi.

– Ce n'est pas ce que tu veux vraiment, dit Trining en se penchant si bas que sa joue frôla la sienne. Tu cherches quelque chose que tu ne trouveras pas. Depuis qu'on est allé à Aguray, Luis, j'ai fini par l'accepter – le fait qu'on ne puisse pas les trouver. Il y a des choses qu'on doit accepter parce qu'on n'a pas le choix.

– Tu commences à parler comme père, dit Luis.

– J'essaie seulement de t'aider. Tu n'es pas content ?

– Mon Dieu, je suis ravi. Je suis ravi de la nourriture dont tu me gaves, mais cesse de me dorloter. Je peux partir aujourd'hui même si ça te facilite les choses. Je peux retourner à Manille ou à Sipnget et me mettre à reconstruire. C'est peut-être ce qu'il y a de mieux à faire. Tu sais, je t'ai épousée pour que notre maison et nos propriétés ne tombent pas en d'autres mains. Si je débarrasse le plancher, tu peux tout avoir. »

Trining s'écarta et le fixa, les lèvres tremblantes. « Luis, ce que tu peux être odieux ! C'est ça la raison – la seule raison ? » Elle était effrayée. « Je t'en prie, ne nous disputons pas. Si tu veux que je m'en aille, je le ferai – mais ne dis pas des choses pareilles. Tu les penses vraiment ? Alors, pourquoi ne pas me l'avoir dit plus tôt ? »

Son accès de colère avait laissé Luis pantelant tout en le transportant de joie sans qu'il sût pourquoi. Il était calme à présent. « Je suis désolé, Trining, dit-il sur un ton posé. Je ne suis plus moi-même. Je n'arrive plus à mettre mes pensées en ordre. S'il te plaît, laisse-moi seul. »

Trining se tint devant lui, interloquée, puis elle tourna les talons et quitta la pièce. Comme la porte se fermait derrière elle, le silence froid, hostile, revint, plus intense que la pluie. Luis gagna son lit et s'allongea. Si quelqu'un pouvait le réconforter, c'était sa femme, pourtant, il se coupait d'elle, il la blessait. *Il doit y avoir quelque chose de bestial, de diabolique en moi pour que, comme un sadique, je blesse ceux qui me sont le plus proches. Ester, et maintenant Trining.* Il se releva promptement et appela : « Trining ! Trining ! » Comme elle ne répondait pas, il la chercha dans son ancienne chambre, dans la cuisine, puis dans la chambre de son père. Trining ne se trouvait nulle part. Il restait un dernier endroit – la bibliothèque. Il ouvrit la porte en grand, Trining était là, sur le canapé, les yeux mouillés de larmes, le visage crispé par la douleur.

« Je suis désolé, ma chérie, dit-il en se penchant vers elle. Je t'ai blessée ? » Elle opina, mais sourit et l'embrassa. « J'ai mal, Luis. Je crois que je vais bientôt accoucher. La douleur que je ressens maintenant est différente. »

Luis sortit précipitamment de la pièce, appela Santos et lui dit de faire venir le médecin de Trining. Lorsqu'il retourna dans la pièce, elle s'était essuyé le visage. Bien qu'elle eût les yeux rougis, elle souriait. « Ça n'arrive pas aussi vite, dit-elle. Les contractions ont lieu par intervalles. Je devrais aller à l'hôpital provincial ou partir pour Manille, qu'est-ce que tu préfères ? »

Luis se souvint clairement du proverbe qui disait que, lorsqu'une femme accouchait, elle avait un pied dans la tombe. Comment n'avait-il pas eu au moins la décence de se montrer plus prévenant envers elle en ce moment difficile ? « Tu es tout ce que j'ai maintenant, lui dit-il. Et ces derniers jours je n'ai pas été un bon mari. Pardonne-moi.

– Il n'y a rien à pardonner », dit-elle.

Il lui prit la main. « J'ai commis de nombreux crimes – je ne dois pas en commettre un de plus. Je ne peux pas passer mon temps à mener les gens que j'aime à leur perte.

– Ne dis pas ça, fit Trining en essayant de se lever du canapé, mais Luis l'en empêcha.

– C'est vrai, dit-il tristement. J'ai l'impression d'être à l'origine de ce qui est arrivé à Ester. Avant qu'elle ne se suicide – la dernière nuit de sa vie –, elle était avec moi. Je me sens responsable, parce que j'aurais pu l'en empêcher. J'ignore la raison de son geste – je ne peux que faire des suppositions. Elle ne s'attendait pas à ce qu'on se marie, Trining, et elle m'aimait. Je t'en prie, ne te fâche pas, mais je pense qu'elle s'est suicidée parce qu'il n'y avait aucun avenir pour nous, ou parce qu'elle... qu'elle était enceinte, qu'elle portait mon enfant. Je n'en suis pas sûr. Je ne le saurai jamais... »

Trining ferma les yeux et hocha violemment la tête. « Arrête de me raconter tout ça. Je ne veux pas l'entendre. Je ne veux pas l'entendre !

– Je suis désolé, dit-il. Mais c'est mieux ainsi. Tu me comprendras mieux, tu sauras qui je suis. J'ai aussi l'impression d'avoir hâté la mort de mon père, de ne pas avoir aidé ma mère ni mon grand-père. Maintenant, c'est à toi que je fais du mal. Mon Dieu, je ne veux pas te faire de mal !

– Alors, tais-toi. Ne parle plus d'Ester !

– Trining, ce n'était pas de l'amour. Je ne lui ai rien promis. J'aurais pu lui faire des promesses dès le début. Tu es la première à qui j'ai demandé de m'épouser. Avec Ester, ce n'était pas de l'amour, c'était autre chose. »

Trining se releva à demi et couvrit la bouche de Luis avec sa main. « Tais-toi, le supplia-t-elle.

– Très bien, dit-il en hochant la tête. Je suis comme la rouille. Je détruis tout ce que je touche. On pardonne au chien qui, dans la rue, mord la main de son maître, mais, à moi, on ne pardonne pas. »

Trining se leva brusquement du canapé et se planta devant Luis. « Tu ne me quitteras pas ? demanda-t-elle. Quoi qu'il arrive, tu ne me quitteras pas ?

– Pourquoi cette question ?

– Je veux juste savoir combien de temps tu auras besoin de moi. Ça ne durera pas éternellement. Si tu disais le contraire, tu mentirais. Tu n'as pas à sauver les apparences, pas avec moi. Je dois seulement m'attendre à ce que tu me quittes un jour. Luis, je ne le supporterai pas ! »

La lumière qui entrait par la fenêtre ouverte commençait à baisser ; le bruit régulier de la pluie laissait pressentir une crue du fleuve. Luis se leva et embrassa gauchement Trining, gêné par son ventre.

« Ne me fais aucune promesse, dit-elle.

– Je t'aime. Tu vas être la mère de mon enfant.

– Il est inutile de me tuer si tu ne veux plus de moi. Je te quitterai à ma façon – et ce sera aussi pour toujours. »

Luis se mordit la lèvre inférieure, l'embrassa, puis s'écarta d'elle. *Toute ma vie, je n'ai consenti aucun sacrifice. Je n'ai même pas cédé un ongle. Toute ma vie, les gens m'ont témoigné l'attachement le plus fidèle. Quant à l'amour – si aimer, c'est accepter d'être utile à quelqu'un, alors j'ignore ce qu'est l'amour. Ce n'est pas un cœur qui bat là-dedans, rien qu'une pompe mécanique, insensible.*

« Non, jamais je ne te quitterai », dit-il, mais il savait qu'il ne disait pas la vérité.

Le docteur Reyes, propriétaire du petit hôpital de Rosales, arriva en frissonnant. C'était le meilleur médecin de la ville et, bien qu'il fût petit et maigre, il y avait de l'énergie et de la compétence dans ce corps fluet. « Ce n'est pas encore le moment, Trining », dit-il en entrant dans leur chambre et en sortant ses instruments. Il ne paraissait pas attacher beaucoup d'importance à tout cela. « La tension est normale, la respiration aussi – et les contractions, quel est l'intervalle entre chacune ? Plus d'une demi-heure ? Mais c'est très en avance – vous ne devez pas accoucher avant six semaines environ à compter d'aujourd'hui. Avez-vous fait un effort ? Quelque chose vous a-t-il énervée ? Ce pourrait être un accouchement prématuré, vous savez, mais, Dieu merci, nous avons maintenant de bons hôpitaux. »

Sans regarder son mari, Trining mentit : « Non, je ne me suis pas énervée, mais, la semaine dernière, j'ai effectivement fait une longue promenade. »

Le docteur Reyes ne jugea pas nécessaire de se rendre immédiatement à l'hôpital, mais Luis insista.

« Eh bien, dit le médecin, j'aimerais pouvoir dire que ma clinique est bonne, ce qu'elle est d'ailleurs, mais, vraiment, si nous allons à l'hôpital, nous ferions tout aussi bien d'aller à Dagupan. C'est l'un des meilleurs hôpitaux du nord. Il y a un excellent personnel en obstétrique et les instruments les plus récents. Je ne veux prendre aucun risque. »

Santos les conduisit dans la Chrysler. La pluie redoubla ; elle masquait complètement le paysage et, par moments, Santos devait allumer les phares. De nombreux tronçons de la route provinciale étaient creusés d'ornières, et le visage de Trining se crispait à chaque cahot.

Le temps qu'ils arrivent à Dagupan, il faisait déjà nuit, les réverbères étaient allumés, et il s'était mis à bruiner. Un pied dans la tombe – et Luis avait opté pour l'hôpital provincial quand il aurait dû aller dans cet hôpital spécialisé, à Manille, qui disposait des meilleurs médecins, anesthésistes et pathologistes de tout le pays. Le docteur Reyes lui avait assuré que, même si l'enfant naissait avant terme, il prévoyait un accouchement normal. Il lui avait chuchoté que Trining avait une santé de fer.

Luis obtint une chambre particulière et deux infirmières

privées pour s'occuper de Trining, dont les contractions se rapprochaient. L'accouchement n'eut pas lieu ce jour-là ni le lendemain, mais le troisième jour, après que le docteur Reyes et son équipe eurent finalement décidé de faire une césarienne. Luis suivit Trining jusqu'à la salle d'opération. Il y serait resté du début à la fin s'il n'avait pas eu mal au cœur. Pris de nausée, il dut retourner dans la chambre, un tampon d'ouate imbibé d'ammoniaque pressé sur le nez.

Il ne s'évanouit pas. Il attendit pendant deux heures ; lorsque ce fut terminé et que Trining, inconsciente, fut emmenée en chariot jusqu'à la salle de réanimation, il se précipita vers le docteur Reyes.

« Je ne suis pas chirurgien. » Le médecin avait le visage grave. « Je n'ai fait qu'apporter mon assistance, mais le chirurgien que nous avons obtenu, vous le savez parfaitement, est l'un des meilleurs. Nous avons fait tout ce que nous avons pu. Trining est hors de danger – elle sera rétablie dans quelques jours et pourra rentrer chez elle.

– Pourquoi a-t-elle dû être opérée ? » demanda Luis. C'était une question idiote. On le lui avait expliqué plus tôt, lorsqu'il avait signé le document stipulant qu'il autorisait l'opération. Si celle-ci n'avait pas eu lieu, les contractions de Trining n'auraient pas cessé, le bébé ne serait pas né et la mère serait morte.

« Elle va bien, répéta le docteur Reyes. Seulement, nous avons dû pratiquer l'ablation de l'utérus. Vous savez, cela signifie qu'elle ne pourra pas avoir d'autre bébé. Ses ovaires sont intacts, il y aura donc peu de changements hormonaux, seulement les bébés... c'est hors de question maintenant.

– Et le bébé – c'est une fille ou un garçon ? »

Le docteur Reyes ne put répondre tout de suite. Son visage devint encore plus grave. Il fit signe au nouveau père de s'asseoir avec lui sur l'un des longs canapés, près du hall. Là, tranquillement, le médecin lui dit ce qu'il avait à lui dire.

Lorsque le docteur Reyes eut fini de parler, Luis retint ces seuls mots : « Il faudra du courage pour regarder l'enfant – et encore plus de courage pour l'accepter. » Du courage ! Si son père était encore là, il maudirait probablement le ciel. Il n'était pas possible que ses espoirs fussent déçus, lui qui avait tout, qui avait travaillé si dur pour laisser son nom sur cette terre. Peut-être que tout venait de lui, de ses gènes dénaturés par le péché. *Ce n'est pas moi, ce n'est ni ma faute ni celle de Trining,* se convainquit Luis. *Ce n'est pas moi, ce n'est pas moi.*

Mais c'était lui qui avait planté la graine ayant donné naissance à cette chose que Trining elle aussi devrait voir et avoir le courage d'accepter.

CHAPITRE XVIII

Aussitôt que Trining reprit conscience, elle s'inquiéta pour son bébé : « Comment va-t-il ? » Son haleine sentait encore un peu le produit anesthésique. Elle avait perdu du sang et, malgré une transfusion, elle était aussi pâle que les murs de sa chambre d'hôpital.

« C'est un garçon, murmura Luis en l'embrassant. Il va bien, mais tu ne peux pas le voir – il est en couveuse. Il est si petit. Les médecins disent qu'il faudra peut-être l'emmener à Manille dans la semaine pour des soins particuliers. Ici, ils n'ont pas l'équipement nécessaire. » Prudent, Luis préparait le terrain, car il ne voulait pas que Trining vît l'enfant. Elle lui sourit et serra sa main. « Tu vas te rétablir, poursuivit-il. Ils ont dû t'opérer. Il a fallu t'enlever l'utérus et tu ne pourras pas avoir d'autres bébés, mais c'était le seul moyen de te sauver.

– Oh, Luis ! » Elle éclata en sanglots. « Et moi qui voulais te donner une douzaine d'enfants ! »

Il lui caressa le front jusqu'à ce qu'elle se calmât. Il avait pris la précaution de demander aux personnes qui s'occupaient d'elle de ne jamais lui parler du bébé et de l'empêcher de le voir.

Deux semaines plus tard, lorsque Trining put enfin marcher, Luis la ramena à Rosales, accompagnée des deux infirmières. Elles installèrent un lit pour Luis dans la bibliothèque pour que Trining restât dans leur chambre jusqu'à son complet rétablissement. Seuls Santos et les deux femmes connaissaient la vérité au sujet du bébé, et Luis leur avait recommandé de n'en souffler mot ni à Trining ni à personne d'autre.

Luis se remit à des tâches qui l'épuisaient. Il fallait prendre des décisions : l'introduction d'engrais dans certains secteurs autour de l'hacienda, l'achat de quatre nouveaux tracteurs et la création, qu'il avait projetée, de la première coopérative. Et, surtout, le souci de devoir surveiller Trining, de s'assurer qu'elle demeurât dans l'ignorance. Après le dîner, qu'il prit seul dans la salle à manger, il rejoignit Trining. Appuyée sur une pile d'oreillers, elle lisait les journaux de Manille qui s'étaient accumulés. Elle avait meilleure mine. Ses joues retrouvaient des couleurs et son regard redevenait chaleureux. Luis l'embrassa avec fougue et murmura : « Je suis très impatient – mais il faudra attendre un mois, je pense. »

Trining le pinça et le traita de vicieux. Il l'embrassa sur le front, avec tendresse cette fois, puis il dit qu'il avait sommeil et devait se reposer. Il ferma la porte de leur chambre et traversa le vestibule jusqu'à la bibliothèque, où l'on avait préparé son lit. Dès qu'il s'étendit, sans même avoir mis son pyjama, il s'endormit.

Il se réveilla vers minuit – l'heure qu'indiquait l'horloge sur le mur au-dessus du secrétaire – et la première chose dont il s'aperçut fut qu'il n'était pas seul dans la pièce. Les lampes étaient allumées et chaque objet se découpait nettement dans la lumière : le secrétaire avec sa machine à écrire posée dessus, la coupe de *chicos* et de bananes, et le Thermos de café. Assis devant lui, à sa droite, Vic – maigre, brun de peau et l'air sérieux – le regardait avec attention.

Surpris, Luis dit d'une voix rauque : « Vic, comment es-tu entré ? »

Son frère sourit tout bonnement. « J'ai attendu plus d'une heure, et j'ai lu la plupart de tes magazines, dit-il. Mais je ne t'ai pas réveillé même en allumant la lumière pour pouvoir lire.

– Mais comment tu es entré ? » Luis était incrédule. Il se redressa et chercha ses chaussons à tâtons. « Tu ne dois pas rester ici une minute de plus – et tu sais pourquoi. Tu es recherché, et il y a des soldats juste en face. »

Vic haussa les épaules. Il se leva et éplucha une banane. « Je suis en sécurité ici, dit-il. *Manong,* c'est ta maison, non ? »

Luis alla fermer la porte à clé.

« Je t'assure que je suis en sécurité », répéta Vic. Il ajouta, l'air sérieux cette fois : « Seulement je dois vous demander, à toi et à ta femme, de partir au plus tôt, demain matin si c'est possible. Retournez à Manille et restez-y. Je ne sais pas comment vous vous y prendrez, mais rendez la terre aux gens. À quoi vous sert-elle ?

– Alors c'est pour ça que tu es venu – pour me ruiner ! » dit Luis.

Vic hocha la tête. Il avait maigri et vieilli depuis la dernière fois que Luis l'avait vu. Il portait le même pantalon gris usé et la même chemise délavée. « Te ruiner ? Tu sais comment je vis, moi ? On n'a souvent rien à manger que des papayes vertes et des goyaves, parfois, on manque de sel, et on a des aigreurs d'estomac. On est dévoré par les sangsues et les moustiques, et certains d'entre nous souffrent du paludisme. Pourtant, on n'est pas amer. Comment peux-tu être ruiné ? Tu ne seras jamais pauvre.

– Pourquoi veux-tu que nous partions ?

– Parce que tu es mon frère, répondit Vic. Et je ne veux pas que tu connaisses le sort de grand-père – ou de mère.

– Est-ce que tu sais où elle est ? demanda Luis d'une voix

aiguë. Je suis allé à Aguray – avec ma femme – pour la chercher.

– Je l'ai cherchée aussi, dans les villages et dans les collines. Elle était passée là, des gens l'avaient vue, mais j'arrivais toujours trop tard. Elle a dû aller à Manille. Comment la trouver là-bas ? Tu es plus libre de tes mouvements que moi. Je peux facilement la trouver dans des endroits que je connais – si elle y est – mais en ville…

Luis s'assit, silencieux et désespéré. « J'ai fait ce que j'ai pu, Vic. Je suis écrivain – et j'ai écrit. J'ai été viré de mon travail, tu dois être au courant, mais est-ce que tu sais comment c'est arrivé ? Qui a fait ça ?

Vic répondit simplement : « Ne t'inquiète pas. Justice sera faite, je le jure ». Puis il marmonna : « Mon Dieu, si Tu existes, Tu m'es témoin. Je l'ai juré.

– Pourquoi surgis-tu comme un fantôme ? demanda Luis après un moment. Pourquoi te soucier encore de savoir si je suis mort ou vivant ?

– Nous avons une chose en commun, répondit Vic. Nous avons la même mère.

– Pourtant, tu t'en fiches vraiment, dit Luis posément. Tu préférerais me voir mort – ce serait plus facile pour toi. Si tu passais rien qu'une heure à ma place, tu comprendrais que ce que tu veux n'est pas simple. Je suis d'accord avec toi : la terre doit aller à ceux qui la cultivent – mais comment progresseront-ils sans quelqu'un comme moi pour leur donner de l'argent quand ils en ont besoin ? Pourquoi dépensent-ils autant pour des fiestas alors que c'est inutile ? Qui vendra leur production ? Qui leur apprendra comment exploiter une ferme, utiliser des engrais, adopter la rotation des cultures ? On ne peut pas résoudre ces problèmes avec des fusils.

– Des excuses, dit Vic avec froideur. Je pourrais te tuer maintenant si j'avais assez de haine pour le faire, mais ça nous avancerait à quoi ? Mon ennemi est d'une autre stature que toi, avec tes projets grandioses qui ont permis, à ton père et à toi, d'être ce que vous êtes et nous ont voués – notre mère, tous les habitants de Sipnget et moi-même – à être ce que nous sommes.

– C'est l'histoire que tu veux détruire alors ? Tu ne peux pas détruire ce que tu n'as pas créé – et le passé est plus important que n'importe lequel d'entre nous.

– Chacun façonne son destin, dit Vic en riant. N'as-tu pas façonné le tien ? Tu n'as cessé de fuir. Pendant la guerre, tu étais en sécurité en ville et personne ne pouvait toucher à un cheveu de ta tête.

– J'ai moi aussi connu des moments difficiles, dit Luis. Et j'étais avec toi, quoique brièvement.

– Des excursions, dit Vic avec mépris. Voilà ce que c'était – tu t'amusais. Alors que pour nous, c'était une question de vie ou de mort. On était pourchassé comme des chiens à cette époque. C'est pareil aujourd'hui, sauf que les chasseurs ne sont plus les Japonais mais nos propres frères. Si je suis en vie, c'est peut-être parce que j'ai pu fuir, mais on ne va plus fuir. Maintenant, on doit tuer.

– C'est facile à dire. Mais est-ce indispensable ? Le monde change, et que représentent quelques décennies dans l'histoire ? Les riches contre lesquels tu fulmines – ils finiront par disparaître. Regarde-moi, Vic. Je travaille – les terres que père m'a léguées ne m'intéressent pas vraiment. Tu peux en prendre autant que tu veux. Des jeunes gens intelligents, issus des classes inférieures ou des classes moyennes, remplaceront les riches oisifs. C'est vraiment un cycle – un très bon symbole bouddhiste.

– Je pense seulement que cette époque est celle où je vis, et je sais qu'elle est épouvantable, dit Vic avec conviction.

– Il y aura toujours des pauvres parmi nous, dit Luis, qui se souvint des paroles de Dantes : "Les communistes n'ont pas supprimé la misère. En fait, on peut dire que les Scandinaves et les Américains ont fait du meilleur travail dans ce domaine. Et les pauvres en viennent parfois à aimer leurs chaînes."

– C'est pour ça qu'on est là, dit Vic. Pour briser leurs chaînes.

– Ces chaînes seront brisées le moment venu – et pas par toi, dit Luis. Regarde autour de toi. Le changement se profile. Tu ne peux pas dire à des centaines de jeunes gens doués qu'ils ne peuvent pas exercer leurs talents. Ils le feront.

– Le talent ne suffit pas, répondit Vic. Ce ne sont pas des hommes de l'avenir. Ce sont les hommes nouveaux qui apporteront le changement, et leur avenir n'est pas en Amérique mais ici. Tu n'as jamais pensé aux ignobles légendes dont notre génération a été nourrie ? Après avoir créé le monde, Dieu, fatigué par ses efforts, s'accroupit pour déféquer, et cette merde, c'est ce groupe d'îles. C'est un des mythes que nous détruirons. J'oublierai le passé ; non, bien plus, nous détruirons le passé et tout ce qu'ont laissé les Espagnols et les Américains, tout ce qu'ils ont semé dans vos esprits. Nous ferons comme ceci : nous partirons de zéro, d'une page blanche. Et nous écrirons ce que devrait être l'avenir. C'est nécessaire, et urgent, car nous ne pouvons pas construire avant d'avoir détruit ce passé. Tu ne comprends pas ? Il se moque de nous avec ses fausses promesses, il nous corrompt avec ses maux... »

Luis l'interrompit : « Je vais te citer un vieil adage ilokano : "Celui qui ignore d'où il vient ne sait pas où il va."

– Mais je le sais, moi ! Je le sais ! s'écria Vic. Sinon comment je saurais ce qu'il faut détruire ? Comment je saurais qui sont mes ennemis ?

– Tes ennemis ? demanda Luis. Qui sont réellement tes ennemis, Vic ? Il y a des soldats dans l'école, en face. Ce sont des fils de paysans. Leurs parents pourraient ressembler aux habitants de Sipnget, et ils sont tout aussi pauvres. Tu veux tuer les tiens ?

– Tu crois que ça me plaît ? demanda Vic. La mort d'un

homme est aussi la mienne – tu me l'as déjà dit. Comment oublier que les soldats que nous combattons pourraient être originaires de Sipnget ? Seulement, ce ne sont pas des personnes – ce sont les instruments des riches.

– Comme tu t'exprimes avec aisance, remarqua Luis.

– Non, *Manong,* dit Vic. C'est toi qui es doué pour les mots. Tu es poète, mais je me demande parfois si tu as un objectif, si ta poésie vaut vraiment quelque chose. Tu as une maison magnifique, des amis qui apprécient ton talent, mais tu engraisses, tu vieillis et, bientôt, tu découvriras que tu n'es rien que de la peau et des os. Pourquoi écris-tu de la poésie ? »

Luis répondit en toute sincérité : « Je n'en sais rien. À vrai dire, je ne sais même pas pourquoi Dieu nous a créés. Nous en sommes de bien pâles copies, tu sais.

– J'ignorais que les mots – que tu manies en maître – étaient tranchants et venimeux. Tu as peut-être aussi tué avec des mots, quoique plus lentement et plus douloureusement. Chez nous, c'est le corps qui meurt, et c'est le corps qui tuera – plus rapidement et donc moins cruellement », dit Vic.

Les mots, les mots ! Luis sentit une colère froide l'envahir. « Tu ne peux pas plus isoler des mots de leur contexte qu'affirmer avoir détruit un instrument en tuant un homme. C'est réduire l'homme à un objet – et tu es davantage que ça.

– Oui, dit Vic. Je sais que je suis davantage qu'un objet, mais, dans ce processus, je ne suis qu'un instrument moi aussi. Je dois donc être utile – et je le serai non seulement à moi-même, mais également aux milliers d'autres qui sont comme moi et n'auront sans doute jamais la chance que tu as.

– Tu es aussi mon frère, dit tristement Luis, dont la colère s'apaisait. Tu es le garçon avec lequel j'ai grandi, qui a nagé dans l'Agno avec moi, l'ami qui a cueilli des *camachile* le long des rues poussiéreuses, qui a attrapé des grenouilles dans les crevasses des rizières. Tu n'es pas idiot, tu n'es pas insensible, tu n'es pas une machine.

– *Manong,* mon frère, comme tu t'exprimes admirablement ! Mais quand tu as quitté Sipnget, quand tu as quitté mère, tu es parti pour toujours. Tu étais le fils bien-aimé parce que tu avais besoin d'amour et nous t'aimions, mais ce n'était pas un amour partagé. Tu le sais, et tu es le seul à pouvoir expliquer pourquoi il en a été ainsi. Je l'ai compris la dernière fois que je t'ai vu. J'étais venu te demander d'exprimer à travers le sacrifice cet amour que tu disais ressentir. Mais tu étais incapable de faire des sacrifices. Si la haine est un sentiment puissant, l'amour devrait l'être plus encore. Ma présence le prouve. C'est en souvenir de notre enfance que je suis là à vouloir que vous viviez, ta femme et toi. Vous ne pouvez rien me demander de plus. Je n'ai rien d'autre à donner. »

Vic se tut et demeura figé devant Luis – des larmes ruisselaient sur son visage mat, brûlé par le soleil.

Luis l'étreignit. « Mon frère, mon bourreau », murmura-t-il.

Vic le repoussa et, sans un mot de plus, se dirigea vers la porte. Luis ne le suivit pas. Il ne vit pas où son frère disparut. Il ne sut pas qui le guida hors de sa forteresse. Lorsqu'il s'affala sur son lit, une pensée lui glaça le sang : toutes ces années, il s'était toujours senti supérieur à son frère, peut-être parce qu'il avait plus d'éducation, qu'il avait vu davantage de ces vastes paysages qui s'étendaient au-delà de Sipnget, et que tout ce qu'il avait vu et appris l'avait doté de plus de connaissances, de plus de sensibilité. Après tout, il était poète, et il était vraiment capable d'aimer, non lui-même, mais la vie – et donc la mort –, si bien qu'il serait également capable de s'abandonner à l'étreinte de la mort et de mépriser ce qui est aussi la fin de toute chose. Pourtant, il savait désormais que ce n'était pas le cas, qu'il s'illusionnait et, comme l'avait dit son frère, qu'il était incapable de faire des sacrifices. Sa poésie – que pouvaient à peine comprendre ceux-là même qui lisaient couramment l'anglais –, à quoi servait-elle ? À quoi la vie servait-elle ? Il avait cru écrire simplement, mais il comprit qu'il était en réalité obscur, non parce qu'il ne savait pas ce qu'il disait, mais parce que ses sentiments manquaient de maturité et étaient, par conséquent, dénués de véritable passion. Qu'est-ce qui coulait donc dans ses veines ?

Il respirait avec difficulté. Il n'y avait pas un bruit dans la maison, mais ce silence était sépulcral. Le monde entier faisait silence. Lui seul semblait éveillé et, pour la première fois depuis longtemps, il avait l'esprit clair.

CHAPITRE XIX

Mon frère,

Quand je t'ai vu cette nuit, quand, dans un moment de vérité, tu es venu vers moi avec un message d'amour, mon regret le plus profond fut de n'en avoir aucun à donner en retour. Tu as dit n'en avoir pas non plus, mais tu m'as quand même donné une chose : tu as affirmé que j'avais toujours considéré comme la plus grande manifestation d'amour ou de haine le fait d'être prêt à perdre son existence charnelle. Mais au-delà de cette perte, le plus important est l'engagement total de l'esprit dans un projet qui n'apporte ni gloire, ni récompense, ni immortalité.

Mon frère, tu renaîtras avant même de Le rencontrer, Lui, notre dernier médiateur. Je le sais, car c'est toi – et non pas moi – cet homme nouveau que nous avons tous tant cherché. Je me suis souvent demandé à quoi ressemblait cet homme nouveau, cet archange, cet être dont nous avons souhaité qu'il fût l'ultime modernisateur. Maintenant, je le sais. Il peut bien se considérer comme une machine ou comme une arme, je sais qu'il représente bien plus que cela – c'est une source de vrai sang, une boule de nerfs complexes, et même s'il affiche du mépris pour sa vie, en vérité, il instaure des valeurs bien plus que je puis le faire, moi qui suis fasciné par les mots. C'est lui, le poète, pas moi.

Les mots : ce sont les joyaux qu'il me faut polir. Je dois mainte-

nant tenter de répondre en étant le plus sincère possible, du moins envers moi-même et sans avoir à me justifier, sur l'usage que j'ai fait des mots – et sur l'utilité de la poésie, l'utilité de l'art.

*J'essaierai de ne pas être aussi obscur que je le fus, au dire d'*Es*ter – avec laquelle tu serais probablement d'accord. En fait, j'aimerais penser que la poésie, ou l'art, est la plus lumineuse, la plus limpide de toutes les formes de communication, car elle s'adresse au cœur, non à l'esprit. Je serais cependant bien incapable d'en décrire le processus – et parce que ce processus définit parfois la nature et l'utilité de l'art, pardonne-moi si je ne trouve pas de véritable explication à cette utilité.*

Ce dont je peux te parler, c'est ce à quoi l'art s'oppose. Il s'oppose à l'abaissement de l'esprit humain, à tout ce qui déshumanise, essentiellement parce qu'il est une affirmation de la vie – or tout ce qui déshumanise est une négation de la vie. Comme ce serait simple pour moi de dire maintenant que l'art représente la vie – non la mort – et que, avec toutes ses inepties, son hermétisme et son absence d'objectif, il est peut-être, comme toi, l'ultime vainqueur de la mort.

C'est ce que j'ai tenté de faire, je crois : créer, du moins à mes yeux, quelque chose qui pourrait faire de moi davantage que ce que je suis – un homme faible et lâche qui a fui son passé et ceux qu'il aimait, un homme qui a vécu dans la haine (et je connais cette sorte de haine que je ressens) et qui doit néanmoins apprendre à vivre, ne serait-ce que pour se convaincre qu'il est un artiste.

Je pense que je suis encore, comme d'habitude, en train de me flatter en me prenant pour un créateur doté de la plus exquise sensibilité et donc singulier. Comme j'aimerais me qualifier d'homme nouveau – mais je sais que je ne le suis pas, et que, de ton point de vue, je ne serai jamais suffisamment engagé dans la vie pour pouvoir vaincre la mort, alors que toi, tu t'es lancé à corps perdu dans ce combat. Mon redoutable bourreau, c'est donc toi, l'artiste, le rebelle, le créateur, car c'est toi qui feras jaillir la beauté de la laideur qui imprègne nos vies, de tout ce fumier qui nous entoure.

Quant à moi, il n'y a pas la moindre parcelle de doute dans mon esprit sur mon avenir, un avenir qu'il ne dépend pas de moi de déterminer, comme ce fut le cas pour toi. Ma tâche en ce monde consiste à survivre – et, pour survivre, je dois éviter l'agitation qui naît du conflit et la putréfaction qu'engendre le désespoir. Ma vue est limitée. Je regarde autour de moi et je vois un vaste paysage calciné. Je ne vois que les décombres des rêves et, faible, chétif, je ne peux rien faire sinon apaiser cette colère impuissante et me rappeler que je ne suis plus à ma place.

Malgré cela, je vais tenter de vivre selon ma conception de l'honneur, d'accepter les limites de ce que je peux endurer. Si je suis poussé peu à peu vers la tombe, c'est sous la contrainte, et c'est seulement par la mort que le tyran intérieur peut être vaincu.

Mon Dieu, j'ai peur. J'aimerais croire que je puis être aussi courageux que, au sens rigoureusement physique, je le fus autrefois. La mort, je l'ai vue et j'ai ri de la laideur de son visage, mais le tyran intérieur, je ne l'ai pas vraiment vaincu, car c'est lui qui, à la fin, triomphera, et il le sait.

Mais ma mort a déjà eu lieu, elle a été rapide, douce même, car on me l'a infligée avec délicatesse, avec amour – sans haine. Adieu, mon frère.

CHAPITRE XX

Le fracas métallique des véhicules et les cris qui fusaient de la cour de l'école où les soldats avaient établi leur campement tirèrent Luis d'un sommeil sans rêves et lui firent prendre conscience qu'il se passait quelque chose d'important. Il n'aurait su dire pourquoi, mais la visite nocturne de Vic lui paraissait irréelle, or la lettre, qu'il avait lui-même écrite à la main et qui le fixait depuis son secrétaire, le ramena à la réalité de Rosales et au souvenir de Vic l'avertissant qu'il valait mieux qu'ils partent, Trining et lui. C'était une belle et claire matinée, pourtant, une menace planait et Luis se sentait oppressé. Il rejoignit sa femme dans sa chambre. Elle était déjà réveillée et l'infirmière lui servait son petit déjeuner – du jus de tomates, des œufs, du riz et une épaisse tranche de jambon. On lui administrait des somnifères chaque soir, de sorte qu'elle ne se réveillait jamais avant le matin et n'avait pas passé une seule nuit pénible depuis son retour de l'hôpital.

« As-tu bien dormi ? » demanda-t-elle, l'air absent. Il fit oui de la tête et lui prit une gorgée de son café. Il s'assit à côté d'elle devant la petite table, et sa main remonta lentement de ses flancs à sa poitrine. Elle lui donna un coup de coude pour qu'il se tînt tranquille, car l'infirmière se trouvait dans la chambre, même si elle leur tournait le dos.

« Luis, cette nuit, tu peux dormir avec moi si tu veux. Il commence à faire froid, tu me tiendras chaud. Je vais mieux maintenant, je n'ai plus besoin de piqûres.

– Excepté une », lui chuchota-t-il à l'oreille.

Elle le pinça et chuchota à son tour : « Pas avant deux semaines. Tu veux que je retourne à l'hôpital ? »

L'infirmière se retira par discrétion ; aussitôt qu'elle fût sortie, Luis dit : « Les soldats s'en vont. Ils emportent tout, même les pots en fer-blanc où ils mettent leur bouillie de maïs. Je ne crois pas qu'ils reviendront. »

Ils allèrent à la fenêtre. Dans le matin lavé par la pluie, les soldats empilaient leur matériel de couchage et leurs tentes dans les *six-by-sixes* alignés en face de l'école. Déjà, les gros camions débordaient, mais le chargement ne paraissait qu'à moitié terminé. Deux officiers aux treillis trempés de sueur hurlaient des ordres aux hommes en tenue de combat qui pliaient sous le poids des cartouchières et des caisses de munitions qu'ils portaient en équilibre sur la tête. Des gens faisaient cercle autour des camions. Des vendeurs de nourriture plongés dans des listes harcelaient certains soldats, alléguant des dettes.

Les deux premiers camions dans lesquels s'entassaient toutes sortes de caisses ainsi que les familles des soldats – des mères allaitant leur bébé, des gamins trop jeunes pour comprendre ce qui se passait – allèrent se placer à l'arrière ; et une Jeep et une voiture blindée équipée d'une mitrailleuse de calibre 50 avancèrent pour se garer à leur place. Quelques huttes proches de l'école qu'occupaient les familles des soldats avaient été démolies et tous les matériaux récupérables – plaques de tôle, revêtements en bois – chargés sur les véhicules.

Ils partent, songea Luis, l'air sombre. *Et je ne saurai jamais quels sont ceux qui ont détruit Sipnget.*

Il se détourna de la fenêtre.

« Pourquoi s'en vont-ils d'après toi ? demanda Trining en le tirant par la main.

– Ils sont pressés, ils ont dû être appelés là où on a davantage besoin d'eux. »

Trining le regardait fixement. « Qui va nous protéger s'ils ne sont plus là ? »

Luis voulut lui parler de la visite de Vic, mais il ne lui avait pas dit grand-chose de son frère sinon que c'était quelqu'un d'intelligent, qui posait beaucoup de questions, et qu'il aurait souhaité le voir continuer ses études. De toute évidence, Vic n'était venu que pour le mettre en garde, et non dans le but de poursuivre leur vieille querelle. Au fond de lui, Luis s'estimait en sécurité quoi qu'il arrivât ; en dépit de la rhétorique agressive de Vic et de la forte tension qui régnait dans la plaine, il restait convaincu que son frère n'était pas un ennemi.

« Tu ne crois tout de même pas à toutes ces histoires sur les Huks. Je m'inquiéterais davantage des agissements de la gendarmerie et des gardes privés. Regarde ce qu'ils ont fait à Sipnget.

– Les journaux ne disent donc pas la vérité ? demanda Trining. Regarde ce qu'on raconte sur Santa Cruz et San Nicolas – les massacres des Huks dans les campements de l'armée qu'ils ont attaqués. Et San Nicolas n'est qu'à vingt kilomètres.

– Vingt-trois », rectifia Luis.

Trining se leva et retourna à la fenêtre. « Luis, on devrait quitter cet endroit, dit-elle d'une voix accablée. Je ne vois aucun avenir pour nous ici, rien qui ne soit vraiment à nous. Alors qu'une fois en ville, nous ne courrons aucun risque, et mon bébé sera mieux soigné, pas comme à l'hôpital provincial où nous l'avons laissé. » Elle se tourna vers Luis : « Pourquoi ne puis-je pas le voir ? Il est si laid, si ridé – ce que les prématurés sont censés être – que je risque de m'évanouir en le voyant ? »

Cette question prit Luis au dépourvu et pendant un moment il ne sut que répondre. Puis il présuma que les infirmières avaient dû dire certaines choses à Trining, faire des allusions. « Qu'est-ce que les infirmières t'ont raconté ?

– Rien, dit Trining. Sinon que les prématurés sont parfois laids, qu'ils ne prennent pas tellement de poids et que leur peau reste fripée pendant les neuf ou dix premiers mois – ce qui est assez long, non ? Et regarde ce lait dans mes seins, il devrait être pour lui, le pauvre.

– Il est bien soigné...

– On devrait vraiment quitter Rosales. » Trining avait l'air décidée. « J'ai peur pour toi et de ce qui pourrait arriver. On peut louer une petite maison et vendre celle de Dewey – et même celle-ci s'il le faut. De toute façon, elles sont trop grandes pour nous. On peut vivre comme des gens ordinaires, avec seulement une servante. Je me chargerai de presque tout le ménage et de la cuisine. Mais partons tant qu'il en est encore temps. Cet après-midi. »

Luis n'osait pas regarder Trining en face, car il lui semblait désormais devoir rester à Rosales, non qu'il refusât de tenir compte de l'avertissement de son frère ou qu'il ne voulût pas offrir à Trining la tranquillité d'esprit qu'elle recherchait, simplement quelque chose lui disait qu'il ne pouvait pas vivre ailleurs – en tout cas, pas en ville, ce qui lui rappellerait Ester et les mensonges qu'il avait proférés. Vivre ici, ce serait vivre selon la vérité, aussi éprouvante fût-elle. Vivre ici exigerait également du courage, ce dont il lui fallait désormais s'armer. Et, surtout, rester à Rosales raffermirait le contrat illusoire qu'il devait passer avec les siens, du moins en ce qui le concernait.

« Non, Trining, dit-il posément. Nous devons rester ici. Cette semaine, je ferai conduire le bébé à Manille pour qu'il reçoive les soins appropriés, mais nous... nous devons vivre ici, car c'est ici chez nous. Je comprends maintenant pourquoi père se sentait concerné à ce point et pourquoi il est revenu. »

Trining mit un certain temps avant de répondre : « Je resterai avec toi. Je te suivrai...

– Jusqu'au bout du monde. » Luis eut un rire léger, puis il embrassa Trining sur la joue.

L'infirmière frappa à la porte. L'officier commandant le détachement était en bas – don Luis lui accorderait-il cinq minutes ? Il se disait désolé de ne pas être passé plus tôt, mais ils avaient reçu subitement l'ordre de partir. Luis demanda à l'infirmière de le faire entrer dans le vestibule et de le prier de bien vouloir attendre.

Lorsque Luis vint, le capitaine examinait avec attention les cadres patinés des tableaux postimpressionnistes que le père de Luis avait rapportés de ses voyages. C'était un homme petit, nerveux, aux pommettes saillantes et au front étroit, âgé probablement d'une trentaine d'années. De loin, il paraissait efflanqué, mais, en fait, il était musclé et solidement charpenté. Il salua Luis, puis s'avança et lui tendit la main. Presque chaque matin, Luis le voyait monter dans une Jeep ou une voiture blindée et disparaître au bout de la piste conduisant aux contreforts pour revenir en fin d'après-midi, le pas tout aussi vif. Il s'était présenté un soir, mais seuls l'avaient reçu Santos et Trining. C'est un homme solitaire, avait dit plus tard Trining à Luis, s'attirant une réponse bourrue : tous les coupables le sont.

Luis lui serra la main. Le capitaine avait la poigne moite et ferme. « Monsieur, je suis désolé d'avoir à vous dire adieu dès notre première rencontre », dit-il.

Luis lui fit signe de s'asseoir sur l'un des canapés de cuir rembourrés du vestibule, avant de demander à une servante d'apporter du café.

« Nous allons monter vers le nord, reprit le capitaine. Nous avons reçu les ordres par radio tôt ce matin. Il semble qu'il y ait plus de problèmes là-haut.

– Autrefois, ils étaient limités au centre de Luzon, dit

Luis avec un soupçon de tristesse dans la voix. Cela concerne maintenant tout le pays – les Visayas, Mindanao...

– Oui, dit le capitaine. Et combattre ces gens, c'est comme agiter un poing en acier en l'air. Ils sont partout et nulle part.

– Ils sont partout où règnent la faim et l'exploitation, dit Luis. La cupidité et l'injustice sont leur terreau. »

L'officier baissa les paupières et prit un air pensif, puis il se tourna vers Luis, des étincelles dans le regard. « J'aimerais pouvoir porter des jugements aussi facilement que vous le faites, dit-il sur un ton légèrement agacé. C'est fort triste, bien sûr, que je reçoive toujours l'ordre de les rechercher et de les anéantir. Ce sont des adversaires dignes de ce nom – certains pourraient nous apprendre quels stratagèmes utilisent la guérilla et le renseignement. Je suis particulièrement impressionné par le commandant Victor – par sa tactique audacieuse, géniale. À cause de lui, notre bataillon a perdu plus d'une vingtaine d'hommes, et nous n'avons pas capturé un seul homme de son unité. Je sais que c'est votre demi-frère et je suis sûr que vous nous en voulez encore pour ce qui s'est passé à Sipnget. Je veux que vous sachiez qu'aucun de mes hommes n'est impliqué, que nous – nous tous – sommes arrivés après l'incident, pour remplacer le détachement qui se trouvait ici.

– Je ne veux pas entendre parler de ça, dit Luis.

– Je ne cherchais pas à faire diversion, dit l'officier. J'ai abordé le sujet juste pour que vous sachiez que je suis au courant.

– Ça ne vous met pas un peu mal à l'aise, capitaine, de combattre d'anciens compagnons d'arme ? Vous devez être un vétéran de Bataan, j'imagine ?

– En effet, répondit l'autre sans se faire prier. J'ai été interné à Capas – la Marche de la mort, tout ça. En effet, c'était autre chose de combattre les Japonais. Mais ce sont eux ou nous – c'est aussi simple que ça quand on est sur le terrain. » Il fit craquer ses phalanges. Son visage était luisant de sueur et le devant de sa chemise, trempé. « Mais que pouvons-nous faire ? Nous ne sommes pas des propriétaires terriens, comme vous. Nous sommes des soldats de métier – du moins les officiers comme moi. Ces garçons, là en bas, avec leur famille, ne sont évidemment pas des soldats de métier. Ils se sont engagés dans l'armée parce que c'était un travail comme un autre. Et Dieu sait s'il est difficile d'en trouver. Il n'y en a pas un parmi eux qui veuille aller se battre dans les collines – et certains ont aussi des proches de l'autre côté. Non, monsieur, ça n'a pas été facile et ça ne le sera jamais. Pourchasser les siens n'a aucun sens, mais il faut faire le ménage. Je n'analyse pas la politique comme vous le faites, pourtant, si ce pays se désintégrait, certaines puissances en profiteraient pour s'en emparer. Ce ne devrait pas arriver tant que les Américains sont là, mais les Huks sont anti-Américains, quoique je ne pense pas qu'ils reçoivent une aide des Russes. Pourquoi ne se contentent-ils pas d'être nationalistes ? Ce serait mieux. En tout cas, ils sont condamnés – je peux vous l'assurer.

– Comment pouvez-vous en être aussi sûr ? » demanda Luis, intéressé.

On avait apporté le café et le capitaine en prit une tasse. « J'en suis convaincu, répondit-il. Parce que la liberté existe dans ce pays. Oh, vous ne serez peut-être pas d'accord avec moi – cette liberté ne fonctionne que pour les riches, pour les gens comme vous, pas pour les pauvres. Mais il y a plus encore : la liberté d'exprimer son opposition par la parole existe, et même, éventuellement, par l'action. Il y a aussi une sorte de mobilité – est-ce le terme exact ? Les personnes de basse condition peuvent s'élever dans la société. Regardez-moi, monsieur. Nous ne dépasserons peut-être pas un certain niveau, mais nous pouvons y accéder. Et le gouvernement, malgré toutes ses carences, est un gouvernement élu. La communication entre les hommes politiques et le peuple existe – une communication de type démocratique, monsieur.

– Vous oubliez une chose, dit Luis. Ce ne sont pas les masses qui font les révolutions, mais les hommes nouveaux, les gens comme vous – si vous vous trouviez de l'autre côté.

– Si c'était le cas – Dieu m'en garde –, vous savez ce qui arriverait ? demanda le capitaine d'une voix excitée et haut perchée. Je serais tué, ou je finirais par me rendre. Votre frère aura beau fuir, il sera abattu, monsieur – enfin, s'il ne se rend pas. Le problème n'est pas la supériorité des forces armées. Le problème, c'est d'imposer une révolution à une société opportuniste. C'est ce que n'ont pas compris les Huks, monsieur Asperri. Ils se bouchent les yeux. Comme le problème s'aggrave, le gouvernement va s'affoler – il introduira des réformes, tentera de ramener au bercail les Huks et leurs amis avec des promesses, des programmes concrets, et alors, qui luttera contre le gouvernement et les hommes tout-puissants qui le dirigent ? Ces hommes – bien qu'ils soient corrompus – sont opportunistes eux aussi, monsieur Asperri. Ils changeront, et quand ça se produira, les Huks seront anéantis. C'est aussi simple que ça.

– Et, entre-temps, pendant que nous attendons ce changement, davantage de gens seront tués, davantage de pauvres sacrifiés au nom des réformes ?

– Je suppose qu'il doit en être ainsi, monsieur Asperri, dit le capitaine.

– Je pensais que la guerre qui vient de finir nous avait enseigné au moins ceci : la violence n'a aucun sens. Elle a effectivement bafoué nombre de nos valeurs, c'est ce qui est en train de se passer. Croyez-vous vraiment que notre société en sortira renforcée ? »

L'officier poussa un soupir et se donna une tape sur la cuisse en signe d'impuissance. « Nous avons nos espoirs les plus chers, répondit-il. Vous avez les vôtres – et je comprends vos opinions, de même que votre affection pour votre frère. Peut-être aidez-vous les Huks, si c'est le cas, je vous prie d'y réfléchir à deux fois. Ils sont condamnés et vous ne faites que prolonger leur agonie. En fait, vous ne pouvez pas lutter contre le gouvernement – quelles que soient ses carences, ce gouvernement est le nôtre. »

L'officier jeta un coup d'œil à sa montre. « Il est temps de partir, dit-il. J'aimerais revenir pour avoir une longue conversation avec vous et développer aussi notre point de vue. Ces garçons, là-bas, à peine sortis de l'adolescence, sont des paysans – comme je l'ai déjà dit –, ils ne s'intéressent ni à la politique ni à la philosophie. Ce qui les préoccupe, c'est l'argent qu'ils enverront chez eux s'ils survivent à leur patrouille – des avantages en nature. Voilà ce qui les intéresse. Le patriotisme au sens strict – l'amour, le devoir, l'honneur –, c'est de la roupie de sansonnet, n'est-ce pas, monsieur Asperri ? Sauf pour les gens comme vous et moi. »

Luis sourit tristement. L'officier se leva et Luis le raccompagna jusqu'à l'escalier, où ils se serrèrent de nouveau la main, chaleureusement cette fois.

« Ne vous faites pas de souci, dit-il en partant. Il est possible qu'un nouveau détachement arrive demain ou dans la semaine. Nos patrouilles sortent toutes les nuits, et en cas d'attaque la police municipale est prête à agir. Et puis les liaisons radio sont excellentes, des secours seront envoyés immédiatement. »

Il ne plut pas de la journée, et la chaleur était devenue accablante – elle montait de la terre aussi, tel un esprit diaphane ayant pris possession de toute chose, et l'immense maison elle-même paraissait subir sa loi. Trining, qui généralement souffrait de la chaleur, se plaignait à présent avec véhémence. Les groupes électrogènes venaient d'arriver de la ville. Dans la demeure, la climatisation et les appareils frigorifiques étaient tombés en panne, peut-être à cause de la canicule, et maintenant il n'y avait plus de lumière non plus. Au crépuscule, cependant, il plut enfin, une averse soudaine, bienvenue et apaisante. Peu après, la verdure embauma l'air du soir.

Pour la première fois depuis le retour de Trining de l'hôpital, Luis dormit avec elle dans leur chambre. En allant se coucher, il apprécia l'atmosphère plaisante de cette soirée de juillet. Il avait tenté de lire à Trining quelques-uns de ses poèmes récents, mais elle avait décroché après les deux premiers et, se tournant sur le côté, s'était endormie, aussi les avait-il posés ; peu après, il rêva qu'il se promenait dans un champ de nénuphars et que, foulant les fleurs pourpres et veloutées, il ne les écrasait pas, au contraire, tandis qu'il avançait, elles s'inclinaient sous son pas, puis se redressaient, plus grandes, plus belles. Il vit le champ de fleurs s'étendre, devenir une mer pourpre, vibrante, qui se fondit dans la voûte bleue et vernissée du ciel.

Comme si un trait de feu déchirait sa conscience, le bruit d'une détonation tira Luis de son sommeil. Il ouvrit les yeux et tendit l'oreille. D'une certaine façon, dans le noir, le moindre son semblait plus net. D'autres coups de feu éclatèrent, fulgurants. Il se tourna promptement sur le côté et, dans l'obscurité, il vit sa femme assise dans le lit. Elle lui prit la main, qui était froide et tremblante.

« Luis, il se passe quelque chose, chuchota-t-elle. J'ai appelé l'infirmière, mais personne ne répond. J'ai appelé l'un des domestiques – personne ne répond non plus. Nous sommes seuls dans la maison. Il se passe quelque chose. »

Une autre rafale crépita, et Luis pensa qu'elle était proche, qu'elle venait des alentours du *municipio*.

« Les Huks », murmura Trining d'une voix rauque ; son souffle balayait le visage de Luis, son cœur battait la chamade contre sa poitrine. Il la prit dans ses bras et, bien que lui-même se fût mis à trembler, il tenta de la rassurer : « Si ce sont les Huks, ils ne nous feront pas de mal. Il y a une chose que j'aurais dû te dire depuis longtemps : mon frère,

Victor, est l'un d'eux. Les Huks savent que nous sommes frères. »

Les coups de feu, les cris confus et les hurlements des chiens se rapprochaient. Venus de l'est, des contreforts, ils se répandaient à présent dans la ville. Qui que ce fût, leurs vociférations se propageaient tel un flot impossible à endiguer. Leurs cris résonnaient dans le silence comme si une foule se trouvait à l'étage inférieur, raillant les fantômes silencieux, hurlant : Notre heure est venue !

« Qu'est-ce qu'on va faire ? » demanda Trining.

Luis tenta de la calmer : « Tu sais ce qu'ils cherchent ? D'abord, ils vont saccager le *municipio,* s'emparer des armes de la police, piller le Trésor municipal et les magasins, ensuite, ils s'en iront. C'est toujours ainsi qu'ils opèrent. »

Il désirait croire à ses propres paroles. « Il ne nous arrivera rien – mon frère... » Il allait dire qu'il ne leur arriverait rien parce qu'il n'avait fait de mal à personne, mais il se tut. À personne ? Il y réfléchit brièvement et tenta de se convaincre que ces mots représentaient la vérité, mais il ne pouvait pas se mentir à lui-même, pas à l'heure du danger. Il n'avait fait de mal à personne : ni à Ester, ni à sa mère, ni à son grand-père, ni à Victor – tous ceux qui lui étaient le plus chers ; il s'était contenté de les renier et, ce faisant, il les avait tués. Il n'avait fait de mal à personne, mais, maintenant, des pierres fracassaient les carreaux et s'écrasaient dans la pièce. Des balles ricochaient sur la maçonnerie et le bois vieillissant, elles sifflaient jusque dans les profondeurs de sa forteresse.

« Non ! hurla Luis. Ils ne peuvent pas me faire ça ! Je suis leur ami ! Pas à moi ! » Il se rua vers la fenêtre, l'ouvrit en grand et, s'y encadrant, il agita vivement les bras tout en criant aux vastes, aux épaisses ténèbres : « Vic, c'est moi, Luis, ton frère ! Tu ne sais pas ce que tu fais ! »

Il ne distinguait pas les silhouettes qui se déplaçaient en contrebas. Trining l'écarta de la fenêtre à l'instant où de brusques éclairs orange trouèrent l'immense voile de ténèbres qui lui faisait face. Il sentit qu'on le tirait vers le sol, au milieu des éclats de verre. En bas, dans la rue, telle une malédiction, les cris horribles jaillirent de nouveau à l'unisson avec une netteté effrayante : « Commandant Victor ! Commandant Victor ! »

La fusillade et le jet de pierres cessèrent, et le bruit de pas s'éloigna. Luis bougea, il avait un goût de poussière dans la bouche. À côté de lui, sa femme chercha sa main à tâtons dans l'obscurité. « Luis, j'ai été touchée », souffla-t-elle. Elle appuya la main de Luis sur sa poitrine, chaude et trempée.

« Mon Dieu ! » s'écria Luis. La prenant dans ses bras, il la porta à travers la pièce sombre et la déposa sur le lit avec ménagement. Se déplaçant rapidement, il tâtonna pour trouver l'interrupteur, qu'il actionna deux fois, trois fois, en vain. Le groupe électrogène ne fonctionnait plus ; le courant que fournissait en complément la centrale électrique de la ville avait aussi été coupé. Il s'agissait d'une stratégie élémentaire – les Huks devaient également avoir interrompu toutes les communications. À présent, Rosales était isolée, et il n'y aurait aucun secours à espérer, à moins que les informations ne fussent transmises à la gendarmerie par télégraphe.

Luis se pencha sur Trining et lui demanda : « Tu as mal ? » Dans l'obscurité, il la vit faire non de la tête. Il se précipita vers le vestibule pour appeler les domestiques – Santos dormait dans la pièce près du palier –, mais, excepté le trottinement des rats dans le plafond et le tumulte de sa propre respiration, il n'y avait aucun bruit dans la maison. Il courut vers le logement des domestiques, à côté de la cuisine. Il craqua une allumette et vit tous les lits de camp vides, de même que les tiroirs, et le plancher était jonché de vêtements abandonnés par les domestiques dans leur fuite. Trining avait raison : ils étaient seuls dans la maison. Tout le personnel avait disparu – Santos, et tous ceux en qui il mettait sa confiance, qui exécutaient ses ordres sans poser de questions. Ils étaient au courant de l'opération et aucun d'eux ne l'avait prévenu. Était-ce parce qu'ils le haïssaient et souhaitaient sa mort, ou parce qu'il serait toujours le fils de son père, quoi qu'il fît ? Il se sentit malheureux à cause de leur trahison, eux qui avaient vécu près de lui, partagé sa nourriture et joué avec lui quand il était enfant.

Il réprima un sanglot et se réfugia de nouveau dans leur chambre, où sa femme, allongée, perdait son sang. Je dois arrêter ça, se dit-il et, à tâtons dans le noir, il se mit à chercher quelque chose qui stopperait l'hémorragie. Il craqua une allumette et, dans la faible lueur, Trining lui parut songeuse mais nullement effrayée. « Tu as mal ? » répéta-t-il, désirant désespérément l'entendre affirmer qu'elle ne souffrait pas. Elle fit non de la tête.

« Luis, mon Luis, murmura-t-elle. Ça recommence, mais je n'ai plus peur comme autrefois – et je n'avais même pas été blessée à l'époque. Non, je n'ai plus peur du tout – mais j'ai peur pour toi, mon époux. »

Il trouva une bougie dans la coiffeuse de Trining et l'alluma. Aussitôt, les objets de la chambre apparurent. Il aperçut la boîte à pharmacie que l'infirmière avait apportée. Il releva la chemise de nuit de Trining. La blessure se situait au-dessus du mamelon droit, un petit orifice net d'où le sang, loin de jaillir, s'écoulait en un filet continu. Elle en avait perdu beaucoup, tout le devant de sa chemise de nuit était trempé.

« Nous devons quitter cette maison », dit-il. Il voulut ensuite l'aider à se lever pour la porter, mais elle l'en empêcha et dit, souriant courageusement : « Ils te tueront dès qu'ils te verront. Essaie simplement de stopper l'hémorragie... » Il ouvrit la boîte à pharmacie, en sortit des tampons d'ouate et des pansements, un flacon de mercurochrome et du sulfamide, puis il revint vers elle. Il agit rapidement, même si ses mains tremblaient. Il répandit la poudre sur la blessure et la nettoya avant de la recouvrir d'ouate. Il n'était pas sûr que le pansement arrêterait l'hémorragie, mais c'était mieux que rien. « Comment te sens-tu ? lui demanda-t-il lorsqu'il eut terminé.

– Faible, répondit-elle en posant sur lui un regard embrumé. Luis, je vais mourir, et mon pauvre bébé, mon pauvre bébé – je ne l'ai même pas vu. » Des larmes jaillirent de ses yeux et mouillèrent ses joues.

Luis la réinstalla sur le lit, il essuya ses larmes et les gouttes de sueur qui brillaient sur son front. Il pria pour qu'elle vive, contemplant son visage, aussi beau et paisible que celui d'un enfant. Il pria pour qu'elle vive, espérant que le jour paraîtrait et que ce cauchemar prendrait fin. Il souffla la bougie et saisit la main de Trining. Son pouls était faible et régulier.

Il se pencha vers elle et murmura : « Tu vas te rétablir. » Il sentit ses lèvres effleurer sa joue. C'était le moment de le lui dire – elle devait savoir au sujet de cette chose difforme qui se trouvait à l'hôpital, au sujet de cet Asperri qui, s'il vivait, hériterait de tout ce qu'ils possédaient. S'il vivait ! Il l'abandonnerait ; cette chose sans pieds ni mains, cette chose grotesque qu'il avait engendrée ne lui appartenait pas, pas plus qu'à Trining. Quelle graine diabolique avait-il plantée ? Quel démon avait contrecarré le rêve de son père de perpétuer son nom sur une terre qu'il avait convoitée ? Était-ce le résultat de tous ses péchés, de toutes les frustrations, qu'il avait transmis en guise de bénédiction ? Mais il est vivant – ce bébé, ce fils – et il crie, et il a des yeux humains même s'ils ne voient pas encore. Il faudrait du courage pour le regarder, avait dit le médecin, et de la résignation pour l'accepter, mais, à présent, c'était faire preuve de pitié – et aussi de charité et de l'amour le plus pur – que de protéger Trining de la vérité. Se penchant de nouveau vers elle, Luis chuchota : « Ne t'inquiète pas pour ton bébé. Au moins, il est en sécurité. Tu le verras. Attends.

– Si je meurs, est-ce que tu te remarieras ? demanda Trining. Si oui, prends soin de lui, je t'en supplie, veille à ce qu'il soit aimé, à ce qu'il ait une enfance heureuse – très heureuse... » Luis ne la laissa pas terminer sa phrase, il se pencha vers elle et couvrit son visage de baisers.

Il alla à la fenêtre et scruta attentivement la rue, maintenant déserte et silencieuse. De nouvelles salves retentirent depuis le *municipio,* ainsi qu'un cri plaintif : « Commandant Victor ! », comme si, dans un tournoi de basket-ball, le meneur avait entraîné la foule des supporteurs à hurler – seulement, il s'agissait d'un cri plus strident, plus puissant, et il semblait embraser l'atmosphère. C'était ce qui arrivait lorsque les Huks attaquaient une ville ou une capitale – ils hurlaient toujours le nom de leur chef afin que tout le monde l'entendît, comme si cela allait donner du prestige à leur unité et enfoncer dans le cœur de leurs victimes la crainte et le respect que suscitait leur chef. Il y avait eu le premier commandant Victor que Luis et son frère connaissaient et qui s'était fait sauter la cervelle avec sa propre arme, il y en avait maintenant un autre – et il y en aurait un troisième, puis un quatrième. Chaque fois qu'un commandant mourrait, un autre le remplacerait. Ces chefs ne mouraient jamais, car comment un fantôme, un rêve, pouvait-il rester enfermé dans un cercueil cloué et enfoui dans les profondeurs de la terre ?

Bien que les vociférations eussent cessé, les tirs continuaient, par rafales intermittentes. Les assaillants devaient piller les magasins chinois, et Luis se demanda comment se comporteraient Go Chua et son assistant, le mielleux et ascétique Joaquin Lee, et tous ceux qui occupaient les *accesorias* de son père. Ils aidaient peut-être les membres du commando à remplir leurs Jeep de caisses d'aliments en conserve, de chaussures, de vêtements et de sacs de riz.

Luis pourrait probablement se glisser dans la voiture avec

Trining, foncer à travers la ville et prendre la direction de la capitale, mais il abandonna rapidement cette idée. Son frère n'était pas idiot. Il avait dû installer des barrages à toutes les sorties de Rosales. Mais pourquoi lui et ses hommes ne s'étaient-ils pas rués dans la maison lorsqu'ils étaient passés devant ? Il leur aurait suffi de briser le portail en fer, de se diriger vers la *bodega,* qui regorgeait encore de sacs de riz de semence et de riz fraîchement décortiqué, ils auraient aussi pu gravir les marches de l'escalier en marbre, faire sauter le coffre-fort en acier dans le bureau et repartir avec les millions de pesos qu'il contenait. La réponse à sa question lui apparut brutalement : ils ne s'en étaient pas donné la peine, car ils savaient que sa femme et lui étaient désormais seuls, que la moindre brise les ferait choir telles des goyaves mûres, et que pénétrer dans la maison de brique revenait à pénétrer dans une salle au trésor laissée sans surveillance.

Luis s'accroupit pour ne pas être aperçu de la rue et se glissa par la porte de l'*azotea*. Par-dessus le muret de pierre, il scruta la rue et, au-delà, la ville. Aucune silhouette n'émergea de l'obscurité – seule apparaissait la belle et irrégulière ligne d'horizon qui se détachait contre le ciel parsemé d'étoiles, car la pluie s'était éloignée et, avec elle, le présage des nuages. Ils prenaient leur temps et, si effectivement ils tardaient, Trining et lui auraient la possibilité de s'échapper. Il se précipita de nouveau vers leur chambre et, dans l'obscurité à laquelle il finit par s'accoutumer, il vit que leur lit était vide.

Luis ressortit précipitamment en appelant Trining ; il la rejoignit à l'extrémité du vestibule tandis qu'elle chancelait vers la porte. Il la reçut dans ses bras et la porta jusqu'à la chambre malgré ses protestations. Elle était légère et faible comme un enfant. Peut-être ne l'entendit-elle pas l'appeler ; lorsqu'elle se blottit dans ses bras, son visage doux et frais contre sa joue, elle demanda : « Pourquoi tu as eu si peur ?

Je voulais juste m'assurer que la porte était bien fermée. Il ne faut pas qu'ils te fassent de mal, Luis. Même si je meurs, toi, tu dois vivre.

– Ils ne te feront pas de mal », lui affirma-t-il, mais il savait qu'il mentait. Nulle part ils ne seraient en sécurité, ni dans cette maison, ni à Rosales, ni même à Manille, car ce n'était pas tant à la violence qu'ils ne pouvaient échapper, c'était à la vie même – brutale, fourbe, vindicative. Mais ils allaient laisser derrière eux cette abomination qui hériterait de tout Rosales – de la terre –, et cette pensée lui répugnait. En même temps, cela ne faisait que confirmer à ses yeux l'ironie de sa présence en ce lieu.

« S'ils entrent dans la maison, ils y mettront le feu ? »

Luis hocha la tête. « Ce serait un gâchis, répondit-il. Mon frère est plus malin que ça, beaucoup plus.

– Ton frère ?

– C'est lui, le commandant Victor », dit-il simplement.

Trining garda le silence. Cela valait mieux ainsi. À présent, elle devait savoir et comprendre qu'il ne s'agissait pas uniquement de leur sort à eux ; qu'il était partagé par quelqu'un venu après tout le prévenir en un geste ultime qui mêlait le souvenir et l'amour.

« Pardonne-moi, dit Luis d'une voix entrecoupée. Vic était ici la nuit dernière ; il m'a dit de t'emmener, de partir immédiatement. Je ne l'ai pas écouté – j'étais si sûr de moi –, et je ne pensais qu'à moi.

– Ne te reproche rien, dit doucement Trining. Je t'en prie, ne te reproche rien. »

Il lui tenait la main et sentit son corps se raidir. « Oh, Luis, je commence à avoir mal », murmura-t-elle.

« Je vous en prie, mon Dieu, faites qu'elle vive », implora Luis en silence. Puis, de manière absurde, il bredouilla à l'oreille de Trining : « Demain matin, les domestiques – et le médecin – reviendront. Je ne t'abandonnerai pas. Je ne t'abandonnerai pas. »

Trining tendit la main. Elle avait la voix claire et posée : « Tu as froid. » En effet, un vent léger s'était levé et entrait par les fenêtres aux vitres brisées. « Allonge-toi près de moi », dit-elle. Dans la pénombre, Luis la regarda de nouveau, puis, percevant le crépitement de la fusillade en ville, il tira le drap sur elle, laissant à découvert son visage blême et ses bras qui reposaient, inertes, le long de son corps. Alors qu'il s'allongeait à côté d'elle, elle ferma les yeux, et seule sa respiration, paisible et régulière, lui prouvait qu'elle était encore en vie. Luis glissa la main sous le drap et la passa sur la poitrine de Trining, au-dessus de sa blessure. Sa peau était douce et il n'y avait pas de trace d'humidité autour du pansement.

Cela devait finir ainsi, dans la nuit froide, lui, le front moite de sueur, et sa femme agonisant à ses côtés.

La violence s'abattait sur lui et sur cette maison que son grand-père avait construite. À cette époque-là, il n'y avait pas de ville, pas de rue principale – seulement une butte couverte d'arbrisseaux et d'arbres étranglés par les lianes. Les arbrisseaux et les arbres furent entièrement brûlés par son grand-père et ses gens. Ils avaient découvert cette terre par hasard – très loin de la bande côtière tourmentée des Ilokos d'où ils avaient migré –, et ils aidèrent à construire cette maison, cette chambre où, à présent, il attendait.

Il y eut une accalmie. Des cigales se lamentaient dans les acacias trempés de la cour et, dans la rue, un chien aboya. Luis se tourna sur le côté et regarda longuement le visage paisible de sa femme. Elle avait toujours les yeux fermés et, se rappelant qu'elle souffrait, il réprima le désir de la toucher, de la réveiller au cas où elle se serait endormie, de la déranger. Il se leva sans bruit et alla à la fenêtre. Par-delà le mur moussu et le *camino provincial* asphalté s'étendaient les champs sombres de Rosales. En bas, dans le jardin, les pots plantés de dahlias et de rosiers qu'avait soignés Trining étaient renversés. Lorsque Luis s'éloigna de la fenêtre, les débris de verre crissèrent sous son pas. Il tourna la poignée en bronze de la porte de l'*azotea* et regarda au-dehors. Pas le moindre mouvement. Il sortit et s'appuya sur la pergola en fer à laquelle s'accrochaient des filaments du bouquet de la mariée, dont les petites fleurs blanches, de même que son pyjama bleu clair, se détachaient dans le noir. De l'endroit où il se tenait, il distinguait nettement Rosales, dans certains quartiers, des flammes rougeoyantes léchaient le ciel, palpitaient, puis s'évanouissaient dans l'obscurité. Une partie de la ville brûlait, le *municipio* peut-être, ou les *accesorias* de son père. Ces incendies, observés de loin, lui paraissaient beaux. C'était comme s'il se retrouvait à Sipnget. Il se remémora le jour où, à l'aube, son grand-père et lui mirent le feu aux herbes jaunies. À l'époque, le spectacle des flammes qui crépitaient et enveloppaient si rapidement le champ l'avait ravi. Il avait dû courir en secouant les cendres brûlantes qui tourbillonnaient avec les flammes, puis retombaient et le recouvraient – lui et toute chose alentour.

La pluie du crépuscule avait lavé l'*azotea* et le carrelage luisait par endroits. Les flammes qui s'y reflétaient, aussi lumineuses qu'un coucher de soleil, peignaient la voûte des ténèbres. Luis perçut le crépitement du bois en train de brûler et le sifflement des flammes ; il referma la porte de l'*azotea* et regagna la chambre.

Il se pencha vers Trining et écouta de nouveau sa respiration. Elle était lente et régulière, et il fut transporté de joie, loin de cette pièce et de ses présages. *Nous sommes seuls à présent, toi et moi. Tu ne devrais pas mourir, tu devrais vivre – c'est moi qui devrais disparaître. Tu aimes tant la vie, ta jeunesse est pleine de fraîcheur et elle va être perdue. Pardonne-moi de t'infliger cela au lieu de t'offrir un avenir.*

Il s'agissait d'une autre violence : l'esprit corrompu, la paix ruinée sans qu'elle pût être rétablie. Il connaissait l'autre type de violence, il avait vu les corps mutilés, le trou net que faisaient les balles par où la vie s'était échappée, les yeux aveugles qui ne pourraient plus guider personne sur le chemin de la vengeance. Il s'était tenu devant cette tombe anonyme à Sipnget – et qu'avait suscité en lui cette violence ? Elle ne l'avait pas fait pleurer. Elle ne l'avait pas endurci. Il avait continué à parler mais à lui seul, et ils ne le comprirent pas, ni son père ni ses métayers – jamais ils ne surent ce qu'il voulait vraiment dire, que ce fût dans sa poésie ou dans sa prose, ni ce qui le poussait à temporiser. Était-ce en réalité l'amour qui l'émouvait ? À quelle vérité pouvait-on croire aujourd'hui ? La passion pouvait se révéler néfaste. En ce cas, c'était la logique qui aurait le dernier mot. Elle ne pouvait être anéantie, comme les faits, comme les chiffres, comme l'histoire. Peut-être la réponse se trouvait-elle dans la religion et dans la foi en Dieu – il l'avait tant cherchée, tant poursuivie durant son long et périlleux voyage, sur des chemins tortueux ; ce faisant, Seigneur, il avait vécu sans pourtant aimer ! S'il avait aimé, Ester serait en vie, grand-père aussi – et maintenant Trining.

Il songea de nouveau à écrire une lettre, mais à qui l'adresser ? *Chère Trining, cher monde, cher fils, qui héritera de ces décombres, ce qui va nous arriver est une condamnation de notre époque. Nous possédons tout et nous ne possédons rien. Nous mourrons en paix et cependant en colère. Nous sommes nés dans un monde corrompu par le mal, bien que nous nous soyons voués au bien. Nous avons parlé doucement, mais nos mains étaient rugueuses, et, ayant vécu longtemps, la vie nous a floués.*

Si je survis à ceci, ma chère femme, mon cher fils, souvenez-vous que faire souffrir ou détruire n'était pas dans mon intention, et pourtant, c'est ce que j'ai fait. Le ruisseau était limpide, mais le temps l'a rendu boueux. Je hais la laideur, mais elle fait partie de moi, peut-être parce qu'elle fait aussi partie de la naissance – un événement miraculeux que précède une grande souffrance, comme la sombre et immatérielle nuit précède l'aube.

Des mots, des mots – rien que des mots. Voilà ce que je fais. Je joue avec les mots, alors qu'elle est sur le point de perdre la vie. Je dois au moins me prouver que je ne suis pas un agneau qu'on mène à l'abattoir, que j'ai fait mon choix il y a longtemps et que je dois désormais l'assumer. Luis se dirigea vers la chambre de son père au-delà du long vestibule silencieux. Il en connaissait chaque meuble ; il mit sens dessus dessous l'armoire vitrée près de la fenêtre. Très bien, le pistolet – ainsi qu'une boîte de munitions – se trouvait là où il l'avait remis quand Santos l'avait incité à s'en munir. Luis le soupesa et, sans hésiter, ouvrit d'un coup sec le magasin. L'arme était chargée.

Il se sentait prêt ; il rejoignit Trining, le pistolet sur la hanche et la boîte de munitions dans la main. Trining était assise sur le lit. Il s'approcha d'elle et lui dit de s'allonger et de ne pas bouger. « Quand il fera jour, les soldats arriveront. Il n'y aura alors plus de danger et on pourra retourner en ville.

– Tu m'as dit que…

– Mais c'est vrai, c'est vrai !

– Non. » Sa voix était douce mais ferme. « Je vais mourir, et toi aussi si tu ne te sauves pas maintenant. J'y ai réfléchi, mon époux. Il vaut mieux que tu vives. Tu ne peux pas t'échapper si tu me portes – ça te ralentira, tu seras repéré et ils te tueront. Je t'en supplie, pars maintenant, tant que c'est encore possible. Tu peux sortir par-derrière. »

Luis fit non de la tête. Trining tendit les mains vers lui et il l'étreignit. Elle était glacée. Elle s'affaissa sur le lit et, bien qu'il ne pût voir ses yeux à l'instant où elle se détournait, il sut qu'elle pleurait.

« Ne pleure pas, dit-il en la serrant contre lui. Je ne peux pas t'abandonner. Je mourrai d'abord.

– Mon époux, mon Luis, nous ne pourrons pas lutter », lui dit-elle. C'était la première fois qu'elle admettait la vérité sur leur sort. Il l'embrassa de nouveau avec tendresse. « Que va-t-il t'arriver ? » demanda-t-elle.

Comme si cela avait encore de l'importance, alors qu'il souffrait depuis longtemps de cette blessure atavique

– pourtant, elle continuait de se tracasser pour lui, de même que ceux qui le considéraient comme un ami. Il alla vers la fenêtre. Les incendies redoublaient de violence, comme si le centre-ville, le marché étaient à présent la proie des flammes.

« Tu peux t'échapper. C'est si simple », insista Trining derrière lui.

Il revint vers elle. « Une chose est sûre : je ne t'abandonnerai pas, dit-il. Pourquoi le ferais-je ? C'est le moins que je puisse faire pour toi, et c'est ce que je n'ai pas fait pour les autres.

– Ne dis pas ça.

– C'était tellement facile de haïr…

– Ce n'était pas de la haine, lui reprocha-t-elle avec tendresse. L'envers de la haine est l'amour. »

Luis émit un rire sarcastique. « Il est désormais très difficile de faire la différence, même si toute chose commence dans la pureté. Regarde ce qui se passe – le fleuve boueux de la plaine naît dans la montagne de torrents limpides. Le monde a commencé avec deux êtres sans péché.

– Ne dis pas ça, fit Trining en pressant la main de Luis contre sa poitrine.

– Je suis désolé, dit-il en se penchant pour caresser sa chevelure qui représentait la jeunesse et embaumait la vie. Un vieil adage dit : *"In vino veritas"* – la vérité est dans le vin. Je pense qu'on devrait le changer et dire : "La vérité est dans la violence." La vérité, ma chère femme, est que j'ai péché, non seulement contre tous ceux que j'aimais, toi y compris, mais, surtout, contre mère et tout ce qu'elle représentait. Je l'ai abandonnée, elle, mais je ne t'abandonnerai pas. Elle était tout – mère –, la grâce, la patience de la terre. Elle s'est tant sacrifiée pour moi, mais qu'est-ce que j'ai fait pour elle ? Non, je ne t'abandonnerai pas. »

C'était comme s'il avait récité une vieille prière, l'*oración* qui protégeait du mal, car il eut l'impression d'être enfin soulagé d'un grand poids. Il avait décidé que cette maison était sa forteresse et que cette foule méprisable ne devait pas toucher à Trining. Il l'entendit soupirer et, se penchant vers elle, il palpa le pansement sur sa poitrine. Il était chaud et trempé, et la peur l'étreignit de nouveau, terrible, suffocante, mais il tenta de la surmonter en parlant avec tendresse à Trining. « Qu'est-ce que tu ressens ? Mon Dieu, ne me laisse pas ! Tu ne peux pas me laisser ! » s'écria-t-il en la serrant tout contre lui. Il la regarda, mais elle avait les yeux clos. « Ma femme, ne me laisse pas. Il n'y a plus que nous deux maintenant – plus que nous deux. »

« Luis. » Ce fut un son léger, un chuchotis qui s'échappa de ses lèvres, puis son corps se détendit et, bien que son visage fût encore chaud, il sut qu'elle était morte. Il la serra plus fort, sanglotant bruyamment pour la première fois de sa vie, car c'était avec cette fille qu'il avait grandi, elle le connaissait comme aucune femme ne l'avait connu, et elle venait de mourir. Il embrassa longuement ses lèvres encore tièdes, puis il l'étendit avec douceur, lui croisa soigneusement les mains sur la poitrine, lissa ses cheveux et contempla son visage qu'éclairait le rougeoiement de l'incendie et que le repos de la mort rendait paisible.

Il gagna le vestibule. Près de la fenêtre, la statue en bronze du laboureur reflétait la lueur des incendies. En bas dans la rue, il entendit des piétinements lourds, des voix rauques de paysans, des vrombissements de Jeep. Il se tourna vers l'*azotea* et par la fenêtre aux vitres brisées, la ville – la ville entière – paraissait en feu. Le ciel était clair quoique sillonné de nuages. Il faisait frais. Luis ferma les yeux et prit une profonde inspiration.

Mourir serait-il douloureux ? Cette question n'avait aucun sens, mais il voulait savoir comment cela se passerait au dernier moment, lorsque viendrait le sommeil éternel, alors qu'il jouirait de toutes ses facultés – et ce serait parfait ainsi, car il n'y aurait pas de vie digne de ce nom dans la vieillesse, une fois les os fragilisés, l'esprit sénile et la chair inerte.

Dans la rue, les hurlements des chiens redoublèrent. Le frottement des pieds sur l'asphalte s'amplifia. Comme lui, ils étaient jeunes, ces paysans, de la racaille, une génération sans but qui avait enfin trouvé quelque chose à quoi se raccrocher. C'étaient ces mêmes jeunes qui, toujours, seraient conduits vers un arbre pour y être pendus, des pions qui, toujours, devraient répondre de la folie de leurs pères. En réalité, les jeunes ne pouvaient rien faire sinon accepter ou oublier, de même que lui, à présent, devait accepter.

Le piétinement cessa. Des voix bourdonnaient en bas de la maison. Ils restaient là à attendre, attendre. Ce serait plus simple s'il allait à la fenêtre et les défiait de la voix, mais ce serait de la folie. Il souffrait à l'idée d'utiliser son pistolet, ne l'ayant jamais fait, n'ayant jamais visé personne, bien que, lorsqu'il était enfant, il allât chasser dans le delta avec son père et que, durant la guerre, il eût manipulé des fusils pris aux Japonais – mais saisir une arme et la braquer sur un autre être humain, c'était se prendre pour Dieu sur terre et rendre un jugement irrévocable. Il s'accroupit sous la statue du laboureur, la boîte de munitions posée devant lui sur le plancher. Le socle était en bois, mais en *molave* épais qui, du moins, le protégerait jusqu'à un certain point. Le protégerait ? Quelle muraille élevée, quel bastion pouvait désormais le protéger contre cette colère atavique qui se déchaînait ? Une colère qu'il avait pourtant partagée et dont il s'était nourri, parce qu'il croyait en elle, qu'elle était à l'image de ces étendues désolées et sans le moindre chemin d'où lui-même venait. Mais cette colère n'était ni une source d'inspiration ni une force contraignante. Elle n'était qu'un luxe décadent qui titillait son esprit et ornait sa prose et sa poésie comme des volants ornent un rideau.

Maintenant, cette colère venait le chercher, il en était singulièrement conscient et ne ressentait pas le besoin de s'y soustraire. Il n'éprouvait plus de rancune contre son père ni contre Dantes, rien qu'une profonde indifférence. Il était simplement fatigué.

Quel gâchis – cette pensée le traversa : *Si je devais vivre plus longtemps et si ce corps conservait suffisamment de ressources, je serais comme ce fils que je laisse derrière moi. Je n'apporterais que le malheur dans la vie de ceux que j'approcherais. Mieux vaut donc être débarrassé de cette terre, mieux vaut finalement succomber à ces feux vengeurs que j'ai moi-même attisés. Qu'ai-je appris qui m'aurait convaincu que la vie a un sens ? Ma femme, ma femme tendrement aimée, qui a sacrifié sa jeunesse pour moi ; l'univers harmonieux de Sipnget aux matins baignés de rosée ; les caresses de mère… Si je meurs cette nuit, ce ne sera qu'une mort physique, car je suis mort depuis longtemps, et seule la mémoire m'a façonné, en ces lieux que j'ai parcourus et où j'ai cherché, cherché, sans rien trouver.*

Dominiko-Kai,
Shibuya, 29 juin 1972

GLOSSAIRE

(e.) signifie espagnol, (i.) ilokano et (t.) tagal.

Accesoria (e.) : logement (employé couramment jusqu'aux années 50).

Amarillo (e.) : couleur jaune ; plante à fleurs jaunes.

Amorseco (t.) : herbe vivace dont les fleurs contiennent des graines adhérentes.

Amorsolo, Fernando : peintre né à Manille en 1882. Enfance à Daet, Camarines Sur. Il étudia les beaux-arts à Manille et à Madrid. Il peignit des scènes rurales idylliques et devint un des maîtres du genre. Artiste national l'année de sa mort (1972).

Aparador (e.) : armoire.

Apo (i.) : terme de respect.

Areglado (e.) : accord, arrangement.

Asado (e.) : quartier de viande grillée ou rôtie.

Aswang (t.) : fantôme, être maléfique apparaissant la nuit.

Azotea (e.) : véranda située à l'arrière des grandes maisons.

Azucena (e.) : lys.

Bagoong (t.) : condiment salé à base de crevettes ou de poisson.

Balete (i.) : arbre géant aux racines adventives aériennes, proche du banian.

Balut (t.) : œuf de canne dont l'embryon commence à se former (considéré comme un mets de choix).

Banaba (t.) : arbre à feuilles caduques et aux fleurs violacées.

Banca (e.) : pirogue à balancier généralement creusée dans un tronc d'arbre.

Bangus (i). : poisson d'eau douce au ventre blanc.

Barong tagalog (t.) : chemise brodée portée par les hommes dans les grandes occasions.

Barrio (e.) : district, subdivision administrative d'une municipalité ; également village.

Basi (t.) : alcool de canne à sucre.

Bataan : péninsule de la côte ouest de Luzon où, en 1942, eurent lieu de violents combats entre les Japonais et les forces du général McArthur.

Bodega (e.) : entrepôt.

Bolo (e.) : sorte de machette particulière aux Philippines.

BONIFACIO, Andrès : fondateur en 1892 du Katipunan, société secrète nationaliste en lutte contre le pouvoir colonial espagnol à l'origine de la révolution de 1896. Bonifacio fut exécuté l'année suivante par son rival, Emilio Aguinaldo.

Buri (t.) : une des nombreuses espèces de palmier des Philippines, dont les palmes servent à fabriquer les toitures, des chapeaux…

Cadena de amor (e.) : plante luxuriante aux petites fleurs roses.

Calesa (e.) : cabriolet léger à deux roues tiré par des chevaux.

Calvaria (e.) : calvaire.

Camachile (t.) : grand arbre épineux aux fleurs blanches et aux fruits comestibles du même nom.

Camino (e.) : chemin.

Caminero (e.) : cantonnier.

Camote (i.) patate douce.

Carabao (e.) : buffle.

Carlos Primero (e.) : marque de cognac espagnol coûteuse.

Carromata (e.) : chariot tiré par des chevaux.

Chico (i. et t.) : sapotille, fruit du sapotillier, à la peau épaisse de couleur brune.

Cogon (t.) : graminée longue et souple dont on se sert pour faire les toitures.

Colegiala (e.) : collégienne, lycéenne.

Colorums (du latin) : membres du mouvement révolutionnaire opposé au pouvoir colonial espagnol.

Cuartel (e.) : taudis.

Cumbanchero (e.) : orchestre composé de six musiciens au minimum (harmonica, guitare, contrebasse, bongo).

Dalipawen (i.) : grand arbre au tronc droit dont les feuilles sont réunies au sommet.

Derecho (e.) : tout droit.

Duhat (t.) : grand arbre (jusqu'à vingt mètres) également appelé *lomboy* aux baies de couleur foncée ; fruit de cet arbre.

Encargado (e.) : régisseur d'un domaine.

Escolta : une des principales artères commerçantes proche de Binondo, le « chinatown » de Manillle.

Gumamela (i.) : hibiscus.

Hacendero (e.) : propriétaire terrien.

Hijo (e.) : fils.

Huk (abréviation de Hukbalahap) : mouvement nationaliste armé qui lutta contre les Japonais à l'époque de la Seconde Guerre mondiale ; il redevint actif après la libération et jusqu'aux années 50, où il fut démantelé par le gouvernement ; également membre de ce mouvement.

Ilokano : l'un des nombreux groupes ethniques de l'archipel vivant principalement dans le nord-ouest de Luzon et dont la langue est l'ilokano (environ 10 %).

Ilokos : longue et étroite plaine côtière peu fertile au nord-ouest de Luzon, peuplée à l'origine par les Ilokanos.

Ilustrado (e.) : enfants de la bourgeoisie *(ilustrada)* qui, ayant étudié en Europe à partir des années 1880, furent influencés par les idées libérales.

Indios (e.) : nom péjoratif donné aux Philippins par les Espagnols jusqu'à la fin du XIXe siècle.

Jeepney : taxi collectif, carossé, peint et orné de façon clinquante.

Lechon (e.) : cochon de lait rôti (plat de fête).

Lengua (e.) : langue de bœuf.

Libération : Manille fut libérée le 22 février 1945, après de violents combats entre Américains et Japonais.

Loi Bell (Bell Trade relation Act, 1946) : introduit à la Chambre par le député Jasper Bell, ce texte rétablit le libre-échange entre les États-Unis et les Philippines, lia le peso au dollar et octroya la parité des droits entre les sociétés et les citoyens américains et philippins pour l'exploitation des matières premières. (En 1954, l'accord Laurel-Langley étendit la clause sur la parité à toutes les activités économiques pour une période de vingt ans.)

Lomboy (t.) : voir *duhat.*

Luneta : ancien nom du parc Rizal, qui eut d'abord la forme d'un croissant de lune.

Luzon : la plus grande et la plus peuplée des quelque sept mille îles que compte l'archipel, Manille y est située.

Macapuno (t.) : noix de coco uniquement remplie de chair tendre dont on confectionne des desserts.

Madre de cacao (e.) : arbuste dont les fleurs sont consommées comme légume.

Mang (t.) : contraction de *mamang* (monsieur), terme respectueux employé pour s'adresser à un homme, suivi du prénom.

Manong (i.) : terme respectueux employé pour s'adresser à un frère ou à un homme plus âgé.

Marche de la mort *(Death March) :* les troupes américano-philippines ayant déposé les armes le 9 avril 1942, les Japonais, qui occupaient les Philippines, conduisirent à marche forcée près de 80 000 prisonniers (dont un sur dix mourut en route) de la péninsule de Bataan au camp de Capas, à une centaine de kilomètres.

Marunggay (i) : arbre dont les feuilles et les jeunes fruits sont comestibles.

Maya (t.) : passereau.

Media agua (e.) : auvent.

Mestizo (e.) : métis.

Mission pour l'indépendance : mission constituée d'hommes politiques philippins qui se rendit aux États-Unis pour plaider la cause de l'indépendance de l'archipel.

Molave (t.) : arbre des Philippines donnant un bois dur de qualité ; nom de ce bois utilisé dans la construction.

Municipio (e.) : mairie, bâtiment municipal.

Narra (i. et t.) : diptérocarpe, arbre national pouvant atteindre trente mètres et fournissant un bois dur de qualité.

NAVARRO, J. Elizalde : peintre et sculpteur philippin de renom aujourd'hui décédé. Il fut influencé par Picasso et par Botong Francisco, l'un des plus grands peintres des Philippines. Amoureux de Bali, il s'y rendait souvent pour peindre.

Nipa (i. et t.) : palmier dont les feuilles servent de cloisons ou de toit aux habitations traditionnelles.

Oración (e.) : oraison, prière.

Palay (t.) : riz non décortiqué.

Pan de sal (e.) : petit pain salé.

Panuelo (e.) : fichu.

Plaza (e.) : place.

Puraw (i.) : blanc.

QUEZON, Manuel : né en 1878, il devint le premier président du « commonwealth des Philippines » en 1935. Lors de l'occupation japonaise, il s'exila aux États-Unis et mourut à New York en 1944.

Quezon City : ville de la banlieue de Manille fondée par Manuel Quezon, elle devint capitale administrative en 1948. Aujourd'hui, elle est incluse dans Metro Manila, le Grand Manille.

Quiapo : église située dans le quartier du même nom, à Manille, également appelée église du Nazaréen noir, une statue du Christ apportée du Mexique au XVIIe siècle qui attire de nombreux fidèles, surtout les vendredis et le 9 janvier, jour de la procession.

Quotas sucriers : les Américains régulèrent l'exportation du sucre des Philippines vers les États-Unis dès 1909. En 1954, l'accord Laurel-Langley établit de nouveaux quotas pour vingt ans.

Reserve Officers Training Corps (ROTC) : régime obligatoire aux Philippines correspondant, en France, à la préparation militaire supérieure.

RIZAL, José : né en 1861 à Calamba, dans la province de Laguna, il domina le mouvement réformiste. Parti étudier en Europe, il y publia deux romans célèbres : *Noli me tangere* (Berlin, 1887 ; *N'y touchez pas !* traduit de l'espagnol par Jovita Ventura Castro, Paris, Gallimard/Unesco, 1980), et *El Filibusterismo* (Gand, 1891 ; *Révolution aux Philippines,* traduit de l'espagnol par J. Ventura Castro, Paris, Gallimard/Unesco, 1984). Rentré à Manille en 1892, il fonda la Liga Filipina, société civique à buts réformistes. Accusé d'être à l'origine de l'insurrection armée de 1896, il fut fusillé par les Espagnols le 30 décembre 1896. À sa mort, la révolution s'étendit à l'ensemble de l'île de Luzon et aboutit à la proclamation de la République, le 12 juin 1898.

Romblon : province regroupant une vingtaine d'îles et d'îlots dans le nord de l'archipel des Visayas, au nord-est de la grande île de Panay.

Sacadas : coupeurs de canne à sucre, les plus exploités des travailleurs saisonniers de l'industrie sucrière.

Sala (e.) : salon, salle de séjour.

Saluyot (i.) : arbuste sauvage dont les feuilles sont comestibles.

Sampaguita (t.) : variété de jasmin, fleur nationale.

Sin vergüenza (e.) : juron, litt. : sans vergogne.

Sipi (i.) : dans les habitations paysannes, réduit où sont entreposés les oreillers, les réserves de riz, etc.

Tagalog : ethnie concentrée dans le sud de la Plaine centrale de Luzon, dans la péninsule située au sud-ouest ainsi qu'à Manille. Sa langue, le tagalog, est langue nationale depuis 1937.

Terno (e.) : tenue traditionnelle aux manches papillons portée par les femmes dans les grandes occasions.

Tio (e.) : oncle.

Titres Torrens : système de cadastrage instauré aux Philippines par les Américains dans les années 20 (du nom de sir Robert Torrens, pionnier britannique en Australie).

Tugui (i.) : tubercule consommée comme légume.

Ubi (t.) : sorte d'igname consommée comme fruit ou sous forme de dessert.

Visayan : originaire des Visayas, archipel formé de six grandes îles, dont Negros. C'est dans une petite île des Visayas, au large de Samar, que débarqua Magellan en 1521.

Visayas : groupe d'îles situées entre Luzon et Mindanao dont font partie Panay et Negros.

Visita (e.) : petite chapelle.

LA LITTÉRATURE ÉTRANGÈRE CHEZ FAYARD

Leopoldo Alas, dit Clarín : *La Régente* ; *Son fils unique.*

Piotr Alechkovski : *Le Putois.*

Isabel Allende : *La Maison aux esprits* ; *D'amour et d'ombre* ; *Eva Luna* ; *Les Contes d'Eva Luna* ; *Le Plan infini* ; *Paula.*

Anthologie de la prose albanaise, présentée par Alexandre Zotos.

Jakob Arjouni : *Magic Hoffmann* ; *Un ami.*

Alexandre Arkhanguelski : *Alexandre Ier, le feu follet.*

J.G. Ballard : *La Bonté des femmes* ; *Fièvre guerrière* ; *La Course au paradis* ; *La Face cachée du soleil* ; *Super-Cannes.*

Réza Barahéni : *Shéhérazade et son romancier (2e éd.).*

Thomas Berger : *L'Invité* ; *Le Crime d'Orrie* ; *Rencontre avec le mal.*

Vitaliano Brancati : *Les Années perdues* ; *Le Vieux avec les bottes,* suivi d'un essai de Leonardo Sciascia ; *Don Juan en Sicile* ; *Rêve de valse,* suivi de *Les Aventures de Tobaïco* ; *La Gouvernante*, suivi de *Retour à la censure* ; *Journal romain* ; *Singulière Aventure de voyage* ; *Les Plaisirs.*

Joseph Brodsky : *Loin de Byzance.*

Hermann Burger : *La Mère artificielle* ; *Blankenburg* ; *Brenner.*

Oddone Camerana : *Les Passe-Temps du Professeur* ; *La Nuit de* l'Archiduc.

Andrea Camilleri : *La Concession du téléphone* ; *La Saison de la chasse* ; *Un filet de fumée* ; *Le Roi Zosimo.*

Rossana Campo : *L'Acteur américain* ; *À la folie.*

Rocco Carbone : *Le Siège.*

Varlam Chalamov : *La Quatrième Vologda* ; *Récits de Kolyma.*

La Chanson des Niebelungs, traduite, présentée et annotée par Jean Amsler.

Jerome Charyn : *Capitaine Kidd.*

Cyril Connolly : *Le Tombeau de Palinure* ; *Ce qu'il faut faire pour ne plus être écrivain* ; *100 Livres clés de la littérature moderne.*

Joseph Conrad, Ford Madox Ford : *L'Aventure.*

Julio Cortázar : *Les Gagnants.*

Osamu Dazai : *Mes dernières années.*

David Davidar : *La Maison aux mangues bleues.*

Francisco Delicado : *Portrait de la Gaillarde andalouse.*

Alfred Döblin : *Hamlet ou La longue nuit prend fin* ; *Wang-loun,* avec un essai de Günter Grass.

Milo Dor : *Mitteleuropa, Mythe ou réalité* ; *Vienne, chemises bleues* ; *Un monde à la dérive* ; *Morts en sursis.*

Aris Fakinos : *La Citadelle de la mémoire* ; *La Vie volée* ; *Le Maître d'œuvre.*

J. G. Farrell : *Le Siège de Krishnapur* ; *Hôtel Majestic* ; *Une fille dans la tête.*

Lion Feuchtwanger : *Le Faux Néron* ; *La Guerre de Judée* ; *Les Fils* ; *La Sagesse du fou ou Mort et transfiguration de Jean-Jacques Rousseau* ; *Le jour viendra* ; *Simone.*

Francis Scott Fitzgerald : *Carnets.*

Marcello Fois : *Nulla.*

Paula Fox : *Personnages désespérés* ; *Pauvre Georges !*

Eleonore Frey : *État d'urgence.*

Mavis Gallant : *Les Quatre Saisons* ; *L'Été d'un célibataire* ; *Voix perdues dans la neige* ; *Ciel vert, ciel d'eau* ; *De l'autre côté du pont* ; *Poisson d'avril.*

Jane Gardam : *Un amour d'enfant* ; *L'Homme Vert* ; *L'Été d'après les funérailles.*

Juan Goytisolo : *Paysages après la bataille* ; *Chroniques sarrasines* ; *Chasse gardée* ; *Les Royaumes déchirés* ; *Les Vertus de l'oiseau solitaire* ; *L'Arbre de la littérature* ; *À la recherche de Gaudí en Cappadoce* ; *La Longue Vie des Marx* ; *La Forêt de l'écriture* ; *État de siège* ; *Trois Semaines en ce jardin* ; *Cogitus interruptus* ; *Foutricomédie.*

Grimmelshausen : *Les Aventures de Simplicissimus.*

Gunnar Gunnarsson : *Frères jurés.*

Erich Hackl : *Le Mobile d'Aurora.*

Zbigniew Herbert : *Monsieur Cogito et autres poèmes.*

Shifra Horn : *Quatre mères.*

Narendra Jadhav : *Intouchable.*

Henry James : *L'Américain* ; *Roderick Hudson.*

Francesco Jovine : *Signora Ava* ; *La Maison des trois veuves.*

Roberto Juarroz : *Poésie verticale.*

Ismail Kadaré : *Les Tambours de la pluie* ; *Chronique de la ville de pierre* ; *Le Grand Hiver* ; *Le Crépuscule des dieux de la steppe* ; *Avril brisé* ; *Le Pont aux trois arches* ; *La Niche de la honte* ; *Invitation à un concert officiel et autres récits* ; *Qui a ramené Doruntine ?* ; *L'Année noire,* suivi de *Le cortège de la noce s'est figé dans la glace* ; *Eschyle ou l'éternel perdant* ; *Le Dossier H.* ; *Poèmes, 1958-1988* ; *Le Concert* ; *Le Palais des rêves* ; *Printemps albanais* ; *Le Monstre* ; *Invitation à l'atelier de l'écrivain,* suivi de *Le Poids de la croix* ; *La Pyramide* ; *La Grande Muraille,* suivi de

Le Firman aveugle ; *Clair de lune* ; *L'Ombre* ; *L'Aigle* ; *Spiritus* ; *Mauvaise Saison sur l'Olympe* ; *Novembre d'une capitale* ; *Trois Chants funèbres pour le Kosovo* ; *Il a fallu ce deuil pour se retrouver* ; *L'Hiver de la grande solitude ; Froides Fleurs d'avril* ; *Vie, jeu et mort de Lul Mrazek* ; *Œuvres complètes* (11 vol.).

Yoram Kaniuk : *Mes chers disparus* ; *Encore une histoire d'amour* ; *Il commanda l'« Exodus ».*

Mark Kharitonov : *Prokhor Menchoutine* ; *Netchaïsk*, suivi de *Ahasvérus* ; *La Mallette de Milachévitch* ; *Les Deux Ivan* ; *Un mode d'existence* ; *Étude sur les masques* ; *Une journée en février* ; *Le Gardien* ; *Le Voyant* ; *Retour de nulle part* ; *Le Professeur de mensonge.*

Danilo Kiš : *La Leçon d'anatomie* ; *Homo poeticus* ; *Le Résidu amer de l'expérience* ; *Le Luth et les Cicatrices* ; *Les Lions mécaniques et autres pièces.*

Jerzy Kosinski : *Le Jeu de la passion.*

Édouard Kouznetsov : *Roman russe.*

Hartmut Lange : *Le Récital,* suivi de *La Sonate Waldstein* ; *Une fatigue,* suivi de *La Promenade sur la grève* ; *Le Voyage à Trieste* suivi de *Le Marais de Riemeister* ; *L'Immolation* ; *Le Houx* ; *L'Ange exterminateur d'Arthur Schnitzler.*

Le Tasse : *Rimes et plaintes.*

Hugo Loetscher : *Si Dieu était suisse...* ; *La Tresseuse de couronnes* ; *Un automne dans la Grosse Orange* ; *Le Coq prêcheur* ; *La Mouche et la Soupe* ; *Saison.*

Russell Lucas : *Le Salon de massages et autres nouvelles.*

C. S. Mahrendorff : *Et ils troublèrent le sommeil du monde* ; *La Valse des anges déchus .*

Luigi Malerba : *La Planète bleue* ; *Clopes* ; *Le Feu grégeois* ; *Les Pierres volantes* ; *La Vie d'châtiau.*

Thomas Mann : *Les Buddenbrook* ; *La Montagne magique* ; *La Mort à Venise*, suivi de *Tristan.*

Gregorio Manzur : *Iguazú.*

Dacia Maraini : *Voix.*

Monika Maron : *La Transfuge* ; *Le Malentendu* ; *Rue du Silence, n° 6.*

Stelio Mattioni : *Les Métamorphoses d'Alma* ; *La Plus Belle du royaume.*

Predrag Matvejevitch : *Bréviaire méditerranéen* ; *Épistolaire de l'Autre Europe* ; *Le Monde « ex ».*

Vladimir Maximov : *La Coupe de la fureur.*

Mary McCarthy : *Cannibales et Missionnaires* ; *L'Oasis et autres récits* ; *Le Roman et les Idées, et autres essais* ; *Comment j'ai grandi.*

Piero Meldini : *La Bienheureuse aux vertiges.*

Migjeni : *Chroniques d'une ville du Nord,* précédé de *L'Irruption de Migjeni dans la littérature albanaise*, par Ismail Kadaré.

Czeslaw Milosz : *Visions de la baie de San Francisco* ; *Milosz par Milosz,* entretiens de Czeslaw Milosz avec Ewa Czarnecka et Aleksander Fiut ; *Empereur de la terre* ; *L'Immoralité de l'art* ; *Terre inépuisable,* poèmes ; *Chroniques,* poèmes ; *De la Baltique au Pacifique.*

Karl Philipp Moritz : *Anton Reiser.*

Erwin Mortier : *Marcel.*

Vladimir Nabokov : *Ada ou l'Ardeur* ; *Regarde, regarde les arlequins !* ; *La Transparence des choses* ; *Machenka* ; *Littératures I* (Austen, Dickens, Flaubert, Stevenson, Proust, Kafka, Joyce) ; *Littératures II* (Gogol, Tourguéniev, Dostoïevski, Tolstoï, Tchekhov, Gorki) ; *Littératures III (Don Quichotte)* ; *L'Homme de l'URSS et autres pièces.*

Kenji Nakagami : *Mille Ans de plaisir* ; *La Mer aux arbres morts* ; *Sur les ailes du soleil* ; *Hymne* ; *Le Bout du monde, moment suprême.*

Nezâmi : *Les Sept Portraits.*

Edna O'Brien : *Un cœur fanatique* ; *Les Filles de la campagne* ; *Les Grands Chemins* ; *Qui étais-tu, Johnny ?* ; *Les Victimes de la paix* ; *Lanterne magique* ; *Vents et Marées* ; *Nuit* ; *La Maison du splendide isolement* ; *Les Païens d'Irlande* ; *Tu ne tueras point* ; *Le Joli Mois d'août* ; *Décembres fous.*

Fernando del Paso : *Palinure de Mexico* ; *Des nouvelles de l'Empire* ; *Linda 67. Histoire d'un crime.*

T.R. Pearson : *L'Heure de l'Évangile.*

Leo Perutz : *Turlupin* ; *La Neige de saint Pierre* ; *La Troisième Balle* ; *La nuit, sous le pont de pierre* ; *Où roules-tu, petite pomme ?* ; *Le Maître du Jugement dernier* ; *Nuit de mai à Vienne.*

Alexeï Peskov : *Paul Ier, empereur de Russie ou Le 7 novembre.*

Romana Petri : *La Guerre d'Alcina.*

Frederic Prokosch : *Voix dans la nuit.*

James Purdy : *Dans le creux de sa main* ; *La Tunique de Nessus* ; *L'Oiseau de paradis.*

Barbara Pym : *Crampton Hodnet* ; *Jane et Prudence* ; *Comme une gazelle apprivoisée.*

Peter Rosei : *Comédie*, suivi de *Homme & Femme S.a.r.l.* ; *Les Nuages,* suivi de *Quinze Mille Âmes* ; *L'Insurrection*, suivi de *Notre paysage : descriptif.*

Herbert Rosendorfer : *Stéphanie et la Vie antérieure* ; *Les Saints d'or ou Colomb découvre l'Europe* ; *Suite allemande* ; *Grand Solo pour Anton* ; *L'Architecte des ruines.*

Anatoli Rybakov : *Sable lourd.*

David Samoïlov : *Pour mémoire.*

Diego de San Pedro : *Prison d'amour.*

Francesca Sanvitale : *Le Fils de l'Empire.*

Alberto Savinio : *Souvenirs* ; *Hermaphrodito* ; *La Maison hantée* ; *La Boîte a musique.*

J. G. Schnabel : *L'Île de Felsenbourg.*

Ingo Schulze : *Histoires sans gravité* ; *33 moments de bonheur.*

Leonardo Sciascia : *Mots croisés* ; *Petites chroniques* ; *Œil de chèvre* ; *Monsieur le député*, suivi de *Les Mafieux* ; *La Sorcière et le Capitaine* ; *1912 + 1* ; *Portes ouvertes* ; *Le Chevalier et la Mort* ; *Faits divers d'histoire littéraire et civile* ; *Une histoire simple* ; *Heures d'Espagne* ; *En future mémoire* ; *Portraits d'écrivains* ; *Œuvres complètes* (3 volumes).

Richard Sennett : *Les Grenouilles de Transylvanie* ; *Une soirée Brahms.*

Jenefer Shute : *Folle de moi* ; *Point de rupture.*

Francisco Sionil José : *Po-on* ; *À l'ombre du* balete.

Alexandre Soljénitsyne : *Œuvres complètes* (version définitive). Tome 1 : *Le Premier Cercle* ; tome 2 : *Le Pavillon des cancéreux, Une journée d'Ivan Denissovitch et autres récits* ; tome 3 : *Œuvres dramatiques* ; tome 4 : *L'Archipel du goulag*, vol. 1 ; *Les tanks connaissent la vérité* ; *Les Invisibles* ; *La Roue rouge* (version définitive) – *Premier nœud : Août 14* – *Deuxième nœud : Novembre 16* – *Troisième nœud : Mars 17* ; *Ego*, suivi de *Sur le fil* ; *Nos pluralistes* ; *Les tanks connaissent la vérité* ; *Les Invisibles* ; *Nos jeunes* ; *Comment réaménager notre Russie ? Réflexions dans la mesure de mes forces* ; *Le « Problème russe » à la fin du XXe siècle* ; *Le grain tombé entre les meules* ; *La Russie sous l'avalanche* ; *Deux Récits de guerre.*

Muriel Spark : *Intentions suspectes* ; *La Place du conducteur* ; *L'Unique Problème* ; *Ne pas déranger* ; *Une serre sur l'East River* ; *Les Célibataires* ; *Pan ! pan ! tu es morte* ; *L'Appropriation* ; *Le Pisseur de copie* ; *L'Ingénieur culturel* ; *Les Consolateurs* ; *Le Banquet* ; *Les Belles Années de mademoiselle Brodie* ; *L'Abbesse de Crewe* ; *Memento mori* ; *Robinson* ; *Curriculum vitae* ; *Demoiselles aux moyens modestes* ; *Droits territoriaux* ; *L'Image publique* ; *Rêves et réalité* ; *Ouvert au public.*

Luan Starova : *Le Temps des chèvres* ; *Les Livres de mon père.*

Christina Stead : *L'Homme qui aimait les enfants.*

Patrick Süskind : *Le Parfum* ; *Le Pigeon* ; *La Contrebasse* ; *Un combat et autres récits.*

Wisława Szymborska : *De la mort sans exagérer* ; *Je ne sais quelles gens.*

Korneï Tchoukovski : *Journal. Tome 1 : 1901-1929* ; *tome 2 : 1930-1969.*

Albert Vigoleis Thelen : *L'Île du second visage.*

Anthony Trollope : *Les Tours de Barchester.*

Sebastiano Vassalli : *Le Cygne.*

Luis Vélez de Guevara : *Le Diable boiteux.*

Yvonne Vera : *Papillon brûle.*

Gore Vidal : *En direct du Golgotha* ; *L'Histoire à l'écran.*
Alice Walker : *Le Cœur noir.*
Ernst Weiss : *Georg Letham, médecin et meurtrier* ; *Le Séducteur* ; *L'Aristocrate.*
Urs Widmer : *Le Paradis de l'oubli* ; *Le Siphon bleu* ; *Les Hommes jaunes.*
Christa Wolf : *Adieu aux fantômes* ; *Médée; Ici même, autre part.*
Adam Zagajewski : *Solidarité, solitude* ; *Coup de crayon* ; *Palissade. Marronniers. Liseron. Dieu* ; *La Trahison* ; *Mystique pour débutants* ; *Dans une autre beauté.*
Theodore Zeldin : *Le Bonheur* ; *De la conversation.*

Histoire de la littérature japonaise (trois tomes), par Shuichi Kato.
Histoire de la littérature polonaise, par Czeslaw Milosz
Histoire de la littérature russe, ouvrage dirigé par Efim Etkind, Georges Nivat, Ilya Serman et Vittorio Strada.
– *Des origines aux Lumières.*
– *Le XIXe siècle.* Tome 1 : *L'Époque de Pouchkine et de Gogol.*
– *Le XXe siècle.* Tome 1 : *L'Âge d'argent* ; tome 2 : *La Révolution et les Années vingt* ; tome 3 : *Gels et Dégels.*
Histoire de la littérature américaine, par Pierre-Yves Pétillon.
– *Notre demi-siècle (1939-1989).*
Histoire de la littérature espagnole, sous la direction de Jean Canavaggio.
– Tome 1 : *Moyen Âge – XVIe siècle – XVIIe siècle.*
– Tome 2 : *XVIIIe siècle – XIXe siècle – XXe siècle.*
Histoire des littératures scandinaves, par Régis Boyer.
Histoire de la littérature néerlandaise, ouvrage dirigé par Hanna Stouten, Jaap Goedegebuure, Frits van Oostrom.
Histoire de la littérature tchèque, par Hana Voisine-Jechova.
Histoire de la littérature coréeenne. Des origines à 1919, par Cho Dong-il et Daniel Bouchez.

Ouvrage réalisé en Garamond
par Dominique Guillaumin, Paris

Achevé d'imprimer en février 2003
sur presse Cameron
dans les ateliers de
Bussière Camedan Imprimeries
à Saint-Amand-Montrond (Cher)
pour le compte de la librairie Arthème Fayard
75, rue des Saints-Pères - 75006 Paris

35-67-1644-01/0

ISBN 2-213-61444-X

Dépôt légal : mars 2003.
N° d'édition : 30816. – N° d'impression : 030882/4.

Imprimé en France